KB018698

빠리의 기자들

빠리의 기자들

초판 1쇄 발행 | 2014년 2월 25일

지은이 고종석
발행인 이대식

편집주간 이숙
책임편집 김화영 **편집** 최하나 나은심
마케팅 임재홍 윤여민 정우경 **관리** 홍필례
디자인 모리스

주소 서울시 종로구 평창길 329(우편번호 110-848)
문의전화 02-394-1037(편집) 02-394-1047(마케팅)
팩스 02-394-1029
홈페이지 www.saeumbook.co.kr
전자우편 saeum98@hanmail.net
블로그 saeumbook.tistory.com
페이스북 facebook.com/saeumbooks

발행처 (주)새움출판사
출판등록 1998년 8월 28일(제10-1633호)

ISBN 978-89-93964-71-4 03810

• 이 책은 『기자들』(1993) 개정판입니다.
• 잘못된 책은 바꾸어 드립니다.
• 책값은 뒤표지에 있습니다.

빠리의 기자들

고종석 장편소설

새움

저자 서문

스물한 해 전에 낸 책을 손보아 다시 펴낸다. 내 첫 책이고, 내 첫 소설이다. 소설? 그렇다면 이 책 텍스트는 순수한 픽션인가? 세상에 순도 100%의 픽션은 없다. 모든 상상은 기억의 침전물이기 때문이다. 마찬가지로 모든 기억에는 상상이 설핏 스며들어 있다. 그렇다면, 상상이 기억이고 기억이 상상이다. 이 텍스트는 상상이면서 기억이다. 그 안에, 서른세 살 먹은 사내의 육체가 웅크리고 있다. 그 사내의 얼굴이 이젠 좀 설다. 내 큰아이 또래의 사내다. 그러나 그 젊은이가 바쁘게 돌아다니던 파리의 거리들은 내게 아직도 익숙하다. 파리……. 내 두 번째 고향……. 아니, 파리만이 아니라 그 사내의 육체가 스쳐 지나간 모든 도시의 거리들이 내게 아직 익숙하다. 그 거리들은 내 기억 속에 있다. 아니, 내 상상 속에 있다. 다시 한 번, 기억이 상상이고 상상이 기억이다. 독자들도 한 사내의 묵은 기억과 상상을 따라 가벼운 산책을 즐기시기 바란다. 오래전에 서점에서 사라져버린 책을 되살려주신 분들께 감사드린다.

2014년 이른 봄, 고종석

0

지금도 그 아홉 달이 투명한 현실로 느껴지지가 않는다. 그것은 혹시 기다란 꿈이 아니었을까? (악몽은 결코 아니었지만.) 내 가난한 현실을 보상해 주기 위해 잠의 여신이 베푼 길고도 달콤한 꿈 말이다.

루브르 거리 33번지의 낡은 아타리 컴퓨터(남한에서 만들어진), 랑뷔토 거리의(아니, 주르 거리였던가?) 아일랜드 맥줏집 제임스 조이스, 브란덴부르크 문을 관통하며 나 자신 흥분했던 베를린의 반인종주의 시위, 로마 테르미니 역 광장 위의 하늘을 까맣게 만들었던 새떼, 크로아티아-헝가리 국경에서 길을 잃고 헤매던(말 그대로 춥고 배고팠던) 무박 2일, 안트베르펜의 슬픈 창녀촌, 알람브라 궁전에서 발견한 중세 아랍인의 거대한 욕망(권력에 대한 욕망, 초월과 불멸에 대한 욕망, 마침내는 미에 대한 욕망)과 그라나다 왕국의 영광 그리고 치욕, 정말로 고립돼 있는 것은 이슬람교도가 아니라 세르비아인이라던 《탄유그 통신》 여기자의 넋두리, 회의보다는 만찬과 텔레비전 카메라를 더 좋아하던 유럽의회 의원들, 한 동료의 젊은 죽음, 움베르토 에코의 매끈한 프랑스어와 밀로라드 파비치의 더듬는 프랑스어, 암스테르담 역전에서의 발광에 가까웠던 집단 술주정, 리스본의 카페에서 혼자 듣던 파두의 그 절절한 사무침, 로르카의 시를 읽으며 상상하던 것과는 딴판으로 볼품없던 과달키비르 강, 피에르 베레고부아의 자살과 비외른 엥홀름의 사임, 무엇보다도 92년-93년 〈유럽의 기자들〉 사이에서 피어난 그 잔정들. 내 육체가 정말로 그 모든 것들을 통과했던 것일까?

그 아홉 달이 마치 꿈결처럼 느껴진다는 사실 때문에, 나는 그 세 계절을 제대로, 그러니까 공정하게, 되살려놓을 자신이 없다. 인간의 기억력이란 얼마나 하찮은 것이고, 시간의 마모력이란 얼마나 당찬 것인가? 시간은 대체로, 나쁜 기억을 풍화시키고, 좋은 기억을 터무니없이 미화시킨다. (하기야 시간의 그런 불공평한 처사 때문에 인간이 살아갈 수 있는 것 아닐까?) 나의 경우도 그랬을 것이다. 그랬다는 것은, 내가 지금 그 아홉 달을 되돌아보며 가슴뜀을 느끼는 것이, 시간의 요사스러운 화학작용 탓일 수도 있다는 뜻이다. 그러나 어쩌랴? 아무리 냉정해지려 해도 그 시절을 되돌아보기만 하면, 내 가슴의 아련한 두근거림은 멈출 줄을 모른다. 유럽에서의 그 아홉 달 동안, 나는 충일감이라는 말을, (이해하는 것이 아니라) 살로 느낄 수 있었다. 나는 삶이 때때로 살 만하다고 생각했고, 진보적 사회과학의 젠체하는 분석과 처방들을 쓸모없이 만들 법한 원초적 정서의 덩어리들과 반갑게 조우할 수 있었다. 그 정서는 아마도 개인주의 또는 코스모폴리타니즘이라는 경멸적 어사로 불리는 정서와 아주 가까울 것이다. 그러나 나는 그 안에서 편안했고, 자주 격려를 받았다.

1992년 9월부터 1993년 5월까지의 유럽, 이라기보다는 파리 루브르 거리 33번지를 중심으로 모이고 흩어졌던 서른두 명의 기자들. 나는 내 마음을 그 시간과 공간에, 그 사람들에게 두고 왔다. 나는 이제 그 마음을 찾아 짧은 소풍을 떠난다. 그 소풍에서 돌아온 뒤에야, 나는 그 마음을 지금 이곳으로, 내가 태어나 자란 서울이라는 도시로 되찾아올 수 있을 것 같다. 그것은 어떻게 시작되었던가?

"장인철 씨에게 좋은 일이 있을지도 모르겠는데."

91년 12월의 어느 날 저녁이었을 것이다. 편집회의를 마치고 문화부 자기 자리로 돌아온 부장이 웃으며 대뜸 내게 그렇게 말했다. 별 반응을 보이지 않은 채 그 다음날 아침 편집부에 넘겨야 할 단신쪼가리 만들기에 여념이 없는 내게 부장은 하얀 쪽지 석 장을 넘겼다.

"한번 읽어보기나 하라구."

맨 앞장의 왼쪽 윗머리는 이 쪽지들의 발신처가 주한 프랑스 대사관임을 알리고 있었다.

주한 프랑스 대사관 공보과에서는 다음과 같은 자료를 보내드리오니, 귀 언론사 내의 기자분들께서 돌려보실 수 있도록 조처하여 주시면 대단히 감사하겠습니다. 좀 더 자세한 사항은 본 대사관 공보과로 문의하시기 바랍니다.

그 뒤에 붙은 쪽지 두 장은 전동 타자기로 친 듯한 무슨 공문 같은 것을 담고 있었다. 똑같은 내용이 쪽지 하나엔 프랑스어로, 다른 하나엔 영어로 적혀 있었다.

발신: 〈유럽의 기자들〉 재단

내용: 〈유럽의 기자들〉 1992–1993 프로그램에 관한 건

〈유럽의 기자들〉이 1992–1993 프로그램의 지원자들을 모집합니다. 〈유럽의 기자들〉은 1974년 창립된 이래, 해마다 서른 명 안팎의

세계 여러 나라 기자들을 파리로 초대해 유럽과 관련된 주제에 대해 연구, 취재, 기사 작성의 기회를 제공하고 있는 비영리기관입니다. 92년 10월 1일에 시작돼 그 이듬해 5월 31일까지 계속될 이번 학기 동안, 참가 기자들은 유럽을 현지에서 직접 배우고, 유럽 각국간, 또 유럽과 다른 지역 사이의 관계를 연구하며, 유럽공동체와 다른 유럽 국가들의 형편을 취재하게 됩니다. 프로그램은 전문가들에 의한 정치·경제·사회·문화 분야 세미나와 열흘 남짓 걸리는 취재활동의 되풀이로 이뤄집니다. 참가 기자들은 그 세미나와 취재 활동을 통해, 잡지 《유럽EUROP》을 만들게 됩니다. 참가 지원자는 적어도 다섯 해 이상 신문, 잡지, 방송 등 언론 매체에서 일한 경력이 있어야 하고, 프랑스어와 영어를 읽고 쓸 수 있어야 합니다. 지원서와 관련 서류들은 92년 1월 15일까지 파리에 도착해야 합니다. 자세한 문의는 프랑스어나 영어로 된 서신을 통해 해주십시오.

"며칠 전에 편집국장 앞으로 그 공한이 왔대. 오늘 편집회의에서 그 얘기가 잠깐 나왔는데, 6년차 이상 기자로 프랑스어를 할 수 있는 사람은 우리 회사에서 장인철 씨밖에 없는 것 같아서 내가 장인철 씨 얘길 꺼냈지. 잘 생각해 보고, 지원을 하든지 말든지 알아서 해."

나는 잘 생각해 볼 필요를 그다지 느끼지 않았으므로 곧 지원을 했고, 운 좋게 뽑혔고, 더 운 좋게 프랑스 외교부의 장학금까지 받을 수 있게 됐다. 다소 짜증스러웠던 심사 과정과 서신 왕래를 거쳐서 말이다. 그래서 그 이듬해, 그러니까 92년의 추석을 막 넘긴 9월 중순께, 얼마쯤 찜찜한 일들을 서울에 남긴 채 파리로 날아갔다.

엘리베이터의 덧문을 밀어젖히자 여자가 보였다. 9월 중순의 여느 날씨에 입기엔 좀 지나치다 싶을 만큼 두터워 보이는 오렌지 빛 외투의 어깨 뒤켠으로 금발이 흘러내렸고, 감색 바탕에 박힌 흰색 문자 VOLKSWAGEN이 도드라져 보이는 가방이 여자의 야윈 손에 들려 있었다. 서른댓이나 됐을까. 파리의 어느 거리에서라도 쉽게 맞닥뜨릴 수 있는 타입의 여자. 그러나 외모로 보아, 그러니까 1백70은 넘어 보이는 키와, 바다를 담은 듯한 눈동자와, 마치 볏짚더미 같은 머리카락으로 보아, 적어도 순수한 라틴계는 아닐 것이다.

나는 나왔고, 여자는 들어갔다. 여자가 들어갈 수 있게끔 나는 열린 덧문의 복원력을 내 팔로 막아내고 있었고, 여자는 자기 발을 엘리베이터 안으로 들여놓으며 나지막한 목소리로 고맙다고 말했다. 그것은 물론 프랑스어였다. 그러나 옮게 루주를 입힌, 여자의 도톰한 입술 사이에서 가볍게 파열되며 나온 고맙다Merci는 두 음절 상투어의 한가운뎃소리가 남유럽어나 슬라브어에서—그리고 물론 한국어에서— 흔히 들을 수 있는 굴림소리였으므로, 나는 여자가 파리 사람이 아닐 거라는 내 지레짐작을 더욱 굳혔다. 나는 덧문 위의 손을 놓으려다가, 이 언론인연수 센터 건물에서의 내 용건이 문득 생각나 얼른 물었다.

"〈유럽의 기자들〉이 어디죠?"

내 조음기관의 동작은 공기의 진동으로 변화해 여자의 귀에 닿았고, 여자의 귀가 접수한 그 음향의 자극은 곧 여자의 뇌에 전달됐으며, 마침내는 여자의 쪽빛 눈에 친밀감을 자아냈다.

"댁도 〈유럽의 기자들〉 프로그램에 참가하나요?"

"네, 그럼 댁도?"

"그래요. 헝가리의 주잔나 셀레슈예요. 《마자르 라디오》에서 일해요."

여자가 손을 내밀며(야윈 여자의 손은 그러나 따뜻했다), 자기를 소개했다. 나도 여자의 손을 맞잡으며 말했다.

"남한에서 온 장인철입니다. 《한민일보》라는 일간지에서 일해요."

"전 방금 등록을 마쳤어요. 제가 선착자로서 안내해 드릴까요, 괜찮으시다면?"

"아, 친절하시군요. 고맙습니다."

〈유럽의 기자들〉은 엘리베이터가 갈 수 있는 맨 위층인 그 7층에서도 한 층을 더 올라간, 건물의 꼭대기 층에 자리 잡고 있었다. 1백 평 남짓 돼 보이는 공간이 방 여럿으로 나뉘어 있었다.

"파린 이번이 처음이야?"

여자가 물었다. 나는 여자가 갑자기 반말투를 쓰는 것이 조금 귀에 거슬렸지만, 부러 자연스러운 표정을 유지하며 고개를 끄덕였다.

"댁은?"

"나도."

여자가 어느 방 앞으로 나를 데려가서는 문을 두드렸다. 문의 위쪽 3분의 2쯤을 차지하고 있는 유리 너머로 초로의 여자—아마도 쉰 남짓?—가 책상 앞에 앉아 한 손에 안경을 든 채 뭔가를 골똘히 생각하는 표정을 짓다가, 노크 소리를 듣고 일어나 문을 열었다.

"기유메트, 또 다른 유럽의 기자예요."

젊은 여자는 늙은 여자에게 나를 인계하고는, "그럼 또!"라는 말을 남긴 채 바쁜 일이라도 있는 양 총총 사라졌다.

"남한에서 온 장인철입니다."

내가 손을 내밀며 말했다. 늙은 여자가 내 손을 잡으며 되물었다.

"당신이 장, 그러니까 《한민일보》의 장인철 씨란 말이죠?"

"그렇게 믿으셔도 될 겁니다, 테시에 뒤 크로 부인."

그녀는 나와 서신 왕래를 했던, 〈유럽의 기자들〉의 행정 사무를 책임지고 있는 기유메트 테시에 뒤 크로 부인이었다.

"프랑스어가 편해요, 영어가 편해요?"

테시에 뒤 크로 부인이 영어로 물었다.

"프랑스어도 불편하고 영어도 불편하지만, 프랑스어가 더 불편하죠."

내가 프랑스어로 대답했다.

"그러면 프랑스어로 하죠."

그녀가 도발적으로 웃음을 터뜨리며 말했다. 그러고는 정말로 프랑스어로 얘기하기 시작했다. 그러나 프랑스어권 바깥 사람들을 자주 대해본 사람답게 아주 천천히.

"프로그램은 10월 1일에 시작합니다. 그렇지만 당장 내일부터라도 이곳에 나와 일을 하든, 책을 읽든 그건 장인철 씨 자유예요. 이 공간은 장인철 씨에게 활짝 열려 있으니까요. 몇 가지만 부탁할 테니, 귀를 기울여주세요. 첫째, 여기 있는 우리 모두는, 참가 기자들이든, 저나 딴 스태프 멤버든, 언어 문제가 있어요. 그건 자연스러운 일이고, 그걸 절대 부끄럽게 생각해서는 안 됩니다. 이곳에 있는 동안 내내 입에 달고 다녀야 할 말은 〈잘 알아듣지 못했는데요〉, 〈다시 말해 주세요〉입니다. 몇 번이라도 반복해서 말이에요. 잘 알아듣지 못하고도 알아들은 듯한 표정을 짓는 것만큼 바보스러운 짓은 없어요. 그것은 자신에게만이 아니라, 우리들 모두에게 손햅니다. 지금 제가 장인철 씨에게 말하고 있는 도중에라도 마찬가지예요. 미심쩍은 부분이 있으면 항상 잘 모르겠다는 말을 해주세요. 알아들으셨어요?"

"네, 지금은 확실히 알아듣고 있어요."

나는 솔직하게, 그리고 진지하게 대답했다.

"알겠어요. 그렇지만 앞으로 그런 긍정적 대답보다는 부정적 대답을 하는 일이 더 잦을 테고, 또 더 잦아야 할 거예요. 우리는 모두, 프랑스어나 영어가 모국어든 그렇지 않든, 되도록 천천히 말하는 것을 원칙으로 삼고 있기는 하지만, 장인철 씨도 이해할 수 있다시피, 일상 업무를 치르며 그게 항상 가능하지는 않으니까요. 둘째, 이곳 스태프와 기자들 서로는 반말을 씁니다. (유럽의 다른 많은 언어에서처럼, 프랑스어에도, 비록 우리말이나 일본어와 같은 복잡하고 엄격한 경어 체계는 아닐지라도, 어쨌든 그 비슷한 것이 있기는 있다. 나이 차가 많이 나거나 좀 어려운 상대에게 쓰는 부부아망vouvoiement과, 친숙한 사람들끼리 사용하는 튀투아망tutoiement이 그것이다. 〈유럽의 기자들〉과 관련된 모든 사람들은, 처음 보는 사이일지라도, 서로 튀투아망을 하는 것이 관례로 돼 있었다. 그것이 한편으로는 이들 사이의 친밀감의 한 원천이기도 했다. 아주 이따금씩은 강요된 친밀감이었지만.) 그건 우리가 한 가족이라는 뜻이지요. 당연히 서로를 호칭할 때도 성이 아니라 이름을 부릅니다. 만나자마자 그러는 게 처음엔 어색하기도 하겠지만, 그래야 합니다. 저는 지금부터 장인철 씨에게 그럴 생각인데요. 괜찮겠어요?"

"물론이지, 기유메트. 나는 처음부터 교칙을 어기는 불량학생이 되고 싶지는 않아."

나는 다소 어색하게, 그러나 민첩하게 내 말투를 바꿔, 테시에 뒤 크로라는 성을 지닌 이 중년 여성을 기유메트라고 불렀다. 그리고 그제야 주잔나가 대뜸 내게 반말을 쓴 이유를 알 수 있었다. 그러나 그날 처음 만난 중년의 테시에 뒤 크로 부인을 내가 기유메트라고 불러야 하다니. 그것은, 기분 나쁜 일은 결코 아니었으나, 어쨌든 조금은 불편하고 스스러운 일이었다.

"그래, 나는 이제부터 내 모범생 인철에게 기유메트지. 셋째는, 어쩌면 벌써 얘기를 들었을 수도 있겠지만, 유럽은 어디나 소매치기들이 우글거려. 특히 지하철이나 열차, 바깥이 사람들이 많이 모이는 곳에. 외모가 외국인 같으면 더 표적이 되기 쉽지. 돈도 돈이지만, 여권 같은 걸 한번 잃어버리면 일이 복잡해진다구. 항상 이 점을 명심할 것. 알겠어?"

"응."

하고 대답하며 나는 C.I.E.S.(국제 학생-연수생 센터. 프랑스 정부의 장학금을 관리하는 기관이다)에서 내 장학금을 담당하고 있는 프랑수아즈 고레크 양을 기억해 냈다. 그녀 역시 내게 첫 달 장학금을 주며, 파리 메트로에는 소매치기가 많으니 조심하라고 조언했던 것이다. 내가 좀 어수룩하게 보였던 모양이다. 제대로 본 것이긴 하지만. 어쨌든 그 두 여자의 경고 덕분인지, 유럽 체재 동안 돈을 잃어버린 일은 없었다.

"이상이야. 이제 스태프랑 인사나 하지."

기유메트는 나를 자기 동료들 방으로 안내해 그들과 인사시켰다. 〈유럽의 기자들〉에서 상근하는 스태프는 기유메트를 포함해 넷이었다. 그곳의 디렉터인 프랑스인 올리비에 무니에, 기유메트의 사무를 보조하는 독일인 헬라 뮌스터, 그리고 경리를 담당하는 폴란드인 안나 오를로프스카가 그들이었다. 올리비에는 《피가로》와 《르 몽드》에서 기자 노릇을 한 사십대 후반의 저널리스트고, 기유메트는 남편이 건축기사인 오십대 여자다. 한국 불어불문학회가 편찬해 한국외국어대학 출판부에서 낸 『한불사전』 앞머리의 추천사 필자인 전직 외교관 레미 테시에 뒤크로는 그녀의 시숙부다. 헬라는, 가족이 네 대륙에 흩어져 있는, 그래서는 아니겠지만 영어·프랑스어·스페인어 그리고 당연히 독일어가 아주 자유로운 사십대 여자고, 안나는 파리에 십 년째 살고 있는 삼십대 여자다. 나는 기유메트의 당부를 기억하며 그들에게 반말투를 사용했고, 그들 역시 그것을 자연스럽게 받아들였다.

우리가 기유메트 방으로 돌아왔을 때, 내 또래로 보이는 여자 하나가 방문 앞에서 쭈뼛거리고 있었다. 내 새로운 동료임이 분명했다. 나는 내가 마치 이곳의 터줏대감이라도 되는 양, 거리낌 없이 그녀에게 물었다.

"유럽의 기자인가요?"

"네."

"나도 그래요. 남한의 장인철입니다."

"스웨덴의 잉그리드 린달이에요."

그녀가 잉그리드 버그만의 전성기 때보다 더 예뻤다고 말할 자신은 없지만, 어쨌든 그녀는 아주 예뻤다. 이렇게 해서, 이런 식으로 그 아홉 달이 시작되었다.

〈유럽의 기자들〉 재단의 설립 목적은 세계 각국의 기자들에게 유럽의 현장 지식을 공급하는 것이었고, 그래서 〈유럽의 기자들〉은 그 재단이 창립된 1974년부터 지금까지 해마다 서른

명 안팎의 기자들을 전세계 각지에서 불러 모아 연수시키고 있다. 프로그램의 두 축은 기자회견 형식을 가미한 세미나와 유럽의 정치, 경제, 사회에 대한 취재다. 이 둘은 모두 잡지 《유럽》을 만들기 위한 것이다. 조금씩의 차이는 있지만, 보통 한 기(프랑스어로는 프로모시옹promotion이라고 한다)의 기자들이 이 잡지를 다섯 번 만들면 프로그램이 끝난다.

디렉터와 데스크, 그리고 기자들이 참가하는 편집회의의 결과에 따라 유럽 각국의 취재가 이뤄진다. 확정된 기사 아이템 가운데서 기자들이 제가끔 자신의 취재대상 국가와 주제를 선택해 비행기를 타고 현장으로 날아가거나(파리에서 다소 먼 지역의 경우), 기차를 타고 기어가는 것이다(프랑스 국내나 인접 지역의 경우). 한 나라와 주제에 기자들이 몰릴 경우에는 디렉터가 그것을 조정한다. 기사의 데드라인은 보통 파리로 돌아온 지 일주일 뒤. 프랑스어로 쓰든, 영어로 쓰든 그것은 기자의 자유다.

언어 얘기가 나온 김에 그와 관련해 한두 마디 하자면, 나는 유럽 한복판에서 영어의 힘을 실감했다. (촌스러운 감동일 수도 있다. 그러나 그해의 유럽행은 내 생애의 첫 해외 경험이었다. 나는 일본도, 아니 일본은커녕 제주도도 못 가본 처지였다.) 물론 그것은 나 자신이 처한 다소 특수한 상황 탓도 있다. 무슨 말이냐

하면, 〈유럽의 기자들〉을 프랑스어 사회라고 말할 수는 없었다는 것이다. 유럽 이외의 지역에서 온 기자들은 말할 것도 없고, 유럽에서 온 기자들도 대개는 프랑스어보다 영어가 더 편했기 때문에, 세미나 같은 공식적인 자리에서만 프랑스어가 사용됐고, 일상생활에서의 잡담은 대개가 영어로 이뤄졌다. 루브르 거리 33번지는 파리 한복판에서 프랑스어에 포위돼 있는 영어라는 언어의 섬 같기도 했다. 나 자신 프랑스어 구사능력을 키워 보겠다고 불편함을 무릅쓴 채 《유럽》지의 기사를 모두 프랑스어로 썼지만, 이런 영어 환경 때문에 결국 내 프랑스어를 아주 어설픈 상태에 정지시킨 채 서울로 돌아올 수밖에 없었다. 그러나 이 영어 우위는 〈유럽의 기자들〉에만 국한된 것은 아니었다. 귀동냥으로 들어서 내가 가지고 있던, 유럽 대륙에서는 영어보다 프랑스어가 우위에 있을 것이라는 환상은, 프랑스 바깥으로 나가자마자 진짜 환상이었다는 것이 여지없이 드러났다. 게르만계 국가는 말할 것도 없고, 슬라브계 국가나 심지어는 남유럽의 라틴계 국가에서까지 영어의 힘은 프랑스어에 비할 바 없이 컸다. 프랑스 문화를 흠모하는 보수적 지식인 사회를 빼고는 말이다.

그것은 유럽의 웬만한 도시에서라면 틀림없이 여행객들을 기다리고 있는 맥도날드와 함께 미국의 힘을 실감케 했다. 영어에 견준다면, 프랑스어까지도 하나의 지방 언어로 비칠 정도였다. 영어로 의사를 소통하기가 불편한 유럽의 유일한 수도가 파리이지만(뒤에 얘기할 네덜란드로의 그룹 투어에서 프린세스 마르흐레히트가 주재한 만찬에 참가해 어느 네덜란드 외교관 부인과 나눈 대화 한 토막: "파리 생활은 어때요?" "아직은 불편한 점이 많죠." "뭐가 제일 불편해요?" "제 경우엔 언어예요. 그곳에선 영어가 잘 안 통하니까요. 그런 점에선 네덜란드가 해방감을 줍니다." "그래요. 프랑스에선 프랑스어가 서툴면 정말 불편하죠. 정말 이상한 사람들이에요." "뭐가요?" "그 사람들은 우리가 프랑스어를 못 하면 프랑스어를 못 한다고 구박이고, 프랑스어를 하면 프랑스어를 잘 못 한다고 구박이거든요." "맞아요, 정말 그래요."), 이제 그곳에서도 젊은이들 사이에 영어 열풍이 불고 있었다. 사설 학원에서도 학생 유치 경쟁이 한창이었다. 특히 아이들이 초등학교에 다닐 때부터 따로 영어를 가르치려는 부모들이 늘고 있었다. 맥도날드나 뷔르게르 낑그(버거킹)에서 앙뷔르게르(햄버거)와 코카콜라를 먹고 마시며, 조니 핼리데이(이 영어식 예명을 지닌 대중가수는 프랑스 토종이다)에 열광하는 새로운 세대를 원군 삼아, 영어는 보무도 당당히 프랑스에 상륙해 식민지를 개척하고 있었던 것이다. 요컨대 루이 14세 이래 19세기까지 프랑스어가 지니고 있던, 국제 언어·문화 언어로서의 영광은 이제 회복이 무망한 것으로 보였다. 파리 교외에 유로디즈니가 들어서고, 젊은 이들이 록 음악에 미쳐 있으며, 실베스터 스탤론에게 레지옹 도뇌르 훈장이 수여됐다는 것 자체가, 바람직하든 바람직하지 않든, 미국 문화의 지배성을 증명하고 있는 것처럼 보였다.

그런 얘기를 하면서 벨기에 동료 귄터(그는 벨기에의 소수 독일계 사회에서 태어나, 프랑스어권의 가톨릭 루뱅 대학을 다녔다)가 한탄처럼 내뱉은 소리.

"본이나 파리에 있으면 이것도 하나의 세계(a world)라는 생각이 드는데, 런던에 있으면 이게 바로 세계(the world)라는 생각이 들어. 정치나 경제 차원만은 아니야. 문화도 마찬가지지. 독일어권이 배출한 마지막 거장은 칼 포퍼인데, 그 사람도 주로 영어로 책을 썼잖아. 프랑스도 마찬가지지. 미국에서 인정을 해야, 국제적 명성을 얻게 되니. 포스트코뮤니즘 시대에 남아 있는 계급은 이제 딱 둘이야. 영어 사용자와 영어 비사용자. 장기적으로 소멸의 운명에 처한 것은 말할 나위 없이 후자지." (그는 결국 〈유럽의 기자들〉 프로그램이 끝나자마자, 저널리스트 이력을 잠시 중단하기로 하고, 케임브리지—미국 매사추세츠의 케임브리지 말이다—로 날아갔다. 완벽한 영어 사용자가 되기 위해. 살아남을 계급으로 존재 전이를 하기 위해.)

예의 네덜란드 그룹 투어를 마치고, 암스테르담에서 파리로 돌아오는 기차 안에서 만난 어느 네덜란드 사업가와의 대화.

"네덜란드 사람들은 참 다 외국어에 능한 것 같아요."

"그럴 수밖에 없어요. 우린 장사를 해서 먹고 살아야 하니까."

"그래도 특이한 것 같은데요. 일본 사람들이 다 그렇게 외국어에 능한 것은 아니잖아요."

"그렇게 생각될 수도 있겠죠. 네덜란드 대학에선 영어로 강의를 하는 교수들이 많이 있어요. 영어로 된 교재를 채택하는 정도가 아니라, 강의 자체를 영어로 진행하는 거죠. 심지어 지금 교육부 장관은 얼마 전 대학의 모든 강의를 영어로 하도록 하는 법률안을 생각하기도 했지요. 중세 대학에서 모든 강의를 라틴어로 했던 것처럼 말이에요. 결국엔 국민감정을 크게 거스를 수 있다고 해서 유야무야되고 말았지만."

그렇다. 지금의 영어는 19세기 이전의 프랑스어에 비견되는 정도가 아니라, 중세의 라틴어에 비교돼야 하지 않을까? 학술 논문 자체가 영어로 쓰이지 않으면 아예 읽히질 않는 것이다. 파리의 소르본 근처가 카르티에 라탱(라틴어 구역)이라고 불렸듯이, 어쩌면 앞으로 몇몇 나라의, 예컨대 네덜란드 같은 나라의, 대학가가 잉글리시 쿼터라고 불리는 날이 올지도 모른다. 아니다. 영어의 위세는 중세의 라틴어 이상이다. 영어가 단순히 학술어만은 아니다. 중세의 장사꾼들은 라틴어를 사용하지 않왔지만, 지금은 장사꾼들도 영어를 사용한다. 저널리스트들이야 더 말할 것도 없고. 92년-93년 〈유럽의 기자들〉 참가자들 가운데서도, 영어가 서툴렀던 동료들은 프랑스어가 서툴렀던 동료들에 비해 상대적으로 더 불편했다. 예컨대 프랑스어는 아주 능했으나 영어가 아주 서툴렀던 폴란드의 로베르트라는 친구는, 반대로 프랑스어는 아주 서툴렀으나 영어가 그럭저럭 쓸 만했던 일본의 사부로라는 친구에 견주어 스스로 취재대상 지역을 제한할 수밖에 없었다. 사부로는 유럽의 어디에라도 갈 수 있었지만, 로베르트는 프랑스와 남유럽에 묶여 있을 수밖에 없었다.

그렇다고는 해도, 〈유럽의 기자들〉 1백 평 공간이 오로지 영어에 지배되고 영어로 넘쳐났다는 것은 올바른 기억이 아닌 것 같다. 무엇보다도 그곳이 파리였다는 점, 강의가 프랑스어로 이뤄졌다는 점 때문에 우리가 영어와 프랑스어를 섞어서 쓸 수밖에 없기도 했지만, 또 우리들 대부분에게는 모국어라는 것이 있었다. 가끔 고향에서 사무실로 전화가 오는 경우도 있었고, 또 파리에 살고 있는 동포 친구가 전화를 하는 경우도 있었다. 반대로 우리들 자신이, 파리에 사는 동포나, 우리들의 고향으로 전화를 하는 경우도 있었고. 그럴 때면 독특하고 귀에 선 언어들이 영어의 지배, 또는 앵글로-프렌치 도미네이션에 구멍을 뚫고 신선한 공기를 들이미는 것이다. 스페인어나 독일어 정도는 우리들끼리 이따금씩 서로 의사소통을 위해 쓰는 언어니까 그리 신선하게 들릴 건 없지만, 포르투갈어나 러시아어만 돼도 다르다. 영어나 프랑스어가 모국어가 아닌 사람들의 경우, 동포와의 사적 통화는 대개 그 귀에 선 언어로 하게 되는데, 그 언어란 폴란드어, 덴마크어, 불가리아어, 스웨덴어, 베트남어, 체코어, 아이슬란드어, 그리스어, 히브리어, 헝가리어, 일본어, 한국어 들이다. 〈유럽의 기자들〉은 인종 시장이었을 뿐만 아니라 언어 시장이기도 했던 것이다. 그렇다 보니 우리들은 서로 간단한 인사말 정도는 상대방의 모국어로 하는 버릇까지 갖게 되기도 했다. 덕분에 나는 〈건배〉, 그리고 〈술〉이라는 말을 적어도 10개 국어 이상으로 알게 되었다. (그 과정에서 나는, 우리말의 〈술〉처럼 술의 물리적, 화학적, 풍속적 성질을 날카롭게 암시하는 말은 달리 없으리라는 평소의 지레짐작을 정당화할 수 있었다. 음성학적 감수성이 시원찮은 사람에게도 〈술〉의 마지막 소리인 설측음 〈ㄹ〉은 술의 물리적 성질, 이를테면 액체로서의 유동성, 그 흐름의 본성을 나타내는 것처럼 보인다. 반면에 그 첫소리인 치마찰음 〈ㅅ〉은 술이 예컨대 증류수처럼 무미, 무취한 것이 아니라 일정한 빛깔과 향기와 맛을 지닌 화학적 집적물이라는 것을 상상하게 한다. 그리고 그 두 자음을 이어주는 원순 후설모음 〈ㅜ〉는, 내게는,

술은 내뱉는 것이 아니라 마시는 것이라는 점을, 또 마시되 예컨대 홀소리 〈ㅏ〉가 연상시켰을 수도 있듯이 폭음하는 것이 아니라, 절제 있게 느릿느릿 마시는 것이라는 점을 함축하는 것처럼 보인다. 그러므로 술은 뇌세포에 상처를 줄 정도로, 또는 그렇게까지는 아니더라도 청각이 희미해져 서로 악다구니를 써대거나, 과장된, 또는 가장된 애상의 제스처가 난무할 정도로 마시는 것이 아니다. 술기운에 겨워 흘리는 눈물만큼 값싼 눈물은 없다. 그것은 흔히 거짓 눈물이고, 그러므로 보기 흉한 눈물이다. 그러나 이제 그 시기를 되돌아보니, 나나 딴 동료들이나, 음주인의 '직업윤리'에 그다지 충실하지 못했음을 깨닫겠다.)

곁가지가 길었다. 취재 여행이야말로, 이 프로그램을 진짜 '연수'로 만든다. 기자 연수라는 이름으로 이뤄지는 프로그램들이 흔히 저널리즘의 내용을 아카데미즘 형식으로 포장해서, 또는 그와 역순의 공정을 거쳐서 연수자에게 공급하는 데 그치는 것에 비해, 이 프로그램은 기자라는 직업의 전부라고 할 수 있는 취재와 기사 작성과 편집을 끊임없이 강요하는 것이다. 요컨대 기자 감각을 지속적으로 유지시켜 준다는 점에서, 이 프로그램은 진짜 기자 연수라고 할 만하다. '재충전'이라는 이름의 휴식이나 어학연수가 아니라는 뜻이다. 초반에 강도 높게 진행되는 세미나만 빼면, 생활 패턴은 우리들의 직장, 곧 언론사에서와 다름이 없다. 즉, 편집회의, 취재, 기사 작성, 편집의 사이클이 반복되는 것이다.

취재 여행은 항상, 낯선 도시가 주는 설렘과 긴장을 수반했다. 보통 두 주 가까이 한 나라의 서너 도시를 돌거나, 두 나라 정도를 돌게 되는데, 앞의 대엿새 정도를 설렘이 지배한다면, 뒤의 대엿새 정도는 긴장에 움츠러든다. 같은 나라가 취재대상인 경우 한두 동료와 그 나라에서 만나게 되는 경우도 있지만, 대개는 혼자 돌아다니기 때문에 취재 일정이 끝날 무렵에는 파리가 그리워지기도 한다. (그러나 막상 파리행 비행기나 기차에 오르면, 그때는 또 파리로 돌아가 써야 할 기사가 부담스러워진다. 변덕스러운 것이 인간이다.) 《유럽》이 일간신문이 아니라 계간지이기 때문에, 그 기사들은, 그 소재가 정치건, 경제건, 심지어 문화건, 대개 르포성이다. 사진도 물론 기자가 제가끔 찍는다. 사진 찍기에 서툰 기자들이 당연히 있기 때문에, 프로그램 초기에 사흘 동안 사진 실습을 받는다. 파리와 주요 취재 도시들 사이의 왕복표와 취재대상 국가의 국내 여행비, 그리고 하루 4백 프랑 정도의 취재비가 지급되는데, 하루 4백 프랑이면, 동유럽 국가에서는 풍족하고 영국이나 스위스 같은 고물가 국가에선 아주 빠듯하다. 그래서 때로는, 단지 경제적 이유 때문에 동유럽 국가 쪽으로 기자들이 몰리기도 한다(물론 그럴 경우, 역시 이미 말했듯, 디렉터가 재조정을 한다). 유럽 각 도시로 기자들이 흩어졌다가, 두 주 뒤 파리로 돌아와 기사를 쓰고, 잡지를 편집하고, 다시 유럽 각 도시로 흩어지는 생활이 반복되면서, 그리고 그 기사들 하나하나가 독립적이고 자기완결적인 기사가 아니라 하나의 특집을 구성하기 위해 다른 동료의 기사와 유기적으로 결합돼야 한다는 사실 때문에, 프로그램 참가자들 사이에는 금세 동료애라고 할 만한 감정이 생긴다(때로는 그 동료애가 연애로 발전하기도 했다). 피부 빛깔과 문화 배경이 서로 다른, 세계 여러 나라 출신의 기자들 사이에서 생길 법한 서먹서먹한 감정을 빨리 없애기 위해 이 프로그램 주관자들은 세심한 배려를 한다. 이미 말한 대로 만나자마자 대뜸 튀투아망을 하게 하는 것도 그 배려에 속하지만, 프로그램 초반에 참가자들이 모두 어울릴 자리를 자주 마련한다.

그 서먹서먹함이 거의 사라지는 것은 대체로 프로그램 시작 열흘쯤 뒤 마련되는 특정 국가로의 그룹 투어다. 92년-93년기의 경우 네덜란드가 대상이었던 이 일주일 기간의 그룹 투어는, '투어'라는 말이 연상시키는 바와는 달리, 온전한 유람 여행은 아니다. 정부 관료, 기업인들과의 기자회견이 빡빡한 스케줄로 잡혀 있다. 보통 아침 6시에 일어나, 밤 10시가 넘어서야 자유 시간이 주어진다. 혼자 있을 시간이 거의 없다는 것이 때로는 짜증스럽기도 하다. 그러나 실제로는 어느 정도 유람 성격이 가미되기도 한(그것이 강요된 유람이기는 하지만) 그 그룹 투어를 통해, 동료들 사이의 서먹서먹함이 녹아내린다(일주일간 집단생활을 하고도 계속 서먹서먹하기는 어렵다). 또 이 그룹 투어는, 참가 기자들 한 사람 한 사람에게 자신의 사회적 신분에 대한 환상(!)을 심어주는 방향으로 세심하게 계획된다. 무슨 말이냐 하면, 웬만한 중량급 저널리스트가 아니면 기자라도 만나기 힘든 왕족, 정치인, 기업인 들이 베푸는 리셉션이 매일 밤 마련되는 것이다(유럽 부르주아 문화 내지는 귀족문화—생활 패턴이라는 의미로—의 정수를 맛보기로 보여준다고나 할까). 이 그룹 투어와 정기적 취재 여행 외에, 참가 기자들은 유럽의회가 있는 스트라스부르나, 유럽공동체 집행위원회가 있는 브뤼셀로 개별적인, 또는 삼삼오오의 여행을 해야 한다. 물론 다녀와서는 반드시 기사를 써야 한다. 유럽공동체의 지원에 대한 《유럽》의 답례인 셈인데, 어쨌든 참가 기자들은 (유럽의 개별 국가가 아니라) 유럽공동체를 대상으로 한 이 취재에서 유럽 정치를 쥐락펴락하는 거물들을 만날 기회를 갖는다.

이 프로그램에 참가하면서도, 소속사에 기사를 계속 보내거나 프리랜서로 일할 수는 있다. 그러나 우선순위는 《유럽》의 기사와 세미나 참가다. 때로 이 규율은 엄격하다. 92년-93년도 참가 기자였던 아이슬란드 동료 하나는 실제로 프랑스 총선거 그리고 피에르 베레고부아 총리의 자살과 겹쳤던 두 차례의 취재여행기간 동안 자신의 출장지역인 체코와 러시아로 가지 않고 파리에 남아 총선과 프랑스의 정치 사회 분위기를 취재하다, 그것이 알려져 '퇴학' 처분을 받기도 했다.

이 프로그램의 참가가 하나의 혜택인 것은 분명하지만, 반면에 대부분의 기자들은 이 프로그램을 위해 무언가를 희생했다. 이 프로그램과 직장을 맞바꾼 동료도 여럿 있었다. 영국 동료 사라는 입학허가서를 받자마자 사표를 내고 파리로 왔고(그녀는 프로그램이 끝날 무렵 AFP에 취직했다), 헝가리 동료 주잔나 역시 자신의 방송국에서 장기 파리 체재에 난감을 표하자 사표성 휴직계를 내고 프리랜서로 나섰다. 스웨덴 동료 잉그리드는 등록금과 파리 체재비를 마련하기 위해 기자 생활 십 년의 저축을 다 쓰고도 빚이 생겼고, 폴란드 동료 로베르트는 회사에서 연수 기간 동안 기본급(우리 개념의 기본급이 아니다. 성과급 제도인, 그러니까 출고량에 따라 급료가 결정되는 그 신문사—《쿠리어 폴스키》. 그 신문은 폴란드에서 가장 오래된 신문이라고 한다. 그러나 그 신문이 그 나라에서 가장 영향력 있는 신문인 것 같지는 않다. 만일 그랬더라면 로베르트는 유구함보다는 영향력을 자랑했을 테니까—의 기본급은 정상적 급료의 10%에도 못 미친다고 한다)만을 지급하기로 결정하자, 거의 매일 자기 회사에 기사를 '팔기' 위해 AFP를 번역했다. 그러고는 이 프로그램만 끝나면 회사를 옮기겠다고 별렀다. 등록금과 파리 체재비(와 급료까지도)를 대줄 수 있는 미국이나 일본의 큰 신문사 소속 기자이거나 나처럼 운 좋게 월급 일부와 장학금을 동시에 받을 수 있었던(《한민일보》에 영광을!) 경우를 제외하고는(그러나 나 역시 궁핍하게 지냈다고 말할 수 있다), 많은 참가 기자들이 경제적으로 쪼들렸고, 그럼에도 불구하고, 또는 차라리 그렇기 때문에, 역시 가난한 동료들에 대한 정겨움을 키울 수 있었다. 우리 사이에 어떤 정겨움이 있었다고 말할 때, 나는 어떤 아쉬움을 느낀다. 실제의 감정은 정겨움 이상의 것, 내 짧은 한국어가 아직 발견하지 못한 어떤 더 힘센 낱말에 상응했었기 때문이다.

피부 빛깔과 문화 배경이 생판 달랐던 우리들은 그럼에도 많은 공통점을 지니고 있었다. 무엇보다도 우리들은 고향에서 멀리 떨어져 있었다(프랑스 동료는 하나뿐이었다). 우리들 모두가 파리라는 도시의 이방인이었다는 사실이 우리들을, 말하자면 아웃사이더끼리의 정겨움으로 묶었다. 고향에서 멀리 떨어져 있다는 사실은 또 어느 정도 우리들에게 들뜸과 자유를 주기도 했다. 값싸다고도 말할 수 있을 센티멘털리즘과 멜랑콜리가 거기에는 있었다. 그 센티멘털리즘과 멜랑콜리의 힘으로 우리는 술을 마셨고, 노래를 불렀고, 춤을 췄고, 뽀뽀를 했고, 울었고, 싸웠고, 화해했다. 그리고 일했다. 게다가 우리는 모두 저널리스트였다. 대개는 가난한(아주 가난한 것은 아니었지만). 그 동업자 의식과 그 '계급의식'은 유행가 가사에서처럼, 또는 삼류 표어에서처럼, 국경과 피부 빛깔을 초월해 우리를 묶었다. 또 우리는 대개 삼십대였다(우리들의 정신 연령은, 말하자면 하는 짓은, 대개 이십대였지만). 이 나이는 과거에 대한 회오와 미래에 대한 불안이 교차하는 나이이다. 냉전의 전성기에 태어난 우리는 냉전이 끝난 직후 파리에 모였다. 유년 시절부터 공산당사를 암송했던 친구와 반공 글짓기를 했던 친구 사이에서 그러나 때때로 놀라운 정서적 동질성이 발견되기도 했다. 비틀즈와 자크 브렐 좋아하기, 닉슨과 옐친 싫어하기, 컴퓨터 세상과 로봇 세상에 대한 불안, 미국에 대한 양가감정, 파리 애호와 파리인 혐오, 일본인 애호와 일본 혐오, 가르시아-로르카에 대한 열광 같은 것들. 알제리 독립 전쟁과 쿠바 위기에 대한 추체험, 68년 학생 운동과 베트남 전쟁에 대한 소문, 만델라와 김대중에 대한 호기심, 사르트르의 죽음 같은 것이 우리가 공유하는 과거였다. 그 공유된 과거가 우리를 술자리로, (그리고 바슐라르가 주장하는 호프만 콤플렉스에 의해) 수다로 이끌었다.

우리들의 술자리는 프로그램 첫날인 10월 1일부터 있었다. 그러나 우애의 잔verre de l'amitié이라고 불렸던 그날의 술자리는 다소 의례적인 것이었고, 서로의 서먹함 때문에 금방 끝났다. 내가 기억하는 첫 술자리는 그 다음날, 그러니까 10월 2일 저녁(부터 그 다음날 새벽까지) 네덜란드 신문(그 제호는 잊었다)의 파리 특파원 한스 헤르스텐의 집에서 있었다. 91년-92년 유럽의 기자였던 한스가 그날 저녁 92년-93년 유럽의 기자들을 제 집으로 초대한 것이다. 그는 그날 오후 〈유럽의 기자들〉 사무실에서 우리들에게 네덜란드에 대해 브리핑을 했고(우리의 네덜란드 그룹 투어와 관련한 일종의 오리엔테이션이었다), 우리들 사이의 〈아이스 브레이킹〉(프랑스 사람들이 '롱프르 라 글라스rompre la glace'라고 표현하는, 서먹함을 누이는 의식 말이다)을 위해, 그리고 우리와 자신의 사귐을 위해, 그날 저녁 자신의 집을 사용하기로 결정했다. 그런 일들이 종종 있었다. 무슨 말이냐 하면, 우리들이 과거 유럽의 기자들로부터 초청받는 일이 종종 있었다는 말이다. 과거 유럽의 기자들 가운데 쉰 명 가까이가 파리에서 일하고 있었던 덕이다.

그날은 금요일이었고 우리는 그 다음날 스케줄이 없었기 때문에(항상 그랬던 것은 아니었다. 사실은, 어느 편이냐 하면, 토요일에도 스케줄이 잡혀 있는 경우가 더 많았다. 프로그램 초기에는 일요일에 출근하는 경우까지 있었다. 그 주에 토요일 스케줄이 없었던 것은 첫 주라는 점이 고려된 예외적 배려라고 생각된다), 마음에 별 부담이 없었다. 그날은 또 콜레주 드 프랑스에 92년-93년 유럽 강좌 교수로 초빙된 움베르토 에코가 취임 연설을 한 날이기도 했다. 에코는 90년에 개설된 이 유럽 강좌에 초빙된 세 번째 학자였다. 그 학기의 유럽 강좌 주제는 〈유럽 문화사 속의 완전언어에 대한 탐구〉였는데, 에코는 11월 8일의 첫 강의 〈자연언어와 인공언어〉에서부터 이듬해 1월 12일의 마지막 강의 〈오늘날의 완전언어: 컴퓨터 과학, 행성 간의 언어들〉에 이르기까지 매주 목, 금요일 두 차례씩 열여덟 차례에 걸쳐 중세 이래 유럽인들이 추구해 온 '완벽한 언어'의 구축 과정, 그 열망과 실패와 재도전의 역사를 되짚을 예정이었다. 콜레주 드 프랑스는 일반인들에게 수강의 문을 열어놓는 대학 위의 대학으로, 이곳에서 강의하는 것은 프랑스 학계에서 최고의 명예로 받아들여진다.

내가 에콜 거리와 베르생제토릭스 거리에 동시에 있을 수는 없는 노릇이었으므로, 말하자면 콜레주 드 프랑스와 한스의 아파트에 동시에 있을 수는 없는 노릇이었으므로, 나는 선택을 해야 했다. 나의 지적 허영은 에코 쪽을 택했고, 그래서 콜레주 드 프랑스로 갔으나, 너무 많이 모인 청중 때문에 나는 강의실로 들어갈 수가 없었다. (이 취임 강연에는 문화부 장관이자 교육부 장관이었던 자크 랑그를 포함해 2천 명에 가까운 청중이 몰려들어, 프랑스에서 에코가 누리는 대중적 인기를 실감하게 했다. 대부분의 청중을 강의실 밖에 세워놓았던 이날의 에코는 갈리아를 정복하기 위해 혈혈단신으로 알프스를 넘어온 로마 장군 같았다.) 그래서 나는 다시 발걸음을 베르생제토릭스 거리로 옮겼다. (그러나 그 다음 주 본강의 개강 이래 나는 다섯 차례나 루브르 거리를 몰래 빠져나와 에콜 거리로 가서 내 귀를 학대하며 에코의 강의를 청강했다.) 그날 에코의 취임 연설에 사람이 너무 많이 몰려든 것은, 그래서 내가 강의실로 들어갈 수 없었던 것은, 따라서 할 수 없이 한스네 집의 저녁 모임에 참석하게 된 것은, 내게 외려 아주 다행스러운 일이었다. 프로그램 첫날의 어색함이 그날 그 모임을 통해서 많이 눅여졌기 때문이다.

우리는 그날 엄청나게 마셨다. 엉망으로 취하도록. 아마 어색함을 이기기 위해서였을 것이다. 우리들은 대화의 파트너를 바꿔가며 서로를 소개했고, 춤을 췄고(물론 나는 추지 않았다. 내 춤 솜씨를 스스로 잘 알고 있으므로), 뽀뽀를 했고(물론 나는 하지 않았다. 그때까지만 해도 내겐 그것이 추하게, 까지는 아니더라도 느끼하게 느껴졌으므로), 떠들어댔다(나 역시 많이 떠들었다). 한스의 전축에서는 〈I love Paris in the springtime〉이 끝없이 반복돼 흘러나오고 있었다. 그날 술이 너무 올라, 무슨 얘기들을 밤새 했는지는 세세히 기억나지 않는다. 다만 그날 밤 내가 술이 취하기 전까지, 그러니까 파티가 시작된 지 아마도 한 시간 이내에 있었던 대화들은 예컨대 이랬다.

"남한의 인철이야."

"그리스의 마티나야."

"아, 니코스 카잔차키스의 나라에서 온 여인이군."

"너, 별걸 다 안다."

"남한에 카잔차키스의 시집과 소설들이 번역돼 있거든."

"그래? 정말 뜻밖인데."

"또 한 사람의 니코스도 한국 사람들에게 알려져 있어."

"누구?"

"알튀세르의 학생."

"아, 니코스 풀란차스. 그 사람은 슬프게도 자살했지."

"그래, 스승은 아내를 타살altruicide(이 말은 티나의 suicide를 받아 내가 만든 말이다)했고."

"너 말 재밌게 한다. 아카데미 프랑세즈의 추인이 필요하겠지만. 그런데 그런 사람들이 다 한국에 알려져 있구나."

"외국의 웬만한 책들은 즉각즉각 한국어로 번역돼. 고대 그리스 작가에서 현대 아프리카 작가까지 한국어로 읽을 수 없는 작가는 거의 없어(이건 정말 명백한 과장이다). 그게 바로 한국인들이 외국어를 잘 못하는 이유야." (내가 너무 거드름을 피우고 있나?)

"아!" (이 여자는 진지하게 감탄한다.)

"한국에 대해 뭐 아는 게 좀 있니?"

"사실, 거의 없어. 올림픽 정도지. 그게 유럽인들의 병이야."

"그 병을 치유하고 싶은 마음은 별로 없는 것 아니니?"

"그럴지도 모르지. 그런데 너 지금 나를 비난하고 있는 거니?"

"아니, 조심스럽게 진단하고 있는 거야."

"그 소리가 그 소리 같다. 혹시 내게 권할 만한 한국 문학작품 없니?"

"최근 김성동이란 작가의 『만다라』라는 소설이 프랑스어로 번역돼 나왔어. 필립 피키에 출판사야."

"벨기에의 귄터야."

"귄터 아이히 같은?"

"귄터 그라스 같은."

"아…… 남한의 인철이야."

"신문이니, 방송이니?"

"신문. 너는?"

"나는 방송이야."

"그래서 네가 그렇게 잘생겼구나."

"아니, 라디오야."

"그래서 네 목소리가 그렇게 좋구나."

"그래, 그래. 그런 걸로 하자. 파리는 어때?"

"엿merde 같어."

"왜?"

"내 프랑스어가 엿 같아서."

(이때 사라 매크윌리엄이 끼어든다.)

"야, 네 말 정말 상쾌한데. 나 영국의 샐리야."

"남한의 인철. 이쪽은 벨기에의 권터."

"네 프랑스어는 별로 엿 같아 보이지 않는데."

"그렇지만 사실이야. 네가 영국 애라니 뜻밖이다. 난 어제 네가 기유메트하고 불어로 얘기하는 거 보구, 네가 프랑스 앤 줄 알았어."

"과장이 네 취미구나."

"아니, 1년에 하루 정도는 종일 과장을 하는데, 오늘은 그날

이 아냐."

"너 개그맨 같다."

"좋아하는 여자 앞에 있으면 나도 모르게 개그맨 흉내를 내게 돼."

(사라가 웃다가 술을 엎지를 것 같아서 나는 아부를 멈춘다.)

"남한의 인철이야."

"세네갈의 압둘라이야."

"이름을 보니 무슬림이구나."

"맞아."

"그래서 술을 안 마시고 있는 거니?"

"맞아."

"너 담배도 안 피우니?"

"맞아."

"너 결혼했니?"

"아니."

"너 그럼 무슨 재미로 사니?"

"쾌락만이 삶의 다는 아냐."

(그가 너무 진지했으므로 나는 고개를 끄덕일 수밖에 없었다.)

"남한의 인철이야."

"러시아의 미하일이야."

"부성은 뭐니?"

"미하일로비치. 아버지 이름도 미하일이거든. 미하일 미하일로비치 폰톤이 내 풀 네임이야."

"아."

하고 내가 감탄했다.

"내 아들 이름도 미하일이지. 그래서 우리 집은 삼대가 다 미하일 폰톤이야."

"아."

나는 다시 한 번 감탄하고 이어서 물었다.

"그 미하일 3세는 지금 몇 살인데?"

"한 달 반."

"아."

나는 마지막으로 감탄했다.

"남한의 인철이야."

"에콰도르의 마리아야."

"담배 하나 얻을 수 있을까?"

(이 여자는 자신이 방금 전에 불을 붙여 입에 물고 있던 담배를

내게 건넨다. 나는 들고 있으라는 뜻으로 받아들이고, 그녀의 담배를 들고 있다. 그러나 그녀는 새 담배 한 개비를 꺼내 다시 입에 물고 불을 붙인다.)

"담배 하나 달래니까."

"줬잖아."

"?!"

(나는 에이즈가 겁나 잠시 망설이다가, 그녀가 피우던 담배를 할 수 없이 마저 피운다.)

이렇게 해서 우리의 얼음이 깨지기 시작했다. 그 얼음은, 이미 얘기했듯이, 네덜란드에서 완전히 녹아내렸다. 돌아가며 집들이도 자주 했다. 우리 모두는 어쨌든 새 집으로 이사를 왔으므로.

그리고 생일잔치들. 동료의 생일이 돌아오면, 우르르 그 집으로 몰려가 취하도록 밤새 마시기 일쑤였다. 술집에서 밤을 새우는 일은 비교적 드물었던 반면에(왜냐하면 우리들은 부자가 아니었으니까), 동료들의 집을 예고 없이 습격하는 일은 잦았다. 심지어 가족과 함께 사는 동료의 집에까지 말이다.

아니면 야외에서 술판을 벌였다.

5월 어느 일요일엔 퐁데자르라는 센 강 다리 한복판에서 음악을 크게 틀어놓은 채 춤추고 마시며, 밤늦도록까지, 임박한 이별의 서운함을 서로 달랬다. 물론 오가던 행인들이 모두 다 한 번씩 더 힐끔힐끔 쳐다보았다. 그 가운데 용기 있는 행인 하나가 호기심에 차 물었다.

"어느 나라 사람들이죠?"

"모든 나라 사람들이에요. 국제부랑자협회 회원들이죠."

"아, 그렇군요."

그 소란스러운 술자리의 순간순간에 우리들은 서로 가족, 고향, 장래, 삶의 덧없음, 그리고 물론 유고슬라비아, 소말리아, 크메르, 러시아, 이탈리아에 대해 하잘것없는 얘기를 주고받았다. 이렇게 얘기하노라니, 갑자기, 이 글을 읽는 당신이 〈유럽의 기자들〉이란 결국 일종의 유흥 프로그램이구나 하는 생각을 하게 될지도 모른다는 걱정이 든다. 사실은 전혀 그렇지 않다고 말하겠다. 그 놀이의 분위기는 우리가 짬짬이, 그러나 적극적으로 만들어낸 하나의 주변적 풍경일 뿐이었다. 우리들 유럽의 기자들은 자신들이 기자라는 사실을 잊지 않았다. 기자記者라는 말과 저널리스트journalist라는 말의 어원을 미욱하게 추적해서 그것을 기계적으로 결합시키면, 우리들은 결국 기록하는 자였고, 그것도 매일 기록하는 자였다. 나는 우리들이 최소한 그 본분에 충실했다는 인상을 받았다. 우리들은 매일 무엇인가를 기록했던 것이다.

물론 이미 말했듯이, 우선순위는《유럽》의 기사였다. 그러나 우리는 틈틈이 거기에다 공적인, 그리고 사적인 다른 기록들을 보탰다. 그 기록들이란, 자기 신문에 보내는 기사이기도 했고, 친지들에게 보내는 편지이기도 했고, 서툰 시·소설의 습작이기도 했다. 나는 친지들에게 편지를 자주 했던 편이다. 파리에서보다는 취재 여행 중에 낯선 도시에서. 우리들 가운데 몇몇은 늦깎이로 문학에 몰두하기도 했다. 예컨대 스웨덴 동료 잉그리드는 이 기간에 장편소설 하나를 탈고했다. 그녀는 그 소설에서 자신의 유년기부터 파리 체류까지를 자전적으로 그렸다. 스웨덴어를 읽을 수 없었던 나는 그녀가 보여준 원고를 이해할 수 없었지만, 그녀의 설명에 따르면, 그것은 일종의 페미니즘 소설이라고 한다. 그녀는 결손가정에서 태어나 불행한 유년기를 보냈고, 심한 우울증을 앓았고, 4년간이나 정신병원에 출입했으나, 자신의 의지로 낙관주의를 체화한 텔레비전 기자다.

"네가 우울증을 앓았었다는 게 믿어지지 않아. 넌 우리 가운데서도 가장 낙천적인데."

"그러나 그건 사실이야. 예컨대 동유럽 사람들이 그리고 있는 스웨덴 사회의 이미지와는 아주 동떨어진 게 내 유년기였어. 그리고 내가 아주 예외적인 것만도 아니었고. 완전한 사회는 없으니까. 그러나 지금 나는 내가 살아온 삶이 자랑스러워. 내겐 어엿한 직업이 있고, 내가 모은 돈으로 파리에 와서 많은 친구들을 사귀었고, 이만큼이라도 프랑스어를 할 수 있게 됐으니까. 패배주의, 운명론 같은 말을 내 사전에서 지워버렸을 때 나는 독립적인 인간이 되었어."

오스트레일리아 동료 웬디는 고향 시드니를 배경으로 한 단편소설 두 편을 완성했고(그녀는 그것을 미국의 한 문학 잡지에 투고할 생각인데 활자화될 가능성은 거의 없다며 멋쩍게 웃었다), 캐나다 동료 케빈은 자신의 〈유럽의 기자들〉 프로그램 체험을 녹인 장편소설의 세 챕터를 완성했다. 케빈은 스트라스부르 유럽의회 취재 때 나와 동행했었는데, 호텔 방에서 자신의 랩톱을 꺼내 자기 소설의 일부분을 내게 보여주었다. 네덜란드와 알자스가 배경으로 돼 있는 그 부분은, 전반적으로, 의식의 흐름이랄까, 요컨대 세련은 됐으나 전혀 대중적이지 않은 문체로 기록돼 있었다. 알자스가 배경으로 돼 있는 부분에 나로 짐작되는 인물에 대한 화자의 묘사가 나와 나는 웃음을 터뜨렸고, 그 역시 옆에서 킬킬댔다.

그 가운데 속보이는 구절은 예컨대 이랬다.

〈지금 쓰이고 있는 이 소설을 킴은 어떻게 생각할까. 그가 이 소설의 한국어 번역을 주선해 줄 수 있을까. 《르 몽드》의 지성

강박과 《리베라시옹》의 진보 강박, 그리고 그 둘을 합친 것만큼의 판매 강박을 지니고 있는 것이 그의 신문이라고 그는 내게 말했었는데〉 운운.

그 기록들을 위해서 우리는 때때로 루브르 거리 33번지 〈유럽의 기자들〉 워크룸의 아타리 컴퓨터 앞에서 밤을 꼬박 새우곤 했다. 필터 없는 골루아즈 담배의 꽁초를 수북이 쌓아가며.

지루해하실 것이 분명한 독자들에게 인내심을 요구하며 에피소드 하나를 더 적는다.

92년 3월 하순쯤, 내게 맡겨진 취재대상은 옛 유고 연방의 작가 상황이었다. 나는, 역시 옛 유고 연방의 언론 상황이 과제로 맡겨진 마리아(한스의 집에서 내게 에이즈의 공포를 불러일으켰던)와 함께 크로아티아 수도 자그레브로 날아갔다. 자그레브 시내까지 들어왔을 땐 이미 밤이었고, 호텔을 몇 군데 전전했으나 도무지 빈 방이 없었다. 우리가 들른 네 번째 호텔—이름도 안 잊었다. 야드라 호텔—의 프런트에 앉아 있던 남자는 빈 방이 딱 하나 있다고 엄숙하게 말했다.

"2인용이죠?"

마리아가 그 남자에게 물었다.

"네."

그 남자가 당연하다는 듯이 대답했다.

"인철, 하느님이 우릴 도우셨네."

"……"

나는 일순 당황했다. 물론 우연히 같은 도시로 취재 여행을 가게 된 우리 동료들끼리 남녀를 불문하고 숙박료를 줄이기 위해 합숙을 하기도 한다는 것쯤은 나도 들어 알고 있었다. 그러나 내겐 행인지 불행인지 그런 일이 일어나지 않았고, 또 그런 일이 일어나지 않을 것이라고 믿었다. 그러나 마리아의 하느님이 우리를, 이라기보다는 마리아를 도우시는 바람에 내게도 마침내 그 일이 일어나고 만 것이다. 이럴 때 망설이면 분위기가 더 어색해진다. 우리는 방으로 들어섰다. 그런데 맙소사. 그 방은 트윈 룸이 아니라 더블 룸이었다. 무슨 말이냐 하면, 1인용 침대가 둘 있는 방이 아니라, 2인용 침대가 하나 있는 방이었다는 말이다. 프런트의 남자야 당연히 우리를 국제 연인 정도로 생각했을 테니까 그렇다고 치더라도, 마리아의 표정에는 도무지 불편한 기색이 없었다. 기다란 베개가 하나 놓여 있는 2인용 침대 앞에서 말이다. 나의 '사랑스러운' 마리아는 목욕을 해야겠다며 욕실로 들어갔고, 나는 시내 산책을 해야겠다며 호텔을 나왔다. 나는 자그레브 시내 한복판 공화국 광장 분수대 앞에 앉아 담배를, 그러니까 내 목을 축내며, 밤늦도록까지 난감해했다. 내일도 과연 해가 뜰 것인가? 달도 없던 그 밤, 그 낯선 도시에서 날 위로해 준 것은 한국의 독점자본이었다. 광장 건너편 한 건물 옥상에 나붙은 HYUNDAI 아크릴 간판이 내 외로운—외로운? 차라리 괴로운— 영혼을 달래주고 있었다. 새벽이 다 돼서야 나는 호텔 방으로 들어갔고, 그날 밤 정말 아무 일 없이 그냥 잤다. 그리고 하룻밤을 더 그녀와 아무 일 없이 잔 뒤에, 나는 일정을 앞당겨 헝가리를 거쳐 베오그라드로 기어갔다. 마리아와 나는 그 취재 여행의 대상 지역이 완전히 겹쳐 있었으므로, 내가 그녀로부터 탈출하지 않으면 우리는 적어도 열 밤에서 많으면 열네 밤까지를 동침해야 할 운명이었기 때문이다. 그리고 그 정도의 기간 동안 아무 일이 없기는 별로 무망해 보였기 때문이다.

우리들의 이별 의식은 노르망디의 휴양 도시 르 투케에서 치러졌다. 1박 2일의 엠티가 그곳에서 있었다. 모두들 서운해했고, 몇몇은 눈물을 보였다. 우리는 세계 각지에서 파리로 모였다. 그리고 유럽 각지로 흩어졌다가 다시 파리로 모이기를 되풀이했다. 우리들 가운데 몇몇은 파리에 얼마간 더 머물기도 하겠지만, 우리들은 어쨌든 다시 세계 각지로 흩어질 운명이었다. 그리고 우리 모두가 다시 파리에 모이는 일은 아마도 절대 없을 것이었다. 자정쯤 끝난 만찬 뒤에 우리들 대부분은 디스코테크로 몰려갔고, 몇몇은 끼리끼리 해변을 거닐거나 방 안에서 이별의 아쉬움을 서로 달랬다.

그 밤 나는 영불 해협의 프랑스 쪽 해안을 걸었다. 내 옆에는 여자가 있었다. 5월의 마지막 날이었는데도 한밤의 바닷바람이 몹시 거세, 여자의 오렌지 빛 외투가 충분히 두터워 보이질 않았다. 나는 내 점퍼를 벗어 여자의 어깨에 걸쳤다. 여자는 사양하는 포즈를 취하다가 이내 포기하고는, 나지막한 목소리로 고맙다고 말했다. 그것은 물론 프랑스어였다. 그러나 여자의 입술 사이에서 가볍게 파열되어 나온 고맙다는 두 음절 상투어의 가운뎃소리는 파리 사람들이 내는 (양치질하는 소리 같은) 후설후부 구개음이 아니라, 남유럽이나 슬라브어에서—그리고 물론 한국어에서— 흔히 들을 수 있는 굴림소리였다. 여자는 남유럽 사람도, 슬라브 사람도 아니었다.

먼 옛날, 아주 먼 옛날, 중앙아시아의 이란 고원에 한 무리의 종족이 살았다. 그 가운데 일부는 서쪽으로 가 마자르오르삭(유럽인들이 헝가리라고 부르는)이라는 나라를 세웠고, 그 가운데 또 다른 일부는 빛을 찾아 동쪽으로 가 조선이라는 나라를 세웠다. 수천 년 뒤 그 마자르족 가운데 주잔나 셀레슈(아니 헝가리식, 그러므로 조선식으로는 셀레슈 주잔나)라는 여자아이가 태어났고, 조선족 가운데는 장인철이라는 남자아이가 태어났다. 그로부터 삼십오 년 뒤 가을, 삶의 반 고비에 이른 두 아이는 파리 루브르 거리 33번지 언론인 연수 센터 건물 7층 엘리베이터 앞에서 만났다. 그 이듬해 초여름 어느 밤 둘은 영불 해협의 프랑스 쪽 바닷가를 나란히 걷고 있었다.

"우리, 또 만날 수 있을까?"

"그럼, 비행기표 값만 마련하면 언제든지. 헝가리와 남한 사이에는 비자 면제 협정이 체결돼 있거든."

"그래도, 서울은 너무 아득해 보여."

"난, 그 아득한 곳에서 여기까지 날아왔잖아."

"그래, 내가 서울에 가면 재워줄래?"

"그럼, 네가 날 부다페스트에서 재워줬듯이."

"널 재워준 건 우리 엄마잖아."

"내 누이도 널 재워줄 수 있을 거야."

"네가 몹시 보고 싶을 거야."

"나도. 네가 잠자고 있는 동안에도 난 널 생각할 거야."

"또 그 과장."

"아냐, 부다페스트가 밤일 때 서울은 낮이거든. 네가 잠자고 있는 동안에도 지구 반대편에서 네 생각을 하고 있는 남자가 있다는 걸 잊지 마."

"그렇구나. 그 역도 성립되네. 그 생각을 하면 잠을 아주 달게 잘 수 있겠는데."

이것으로 얘기는 끝났다. 그런데도 뭔가 아쉬움이 남는다. 이 자리를 빌려, 내가 사랑하게 된 무명의 저널리스트들 얘기를 조금 더 해도 좋을까? 왜냐하면 그들은 남들의 삶을 기록하는 자들이므로. 자신의 삶의 편린이나마 기록될 특혜를 누릴 가능성이 그들에겐 별로 없으므로. 되풀이라는 것이, 그리고 질질 끈다는 것이 저널리즘의 미덕이 아니라는 것쯤은 나도 잘 알고 있다. 또 그들 모두가 내게 깊디깊은 인상을 심었다고 내가 말하고 있는 것도 아니다. 그러나 그들 가운데 몇몇은 내게 인상을 넘어서 영향을 주었고, 아, 지금도 맞춤한 말이 생각나지 않는다, 끈끈한 우애를, 정겨움을 주었다. 그리고 그걸 떠나서, 우리는 92년-93년의 가을, 겨울, 봄 동안 어떤 분위기를 만들었다. 그 분위기에 대해서, 그 분위기를 만든 서른두 명의 기자들에 대해서, 몇 마디 더 덧붙여도 괜찮을까? 괜찮다고 생각하시는 분들은 이 페이지를 넘기시라.

10월 11일부터 16일까지 일주일간의 네덜란드 일정은 아주 빡빡했다. 네덜란드 외무부가 촘촘히 짜놓은 스케줄에 우리는 노예처럼, 짐승처럼, 기계처럼 복종해야 했다. 이 나라 정부의 각 부처, 암스테르담 로테르담 헤이그의 시청, 베아트릭스 여왕의 동생인 프린세스 마르흐레히트 부부가 사는 노르트에인데 궁전에서부터 피임약 제조업체, 치즈 농장, 꽃 경매장, 유대 역사박물관과 국립 무용극장에 이르기까지 우리들은 그야말로 눈코 뜰 새 없이 돌아다녀야 했다. 네덜란드 외무부는 마치 그 나라의 역사와 사회를 응축시킨 알약 여섯 정을 우리들 각자에게 투약하려고 굳게 결심한 것 같았다. 내심 우리 모두가 그 밭은 스케줄에 어느 정도 불만이었다. 하루 열네 시간 이상의 '강제노역'이었던 것이다. 스케줄 내용도 그랬다. 우리가 네덜란드에 도착하기 직전에 KLM 항공의 비행기 추락 사고가 있었으므로 우리는 기자의 원초적 본능에 따라 그 추락 현장을 둘러보고 싶었으나, 네덜란드 외무부는 그런 걸 바라지 않았다. 오직 우아하고 고상한 자리가 우리가 있을 곳이었다. 그러나 날씨는 일주일 내내 예외적으로 맑았고, 우리는, 적어도 나는, 네덜란드를 즐겼다.

우리들의 베이스캠프였던 헤이그의 바트호텔Badhotel을 우리들은 뱃 호텔이라고 불렀다. 그것은 네덜란드어 〈바트〉가 뜻하는 것처럼 욕실이 딸린 호텔이기는 했으나, 영어 〈뱃〉이 뜻하는 것처럼 나쁜 호텔이기도 했다. 싸구려 호텔이었다는 뜻이 아니다. 실내 수영장과 카지노까지 딸린 고급 호텔이기는 했으나, 큰 길가에 있는 호텔로서는 방음 시설에 신경을 덜 쓴 탓에, 그리고 우리가 투숙한 방들이 운 나쁘게도 대개 길가 쪽으로 난 방들이어서, 우리는 그렇지 않아도 빡빡한 스케줄에 압박받는 잠을, 근면한 네덜란드인들이 꼭두새벽부터 내지르는 클랙슨 소리, 전차엔진 소리들 때문에 더욱 설쳐야 했다는 뜻이다. 호텔 앞을 지나는 그 큰 길은 해안 도로이기도 했으므로, 말하자면, 그 길 건너에는 해변이 있었으므로, 우리들은 때때로 무리를 지어, 또는 홀로, 물가를 느릿느릿 산책하기도 했다. 아주 늦은 밤이나, 아주 이른 아침에. 그 이외의 시간은 스케줄에 따른 단체 생활에 바쳐져야 했던 탓이다.

바트호텔 앞의 그 바닷가에서, 이자벨 발레 데 알메이다와 권터 쉬나이더의 사랑이 움텄다. 그 포르투갈 여자의 아름다움은, 그 벨기에 남자의 지성에 견줄 만했다. 이자벨이 특별히 우둔했다거나, 권터가 특별히 추남이었다는 뜻은 아니다. 이자벨의 이지적 면모는 제 아름다움에 가려져 버렸고, 권터의 준수하달 수 있는 얼굴은 제 정신적 서늘함의 그늘 속에 있었다는 뜻이다. 이자벨은 우리들 가운데 가장 젊은 여자였고, 권터는 우리들 가운데 두 번째로 젊은 남자였다. 모든 사랑이 본질적으로 아름답다고 해도, 모든 사랑이 옆에서 보기에까지 아름다운 것은 아니다. 관찰자의 심미안에 영향을 끼칠 문화적인, 또는 자연적인 도량형들이, 윤리라는 형태로 세상에 미만해 있다. 그렇다고는 해도 일단 젊은 사람들의 사랑은 아름답다. 젊다는 것 자체가 아름다운 것인데, 그들이 사랑까지 한다면 더 말해 무엇하랴. 이렇게까지 말하고 보니, 독자들이 혹시라도 이자벨과 권터에게서 사춘기의 열정을 연상할까 두렵다. 그들이 젊었다고는 해도, 그만큼 젊었던 것은 아니었다. 그 둘이 처음 만났을 때, 이자벨은 스물일곱이었고, 권터는 스물아홉이었다. 해가 바뀐 지 두 달이 지났을 때, 이자벨은 여전히 스물일곱이었으나, 권터는 서른이 되었다. 그들은 적어도 어른들이었던 것이다. 이자벨은 독실한 가톨릭 신자였고, 권터 역시, 독실하다고는 할 수 없었으나, 어쨌든 가톨릭 신자였다. 그들의 사랑은, 최소한 그 초기에는, 일종의 종교적 경건함에 고무되고 제약되었다. 내가 그 둘 사이의 관계를 아주 일찍이 감 잡은 것은 내게 남들과 별다른 후각이 있어서가 아니다. 바트호텔이기도 하고 뱃 호텔이기도 했던 우리들의 베이스캠프에서, 내가 권터와 한방을 썼던 탓이다. 내가 자정이 넘도록 서울의 친지들에게 편지를 쓰고 있던 밤에, 그가 자정이 넘도록 이자벨과 함께 호텔 건너편의 스켈베닝겐 해안을 거닐었던 탓이다. 북해가 내다보이던 그 호텔 방에서 권터가 내게 이자벨에 대한 짙은 호감을 수줍게 고백했던 탓이다.

"갠, 참, 속기가 없지?"

"응, 너처럼."

"난, 지금 좀 진지해. 그렇게 속기가 없으면서도 같이 있으면 편안해."

"응, 너처럼."

내가 그 호텔에서 그들의 사랑을, 말하자면, 결과적으로, 방조했다고도 말할 수 있다. 당시에는 참으로 고달팠으나, 지내고 보니 우리들의 동료애를 부추긴 그 일주일간의 네덜란드 체재 마지막 날 밤, 잉그리드의 제안으로 우리들만의—유럽의 기자들만의— 탁구대회가 바트호텔의 지하 탁구장에서 열렸다. 모두가 참가한 것은 아니고, 탁구에 어느 정도 자신이 있었던 동료 열여섯 명이 둘씩 짝을 지어 복식 대회를 열었다. 그날 저녁 대회에서, 권터는 이자벨과 짝을 이뤘고, 나는 잉그리드와 짝을 이뤘다. 한국과 스웨덴의 조합이 결승에 오른 것은 너무나 당연한 일이었으나, 벨기에와 포르투갈의 조합 역시, 어찌어찌하여, 결승에까지 올랐다. 결승전의 결과는 불을 보듯 뻔했다. 잉그리드는 진짜 스웨덴 여자였고, 나는 진짜 한국 남자였기 때문이다. 권터의 탁구는 벨기에인들의 평균수준을 훨씬 뛰어넘었지만, 이자벨의 탁구는 그저 포르투갈인들의 평균수준이었던 탓이다. 모두가 알다시피, 복식 경기에서는 리비히의 '최소량의 법칙'이 작용한다. 실력이 뒤지는 파트너의 수준이 곧 그 팀의 수준이 되는 것이다. 권터의 솜씨 자체가 나나 잉그리드의 솜씨보다 뛰어나지도 못했지만, 권터-이자벨 조합의 실력은 그 둘의 평균이 아니라, 이자벨의 실력에 고정되는 것이다. 그런데도 막상 나온 결과는 모든 사람의 예상을 거슬렀다. 사람들은 세트 스코어 2 대 0으로 승패가 가려질 것으로 예상했지만, 실제로는 2 대 1로 끝났다. 그리고 승자는 포르투갈-벨기에 조합이었다. 내가 두 번째와 세 번째 경기에 공을 들이지 않은 탓이다. 정확히 말하자면 내가 경기를 포기했다는 의심을 사지 않은 채 아슬아슬하게 져주느라 너무나 세심히 공을 들인 탓이다. 아무리 잉그리드가 진짜 스웨덴 여자라고 하더라도, 혼자 세 사람과 싸울 수는 없었다. 더구나 그 세 사람 가운데 하나가 진짜 한국 남자인 다음에야. 이자벨은 환호했고, 귄터를 껴안고 볼뽀뽀를 했고, 나와 잉그리드에게 다가와 악수를 했다. 잉그리드는 낙망했고, 이자벨과 귄터의 악수를 웃으며 접수했지만, 내게 볼뽀뽀는 하지 않았다. 한 여자에게 기쁨을 주기 위해서는, 한 여자에게 슬픔을 주어야 하는 것이다. 그것이 자연의 슬픈 이법이다.

해가 바뀌고 나서 귄터와 이자벨의 관계는 공공연한 것이 되었다. 무슨 약혼식 같은 것을 한 것은 아니었지만, 그 둘은 마치 약혼이라도 한 듯이 붙어 다녔다. 그들은 취재대상 지역이나 주제를 비슷하게 잡아 출장을 함께 떠나기도 했고, 둘이 공동으로 기사를 쓰기도 했다. 프랑스어도 영어도 귄터가 이자벨보다 나았으므로, 그 공동 기사를 실제로 집필하는 것은 언제나 귄터의 몫이었지만. 모두들 그들의 진짜 관계에 호기심을 보였고, 몇몇은 듣기 거북한 입방아를 찧었고, 몇몇은 경하해 마지않았다. 아직도 세상은 여자에게 불공평한 것이어서, 그 둘의 공공연한 관계는 귄터에게는 별다른 영향을 끼치지 않은 데 견주어, 이자벨에게는 매우 불리하게 작용했다. 남자 동료들은 물론이고 여자 동료들도 그녀한테 거리를 두기 시작한 것이다. 그런 점에서, 나는 귄터가 아주 사려 깊었다고는 생각하지 않는다. 그는 이자벨에게 너무 깊이 빠져, 그녀가, 사실은 그녀와 그의 행동이, 다른 동료들에게 어떻게 비칠까에까지는 생각이 미치지 못했던 것이다. 그것이 한편으로는 그들이 순수했음을, 세상에 대해 자연스러웠음을 증명하는 것이기도 하겠지만. 귄터든 이자벨이든 둘 가운데 하나만 좀 더 영악했더라도, 이자벨의 파리 생활이 좀 더 세속적으로 유쾌했을 수 있었을 것이다. 어쨌든 이자벨은 동료들로부터 따돌림 비슷한 것을 받게 되었고, 그녀는 그것을 귄터와의 사랑으로 보상받으려 하는 듯했다. 나 역시 그 둘의 관계가 어느 정도까지 진척되었는지가 궁금했지만, 귄터에게 그것을 굳이 물어볼 만한 용기는 없었다. 그와 뻔질나게 어울려 다녔는데도 말이다. 그것은 어쨌든 남의 사생활이었고, 그가 먼저 그 얘기를 꺼내지 않는 다음에야 내가 그 앞에서 굳이 그들 관계에 호기심을 드러내는 것은, 내가 그와 가까운 친구라고 하더라도, 심지어 나이 많은 친구라고 하더라도, 예의에 어긋나는 일이라고 나는 생각했다. 귄터가 그 둘 사이의 진짜 관계를 밝힌 것은 이듬해 5월의 마지막 날 저녁 노르망디의 르 투케에서였다.

나는 헤이그의 바트호텔에 머문 그 일주일 동안 다섯 통의 편지를 썼다. 거의 매일 밤 한 통씩을 쓴 것이다. 그 가운데 한

통은 이랬다.

보고 싶은 인숙에게
보고 싶다는 말을 허튼소리로 받아들이고 있는 건 아니겠지? 누이를 빼놓으면, 사실은 때때로 그 여자를 포함해서도 마찬가지지만, 너와, 인사동 거리가 서울에 대한 내 기억의 가장 진한 부분이야.
공식 이름은 바트호텔이지만, 우리들은 뱃 호텔이라고 부르는 헤이그의 한 객사에서 이 편지를 쓰고 있어. 시업—詩業?! 아이구 소름 끼쳐—엔 정진하고 있겠지? 혹시 최근에 발표한 시가 있거든 잡지를 좀 보내주렴. 네 시도 시지만, 한국말로 된 뭔가가 벌써 읽고 싶어 죽겠어. 우리말에 허기져 있다는 뜻. 이건 엄살이 아니야. 벌써 서울이 그리워.
구한말의 세계평화회의인가 하는 것 외에는 내게 아무런 이미지가 없는 이 도시에 도착한 지 나흘이 지났어. 일하고 있는 건지 놀고 있는 건지는 알 수 없지만, 여하튼 무지무지하게 바빠. 오늘 낮엔 줄곧 암스테르담에 있었는데, 아름다운 도시라는 느낌을 받았어. 베네치아를 물의 도시라고 하지만, 아직 그곳엘 가보지 않은 나에게는 암스테르담이야말로 물의 도시야. 도시를 관통하고 있는 운하를 따라 보트 트립을 했는데 그냥 그곳에서 살아버리고 싶다는 생각도 나더라. 흐로티위스니, 스피노자니, 데카르트니, 그리고 바로 그 운하 옆에 생가가— 아, 생가가 아니라 생전의 거처였을 거야, 그는 아마 레이덴 출신일걸?— 있었다는 렘브란트니 하는 사람들 생각을 했어. 그리고 네 생각을 했어. 만사를 권태로워하며 담배와 커피만을 벗 삼고 있을 네 생각을.

너도 알다시피 내겐 이번 여행이 첫 번째 외국 경험이야. 파리의 첫인상이 그리 좋았다고는 할 수 없어. 말이 서투른 탓이 컸겠지만, 서울보다 더 지저분한 거리하며, 사람들의 지나친 개인주의하며 별로 정이 안 가더구먼. 때때로 도시 전체가 적대감으로 날 대하는 것 같기도 했어. 네 시 〈신성한 숲〉처럼. 물론 이제 친구들이 몇 생겨서 좀 더 너그러운 마음으로 그 도시로 돌아갈 수 있을 것 같기는 해. 그렇지만 한 달 가까이 있었던 그 도시보다는 이제 나흘밖에 겪지 못한 네덜란드 도시들이, 적어도 지금의 나에게는, 훨씬 더 정겨워. 그저 모든 것이 인상일 뿐이지. 그러나 이 작은 나라 사람들이 프랑스인들보다 몇 배나 더 외국인들에게 친절하고 개방적이라는 판단이 매일매일 굳어지는구나. 이 나라 사람들은 자기들의 유일한 단점이 수다스러운 것이라는 농담을 하곤 하는데, 외국인들에게는 그것이 이 나라 사람들의 많은 장점 가운데 하나인 것 같아.

이방인을 편안하게 하는 기술—기술? 어쩌면 그것은 마음가짐이겠지—이 이 나라 사람들에게는 있는 것 같다는 뜻이야.
그렇다고는 해도 이 친절한 네덜란드 사람들보다 내게 더 따스한 건 나와 함께 프로그램에 참가하고 있는 동료 기자들이야. 외국인에 대한 내 알레르기를 너도 잘 알지? 그게 묘하게도 순식간에 허물어지기 시작하고 있단다. 벌써 한두 친구와는 깊은 얘기까지 하기도 해. 귄터라는 벨기에 친구가 그 가운데 하나야. 우리는 방을 함께 쓰고 있는데, 나는 벌써 이 친구와 욕실이며 화장실이며를 함께 쓰는 게 전혀 찜찜하지 않을 정도가 돼버렸어.
서울 친구들은 다 잘 있는지. 선희는 시집간다고 그러더니 어찌 됐는지 모르겠구나. 문지에는 가끔 들르니? 호기, 명교, 우기, 진석이 다 보고 싶다. 안부 좀 전해주렴. 또 연락할게.

92년 10월 14일
헤이그에서 인철

파리로 돌아오자마자 우리를 맞은 것은 시행이 임박한 금연법이었다. 프랑스 전역에 금연법이 발효하기 시작하는 11월 1일이 다가오면서 흡연자와 비흡연자들 사이에 희비가 엇갈리고 있었다. 이제 며칠만 참으면 담배 연기로부터 영원히 해방된다는 기대로 흡연자들에게 조롱 섞인 연민의 눈길을 보내는 비흡연자들과, 얼마 남지 않은 흡연 세상을 담배 연기에 실어 송별하는, 풀죽은 표정의 애연가들이 몽파르나스와 생제르맹데프레에 즐비하게 늘어선 유서 깊은 카페들에서, 그리고 루브르 거리 33번지 〈유럽의 기자들〉 사무실에서 어색한 동거를 하고 있었다.

"프랑수와 미테랑이 지난 12년간 해온 짓거리들 가운데 유일하게 칭찬받을 짓이군."

미테랑을 담배 연기만큼이나 혐오하는 마티나가 말했다.

"아냐, 그치가 12년간 쌓아온 업적을 일거에 무너뜨릴 과오지."

미테랑을, 담배만큼은 아닐지라도, 다소는 경애하는 사라가 대꾸했다.

"어쨌든 파리의 사이비 사회주의자들은 이제 곧 담배 연기와 함께 공공장소에서 사라지고 말 거야."

마티나가 이듬해 프랑스 총선을 염두에 두고 기세를 올렸다.

"그건, 아마 그럴 거야."

이듬해 총선에서 사회당이 지는 것은 이미 예약된 것과 다름이 없었으므로, 사라도 할 수 없이 동의했다.

그보다 몇 년 전 파리에 금연 레스토랑이 처음으로 생겼을 때, 그것은 프랑스 언론만의 관심거리가 아니라 세계 여러 나라 신문들의 가십거리였었다. 담배를 혐오하고 두려워하는 미국인들을 촌스럽다고 경멸하던 프랑스인들도, 그러나 폐암의 공포를 이겨낼 만큼 용감하지는 않았다. 그들도 즐겨 피우는 말보로 담배의 광고 모델 웨인 매클래런이 폐암으로 죽으며 남긴 금연 권고 유언도 이 나라 사람들에게 깊은 인상을 남겼을 게 틀림없다. 91년에 제정된 모법 '에뱅법'과 92년 5월에 마련된 시행령에 따라 11월 1일부터 발효할 금연법은 지하철역, 공항, 관공서 등 모든 공공기관과 일반 기업체에서 흡연을 완전히 금지할 예정이었다. 또 카페나 레스토랑같이 애연가들의 전통적 안식처로 여겨졌던 휴식 공간에도 흡연 구역을 따로 마련해 그곳에서만 담배를 피우도록 하는 한편, 흡연 구역에는 반드시 환기장치를 설치하도록 규정하고 있었다. 이 무지막지한 법은 공공장소에서의 흡연자에게만이 아니라 흡연자가 적발된 공공장소의 관리자, 소유자에게도 책임을 묻게끔 하고 있어서, 특히 대기업체들이 그 대책을 마련하느라고 야단법석이었다. 국영 기업체인 프랑스 전력가스공사를 포함해 많은 업체들이 흡연을 금지하는 대신 흡연자들이 두 시간마다 흡연 구역을 출입할 수 있도록 휴식 시간을 마련했다.

반대자들의 개인적인 항변의 목소리가 없었던 것은 아니다. 예컨대 록 가수 마이크 랭보 같은 금연법 반대자는 "위기의 시대에는 항상 속죄양이 필요하다. 1920년대에는 그것이 술이었고, 지금은 담배다. 세상일이 잘 안 풀리면 모두 흡연자의 책임이 되는 것이다"라고 비꼬기도 했다. 나 역시 랭보 편이었다. 집단과 개인, 법률과 범죄의 관계에 대한 그 나름의 통찰에 동의했다기보다는, 열일곱 살 때부터 내 외로움을 눅여준 담배와의 연애가, 금지되지는 않는다고 할지라도 어쨌든 심하게 제한된다고 생각하니, 조금은 처연한 느낌이 들었다. 파리의 공기는 더 맑아지겠지만, 이제 그 공기는 더 이상 자유의 공기가 아닐 터였다. 당당한 빈정거림이건 애처로운 호소건, 반대의 목소리를 흘려들으며 금연법은 박두하고 있었다. 그것은 적어도 외견상 애연가들의 불운한 미래를 예고하고 있었다. '일탈자'라는 낙인의 위협을 무기로 휘두르며.

결론을 얘기하자면 이 금연법은, 효과가 아예 없지는 않았으나, 큰 효과는 없었다. 발효한 뒤 며칠 동안 눈치를 살피던 흡연자들은, 경찰이 통 단속할 기미를 보이지 않는다는 것을 눈치채자, 그리고 마침내 사회당 정부가 93년 총선 표를 의식해 총선 전까지는 흡연 단속을 하지 않기로 했다는 폭로 기사가 풍자 주간지 《카나르 앙셰네》에 실리자마자, 11월 1일 이전으로 돌아가 마음껏 담배를 피워댔다. 그러나 이 흡연법은 〈유럽의 기자들〉 사무실에 한 가지 중요한 변화를 가져왔다. 임신 중이었음이 뒷날 판명된, 우리의 독일인 친구 앙겔리카 하이네의 강력한 요구에 따라, 세미나실 안에서는 담배를 피우지 않도록 하자는 합의가 우리 사이에서 이뤄진 것이다. 흡연 구역을 설정하는 대신 금연 구역을 설정한 셈이다. 어쨌든 그때로서는 그것만 해도 흡연파의 패배는 아니었다. 나는 안도했다.

그들은 우리를 '유럽의 사회주의자들'이라고 불렀다. 우리도 그 호칭을 기꺼워했다. 불가리아의 페치야 루카노바, 헝가리의 주잔나 셸레슈, 폴란드의 로베르트 바르셸로비치 그리고 내가 모두 사회주의적 이상을 지녔던 것은 아니다. 사정은 그 반대였다. 예컨대 로베르트 같은 경우는 공산주의만이 아니라 칼 마르크스라는 유대인에게 젖줄을 대고 있는 어떤 형태의 사상이념이나 사회경제 제도에도 호감을 보이지 않았다. 과거의 마르크스주의 국가에서 온 또 다른 동료 둘이나 나도, 로베르트 같은 신경질적 반공주의자는 아닐지라도, 유토피아를, 그 어원 그대로, 세상 어느 곳에서도 찾을 수 없다고, 그리고 이룩할 수도 없다고 보는 축이었다. 우리가 유럽의 사회주의자들이 된 것은, 우리의 첫 번째 개별적 취재 활동이, 에둘러 말하자면 유럽 네 나라 사회민주주의 정당엘 다녀오는 피크닉이었던 탓이다. 편집회의에서 확정된 《유럽》 68호(그것은 92년-93년 〈유럽의 기자들〉이 만든 첫 호였다. 우리는 그해 프로그램을 통해서 68, 69, 70, 71호와, 유럽공동체의 대외 정책만을 다룬 특집호 해서 모두 다섯 권의 《유럽》을 만들었다)의 기사 아이템들은 서유럽 사회민주주의 정당의 취재를 통한 유럽 사회주의의 현재와 미래 진단, 동서 유럽 다섯 나라 정치적 스펙트럼의 조사를 통한 유럽민주주의의 발전 전망, 동유럽의 경제 형편, 유고슬라비아 내전의 여파로 그 이웃나라들에서 생긴 난민 문제, 그리고 열두 편의 기사로 이뤄질 이탈리아 특집 따위를 포함하고 있었다.

페치야와 주잔나와 로베르트와 나는 제가끔 영국, 프랑스, 스페인, 독일의 사회민주주의 정당을 취재하게 돼 있었다. 그 네 나라 가운데 두 나라에서는 사회민주주의 정당이 집권당이었고 나머지 두 나라에서는 제1야당이었지만, 집권당이든 제1야당이든 이 서유럽 주요 국가들의 사회민주주의 정당들은 안팎으로 큰 시련을 겪고 있었다. 안으로부터의 시련이란 당의 무기력, 관료주의, 분열상, 부패 따위였고, 바깥으로부터의 시련이란, 말할 나위 없이, 동유럽 공산주의의 몰락이 가져온 모든 좌파 이념에 대한 회의, 불신 따위였다. 그 이듬해는 프랑스의 집권 사회당과 스페인의 집권 사회주의노동당이 10년 넘게 이어진 그들의 통치를 총선으로 심판받는 해였다. 또 영국 노동당과 독일

사민당은 사회주의 원칙과 보수적 유권자라는, 동시에 잡기 힘든 두 마리 토끼 사이에서 갈피를 못 잡으며, 그럼에도 불구하고 90년대 중반 또는 후반의 정권 탈환을 위해 내부 정비와 변신의 노력을 그 나름대로 기울이고 있는 중이었다. 포스트 공산주의 시대의 사회민주주의 운동의 전망과도 관련되는 그들 서유럽 사회주의 정당들의 상황은 이념적으로나 현실적으로나 대체로 음산했다. 장미꽃이 서유럽 곳곳에서 이울 조짐을 보이고 있었던 것이다.

서유럽 사회주의 정당 가운데 가장 큰 위기에 빠져 있는 것은 프랑스 사회당이었다. 이듬해 3월 총선에서의 사회당의 패배는 이미 예약돼 있는 것과 다름없었다. 대통령 선거가 95년에 있을 예정이므로 그때까지 엘리제궁은 사회당의 프랑수와 미테랑이 지키겠지만, 93년 3월부터 95년까지가 86-88년 이래의 두 번째 코아비타시옹cohabitation(좌우동거정부) 시대가 되리라는 것은 유치원생도 알 만큼 명약관화했다. 문화부 장관 자크 랑그가 '빛과 어둠을 가르는 경계'라는 수사로 자찬했던 81년 5월에 거리로 뛰쳐나와 미테랑의 당선을 환호했던 프랑스인들을 그로부터 12년 뒤 환멸에 빠뜨리고 있는 것은 사회당의 부패와 경제 정책의 실패였다. 국회의원들과 각료들 다수가 끝없이 터지는 부정, 독직 사건에 휘말리고 있었던 것이다. 가짜 영수증을 만들어 사회당 선거운동에 국가 재산을 유용했다는 혐의를 받고 있던 하원 의장 앙리 에마뉘엘리나 그해 프랑스 신문 사회면의 가장 큰 뉴스였던 에이즈 감염 혈액 수혈 사건에 연루된 전 총리 로랑 파비위스의 경우는 이미 별스럽지도 않은 예가 돼버렸다.

사회 경제 정책의 경우도 마찬가지였다. 81년 대통령 선거 때 미테랑이 내걸었던 유명한 1백10개 공약은 빈말이 돼버린 지 오래였다. 집권하자마자 시행한 주당 39시간 노동제, 60세 퇴직제, 실업 연로수당과 최저임금 증액 등 사회보장 제도 개선은 두 해 뒤 엄혹한 경제법칙에 밀린 사회당 정부의 긴축정책으로 빛바래버렸고, 대기업 국유화와 유산계급에 대한 중과세도 86년 좌우동거 때 시라크 내각이 원상 회복시켜 놓은 이래 그대로 방치되고 있었다. 더 큰 문제는 10%를 넘어서고 있는 실업률이었다. 92년 10월 현재 3백만 명에 이른 실업자들은 프랑스인들에게 사회당 정권이 우익 정권보다 나을 것이 없다는 확신을 확산시키고 있었다. 정권의 인기 하락은 당 내부에도 큰 파장을 불러일으켰다. 그해 10월에는 사회당 소속 하원의원 35명이 집단적으로 93년 총선에 출마하지 않겠다고 공표함으로써 자신들의 정체성 위기를 토로했고, 주택부 장관 마리-노엘 리엔만은 《코티디엥 드 파리》지와의 인터뷰에서 "사회당은 이제 임기를 마쳤다. 새로운 당을 통해 분위기를 바꿔야 한다"고 선언해 프랑스 정가에 센세이션을 일으켰다. 위기의식이 당 전체로 확산되면서 당 내부에서 당의 재건 내지 개혁 움직임이 일고 있었지만, 그것은 분열과 해체의 조짐으로 보이기 십상이었다. 걸프전 참전에 반대해 사임한 전 국방 장관 장-피에르 슈벤망이 이끄는 '사회주의와 공화국', 그리고 리엔만과 하원의원 쥘리앵 드레, 상원의원 장-뤽 멜랑숑 등이 조직한 '사회주의 좌파'가 새로운 사회주의, 또는 새로운 사회당의 기치를 들어 올렸고, 당내에서는 이것을 반주 삼아, 유권자의 표를 얻자면 더 많은 사회주의가 필요한지 그렇지 않으면 더 적은 사회주의가 필요한지에 대해 논의가 춤추고 있었다. 그러나 1971년 파리 교외 에피네에 각 정파의 사회주의자들이 모여 미테랑의 통솔 아래 단일한 사회민주주의 정당을 건설한 이래, 프랑스의 사회민주주의가 최대의 위기를 맞고 있는 것은 확실했다. 프랑스 사회당은 그 이듬해 미셸 로카르의 빅뱅 기획과 사상 최대의 패배로 이어질 총선을 향해 돌진하고 있었던 것이다.

스페인을 보자. 그해에 스페인 사회주의노동당은 집권 10년을 맞았다. 그것을 기념해 그해 9월, 10월에는 정권 재창출을 위한 대대적 캠페인이 벌어졌다. 그 두 달 동안 젊은 당원 10만 명이 1백50만 가정을 방문해 93년 가을 총선에서 사회당을 지지해달라고 호소했다. '집집마다'라는 구호 아래 진행된 이 캠페인은 그러나 시작되자마자 법률적, 정치적 논란을 불러일으켰다. 젊은 당원들이 가정 방문을 해 유권자들에게 지지 정당을 물은 행위가 비밀선거 원칙을 위협했다는 비판이 인 것이다. 사회주의노동당 집권 10주년이 모든 스페인 사람들에게 축제는 아니었다. 82년 많은 스페인 사람들에게 미래의 희망을 심어주며 권력의 중심부로 진입한 사회주의노동당은 권력의 경화, 정치인들의 스캔들과 부패, 내려갈 줄 모르는 실업률, 영국 새처리즘을 본받은 경제 정책, 프랑코로부터 물려받은 관료주의 등으로 유권자들을 실망시키고 있었다. 스페인 공산당과 가까운 노조 조직 '노동자연맹'은 바로 그 얼마 전에 낸 공개 성명서를 통해 "사회주의노동당은 선거 캠페인을 벌이며 사회 경제적 정의, 90만의 고용 증대, 대외 정책의 자주성 등을 약속했다. 그러나 지난 10년간 사회주의노동당이 취한 정책은 자유주의 노선을 따른 것이었고, 대외 정책은 나토와 미국에 종속돼 있었다. 또 정치는 일당에 의해 독점되고 있다"고 집권당을 비판했다. 심지어 전통적으로 사회주의노동당과 가까웠던 또 다른 노조 조직인 '노동총연맹'마저 88년 12월의 노동자 총파업 이후 사회주의 노동당에 대한 지지를 공식적으로 철회한 상태였다. 사회주의노동당의 정책이 우익 노선이라는 것은 노동자들만이 아니라 펠리페 곤살레스 수상까지도 인정하고 있을 정도였다. '이념이 아니라 효율'이라는 슬로건을 내세우며 스페인의 사회주의자들이 '우향 앞으로'를 하고 있었던 것이다. 사회주의노동당은 또 이탈리아 사회당이나 프랑스 사회당과 마찬가지로 독직, 부정 사건에 거듭 휘말리고 있었다. 동생이 공금 횡령을 한 것에 책임을 지고 사임한 전 부총리 알폰소 게라나, 수뢰 혐의로 조사를 받고 있던 하원의원 카를로 나바로와 상원의원 호세 마리아 살라 같은 이들은 범상한 예일 뿐이었다. 유럽의 사회주의 정당 가운데 가장 '실용주의적인' 노선을 걷고 있던 이 당이 그 결과로 낳은 것은 광범한 정치적 무관심과 한탕주의였다. 80년대에 만들어진 신조어 '파소타(무관심)'라는 말에 응축돼 있는 정치적 무관심은 20대·30대의 2%만이 정당에 가입해 있다는 사실로도 드러나고 있었다. 더더욱 나빴던 것은 자유주의 경제 정책이 낳은 졸부들이 한탕주의를 부추기고 있었다는 점이다. 92년 여름 주간지《올라》에 사진이 공개된 전 경제부 장관 미겔 보에르의 집과 가수 훌리오 이글레시아스의 전처 이사벨 프레이슬레르의 집은 값이 각각 5억 페세타(약 37억 원)에 이르는 호화 주택이어서 스페인 사람들을 놀라게 했었다. 오죽했으면 당시 마드리드에 유행하는 농담 하나가 이랬다. "보에르처럼 호화판으로 살 수 있는 지름길: 사회주의노동당에 가입하기."

이상주의와 현실주의 사이의 갈등은 프랑스 사회당에도 있었고 또 독일 사민당에도 있었지만, 그것이 영국 노동당에서처럼 극명하게 드러나고 있는 데는 달리 없었다. 79년 이래 네 번의 총선에서 내리 패배했다는 사실이 그 갈등을 한층 더 부추기고 있었다. 더구나 92년 4월의 총선 때는 정치 관측통들의 다수가 노동당의 승리를 예견했었는데도 어이없이 패배해 충격이 더욱 컸다. 닐 키녹에 이은 새 당수 존 스미스의 체제 아래서 노동당의 이상주의와 현실주의를 대표하고 있는 것은 두 명의 토니였다. 귀족 출신이면서도 상원의원이 되기를 거부하고 하원을 고집하고 있는 토니 벤이 '순수한' 사회주의를 옹호하고 있는 반면, 노동당의 새 세대를 대표하는 토니 블레어는 노동당이 집권하기 위해서는 당의 체질을 바꾸고 현대화해야 한다고 주장하고 있었다. 유권자들과 유리되지 않으면서도 사회민주주의 정당으로 남아야 한다는 노동당의 공안 앞에서 두 명의 토니가 갈라서고 있었던 것이다. 토니 벤의 주장은 이랬다: "베를린 장벽이 무너졌을 때, 많은 사람들은 그것이 자유민주주의의 승리와 사회주의의 패배를 뜻한다고 생각했다. 그러나 소련과 동유럽에서 뿌려진 이상들은 언젠가 민주적 형태로 다시 수확될 것이다. 사회주의는 사회주의역으로 이어지는 여로가 아니다. 그것은 투쟁이고 과정이며 생활양식이다. 사회주의의 이상들을 말소할 수는 없다." 그러나 이런 원칙주의가 젊은 세대의 기

수 토니 블레어를 설득할 수는 없었다. 젊은 토니의 반박은 이랬다: "우리 앞에 놓인 과제는 우리의 가치와 원칙들을 현대세계에 적응시키는 것이다. 그 세계는 공산주의가 무너지고 시장경제가 일반화한 세계다. 우리가 맞서고 있는 것은 더 교육받고 여유 있는, 그래서 다양한 개인적 가치들을 자신의 삶 속에 구현하고자 하는 유권자들이다." 공산주의가 몰락하기 전 보수당 총리 새처가 틈만 나면, '사회주의자'라는 말이 무슨 더러운 단어라도 되는 양 노동당 정치가들을 사회주의자라고 불러댔기 때문에, 그리고 그것이 영국의 유권자들로 하여금 노동당이라는 말로부터 자동적으로 소련을 연상하게 하는 데 성공했다는 씁쓸한 경험 때문에, 당시 노동당 노선의 무게중심은 '원칙'보다는 '현대화' 쪽에 더 가 있는 듯했다. 그러나 그 '현대화'는, 예컨대 당내 의결과정에서의 1인 1표제의 도입이 노조들의 반대로 난항을 겪은 데서도 보이듯, 노조의 전폭적 지원 없이는 이뤄지기 힘든 상황이었다. 당시의 각종 여론조사는 보수당 정권의 급속한 인기 하락을 보여주고 있었지만, 92년 총선에서도 드러났듯 그것이 노동당원들에게 장밋빛 약속이 돼주는 것은 아니었다. 무엇보다도 영국 유권자들은 그들이 노동당을 거부한 79년 총선 직전의 겨울, '불만의 겨울'이라고 불렸던 끔찍한 경제 상황을 기억하고 있었기 때문이다. 노동당 지도부의 자신감

상실은 30년대 이래 최악의 경제 위기를 맞고 있었던 당시 보수당 정권에 맞서 그들이 아무런 대안도 내놓지 못하고 있었던 데서도 드러나고 있었다. '노동당으로는 경제가 안 된다'는 고정 관념을 불식시키면서도 보수당과의 차이를 뚜렷이 하는 것이 당내의 늙은 토니와 젊은 토니가 손잡고 해나가야 할 일이었지만, 그것은 대륙의 우당友黨들이 겪고 있는 어려움에서도 보이듯 결코 쉬운 일이 아니었다.

92년 8월 페테르스부르크의 당 간부 회의에서 원칙이 정해진 기본법의 망명권 조항 수정 합의 방침을 통해 당내 진통을 겪으며 '고귀한 이상주의'에서 '천박한 현실주의'로 하강할 채비를 서두르고 있던 독일 사민당 역시 현실사회주의의 몰락이 가져온 풍랑을 힘겹게 헤쳐가며 심한 멀미에 시달리고 있었다. 지난 세기말 혁명적 사회주의의 위대한 선구자들이 힘겹게 세워낸 이래 끝없이 우향 이동을 거듭해 온 이 당이 집권을 위해 인권을 포기하는 또 한 차례의 우향 이동을 앞두고 안팎의 시련에 직면하고 있었던 것이다. 취할 수 있을지 확실치도 않은 '현실'을 대가로 '원칙'을 저버리는 것이 제대로 된 셈속이냐는 비판도 만만치 않았다. 세기말의 전환기는 유럽의 사회민주주의자들에게 고난의 연대인 것이 분명했다. 그러나 그 고난 속에서 희망을 조직하려는 그들의 노력도 때때로 당차 보였다. 우리 '유럽의 사회주의자' 넷은 그들의 고난과 희미한 희망을 탐험해 보기로 희망한 '방관자들'이었던 셈이다.

나를 포함한 네 명의 기자가 '유럽의 사회주의자들'로 불렸듯, 민주주의 팀의 동료들은 '유럽의 민주주의자들'로, 동유럽 경제 팀의 동료들은 '유럽의 경제학자들'로, 난민 팀의 동료들은 '유럽의 난민들'로, 이탈리아 팀의 동료들은, '유럽의'라는 수식어가 잉여적이어서 조금 어색하게 들리기는 했지만, 어쨌든 '유럽의 이탈리아인들'이라고 불렸다. 취재 여행 앞뒤로 〈유럽의 기자들〉 사무실이나 루브르 거리의 카페, 또는 데스크의 집에서 열리곤 했던 팀별 소회의도, 같은 맥락에서, 유럽 사회당 전당대회·유럽 민주당 전당대회·유럽 개발부흥회의·유럽 난민회의·이탈리아 포럼 따위로 불렸다. 유럽 사회당의 전당대회는 우리들의 취재 여행 전후로 네 차례 열렸다. 두 차례는 루브르 거리의 카페 푸르미에서, 나머지 두 차례는 우리 팀의 데스크였던 《렉스프레스》지 전 편집장 아를레트 마르샬의 아파트에서. 그 전당대회에서만이 아니라 일상적 인사를 나눌 때도 우리는 꽤 오래도록 서로를 호칭할 때 '동지camarade'라는 말을 이름 뒤에(사실은 이름 앞에) 붙였었다. 사회주의자로서의 우애와 연대를 표나게 드러내기 위해서. 몰락하는 사회주의에 경의를 표하기 위해서.

카마라드 페치야, 그러니까 페치야 동지는 파리에 도착한 이튿날 아침 쓸쓸하게 제 서른세 번째 생일을 맞았다. 파리 동역 옆의 싸구려 하숙집에서. 파리가 초행이었으므로, 그리고 〈유럽의 기자들〉 프로그램이 시작되기 전이었으므로, 그녀는 이 낯선 도시에 아는 사람이 아무도 없었다. 소피아에 남겨두고 온 남편과 딸에게 전화를 해 그들에게서 생일 축하를 받았으나 큰 위안이 되지는 못했다. 그녀는 그날 오후 루브르 거리 33번지를 찾아가 프로그램 등록을 마쳤다. 그리고 그곳 베란다의 난간에 기대어 수다를 떨고 있는 코카서스 여자(라고 그녀는 생각했다)와 몽골리안 남자를 발견했다. 잠시 후 그녀는 난간의 코카서스 여자가, 외모와는 달리, 어쨌든, 유사-몽골리안이라는 것을, 그러니까, 주잔나 셀레슈라는 이름을 지닌 헝가리인이라는 것을, 그리고 그 옆의 몽골리안 남자가 남한에서 온 기자라는 것을 알았다. 아직은 서로 친숙하지 않은 여자 둘과 남자 하나가 어스름이 내려앉은 가을의 파리에서 함께 할 수 있는 일이라고는 술을 마시는 일밖에 없었으므로, 그들 셋은 랑뷔토 거리의 아일랜드 맥줏집 제임스 조이스의 문을 밀쳤다. 그러고는 끈끈한 기네스 맥주를 천천히 들이켜면서 자신들의 살아온 얘기며, 파리에서의 계획이며를 느릿느릿 주고받았다. 페치야는 줄기차게 영어로 얘기했으나(그곳이 아일랜드 맥줏집이어서가 아니라 영어가 그녀에게 더 편했으므로), 주잔나는 더 줄기차게 프랑스어로 대꾸했으므로(프랑스어가 그녀에게 더 편해서가 아니라 그곳이 파리였으므로), 마침내 페치야도 버트런드 러셀의 언어를 포기하고 장-폴 사르트르의 언어로 투항할 수밖에 없었다. 그 저녁의 술자리는 생제르맹데프레 거리의 카페 오되마고와 주잔나의 아파트로 이어지면서 페치야의 생일 파티로 변질됐고, 마침내 그 자리에서 눈이 맞은 두 여자는 한집 살림을 하기로 결정했다.

페치야는 파리에서 살고 있는 그녀의 이름난 두 동포—줄리아 크리스테바와 츠베탕 토도로프—만큼 프랑스어가 유창하지는 않았지만, 어쨌든 그들처럼 이지적이었다. 그녀의 프랑스어나 영어가 어쩔 수 없이 드러내는 부자연스러운 액센트는, 그 언어들에 대한 그녀의 부적응을 드러내는 듯이 보이기는커녕, 차라리, 정말 묘하게도, 마치 그녀의 지성을 상징하는 것처럼 보였다. 그녀는 천천히 말했으나, 정확하게, 논리적으로 말했다. 10년간 일한 소피아의 일간지 《두마》에서 그녀가 주로 맡은 분야가 국제 뉴스와 서평이었다는 사실과도 무관하지 않겠지만, 그녀는 기자치고는(이 말이 내 동업자들에게 큰 실례가 될 줄은 알지만) 참 많이도 읽었다. 그녀는 정약용과 김소월과 이기영과 김대중과 김지하에 대해, 나만큼은 아닐지라도, 어느 정도 알고 있었다.

“김지하를 잘은 모르지만 로르카와 닮은 점이 많은 것 같아. 그들의 이름을 국제적으로 만든 것이 파시스트들한테서 받은 탄압이라는 점에서도 그렇고, 그럼에도 그 사람들이 단순한 정치시인이 아니라 뛰어난 서정시인이라는 점에서도 그렇고. 김지하의 이야기시에, 그걸 뭐라고 하는지 잊었는데, 한국 전통 연행 예술의 리듬이 보존돼 있는 것도(나는 그것이 판소리라고 일러주었다), 그래, 판소리, 로르카가 안달루시아의 칸테 혼도에서 자기 시의 리듬을 취한 것과 닮았어. 그렇다고 해서 그 두 사람 사이에 무슨 영향 관계가 있지야 않겠지만.”

나는 남편과 딸과 제 직장의 소극적 반대를 뒤로하고 어느 가을날 파리 루브르 거리에 나타난 한 불가리아 여기자의 박람강기에 깊이 감명받았다. 유럽 사람들로부터 김대중이나 김지하라는 이름을 듣는 것 정도는 아주 드문 일이 아니었지만, 담시니, 판소리니 하는 말이 발칸의 조그만 수도에서 온 저널리스트의 입에서 튀어나오다니. 나는 문득, 서울에서 온 문학 저널리스트로서, 페치야 루카노바라는 불가리아산 컴퓨터에다—이렇게 말하고 보니, 불가리아가 컴퓨터 전문가로 넘쳐나는 나라라는 사실이 새삼스럽게 환기된다. 불가리아 대학생들이야말로 세계 제일의 컴퓨터 해커, 바이러스 프로그래머, 백신 프로

그래머들인 것이다— 한국 문학에 대한 새로운 정보를 더 입력시켜 놓아야 한다는 소명을, 사실은 충동을 느꼈다. 그래서 그녀에게 《창작과 비평》이니, 《문학과 지성》이니, 이청준이니, 김현이니, 김우창이니, 백낙청이니, 박경리니, 김남주니, 민족문학 주체 논쟁이니, 《노동해방문학》이니, 《노둣돌》이니 따위를 주섬주섬 주워섬겼다. 아마도 내 설명이 너무 도식적이어서 그랬을 것이다. 페치야는 한국 문학계의 논쟁을 자기 방식대로 너무나 명쾌하게 이해해버렸다.

"세상 어느 곳에서나 있었고, 또 앞으로도 있을 논쟁들이 한국의 문단에서도 이뤄지고 있구나. 내 인상으론 두 개 수준의 서로 다른 논쟁들이 한국 문학계에 엉겨 있는 것 같아. 첫째 논쟁은 인류의 지성사가 시작된 이래 철학과 법학의 천재들을 소모시킨 자유의지론과 결정론의 싸움. 그리고 둘째 논쟁은 결정론 안의 싸움이지. 그 두 번째 논쟁을 체질론과, 아니 차라리 유전자결정론과 환경결정론의 싸움이라고도 할 수 있겠고, 심리학주의와 사회학주의의 싸움이라고도 할 수 있겠지. 네이처nature 버서스 너처nurture 말이야. 뭐, 거칠게 말하면 프로이트주의와 마르크스주의의 싸움. 내가 제대로 이해한 거니?"

사실 나도 그녀가 그걸 제대로 이해했는지 어땠는지는 잘 알 수 없었지만(왜냐하면 나 자신도 잘 이해하지 못하고 있었으므로), 그녀를 격려하기 위해 고개를 끄덕이며 되물었다.

"네 입장은 어때?"

"글쎄, 난 프로이트의 비관주의나 마르크스의 낙관주의를 둘 다 신용하지 않아. 인간의 사고와 행위, 그리고 그것들이 모여서 이루어지는 역사는, 그 중간쯤 어디에선가, 인간의 자유의지와 결합돼, 꼴을 이루겠지. 그걸 무책임한 절충론이라고 비난할 수는 있겠지만, 내 생각엔 그게 사실과 가까운 것 같아. 우선 프로이트주의나 마르크스주의나, 난 스스로를 포퍼리언이라고 생각하는데, 포퍼에 따르면 그것들은 과학이 아니야. 정신분석학은 반증이 불가능하고, 생산력결정론은 반증이 되자마자 새로운 이론적 덧칠을 계속해 왔으니까. 자유의지론과 결정론의 문제도, 글쎄, 결국 인간은 결정되면서 결정하는 것 아닐까? 현실적으로도, 극단적인 결정론을 취할 경우, 우리는 인간의 어떤 행위에 대해서도 윤리적 책임을 물을 수가 없게 되잖아. 반대로 자유의지론을 극단적으로 밀고 가면 우리는 인간의 조그만 잘못도 용서할 수 없게 될 테고. 관용, 참작 따위의 낱말들이 사전에서 사라지겠지. 결국 난 절충주의자가 될 수밖에 없는데, 네 설명에 따르면, 김우창을 포퍼리언이라고 할 수는 없겠지만, 내 생각은 그 사람 생각에 비교적 가까운 것 같아. 넌 어때?"

글쎄? 난 어떨까? 내게 무슨 입장이라는 게 있을까? 정직이

최선의 방책!

"나도 잘 모르겠어. 백낙청을 읽을 땐 그의 말이 옳은 것 같고, 김현을 읽을 땐 그의 말이 옳은 것 같고, 또 김우창을 읽을 땐 그의 말이 옳은 것 같아."

"사실은 그게 자연스럽지. 나라도 어느 정도는 그럴 거야. 논리적으로 쓰인 모든 글에는 적어도 부분적인 진리는 담겨 있거든."

페치야는 너그러운 웃음으로 나를 위로했다. 나는 내 줏대 없음이 부끄러워져 얼른 덧붙였다.

"소설가로는 나는 이청준을 아주 좋아해. 네가 이청준을 읽을 수 있으면 좋을 텐데."

페치야는 이청준을 읽을 수 있었다. 며칠 뒤 우연히 들른 생미셸 거리의 서점 지베르 죈에서 나는 악트쉬드 출판사의 프랑스어판 『이어도』를 발견했고, 그걸 사 그녀에게 선물했던 것이다. 속표지에다 나는 이렇게 썼다.

〈소피아에서 온 현자에게. 저자를 대신하여.〉

파리가 내게 아름다웠다면, 그것은 나폴레옹3세와 오스만 남작의 19세기 건물들이 그림처럼 만들고 있는 스카이라인이나, 센 강 주변의 야경이나, 편리하지만 지저분한 지하철 때문이 아니었다. 그 정도의 하드웨어는 프라하나 빈이나 암스테르담이나 제네바에도 있었다. 파리가 내게 아름다웠던 것은 내가 그곳에서 만난 사람들 때문이었고, 특히 92년-93년 유럽의 기자들 때문이었고, 그 기자들 가운데서도 특히 주잔나 셀레슈 때문이었다. 끊임없이 자신과 나의 인종적 친연을 강변하던 이 헝가리 여자의 따뜻함과 유쾌함 덕분에 내게 파리는 항상 따뜻하고 유쾌하게, 마침내는 아름답게 다가왔다.

그 여자를 미인이라고 할 수 있을까? 아마도 그렇다고 말할 수 있을 것이다. 그러나 그녀는 적어도 잉그리드 린달이나 이자벨 발레 데 알메이다만큼 미인은 아니었다. 그 여자를 이지적이라고 할 수 있을까? 아마도 그렇다고 말할 수 있을 것이다. 그러나 그녀는 적어도 페치야 루카노바나 귄터 쉬나이더만큼 이지적은 아니었다. 말이든 글이든, 그녀의 프랑스어는 로잔에서 온 카롤린 마르크스만 못했고, 그녀의 영어는 더블린에서 온 캐서린 오케인만 못했다. 자신의 모국어—문법이 복잡하기로 이름난 폴란드어 화자들까지 혀를 내두르는, 그래서 인도-유럽어 사용자는 어지간해서는 배울 수가 없다고 소문난 그 마자르어 말이다—를 빼고는 그녀에게 가장 편한 언어인 독일어를 그녀는 거의 사용하지 않았다. 독일이나 오스트리아에서 온 동료들과도 말이다. 그녀가 이지적이 아니라고 내가 말할 때, 나는 그녀가 보고 듣고 읽은 것이 변변치 않다고 말하고 있는 것이 아니다. 그녀는 부다페스트의 에트뵈스로란드 대학 문학부를 우등으로 졸업했다. 그녀는 취중에라도 마르크스나 루카치의 기다란 문장들을 독일어로 뱉어낼 수 있었다. 아주 짧았던 임레 나지 정권 시절에 태어나, 〈부다페스트에서의 소녀의 죽음〉 뒤의 세월을 성장기로 보낸 그녀의 머리는 공산주의적 교양으로 영글었다. 그러나 그녀의 심장은 그렇지 않았다. 그녀가 마음으로 좋아했던 것은 자크 브렐이었고, 비틀즈였다. 그녀의 신경줄은 그다지 튼튼하지 못했다. 그녀는 자주 울었고, 자주 분노했고, 자주 깔깔거렸다. 그녀의 이런 비이지적 성격이 적어도 내게는 그녀의 매력이었고, 그녀의 따뜻함이었다. 그리고 바로 그런 점이 나를 포박했다. 그녀는 스물여섯 살에 《마자르 라디오》의 동료와 결혼했고, 서른네 살에 그 남자와 이혼했다. 그때 그 둘 사이의 아들 토마슈는 아홉 살이었다. 남자가 그 아이를 맡았다. 여자는, 역시 이혼한 자기 어머니와 함께 자유롭기도 하고 쓸쓸하기도 한 삶을 새로 시작했다. 한때의 배우자와 한 방송국에서 일하는 다소 어색한 생활이 일 년쯤 되었을 때, 남자가, 별로 이름나지 않은 연극배우와 결혼했다. 그 일 년 뒤 그녀는 파리로 왔다. 그녀의 방송국은 한 유능한 기자가 9개월 가까이 일터를 비우는 것이 마땅치 않았다. 그녀는 어렵사리 무급

휴가를 얻었다. 우리 식으로 말하자면 휴직계를 낸 셈이다. 그녀는 그 휴직계를 사표라고 생각했다.

함께 나누고 있는 이혼 체험이 우리를 더 가깝게 만들었을까? 그것은 로베르트가 곧잘 짓궂고 경망스럽게 내게 던지곤 하던 질문이었다. 결코 그렇지 않다고 말할 자신은 없다. 버림받은 자끼리의 우애와 연대가 분명히 우리 사이에는 있었다. 그러나 그것만이 다는 아니었다고 말할 자신은 있다. 요컨대 우리는 정신의 기질이 비슷했던 것이다. 비슷한 사람끼리는 가까워질 수 없다는 말도 있지만, 우리는 서로의 자화상 앞에서 편안했다. 프로그램이 시작되기 전부터 우리는 자주 어울렸다. 그녀의 아파트가 있던 알레지아와 내가 살던 시테 위니베르시테르가 걸어서 10분 정도면 갈 수 있는 거리이기도 했지만, 둘 다 파리에 특별히 아는 사람이 있던 것도 아니어서 우선은 외로움을 달래기 위해 그랬을 것이다. 우리는 자주 13구의 중국인 거리로 가서 그곳의 대형 슈퍼마켓 외로마르셰와 진씨상가에서 쇼핑을 했고—찬거리를 샀다는 말이다— 생 미셸 거리의 서점이나 카페를 쏘다녔다.

아, 13구와 생 미셸 거리 얘기를 하노라니 갑자기 어떤 그림 두 개가 떠오른다. 지금 기록해 놓지 않으면 내 뇌리에서 지워질지도 모르는, 그렇게까지는 안 될지라도 아주 희미해져버릴지도 모르는 그림 두 개가.

〈유럽의 기자들〉 사무실에서 우리가 만난 그 이튿날이었던가. 그녀는 살라미—내가 끝내 혀를 적응시키지 못했던 이탈리아 햄. 내 혀의 그 지독한 보수주의!—와 빵을 사기 위해서, 그리고 나는 쌀과 배추를 사기 위해 13구로 함께 나갔다. 그 당시 파리 시내 어디에서나 그랬지만, 외로마르셰와 진씨상가 사이의 길 양쪽 벽에도 포스터들이 덕지덕지 붙어 있었다. 그 가운데 한 포스터 아래쪽에 계집아이들과 사내아이들이 서로 어깨를 겯고 환하게 웃고 있는 사진이 박혀 있었다. 그 위의 표어: 〈오늘 하나의 유럽에 '예'라고 대답하십시오. 내일 이 아이들이 당신에게 감사할 것입니다. 우리의 이상은 하나의 유럽을 향해 전진하는 것입니다.〉 프랑스 민주연합이 만들어 내건 포스터였다. 그 옆에 붙어 있는 프랑스 공산당 이름의 포스터는 전혀 다른 주장을 펴고 있었다. 〈우리는 프랑스의 독립을 원합니다. 그러므로 우리는 '아니오'라고 대답합니다. (마스트리히트 조약이 비준되면) 중요한 정책 결정의 80%가 프랑스 바깥에서 이뤄집니다. 마스트리히트는 민주주의의 대척입니다.〉

유럽 단일 통화를 통한 단일 경제 구축을 주요 골자로 한 마스트리히트 조약 비준 국민투표를 바로 며칠 앞두고 있던 때여서, 파리 시내 곳곳에 여러 정파의 입장이 표명된 포스터들이

나붙어 있었다. 정부 명의의 국민투표 공고문 옆에 붙어 있는 이런 '정식' 포스터 말고도 지하철 구내, 대학의 담벼락 같은 곳에 개인들이 쓴 낙서 형식의 찬반 구호들이 즐비했던 것이 그즈음 파리 풍경이었다. 이런 포스터나 표어들 위에는 또 그 취지에 반대하는 낙서들이 덧칠돼 있어 9월 20일 국민투표에 대한 프랑스인들의 관심을 생생히 보여주었다. 유럽의 미래에 커다란 영향을 끼칠 이 국민투표의 결과를 누구도 예측할 수 없을 만큼 당시 프랑스 국민의 여론은 엇비슷하게 양분돼 있었다. 마스트리히트가 프랑스를 '분단'시키고 있었던 것이다. 반대자들은 마스트리히트 조약이 가난과 실업을 악화시키고, 유럽을 정상배들과 다국적 기업, 브뤼셀의 기술 관료들 손아귀에 넘겨줄 것이라고 말하고 있었던 반면에, 찬성자들은 마스트리히트 조약을 통해서만이 유럽이 미국과 일본에 맞설 수 있고 세계 평화와 민주주의에 기여할 수 있다고 우겼다. 공산당 포스터가 마스트리히트 조약을 우익 정치의 가장 나쁜 형태라고 비난하고 좌파 정치의 복원을 위해 조약에 반대하자고 설득하고 있을 때, 극우파 국민전선의 지도자 르펜도 이 조약을 무효라고 주장하며 공산당에 맞장구치는 기이한 정치 지형이 조성돼 있었다. 그것에 대한 반동으로 트로츠키스트 정당 '노동자의 투쟁'을 이끄는 여장부 아를레트 라기예는 노동자들에게 보내는 개인 명의의 메시지에서 "시라크가 찬성을 바라고 르펜이 반대를 바란다면 우리가 이 국민투표의 결과에서 얻을 것은 아무것도 없다. 이 논의에 말려드는 것은 적을 이롭게 하는 것이다. 우리 모두 투표를 거부하자"고 선동하고 있었다. 이 조약의 비준이 브뤼셀의 몇몇 관료들에게 유럽을 팔아먹는 행위라는 반대파들의 주장은 프랑스인들 사이에 넓은 공감대를 만들어가고 있는 듯했다. 그래서 마스트리히트 조약의 찬성을 설득하는 정치가들까지도 그즈음에는 이 조약이 개별 국가의 주권을 해치지는 않을 것이라는 점을 강조하고 있을 지경이었다. 예컨대 유럽공동체 집행위원장 자크 들로르까지도 바로 그 며칠 전, 통합유럽은 중앙 집권이 배제된 느슨한 국가연합이 될 것이라고 꼬리를 내렸다. 반유대주의를 공개적으로 주장하는 것이 자신의 사회적 삶을 끝장내는 것과 다름없던 프랑스에서 반대파들이 설정한 정상배·다국적 기업·브뤼셀의 기술관료 대 선량한 국민이라는 대립 구도는 이 구도의 앞쪽 항목들을 유대인들이 움켜쥐고 있다고 믿고 있는 많은 사람들에게 잠재적 반유대주의의 불씨가 되고 있기도 했다. 르펜의 국민전선이 겉으로 내세우고 있지는 않으나 속으로 노리고 있는 것이 바로 그 점이라는 관측도 있었다.

"너라면 뭐라고 대답하겠니?"

짤막한 현지 동정 기사라도 하나 만들어볼 요량으로 카트를 세운 채 포스터 하나하나를 꼼꼼히 살피고 있는 나에게 주잔나가 물었다.

"글쎄, 파시스트와 공산주의자가 이 조약에 반대하는 걸 보니, 난 찬성하고 싶은데. 넌?"

"글쎄, 좌우의 기득권 세력이 이 조약에 찬성하는 걸 보니, 난 반대하고 싶군. 통합유럽은 제1세계의 유럽, 서유럽의 유럽, 자본가들의 유럽, 독일의 유럽이 될 거야."

나는 이 여자가 혹시라도 거기에 '유대인의 유럽'이라는 말을 붙일까 봐 조금 걱정했으나 그녀는 거기까지 막나가지는 않았다.

또 하나의 그림은 생미셸 거리의 외국책 전문서점 프나크 앵테르나쇼날에서 그려진 것이다. 우리 프로그램이 시작되기 전날인 9월 30일 저녁, 이 서점에서는 사회학자 피에르 부르디외와《르 몽드》고정 서평자 로제-폴 드루아가 참가한 가운데 부르디외의 신간『예술의 규율』에 대한 독자들의 평가회—사실은 일종의 판촉 활동인 셈이었지만—가 열렸다. 주잔나는 평소처럼 술이나 마시자고 했지만, 나는 '그 유명한' 부르디외의 얼굴이라도 보고 싶은 욕심에서 그녀를 꼬드겨 서점 안으로 끌고 들어갔다. 사실 부르디외의 그 신간은, 예전에 발표했던 글들을 조금씩 손질해 엮어놓은 것이기는 했으나, 발간되자마자 독서

계에 큰 반향을 불러일으키고 있었다. 《르 몽드》가 책 페이지의 두 면을 할애해 찬반 논쟁을 붙였을 정도였다. 한 켠에서는 사르트르의 『집안의 백치』를 넘어서는 뛰어난 플로베르 연구서라는 상찬이 있었는가 하면, 다른 켠에선 예술의 초월성을 과학의 실증주의 안에 가두려는 무모한 시도라는 핀잔도 있었다.

흔히 '발생론적 구조주의자'로 불리는 부르디외는 이미 『호모 아카데미쿠스』, 『재생산』, 『귀족계급』, 『사회학자라는 직업』, 『구별』 등 20권의 저서를 통해서, 에밀 뒤르켐 이래 독일이나 미국에 견주어 지지부진했던 프랑스의 사회학을 재건해 놓은 콜레주 드 프랑스 교수다. 멋쟁이 사회과학자나 문화이론가들이 뽐내며 사용하는 '아비튀스', '장場', '상징재산' 따위의 개념들을 만들어낸 영감이 바로 그다. 억지로 갖다 붙이자면 그 역시 아주 넓은 의미의—그러므로 결국 무의미의— 마르크스주의 틀 안에서 작업을 수행해 왔다고도 말할 수 있지만, 자본 개념을 경제 영역에서 문화 영역으로 확대시키고 계급관계를 탐구하면서도 상징적 지배에 큰 중요성을 부여한다는 점에서, 그는 진짜 마르크스주의와는 아주 멀리 떨어져 있다. 외려 그는 우익 사회학자 막스 베버를 연상시키는 좌익 사회학자였다. 그 당시 막 출간된 『예술의 규율』의 중요 부분은 19세기를 시대적 배경으로 당대 문학장의 발생, 구조, 지형 변모 등을 묘사하며 플로베르의 작품들이 이 문학장에 한편으로 규제받고 한편으로 대응하며 고전으로 남게 된 경로를 '과학적으로' 해명하고 있었다. 이 책의 저자는 작가와 문학제도가 복종해야 하는 논리, 즉 예술의 규율을 밝힘으로써, '예술적 천재의 전능'이라는 환영을 깨뜨리고 '작품의 과학'을 수립하기 위한 토대를 그 나름대로 마련했던 것이다.

그날 평가회에서도 부르디외는 드루아와 청중들의 짓궂은 질문에 진지하고 단호하게 맞서며, 문학작품의 특수성·초월성이란 날조된 것에 불과하고, 그 초월적 의미는 19세기 이래 교과서를 통해 본격화한 문학작품의 신성화·신비화 작업 때문에 생겨난 것이라고 거듭 강조했다. 이따금 더듬으며, 그러나 명확한 어조로, 이 프랑스 사회학의 대부는 절대적이고 초월적이며 불변하는 아름다움이란 존재하지 않는다는 것, 아름다움이란 많은 경우 정치성을 띠고 있다는 것, 작품을 안으로부터만이 아니라 바깥으로부터도 읽어야 한다는 것을 강조했다. 그가 보기에 플로베르의 작품이 고전으로 남을 수 있었다는 것은, 문학에 대한 국가나 귀족의 보호 또는 규제가 사라지고 문학적 평판이 작가, 비평가, 편집자들끼리의 투쟁을 통해서 획득되기 시작한 19세기 문학장에 플로베르가 민첩하게 적응했음을 뜻했다. 더욱이 플로베르는 관찰 대상인 사회로부터 거리를 유지함으로써 '객관적인 작가의 관점'을 수립할 줄 알았고, 이런 '사회학자적 작업'이 그를 중요한 작가로 만들었다고 부르디외는 말했다. 문학장을 포함한 지적 장의 가장 큰 특징은 그 장에 소속된 구성원들의 일뤼지오illusio(환상)와 경쟁이고, 갈등과 경쟁이야말로 창조의 원동기라는 그의 발언은, 이 지적 장 속의 경쟁에서 콜레주 드 프랑스 교수라는 최고의 자리에 오른 그 자신의 내성의 목소리처럼 들렸다. 평가회가 계속된 두 시간 내내 주잔나는 흥미 없다는 표정으로 눈을 깜박거리며 이따금씩 한숨을 내쉬거나, 내게 중도 퇴장의 의사를 묻는 눈빛을 보내왔다.

"그렇게 재미가 없었니?"

"응, 넌 그렇게 재미가 있었니?"

"정치나 경제의 세계에서만이 아니라, 우리 삶의 모든 부분에 여러 형태로 힘의 논리가 관철되고 있다는 관찰은 흥미롭잖아."

"넌 그걸 아직 몰랐었니, 이 꼬마 도련님? 부르디외는 그걸 굉장히 멋있는 말로 설명했지만, 난 그걸 몸으로 겪으며 살아왔는걸. 나만이 아니라 너도 그럴걸. 네가 조금만 생각해 보면 알 수 있는 경험적 지혜를 저 영감은 아주 아카데믹하게 얘기하고 있을 뿐이야. 나는 저 사람이 이 나라에서나 이 나라 바깥에서나 왜 그렇게 유명한지 알 수가 없어. 하기야 모든 아카데미즘이란

게 비틀거나 금박을 입힌 격언 같은 거긴 하지만."

"내가 네게 미안하다고 말해야 하니?"

"물론이지. 넌 내 귀중한 시간을 두 시간도 넘게 훔쳐갔잖아."

"미안해. 내가 어떻게 하면 용서해 주겠니?"

"네 하잘것없는 시간을 오늘 밤 네 시간 정도 빌려주면."

그렇게 해서 우리는 뤽상부르 지하철역 부근의 일식집 신주쿠로 갔다.

크리스마스 방학 때 페치야가 가족들을 보러 소피아에 돌아가 있는 동안, 나는 주잔나-페치야 팰러스(나는 그 둘이 함께 살던 아파트를 그렇게 불렀다)에서, 또는 시테 위니베르시테르의 내 기숙사 방에서 그녀와 자주—매일이었던 것 같다— 어울렸다. 사실은 남자 하나가 더 있었다. 우리 셋은 노르망디로, 제네바로 소풍을 가기도 했다. 그 당시 나는, 고백하기 부끄러운 얘기지만, 마치 재혼한 신랑처럼, 조금은 들떠 있었고, 조금은 불안했다. 그녀도 비슷한 기분이 아니었을까, 라고 나는 짐작한다, 라기보다는 기대한다. 이따가 그 얘기를 좀 더 자세히 할 수 있을까? 지금으로서는 잘 모르겠다.

로베르트 바르셸로비치가 전형적인 폴란드인인지 그렇지 않은지 나는 모른다. 만약에 그가 전형적인 폴란드인이라면, 내가 앞으로 폴란드 사람을 아주 좋아할 수는 없을 것 같다. 그는 아주 인색했고(그는 그것을 자신의 가난 탓으로 돌렸으나, 우리들 대부분은 그보다 형편이 나았던 것도 아니었다), 이기적이었으며(그의 이기주의는 모든 인간이 가지고 있는 다소간의 이기주의 수준을 훨씬 넘어섰다), 소심했다(나 자신 소심하니, 내가 그걸 비난한다는 것은 우스운 일이겠으나). "누구한테서도 받지 않고, 누구한테도 주지 않는다는 것이 내 신조"라고 그는 말하곤 했지만, 그 먼로주의 철학이 그의 일상 속에서 실제로 체현한 삶은 "누구한테도 베풀지 않지만, 누구의 도움도 거절하지 않는" 치사한 것이었다. 그는 자기 조국의 가난을 몹시 혐오했고, 그것을 공산주의자들 탓으로 돌렸다. 언젠가 내가 그에게 로자 룩셈부르크가 한국의 좌파 대학생들에게도 잘 알려져 있다고 말하자, 그는 "그 여자는 폴란드인이 아니야. 독일인이고, 유대인일 뿐이지"라고 대꾸했다. 독일은 러시아와 함께, 폴란드 사람들 대부분이 그러듯 그가 가장 싫어하는 나라였다.

"너는 그 여자가 가지고 있었을 폴란드인에 대한 사랑까지 의심하는 거니?"

"그 여자에게 어떤 사랑이 있었다고 할지라도, 그건 폴란드인에 대한 사랑은 아니었을 거야. 이른바 만국의 노동자에 대한 사랑이었겠지. 사실은 노동자들마저 그 여자가 진짜로 사랑했는지는 잘 모르겠고."

그가 자랑스러워하는 폴란드인은 코페르니쿠스, 쇼팽, 퀴리 부인 같은 사람들이었다. 이상도 하지, 동유럽 사람들이 자랑스러워하는 동포들이란 대개 서유럽에서 활동한 사람들이다. 하기야 그들이 서유럽에서 활동하지 않았다면, 이름을 얻기가 쉽지 않았을 것이다. 정치 역학의 무서움!

로베르트가 가장 동경하고 편안해하는 나라는 프랑스였고, 그 다음이 이탈리아나 스페인 같은 남유럽 나라들이었다. 그는 일본인 동료 사부로 하시모토가 프랑스어에 서툰 것만큼이나 영어에 서툴렀다. 그가 가장 자신 있게 하는 영어는 "두 유 스피크 프렌치?"였다. 그러나 그는 이탈리아어를 거의 프랑스어만큼 했고, 스페인어를 적어도 나만큼은 했다.

지금 생각해 보면, 로자 룩셈부르크에게 로베르트가 무관심한 것이 그 여자가 진짜 폴란드인이 아니라는 판단 때문이었다고 해도, 그가 별달리 자기 조국을 사랑한 것 같지는 않다. 아니 사실은, 내가 뒷날 슬프게 확인하게 되듯, 그는 자기 조국의 가난만이 아니라, 자기 조국 자체를, 자기 동포들을 싫어했다고 말하는 것이 올바른 기술일 것이다. 대부분의 폴란드 사람들에게 어느 정도의 프랑스 애호가 있다는 것을 들어서 알고는 있었으나, 나는 로베르트를 통해서 그것을 실감했다. 어쩌면 그의 프랑스 애호가 자기 동포들의 평균을 넘어서는 것이었는지도 모르겠다. 그의 프랑스 애호와 폴란드 비하는 때때로 역겨운 것이었고, 결국은 프로그램이 끝나기 직전 그와 나 사이의 절교로까지 이어졌다. 그렇다고는 해도, 그 절교 전까지 나는 그와 아주 가깝게 지냈다. 그는 좋은 술친구였고, 그것도 속얘기까지 주고받는 술친구였고, 주잔나를 빼고는 가장 자주 어울린 친구였다.

각자의 '임지'로 떠나기 전날 밤, 카페 푸르미에서 우리들 유럽 사회당의 두 번째 전당대회가 열렸다. 우리들의 술자리가 늘 상 그랬듯이 도대체 진지함이란 찾아볼 수가 없었다.

"파리를 부탁해, 주잔나 동지. 파리 코뮌 이래 이 도시는 유럽 사회주의의 처음이자 끝이었어."

"인철 동지, 난 당신 신변이 걱정이야. 드레스덴이나 라이프치히의 스킨헤드들은 베트남 사람과 남한 사람을 구별할 줄 모른다구. 이상한 눈치가 보이면 '아임 어 재퍼니즈 투어리스트'를 연발하는 수밖에 없어. 아니면 아예 피스톨을 하나 들고 가든지. 페치야 동지는 메이저 보수 반동 정권의 근간을 흔들어놓고 올 것."

"난 영국에 무사히 잠입할 수 있을지나 모르겠네. 그놈들의 입국 심사는 끔찍하거든. 내 불가리아 여권이 말썽이나 빚지 않을지. 그놈들은 내 머릿속에서 머리카락 한 올만 한 불온사상이라도 끄집어내려고 애를 쓸 텐데."

"동지의 불가리아 여권보다도, 그리고 동지의 머릿속에 있는 불온한 사상보다도, 동지의 머리카락이 붉다는 게 꼬투리가 될지도 몰라. 그놈들은 동지의 불가리아 여권이나 동지의 머릿속을 들여다보기도 전에, 한두 오라기도 아니고 수만 오라기나 되는 동지의 붉은 머리카락을 불쾌해할 게 틀림없어."

"자, 어쨌든 유럽의 프롤레타리아를 위해 건배!"

우리 넷은 주위 사람들의 불쾌하다는 표정에도 아랑곳없이 프랑스어로 인터내셔널을 합창했다.

그 이튿날, 페치야, 로베르트 그리고 나는 주잔나를 파리에 남기고 각각 런던으로, 마드리드로, 베를린으로 날아갔다. 유럽의 사회주의를 위해서.

샤를드골 공항에서 베를린 테겔 공항까지의 비행시간은 한 시간 반이었다. 비행기 안에서의 내 마음은, 그 뒤로도 취재 여행이 시작될 때면 늘 그랬듯, 설렘 반, 심란함 반이었다. 제2제국, 제3제국의 수도였고, 통일된 지 막 두 해를 넘긴 독일의 새로운 수도가 된 이 낯선 도시에 대한 호기심이 그 설렘의 내용이었지만, 바로 그 낯섦이 친숙함으로 변하기까지 겪어야 할지도 모를 긴장에 대한 상념이, 그리고 이 여행 뒤에는 익숙하지 않은 언어로 쓴 기사를 반드시 그 대가로 지불해야 한다는 사실의 자각이 심란함의 밑바닥에 있었다. 테겔 공항에서 에르 프랑스와 작별하자마자, 나는 한기연 씨가 일러준 대로 3마르크짜리 티켓을 산 뒤 109번 버스에 올라탔다. 베를린에 호텔을 예약해 놓지 않았으므로, 최소한 이 도시에서의 첫 밤은 한기연 씨 집에서 신세를 졌으면 싶었다. 한기연 씨는 《한민일보》의 베를린 통신원이다. 그렇긴 하나 나는 그를 한 번도 본 적이 없었고, 그에 대해 아는 것도 별로 없었다. 우리 신문에 실렸던 그의 베를린발 기사가 다른 신문 특파원들의 기사보다 더 밀도 있어 보였다는 인상, 그리고 몇몇 철학 저널들에서 스쳐 지나가며 읽어본 그의 글 몇 편에 대한 희미한 기억 말고는, 그가 70년대 학생운동권의 이론가였고, 지금은 자유베를린 대학에서 철학을 공부하고 있으며, 휠체어를 사용해야 할 만큼 신체가 부자유스럽다는 것 정도가 내가 그에 대해 알고 있는 사실의 전부였다. 파리에서 내가 그와 몇 차례 통화한 적이 있기는 하다. 독일 정치 지형에 대해 아는 것이 많지 않았던 나는 우선 급한 대로 그에게 관련 자료를 몇 가지 부탁해 놓았던 것이다. 학교 교육이 다소 눅여놓은 듯한 경상도 억양에 실려 전화선을 타고 베를린에서 파리로 발사된 그의 목소리는 내가 베를린에 있는 동안 자기 집에 머무는 것이 좋겠다고 여러 차례 권유했지만, 나는 숙소 문제가 한편으로 걱정은 되면서도 누구의 짐이 되는 것이 싫어서 호의를 거절했었다. 그러나 어쨌든 첫날은 별수 없지 않은가.

독일의 단기 체류자가 가장 흔히 사용하는 3마르크짜리 티켓은 유효 시간이 두 시간이다. 그 시간 동안에는 그 티켓으로 버스든, 지하철이든, 전차든 마음대로 탈 수 있다. 나는 베를린 사람들이 흔히 초오라고 부르는 촐로기셔 가르텐(동물원) 앞에서 109번 버스와 작별했고, 초오 역에서 에스 바안S-Bahn(시내 근교 전철) 9번 라트하우스 쉬테클리츠 방향의 열차를 탔으며, 거기서부터 여섯 번째 정류장인 프리드리히 빌헬름 플라츠에서 내린 뒤, 그곳에서 다시 182번 버스를 타고 한기연 씨의 집이 있는 루케 베크에서 내렸다. 그 모든 것은 한기연 씨의 지침에 따른 것이었다. 베를린의 북서쪽에 자리 잡은 테겔 공항에서, 그 도시의 남서쪽에 있는 루케 베크까지 가는 데 걸린 시간은 한 시간 10분 정도. 내 3마르크 티켓은 50분의 여생을 허송해야 했다. 뒤에 유럽의 여러 도시를 돌아다니며 결국 어느 정도 익숙해지기는 했지만, 교통 요금을 시간으로 계산한다는 것이 처음에는 내게 몹시 개운치 않았다. 그것은 베를린에 도착한 지 첫 닷새께까지는 나를 약간 긴장 상태로까지 몰아넣었다. 일단 3마르크 티켓을 사면 그때부터 두 시간 안에 되도록 차를 많이 타는 것이 이득이었으므로, 그 두 시간을 되도록 잘 활용하기 위해 나는 때때로 인터뷰 시간이나 식사 시간을 줄이는 바보짓을 하기도 했다.

내가 33년을 살았던 서울에서처럼 교통 요금을 승차 횟수로, 그러니까 대충 말하자면 거리로 계산하는 프랑스와, 내가 막 경험하게 된 괴상한 교통 요금 체계의 독일이 얼른 대비되었다. 시간을 중시하는 독일과 공간을 중시하는 프랑스. 내게는 그것이 마치 왜 음악사의 중요한 인물들이 대개 독일어 이름을 지녔고, 왜 미술사가 프랑스를 중심으로 쓰여야 했는지에 대한 설명처럼 보였다. 그리고 그것은 왜 파리가 그렇게 기하학적으로 정교한 아름다움을 지녔고, 왜 베를린이 뭔가 어수선하고 투박한 느낌을 주는가에 대한 민족심리학적 이유처럼 생각되기도 했다. 나는 물론 그때도 그것이 정녕 동이 닿지 않는 견강부회라는 것을 알고는 있었다. 그러나 차창을 통해 내다본 베를린이 정돈되지 못한 느낌을 주었던 것은 사실이다. 그리고 그 느낌은 내가 그 도시에서 열 밤을 자는 동안 조금 누여지긴 했으나, 완전히 가시지는 않았다. 그렇더라도, 어쨌든 나는 처음부터 이 도시를 즐기기 위해 애썼다. 이 도시는 한때, 동쪽으로는 지금 러시아령인 칼리닌그라드에서, 그래, 언제나 임마누엘 칸트라는 이름과 짝지어 우리들 귀를 강타하던 쾨니히스베르크 말이다, 서쪽으로는 알자스 로렌에 이르는, 그러니까 서부·중부·동부 유럽을 길게 가로지르던 호엔촐레른 왕조의 수도가 아닌가. 나는 버스 안에서 내내 이제 막 종식된 독일 분단의 흔적보다는, 전쟁 속에서 분만돼 전쟁 속에서 사망한 제2제국의 흔적을 찾으려고 애썼다.

루케 베크 39번지에서 K. Y. Han이라는 문패를 발견하고 벨을 눌렀을 때는 벌써 사위가 어둑어둑해지고 있었다. 시각은 고작 오후 세 시 반이나 됐을까. 나는 파리에서 알게 된 한국인 친구들이, 파리의 겨울이 긴 밤과 짧은 낮 때문에 얼마나 지겨운가에 대해 얘기하곤 하던 것을 생각해 냈다. 한 친구는 겨울이면 네 시가 좀 넘어 시작되는 파리의 밤이 우울증을 유발할 수도 있다고까지 경고하기도 했다. 그러나 베를린은 아직 가을이 채 지나기도 전에 이 모양인 것이다. 하기야 베를린이 파리보다 한결 북쪽이고 동쪽인데도 두 도시의 시간차는 없으니 당연한 일이다. 나는 또 그 얼마 전 암스테르담에서 파리로 오는 기차 안에서 잉그리드와 나눈 대화를 기억해 냈다.

"정말 스웨덴은 겨울이면 종일 밤이니?"

"응, 물론이지. 그래서 우린 겨울잠을 자."

"……."

"무슨 비유나 말재간이 아니라 사실이야. 정말로 곰이나 개구리처럼 잔뜩 먹고 겨울잠을 잔다니까."

그럴 수도 있을 것이다. 온통 깜깜할 뿐인 시간을 굳이 셋으로 나눠 끼니를 꼬박꼬박 챙겨야 할 필요는 없을 테니까.

베를린의 이른 밤은, 내게 한편으로는 앞으로 견뎌야 할 파리의 긴 밤을 위한 예행연습의 무대가 되긴 했지만, 우선은 불편하고 답답했다. 점심을 먹고 한 시가 넘게 되면 그때부터 마음이 다급해지는 것이다. 오후 스케줄을 위해 분주스레 서두르지 않으면 항상 밤일을 해야 하니까. 서울에서도 야근이라는 것을 얼마나 지겨워했던가. 밤은 잠과 술과 또 다른 쾌락을 위해 있는 것이지, 일을 위해 있는 것은 아닌 것이다.

한기연 씨 부인은 짐작했던 것보다는 나이가 좀 들어 보였다. 그녀는 자신의 남편과 마찬가지로 내게 매우 친절했다. 나는 우선 하룻밤을 넘길 수 있겠다는 생각으로 안도의 한숨을 길게 내쉬었다. 7층 건물의 1층에 자리 잡은 한기연 씨 아파트는 널따란 거실 하나, 침실 하나, 부엌 식당 겸용의 방 하나, 세면장 하나로 나뉘어 있었다. 집의 넓이만 보자면 아이가 없는 이 부부가 단둘이 쓰기에 좁은 공간이 아니었지만, 거실을 포함해 집 전체를 빼곡히 채우고 있는 책더미 때문에 집은 실제보다 아주 비좁아 보였다. 학생운동의 맹장이었던 전력과 어울리지 않게 한기연 씨의 전공은 플라톤이어서, 그의 집은 마치 근세 초기 독일의 도서관 같았다. 독일어로 된 책들만이 아니라, 고대 그리스어, 라틴어로 된 책들이 방문객을 위압했다. 그 책들 사이에서, 나는 마치 낯선 수도원에 잠시 몸을 의탁하러 찾아든 무식한 탁발승 같은 느낌이 들었다. 배스커빌의 윌리엄 같은 유식한 수사가 아니라, 글자와 그림을 겨우 구별할 줄 아는 땡초라는 느낌 말이다.

그 책들은 나를 어떤 씁쓸한 기억으로 몰고 갔다. 1985년 12월, 당시 마포에 있던 우리집에 화재가 났었다. 경찰서 쪽에서는 누전이 그 원인이라고 진단한, 그러나 그 진짜 원인이 뭔지는 하느님만이 아실 그 화재는 우리 가족이 22년째 살고 있던 그 목조 건물을 전소시켰다. 내가 초등학교에 들어가기 전해에, 신촌에 살고 있던 우리 식구는 마포의 그 집으로 이사를 했다. 예전의 전차 종점이 있던 자리에서 어른의 걸음걸이로 5분 정도 걸리는 그 집에서 나는 초등학교엘 다녔고, 할머니의 죽음을 겪었고, 술 취한 아버지가 어머니를 때리는 것을 보았고, 중학교엘 다녔고, 사춘기 때의 온갖 정념을 이겨내거나 그것에 굴복했고, 고등학교엘 다니다 학교에서 내쳐졌고, 어렵사리 대학엘 들어갔고, 직장엘 들어갔고, 한 여자한테 차였고, 한 여자와 약혼했으나 곧 그 여자를 하느님께 빼앗겼고, 한 여자와 결혼했다. 일제 때의 적산 가옥이었고, 우리가 들어오기 전전 주인이 월북했다고 소문이 난 그 집에서 나는 성장기를 다 보내고 어른이 된 셈인데, 그 집이 어느 겨울날 오후에 재로 변해버렸다. 바람이 부는 날이었고, 낡은 목조 건물이었던 터라 불이 한번 일자 순식간에 전소한 것이다. 마침 낮이어서 사람들이 깨어 있었으므로, 사람이 다치거나 죽지는 않았다. 그것은 정말 불행 중 다행이었다. 그 화재는 당연히 내가 그때까지 모아놓은 책들을 전소시켰다. 까까머리에 감색 교복을 입고 종로서적과 청계천 헌책방 거리를 출입하던 중학생 때부터 넉넉지 않은 용돈을 여투어 사 모은 책들이 까맣게 돼버린 것이다. 그 책들은 내 방만이 아니라, 집 전체를 서고로 만들었었는데. 물질을 재로 만든다는 것은 상당 부분 기억을 재로 만드는 것이다. 이 말은 특히 사진첩에 해당되는 말이지만, 책도 어느 정도는 그렇다. 그 책들 가운데 몇 권에는(왜 단지 몇 권인가 하면 나는 독서가라기보다는 서적 수집가에 더 가까웠기 때문이다), 내가 그것들을 읽으며 그어놓은 밑줄, 행간이나 여백에 박아놓은 메모, 때로는 흘린 김칫국 자국이나 담뱃불에 그을린 자국 따위가 있어서, 이따금 그 책들을 다시 뒤적일 때, 나는 묘한 감동으로 내 과거를, 과거의 순간순간들을 되돌아보곤 했던 것인데, 어느 순간 그 일이 불가능해져버린 것이다. 똑같은 책을 새로 산다고 해도, 그 책이 옛 책의 자리를 그대로 메워줄 수 있는 것은 아니다. 나는 그날의 화재 이후로 책을 열심히 모으는 버릇을 버렸다. 축적한다는 것의 허망함을 맛보았다고나 할까. 그 화재 뒤에도 어쩔 수 없이 세월은 흘러 새로 이사한 집의 내 방에도 다시 책들이 쌓이긴 했으나, 85년 겨울의 시점에 견주면 아주아주 간소하다고 말할 수 있을 정도의 양일 뿐이었다. 그런 내 느낌을 집주인도 알아차렸던 것일까?

"여기서 평생 살 것도 아니고 해서 책 모으는 걸 조심스러워 했는데도 벌써 이 모양이에요. 제가 쓸데없는 욕심이 너무 많아서 그런지. 나중에 서울로 옮길 일이 걱정입니다."

"저는 아주 기분이 좋은데요. 이 책들에 둘러싸여 자면, 꿈속에서 고대 희랍을 방문할 수도 있을 것 같아요(이 말이 자기암시적이었던 것일까? 나는 그날 밤 그 책들에 둘러싸여 잠을 잤고, 또 꿈속에서 고대 아테네를 방문했으니 말이다. 그 꿈은 아테네에 대해 내가 평소에 작동시키고 있던 상상력—가난하고 지저분한 도시, 70년대의 군사 파시즘……—과는 아주 다르게 매우 낭만적이고 센티멘털한 것이었다. 신과 인간의 동거, 그 동거가 빚어내는 종을 넘어선 사랑과 질투. 나는 제우스였던가, 데모크리토스였던가……)."

한기연 씨는 비록 전공이 저 아스라한 플라톤 철학이라고는 하지만, 신문사의 현직 통신원답게 독일의 시사에 매우 밝았다. 하기야 서양 철학사가 플라톤에 대한 주석의 역사라는 말이 옳다면 플라톤 철학이 꼭 아스라한 것만도 아니지만. 저녁을 먹기 전까지 우리는 독일과 유럽의 정치 정세에 관한 아마추어적 의견을 주고받았다, 라기보다는 한기연 씨가 내게 간략한 브리핑을 해주었다. 정치적으로 박해받는 이들의 망명권을 규정한 독일 기본법 제16조의 개정 움직임, 네오나치의 발호 상황, 독일

사민당이 통일 선거에서 참패할 수밖에 없었던 이유, 콜의 통일 이후 상황 판단 착오와 동부독일 지역 경제의 파탄, 독일 좌파의 현재와 미래 따위에 대해서 말이다. 나는 한기연 씨가 보여준 논리벽, 솔직함, 진지함 같은 것에 깊은 인상을 받았다.

한기연 씨의 부인이 정성스레 차린 저녁 식사를 하며 곁들인 반주는 그대로 새벽 세 시께까지 이어졌다. 나는 그날 밤, 한스네 집에서의 밤샘 술자리 이후 처음으로 만취한 것 같다. 시바스 리갈 한 병을 둘이서 깨끗이 비운 뒤에도 맥주병을 스물 가까이 셌으니까. 아마도 그 술과, 늦게까지의 대화 덕분이었겠지만, 나는 한기연 씨에게 나도 깜짝 놀랐을 정도의 친밀감을 갖게 되었다. 그날 처음 만나본 사람이었는데도 말이다. 그날 밤 대화는 나로서는 꽤 오랜만에 길고 유쾌한 것이었다. 그 대화의 주제는 생태계 파괴와 인류 미래에 대한 걱정에서부터 사적인 신상에 이르기까지 잡다했다. 우리는 세상에 대한 생각이 서로 몹시 다르다는 것을 확인했지만, 또한 둘 다 알고 있는 사람들에 대한 판단이—이를테면 그 사람들에 대한 호오가— 놀랍게 일치한다는 사실도 확인했다. 서로 다른 생각을 가진 사람들이 왜 때때로 서로 같은 감정을 갖게 되는 것일까? 그것이 인간이라는 복잡한 동물의 일면이라고 나는 생각했다. 나는 김이라는 사람의 생각에는 절대 동의할 수 없지만 그래도 나는 그 사람이 좋아, 라고 말하면, 어깨에 힘이 들어간 원칙주의자들은 근엄하게 말한다: "그건 당신 생각 자체가 견고하지 못해서 그래. 이념이 어떻게 우애와 어긋날 수가 있지? 당신이 그 사람의 이념에는 동조하지만 그 사람을 사랑할 수 없다면, 사실은 당신은 그 사람의 이념에도 동조하지 않는 거야."

그러나 과연 그런 것일까? 나는 내 지나간 삶의 짧고 얇은 경험을 통해서도, 내가 진정으로 그 생각에는 동의하지만 결코 사랑할 수 없는 사람을, 또는 그 반대로 내가 그 생각에는 결코 찬동할 수 없지만 그럼에도 불구하고 사랑하지 않을 수 없는 사람을 숱하게 만났다. 그리고 그 이유가 내 생각이나 사랑이 가짜였기 때문이라고 여기기는 싫다. 그날 밤 한기연 씨의 테이블 위에 우리가 올려놓은 수많은 사람들은, 그 사람들에 대해 한기연 씨와 나눈 대화는, 다시 한 번 내 판단이 그럴듯하다고 말하고 있었다. 인간은 모순적인 동물이다. 그렇지 않다면 인간의 역사가 고작 이 모양이겠는가? 마찬가지로 그렇지 않다면 인간의 역사가 이 정도라도 됐겠는가?

11월 8일 오후 두 시. 나는 휠체어에 앉은 한기연 씨, 그의 아내와 함께 베를린의 비텐베르크 광장에 서 있었다. 그보다 몇 주 전 빌리 브란트의 장례식에서 독일 연방공화국 대통령 리하르트 폰 바이츠재커가 발의한 반인종주의 시위가 막 시작되는 순간이었다. 한기연 씨는《한민일보》기사를 위해서, 나는《유럽》기사를 위해서, 그러니까 둘 다 취재를 위해서 그 자리에 선 것이지만, 그것을 떠나서라도 그 시위는 충분히 유혹적이었다. 나 역시 이 시위의 취재를 위해 당초 9일에 베를린에 오려던 계획을 앞당기기도 했거니와, 만일 취재 의무가 없었더라도, 내가 베를린에 머무르고 있었다면, 당연히 비텐베르크 광장으로 나갔을 것이다. 데모 구경만큼 재미있는 것이 별달리 있는가?

통일 뒤 독일 전역에서, 특히 옛 동독 지역에서 보이기 시작한 인종주의의 징후는 벌써 심각한 지경에 이르고 있었다. 92년 8월 로스톡에서 일어난 이민자 숙소 방화는 그 두드러진 예일 뿐, 드레스덴에서, 라이프치히에서 하루가 멀다 하고 독일 청소년들의 외국인 공격 사건이 일어나고 있는 판이었다. 사정은 이랬다.

서독 수상 헬무트 콜은 동독인들에게 장밋빛 미래를 약속하고, 유약한 고르바초프의 양해 아래 동독을 병합했다. 그러나 그 장밋빛 미래는 실현되지 않았다. 동독 기업의 재사유화 과정에서 생긴 실업 문제, 엄청나게 무거워진 국가 재정 부담, 동독 지역 경제의 고사 등으로 옛 동독 주민들에게 점차 환멸감이 퍼져나가기 시작했다. 동베를린 지역에서 옛 사회주의통일당

(공산당)의 후신인 민주사회당의 인기가 만만치 않게 회복되고 있는 것도 그런 사정의 일단을 보여주고 있었다. 그러나 진짜 문제는 동독 지역의 좌경화에 있는 것이 아니라 극단적 우경화에 있었다. 독일 기본법 제16조는 40년대 말 이래 독일을 정치적 망명자의 천국으로 만들어놓았지만, 이제 독일인들은, 특히 동독 지역의 어떤 독일인들은, 더 이상 외국인들과의 삶을 바라지 않고 있는 것이다. 동유럽 공산주의 정권들의 몰락과, 특히 유고슬라비아 내전이 양산해 낸 독일로의 유입 난민들이 독일 사람들을 불편하게 하고 있었다. 기본법 제16조에 대한 독일 법원의 유권해석에 따르면, 독일 땅에 발을 들여놓은 외국인은 누구라도 당국에 정치적 망명을 신청할 수 있고, 법원이 그 신청의 적합성 여부를 판단할 때까지 독일에서 생활 보조금을 받으며 머무를 수 있다. 그런데 그 심사 기간이 짧아야 몇 달이고 길면 몇 년이 걸리기 때문에, 독일은 동유럽이나 제3세계의 가난한 난민들에게 낙원이 돼왔다. 그것이 통일 뒤 삐걱거리기 시작한 독일 경제 사정과 맞물려 일부 독일인들을 자극했고, 공화당, 독일 인민연맹 등의 나치 정당과 극우파 청년 행동대원들에게 활동 공간을 마련해 주고 있었다. 우리는 주권을 가진 국민이다, 라는 진정으로 정당한 슬로건 아래 89년 라이프치히에서 시작된 동독 인민혁명의 물결은, 슈타지Stasi(동독의 국가보안부)

의 즉각 해산을 단행하지 못한 동독 마지막 총리 한스 모드로프의 우유부단과 콜의 동독 매입 정책에 떠밀려 우리는 한 민족이다, 라는 좀 수상쩍게 변질된 슬로건을 앞세운 채 독일의 재통일을 초래했고, 드디어 우리만이 독일인이다, 외국인은 싫다, 라는 위험스럽기 짝이 없는 슬로건을 낳고 있었던 것이다. 극우파의 득세가 자신들에게도 이롭지 않다고 판단한 기민련/기사련-자민당 연립정부가 기획하고, 여기에 제1야당 독일사민당이 적극 호응해 마련된 이날의 시위는 서베를린의 비텐베르크 광장에서 출발하는 군중과 동베를린의 리히텐베르크 역전에서 출발하는 군중이 옛 동베를린 지역의 루스트 광장에서 만나 집회를 가짐으로써 마무리될 예정이다. 루스트 광장의 집회에서는 바이츠재커가 인종주의에 반대하는 연설을 하기로 계획돼 있었다.

두 시가 채 되기 전부터 이미 비텐베르크 광장은 인파로 차기 시작했고, 두 시가 되자 발 디딜 틈이 없을 만큼 많은 수의 시민들이 광장을 빼곡 채웠다. 광장 앞에는 유럽에서 가장 큰 백화점이라는 카데베KaDeWe가 서 있고, 그 건너편에는 빌헬름 황제 추념 교회가 제2차 세계대전 당시 미군의 폭격으로 날아간 머리 부분을 수줍게 드러낸 채 서 있다. 그 교회와 좀 떨어진 곳에, 내가 테겔 공항에 내리자마자 직행한 촐로기셔 가르텐 역이 모던하게 웅크리고 있다. 그리고 그 역에서 길을 세 번 건너면 서베를린의 명동이라고 할 수 있는, 그 유명한 상가 쿠르퓌르스텐담이 시작된다. 쿠르퓌르스텐담은—길게 발음하기를 싫어하는 건 세계 어느 나라나 마찬가지여서 독일 사람들은 이 거리를 쿠담이라고 줄여 부른다. 출로기셔 가르텐을 그저 초오라고 부르듯— 이 거리를 파리의 샹젤리제 거리와 비교하고 싶어 하는 서베를린 사람들의 소망과 달리 실제론 별로 볼품이 없다. 베를린 자체가 파리에 견주어 볼품이 없는 도시이기도 하지만, 내가 곧 알게 되듯 베를린의 본령은 동베를린에 있다. 말하자면, 그 근처에 옛 동독의 국회의사당이 서 있었던, 그리고 민주사회당 당사가 자리 잡고 있는 동베를린의 알렉산더 광장이야말로 베를린의 진짜 중심인 것이다. 레스토랑과 섹스숍과 대기업의 광고 간판이 늘어선 쿠담은 서독 자본주의의 화려하되 천한 쇼윈도일 뿐이다. 쿠르퓌르스트란, 13세기부터 1806년까지, 그러니까 나폴레옹이 신성로마제국을 해체할 때까지 존속했던 독일의 선제후다. 신성로마제국 실권자들이었던 선제후가 오늘날 후기 자본주의 베를린에서 부르주아의 상혼에 이름을 빌려주고 있는 것이다. 그것은 꽤 그럴듯하기도 하다.

그러나 이날 시위의 방향은 당연히도 쿠담의 반대쪽이었다. 우리는 동베를린 쪽을 향해 나아가야 했으니까. 비텐베르크 광장을 출발해 칼 마르크스 거리(통일 뒤, 공산주의 역사의 위대한 이름들을 딴 거리·대학·건물 따위가 대부분 개명됐지만, 이 거리의 이름은 그대로 남았다. 이 이름은 68년 학생운동의 산물이기 때문이다. 그 운동의 지도자들이 지금 독일 지배계급의 일부분을 이루고 있는 것이다. 무슨 일을 저질렀는가보다는 누가 저질렀는가가 중요하다!)와 브란덴부르크 문을 지나 루스트 광장에 이르기까지 세 시간여에 걸친 행진을 잊을 수 없다. 불쾌한 긴장, 절망적인 공포와 동반해서만 내 기억 속에 침전돼 있는 서울에서의 시위와 달리, 마치 축제처럼 진행되는 그 시위가 한편으로는 무슨 장난처럼 느껴지기도 했다. 군데군데서 젊은 축들이 북을 치며 신명을 돋우었다. 단조로운 아프리카 음악을 연상시켰던 그 북소리는 마치 제3세계적 연대성을 상징하는 것 같았다.

시위가 시작될 무렵, 나는 일단 사진을 찍어야 할 것 같아서, 카데베 백화점 맞은편의 담벼락으로 올라갔다. 갖가지 구호를 내건 플래카드들을 들고 동진을 시작한 군중의 물결은 독일의 새로운 나치즘을 단번에 쓸어버릴 것 같은 기세였다. 16조를 보존하라, 우리는 외국인과 함께 살고 싶다, 우리는 나치즘을 반대한다, 우리는 한 인류다, 파시즘을 박멸하자, 외국에도 독일인들이 있다……. 그 플래카드의 물결 가운데서 특히 눈에 띄는 문구가 있었다. 콜 위선자, 엥홀름 위선자. 콜은 기민련 출신의 총리고, 엥홀름은 그 전해에 독일사민당 당수로 뽑힌 비외른 엥홀름이다. 나는 사정이 짐작은 갔지만, 내 옆에서 나처럼 카메라 셔터를 마구 눌러대는, 기자인 듯한 사내에게, 순진한 낯빛으로 물었다.

"엥홀름을 왜 위선자라고 하는 거지요?"

사내는 더듬거리는 영어로 답했다.

"사민당이 콜의 헌법 개정 움직임에 동조할 기미를 보이고 있기 때문이에요."

역시 그랬다. 콜은 점증하는 인종주의와 네오나치의 불길을 잡는다는 구실로 독일 기본법 제16조를 개정해 정치적 망명권을 제한하기를 강력히 바라고 있었다. 그런데 연방의회에서 사민당을 제외한 다른 모든 정당의 의석수를 합쳐도 개헌에 필요한 의석 3분의 2에는 모자라기 때문에, 이 조항의 개정에는 사민당의 협조가 필수적이었다. 당초 사민당 지도부는 이 조항의 개정이 기본적 인권의 침해라는 점을 들어 그것에 반대했다가, 그해 8월 베를린 근교 페테르스베르크의 회합에서 노선 변경을 결정했고, 이를 11월 16, 17일 이틀 동안 본에서 열릴 대의원대회에 부의할 예정이었다. 94년 연방의회 선거에서의 승리를 위한 이른바 현실주의 노선이었다. 콜이고 엥홀름이고 망명권 조항의 개정을 추진하고 있으면서 이런 반인종주의 시위를 주도하고 있으니 위선자라는 소리를 들을 만도 했다. 더욱이 독일 좌파를 현실적으로 대표하고 있다는 사민당의 이 급격한 우경화는 특히 비난받을 만했다. 그러니 이 시위의 성격이 묘하다. 분명히 이 시위의 조직자는 집권당을 포함한 독일의 정치권인데, 시위자들의 다수가 겨냥하고 있는 것이 바로 독일의 정치권, 바로 이 시위의 조직자들인 것이다.

나는 필름 한 통을 거의 다 소비한 뒤, 담벼락에서 내려와 한기연 씨 부부와 함께 시위대에 합류했다. 나중에 35만 명으로 집계된 시위 군중 속에 몸을 실으며 나는 유쾌한 흥분을 느꼈다. 그 흥분 속에서 나는 이따금씩 짤막한 인터뷰를 시도했다. 사회주의 인터내셔널의 상징인 장미꽃 무늬의 재킷을 걸친 젊은 여자가 '16조를 보존하라'는 피켓을 들고 우리 옆을 지나고 있었다.

"사민당원인가?"

"그렇다."

"사민당 지도부는 16조 개정에 동의할 움직임을 보이고 있는데."

"개인적으로 지도부의 움직임에 반대한다. 나뿐만 아니라 젊은 당원들 상당수가 16조의 존속을 원한다."

"외국인 난민 문제가 사실 심각하다고 할 수 있는데."

"나 역시 그 점은 인정한다. 그러나 그것 때문에 헌법에 손을 대야 한다는 논리는 인정할 수 없다. 심사 절차를 간소화하는 것으로 해결할 수 있다고 생각한다. 만약에 헌법을 개정해 망명권 제한을 명문화한다면 그 이후 사태는 걷잡을 수 없을 것이다. 그것은 나치즘으로 가는 첫걸음이 될 수 있다. 그리고 그것은 어쩌면 전쟁으로 가는 첫걸음이 될 수도 있다."

그렇다. 그것은 나치즘으로 가는 첫걸음이 될 수도 있다. 그것은 전쟁으로 가는 첫걸음이 될 수도 있다? 아, 나는 그 말을 들으며 온몸에 전율을 느꼈다. 우연히도, 정말 우연히도, 내가 이 젊은 사민당원과 인터뷰를 하고 있는 동안 우리는 티어가르텐 부근의 란트베르 운하를 지나가고 있었기 때문이다. 이 젊은 여자의 얼굴에 또 다른 여자의 얼굴이 오버랩됐기 때문이다. 이 젊은 여자의 재킷에 그려진 붉은 장미에 어떤 이름이 오버랩됐기 때문이다.

1919년 1월 15일, 베를린의 밤은 꽁꽁 얼어 있었다. 살을 에는 듯한 추위 때문만은 아니었다. 실패로 돌아간 스파르타쿠스단의 무장봉기와 그에 뒤이은 검거 선풍이 수도의 밤공기를 얼리고 있었던 것이다. 출감한 지 두 달 만에 다시 체포된 그녀는 군용 트럭의 화물대에 거칠게 내팽개쳐졌다. 소위 계급장을 단 장교 하나가 사병 하나를 이끌고 화물대에 오르자, 트럭은 요란한 엔진 소리를 내며 어둠을 가로질러 움직이기 시작했다. 사병이 라이플의 개머리판으로 그녀의 머리를 두어 차례 내리쳤다. 통증을 느끼기에는 그녀의 기력이 너무 소진돼 있었다. 그녀는 가느다란 의식의 안쪽에서 숨을 할딱거리며, 파닥거리는 몸뚱이를 차디찬 겨울바람에 내맡기고 있었다. 소위의 눈길이 그녀의 얼굴에 박혔다. 목표물이 아직도 살아 있다고 판단한 소위가 피스톨을 꺼내 여자의 머리를 겨눴다. 남자의 집게손가락이 피스톨의 방아쇠를 끌어당겼다. 하나의 불꽃이, 국제 노동운동의 휘황한 불꽃 하나가 사위어드는 순간이었다. 트럭은 어둠속을 계속 미끄러져갔다. 란트베르 운하의 리히텐슈타인 다리 위에, 그러니까, 내가 지금 바라보고 있는 저 다리 위에 멈춘 트럭에서 여자의 몸뚱어리가 물속으로 내던져졌다. 여자를 삼킨 물은 다시 고요해졌고, 트럭은 어둠속으로 사라졌다.

장미가 만발한 5월 어느 날, 여자의 시체가 운하 위로 떠올랐다. 얼굴을 쉽게 알아보지 못할 정도로 부패해, 장미라는 뜻의 이름이 오히려 참혹해져버린 로자의 시체가.

레닌과 동갑내기였던 그 폴란드 여자는 일생 동안 결혼하지 않았다. 아니, 꼭 그렇게만 말할 수는 없다. 왜냐하면 그녀가 결혼식을 한 차례 올리기는 했기 때문이다. 당대 사회주의 운동이 가장 활발하게 진행되고 있던 독일을 자신의 활동 근거지로 삼기로 한 그녀는, 외국인으로서 독일에서 공개 활동을 하는 것이 불가능하다고 판단했고, 그래서 독일 국적을 얻기로 했다. 그녀는 독일인 친구 칼 뤼벡의 아들 구스타프에게 청혼했고, 혼례를 올렸다. 그러나 결혼식장을 나서면서 이 '커플'은 헤어졌다. 그리고 이 위장 결혼을 통해서 그녀는 독일인 로자 뤼벡 부인이 되었다.

독일 시기가 그녀의 혁명 활동의 전성기이기는 했으나, 1백 50센티미터도 채 안 되는 키에 한쪽 다리를 약간 절었던 이 '연약한 로자'는 뒷날 제2제국의 검사들과 보수적 언론들이 악의를 담아 불렀듯이 '붉은 로자'가 될 싹수를 이미 성장기 때부터 보이고 있었다. 고등학교를 최우등으로 졸업하고도 '당국에 대한 반항적 태도' 때문에 졸업식 때 금메달을 받지 못한 그녀는 학교를 졸업하자마자 〈프롤레타리아〉라는 혁명 정당에 가입했다. 당국의 일제 검거령과 지도자들의 처형으로 〈프롤레타리아〉의 활동이 사실상 정지 상태에 이르게 되자, 그녀는 검속을 피해 스위스로 망명했다. 그녀는 그곳에서 그 뒤 일생을 통해 뗄 수 없는 동지이자 (아마도) 연인으로 결합될 레오 요기헤스(요지치)를 만났다.

스위스는 너무 좁고 평화로웠다. 그녀는 프랑스를 거쳐 독일로 건너갔다. 투쟁과 사랑, 체포와 투옥으로 점철될 영예로운 신산의 삶이 그곳에서 그녀를 기다리고 있었다. 그곳에서 그녀는 독일사민당과 제2인터내셔널의 지도자로서 혁명적 노동운동에 헌신했다.

그녀는 무엇보다도 혁명적 사회주의자였다. 러시아와는 달리 보수적 개량주의가 질긴 뿌리를 내리고 있는 독일에서 그녀는 자신의 지성과 정력을 다해 개량주의의 허구를 논박했다. 빌헬름 2세의 제국주의 정책을 받아들인 개량주의자(사민당의 이 분파는 제1차 세계대전이 끝난 직후 권력을 움켜쥐고 그녀의 살해를 교사했다), 급진주의적 구호를 외치면서도 의회주의 투쟁방식에서 벗어날 엄두를 못 내고 있던 카우츠키 등의 중도파가 판치고 있던 '마르크스주의 정당' 사민당에서, 그녀는 뒷날 자신과 한날한시에 살해될 칼 리프크네히트와 함께 그들과 맞서 싸우며 당의 혁명적 캠프를 이끌었다. 그녀와 리프크네히트가 이끄는 사민당 안의 급진 좌파는 제1차 세계대전을 거치며 독립사민당 내의 스파르타쿠스단으로, 그리고 독일 공산당으로 발전했다. 그녀는 개량주의에 맞서는 자신의 논거를 『자본의 축적—제국주의의 경제적 팽창에 관한 논의』라는 책에 담았다. 제1차 세계대전이 일어나고 사민당의 거의 모든 지도자들이 애국주의의 물결에 휩쓸려갔을 때, 그리하여 제국의회의 제1당인

사민당이 전쟁 공채 발행에 찬성했을 때야, 그녀의 노선이 옳았음이 입증되었다. 그러면서도 그녀는 레닌으로부터는 대중추수주의라는, 스탈린으로부터는, 결국 같은 말이지만, 자생주의라는 비판을 받을 정도로 노동자의 이니셔티브를 신뢰했다. 당이나 노동조합을 통해 잘 조직된 노동 대중이 없었던 러시아와는 달리, 노동자계급 출신의 관료가 두터운 층을 이루던 독일의 운동을 이끌고 있었으므로, 그녀는 레닌이나 트로츠키보다 훨씬 일찍, 그리고 훨씬 명확하게, 노동 관료의 불길한 역할을 이해했고, 그 노동 관료의 사슬을 끊어버릴 유일한 힘은 노동자의 이니셔티브라는 점을 알고 있었다. 그 때문에 그녀는 러시아 혁명에 열렬한 지지를 보내면서도, 민주적으로 선출된 제헌의회를 무력으로 해산하고 그 대신 제 지지자 일색의 노동자 병사 평의회 정부를 선포한 레닌을 비판할 수밖에 없었다. 왜냐하면 그녀 생각에 사회주의는 민주주의와 분리될 수 없으며, "친정부 인물만을 위한, 일당의 당원만을 위한 자유는—그들의 수가 아무리 많다고 하더라도— 전혀 자유가 아니"기 때문이었다. 그녀가 염려한 것은 자유의 특권화, 말하자면 타인의 억압을 담보로 한 자유였다.

1918년 독일혁명 와중에 그녀의 스파르타쿠스단이 레닌의 예에 따라 독일 제헌의회 투표를 거부하고 노동자 병사 평의회 정부를 선포했을 때, 그리고 독일 프롤레타리아 절대 다수의 의사와는 상관없이 무장봉기를 통해 권력을 장악하기로 결정했을 때, 그녀는 그 결정을 반대했지만, 결국 그 방침을 위해 자신의 이름을 빌려주기로 결정했다. 그리고 그 성급한 봉기는, 마르크스의 전기작가인 프란츠 메링의 평가대로 '마르크스 이후 가장 탁월한 두뇌'를 으스러뜨렸다. 러시아혁명 직후 독일의 한 감옥에서 집필된 그녀의 팸플릿 「러시아혁명」의 몇 구절: "국내 정치 활동을 억압함에 따라 소비에트 내부의 생활은 점점 더 기형화할 것이 분명하다. 보통선거, 언론과 결사의 자유, 여론을 끌어들이기 위한 자유로운 투쟁이 보장되지 않는 상태에서는 관료제만이 판을 치는, 껍데기뿐인 정치 생활이 유지된다. (……) 노동계급의 엘리트들은 가끔씩 회의에 초대되어 지도자의 연설에 박수를 치고, 이미 내려진 결론에 이의 없이 만장일치로 제안을 통과시키는 들러리가 될 뿐이다. (……) 확실히 이러한 독재는 프롤레타리아 독재가 아니라, 한 줌밖에 안 되는 정치가들의 독재다."

"무슨 생각을 그렇게 골똘히 하세요?"

운하의 물을 물끄러미 바라보고 있는 내게 한기연 씨 부인이 물었다.

"아, 장미를 생각하고 있었어요. 저 여자의 재킷에 그려진 붉은 장미를."

무심히 인터뷰에 응한 뒤 행진을 계속하고 있는 젊은 여자 사민당원을 눈짓으로 가리키며 내가 대답했다.

'외국에도 독일인들이 있다'는 피켓을 든 남자와의 인터뷰.

"정당에 소속돼 있는가?"

"아니다, 학생이다. 파리에서 공부하고 있는데, 오늘 시위에 참가하기 위해 어제 하루를 꼬박 들여서 베를린에 왔다."

"그 먼 길을 올 만큼 오늘 시위가 중요한가?"

"그렇다. 나치즘과의 싸움은 이미 시작됐다. 오늘 외국인을 공격하는 자는 내일은 신체장애자를 공격할 거고, 모레는 유대인을 공격하게 될 거다. 그리고 그 다음의 공격 목표는 모든 정치적 반대자들이겠지. 그게 제2차 세계대전 이전에 독일 파시즘이 걸어온 길이다."

"실례지만 유대인인가?"

"아니다. 유대인에 대해서는 특별히 싫은 감정도 좋은 감정도 없다. 다만 지금 동유럽에서 들끓고 있는 반유대주의는, 우리가 조금만 한눈을 팔면 곧 독일에도 상륙한다."

"'외국에도 독일인들이 있다'는 피켓을 들고 있는데."

"나 자신이 외국에 살고 있는 독일인이기 때문이다. 우리 독일인들은 외국인들이 우리들을 어떻게 생각하고 있는지 알기 위해 아주 비싼 값을 치렀다. 이제는 충분하다. 더러운 역사를 되풀이해서는 안 된다."

브란덴부르크 문을 지날 땐 설핏 감회가 어리기도 했다. 나는 그 돌문을 손톱으로 가볍게 긁으며 통과했다. 내 표정이 좀 감상적으로 보였는지, 한기연 씨가 사진을 찍어주겠다고 문 앞에 서보라고 권했지만, 나는 왠지 촌스러운 짓 같아서 사양했다. 촌스러움을 경멸하는 나의 그 태도가 사실은 나의 가장 촌스러운 점이었지만, 나는 촌스러움에 대한 바로 그 경멸 때문에, 유럽에서 거의 사진을 찍지 않았다. 나는 다만 내가 스친 어떤 풍경들, 어떤 상황들을 내 살 어느 곳엔가 새겨놓기 위해서 때때로 긴장했을 뿐이다.

우리는 브란덴부르크 문을 지나 루스트 광장으로 향했다. 통일 전에는 마르크스-엥겔스 광장이라고 불렸던 이 광장 부근은 벌써 인파로 가득 차서 그 안으로 들어갈 엄두도 낼 수 없었다. 바이츠재커의 연설로 들리는 소리가 웅얼대기는 했으나, 잘 알아들을 수는 없었다. (하기야, 아주 명확한 독일어가 내 귀에 들렸다고 해도 나는 그것을 잘 이해할 수 없었을 것이다.) 그 소리는 자꾸 끊겨서 무슨 일이 생기고 있다는 감만을 줄 뿐이었다. 바이츠재커가 자리를 뜨고 시위 군중이 어느 정도 빠진 뒤에야 우리는 사태를 파악할 수 있었다. 독일의 극좌파 아우토노메 단원들이 바이츠재커에게 계란을 던지며 연설을 방해했던 것이다. 아우토노메는 특별한 중앙 통제 조직이 없이 독일 전역에 산재한 젊은 좌파 행동대다. 독일 적군파가 그해에 정식으로 해산을 선언했으므로, 실상 독일에 존재하는 유일한 극좌파라고 할 수 있었다. 극좌파라고는 하나 이들이 적군파처럼 요인 암살이나 납치를 의사관철 수단으로 삼고 있었던 것은 아니다. 그들 가운데는 펑키 스타일의 머리 모양과 옷차림을 하고 있는 친구들이 꽤 있어서 좀 별스럽게 보이기는 했지만, 그즈음같이 외국인의 삶이 불안한 독일에서는 이들이야말로 외국인의 구세주였다. 네오나치들에게 공격을 당하다가도 일단 아우토노메 친구들만 만나면 이제 살았다고 생각해도 되었던 것이다. 이 친구들은 평소에는 양처럼 얌전하지만, 네오나치 패거리만 만나면 늑대처럼 사나워지기 때문이다. 그들과 죽자 사자 싸우기 때문이다. 독일 사회에서 아무도 말릴 수 없는 네오나치 망나니들의 천적이 아우토노메였던 것이다. 이들이 보기에 기본법 16조는 신성불가침이고, 그러니 겉으로 인권을 외치며 뒤로는 기본법 개정을 추진하는 독일 정부가 위선적으로 보였을 것은 당연하다. 그래서 이들이 일찌감치 단하에 포진하고 있다가, 바이츠재커의 연설이 시작되자 계란 세례를 퍼부은 것이다. 동베를린 쪽에서 시위에 참가하던 콜은 이미 중간에 자신에 대한 비난 구호를 견디지 못해 시위에서 탈락한 상태였다. 아우토노메 단원들은 바이츠재커가 자리를 뜬 뒤에도 광장에 버티고 앉아 반나치 구호를 외치다가, 출동한 폭동 경찰과 일전을 치른 뒤에야 해산했다. 바로 앞에서 그들의 충돌을 지켜본 내가 정이 갔던 것은 곤봉을 마구 휘둘러대는 우람한 몸집의 폭동 경찰에게가 아니라, 그날의 평화 시위를 '망쳐놓은', 대개는 빈약해 보이는 몸집의 극좌파 청년들에게였다. 이름만 들어도 무시무시한 '극좌파'에게 나 같은 우익분자가 공감을 하다니…….

한기연 씨 집으로 돌아와 저녁 뉴스를 보니, 온통 그날 시위에 대한 얘기뿐이었다. 특히 바이츠재커에게 날아드는 계란을 텔레비전 카메라는 되풀이해서 보여주고 있었다. 아우토노메에 대한 비난의 논조가 뚜렷했다. 그날 시위의 유일한 흠이었고, 그날 시위의 결정적 흠이었다는 것이다.

한 앵커가 엄숙한 표정으로 말했다.

"파리에서 도쿄에까지 세계 모든 곳에 계신 저널리스트 여러분, 오늘 시위의 마지막 상황을 과장해서 보도하지 말아주십시오. 이 작은 불미스러운 일이 오늘 시위의 의의를 축소시키지는 못합니다."

그럼으로써 이 앵커는 그날 시위를 마무리한 불미스러움을 역설적으로 강조하고 있었다. 이날 시위는 독일 텔레비전만의 머리뉴스가 아니었다. 이날의 독일 텔레비전은 유럽 각국의 언론이 이날의 시위를 대대적으로 보도하고 있다는 사실을 알리고 있었다. 시위를 '화려하게 망친' 아우토노메에 대한 비난은 그 뒤 며칠 동안 독일 대부분의 신문 지면에서 발견됐다. 그렇지만 어쨌든 아우토노메는 세계 주요국가의 텔레비전 카메라 앞에서, 그러니까 수억의 인류에게, 자신들의 존재와 의사를 알린 셈이었다.

한기연 씨에게 더 이상 신세를 지는 것이 아무래도 무리라고 판단된, 그래서 이제 다른 숙소를 알아봐야겠다고 결심하고 있던 그 일요일 밤에 이영빈 선생으로부터 전화가 왔다. 이 선생님은 한때 《한민일보》 논설주간을 지낸 중진 언론인이다. 그는 독일 선교단체인 베를린 선교단의 초청으로 베를린에 머무르며 통일 독일에 관한 책을 집필하고 계셨다. 나는 베를린으로 날아오기 전 파리에서, 그에게 곧 뵙게 될 것 같다고 전화를 했었다. 베를린에 도착한 직후에도 전화를 했으나, 그는 마침 무슨 세미나에 참석하기 위해 본에 가고 없었다. 이 선생은 막 베를린에 도착했다며, 내게 기쁜 소식을 전했다. 자신이 머물고 있는 베를린 선교단 기숙사에서 내가 일주일 동안 지낼 수 있도록 방을 예약해 놓았으니 다음날 아침에 오라는 것이었다. 나는 일단 안도의 한숨을 내쉬었다. 낯선 도시에서는 항상 가장 큰 걱정거리가 숙소인데—싸고 편안한 숙소를 찾기가 어디 그리 쉬운가—, 베를린에서는 한기연 씨와 이 선생의 도움으로 어려움 없이 그 문제를 해결한 셈이다.

베를린 선교단 기숙사는 아우구스타 거리 25번지 A에 있었다. 한기연 씨의 집이 있는 루케 베크에서 111번 시내버스를 타고 20분쯤 가면 드라케 거리가 나온다. 나는 그 드라케 거리와 링 거리가 직교하는 정류장에서 내렸다. 아우구스타 거리는 링 거리와 비스듬히 만난다.

이 선생과는 7개월 만의 재회였다. 우리는 오전부터 가볍게 맥주를 하는 것으로 회포를 풀었다. 내가 머물 방은 이 선생의 방과는 건물이 달랐으나, 걸으면 30초도 안 될 거리에 있었다. 내 방이 오히려 이 선생 방보다 널찍하고 깨끗해서 내가 이 선생에게 미안할 지경이었다. 더구나 숙박료도 하루에 35마르크로 비교적 싼 편이었으므로 나는 아주 만족했다. 전철역이 걸어서 30분 정도로 다소 멀기는 했으나, 그 덕분에 나는 아침저녁으로 베를린의 서늘한 공기를 기분 좋게 호흡할 수 있었다.

이튿날부터 내 일정은 몹시 바빴다. 뮐러 거리의 사민당 베를린 본부, 클라이너 알렉산더 거리의 칼 리프크네히트 하우스,

말하자면 민사당 본부(클라이너 알렉산더 거리는 로자 룩셈부르크 거리에서 삐죽이 들어가 있다. 이 거리의 28번지가 민사당 건물이다. 무슨 말이냐 하면 로자 룩셈부르크 거리와 칼 리프크네히트 하우스는 걸어서 일 분도 안 되는 거리라는 뜻이다. 두 사람의 무덤이 동거하고 있듯이 그들의 이름도 동거하고 있는 것이다), 드레스덴과 라이프치히의 사민당 관련 기관들이 내 취재처였다. 그 공적인 일정들은 내가 파리로 돌아간 뒤 쓴 기사를 나중에 보임으로써 보고하기로 하자. 사적이고 시시껄렁한 감회들이 내게는 더 중요하니까.

라이프치히에서 나를 감명시킨 것은, 내가 그곳에 간 목적인 프리드리히-에베르트 재단의 디렉터 빈프리트 슈나이더-데터스가 아니었다. 그곳에서 내가 본 것은 역사驛舍와 교회였다. 라이프치히에 기차로 도착하는 사람들은 누구나 우선 그 역사의 크고 아름다움에 감명 받을 것이다. 나도 그랬다. 그리고 역사를 바로 나오자 오른쪽에 우뚝 서 있는 아스토리아 호텔을 보고는 아, 하는 탄성을 질렀다. 크리스토프 하인의 어느 소설엔가 나오는 그 아스토리아 호텔인 것이다. 아스토리아 호텔에서 크리스토프 하인으로 이어진 내 연상의 행로는 크리스타 볼프, 슈테판 하임 같은 동독의 작가들을 향해, 이제는 지도 위에서 지워진 그들의 조국을 향해, 그리고 그 조국을 잃어버리면서 자기의 모든 것을 잃어버린 한 여자—일로나 슈미트라는 여자. 나는 이 여자 이야기를 조금 뒤에 하게 될 것이다—에까지 다다랐다. 그러나 토마스 교회와 라이프치히 대학과 프리드리히-에베르트 재단과, 생기에 가득찬 시장바닥을 둘러보며, 나는 잠깐 의식의 수면 위로 떠올랐던 일로나라는 이름을 기억의 가장 깊숙한 곳으로 도로 처박아놓았다.

토마스 교회는 유럽의 큰 교회들, 예컨대 루앙 성당이나 쾰른 성당은 물론이고, 하다못해 베를린의 빌헬름 황제 추념 교회에 견주어도 크게 볼품이 있는 건물이라고 할 수는 없었다. 그러나 나는 그 교회 안에 들어가자마자 혹시라도 그곳에 남아 있을지도 모를 요한 제바스티안 바흐의 숨결을 느껴보려고 애쓰며 자못 감상적이 되었다. 바흐의 볼품없는 동상 뒤로 역시 유별나지 않게 서 있는 교회는 건물의 일부를 수리하고 있는 중이었지만, 사람들이 드나들 수는 있었다. 교회 안은 바깥에서 보기보다 꽤 널찍했다.

"이 교회는 프로테스탄트지요?"

나는 바흐가 프로테스탄트였을 거라고 짐작은 하면서도, 자신이 없어서 옆에 있던 아주머니에게 물었다.

"아마 그럴 거예요."

그 금발의 아주머니도 나처럼 이방인인 게 분명해졌다.

연단 바로 아래에는 큼직한 게시판 하나가 서 있었고, 그 게시판에는, 이 교회를 들른 사람들의 기도가 적힌 종이들이 여러 겹으로 붙어 있었다.

'하느님, 헬가를 살려주세요. 그 아이는 아직 너무 어립니다. 1992년 9월 2일 카타리나'

이 짧은 기도문이 담고 있는 정보는 너무 적다. 그래도 하늘 위의 그분은 모든 것을 아실 것이다. 헬가는 아직 어리다. 그 아이는 아직 열 살이 채 안 됐을지도 모른다. 그 아이는 죽을병에라도 걸린 것일까? 하느님은 자신이 사랑하는 자를 일찍 데려간다는 말은, 가족을, 벗을, 스승과 제자를, 연인을 너무 일찍 잃은 모든 사람들에게 위로가 돼왔던 것인데. 카타리나는 누굴까? 헬가의 젊은 엄마? 아니면 언니? 그도 아니면 초등학교나 유치원의 동무?

'하늘에 계신 우리 아버지, 독일과 폴란드가 영원히 친하게 지내도록 돌봐주세요. 92년 10월 4일 한나'

이 기도문이 독일어로 쓰인 걸 보면 한나는 독일 사람인 것 같기도 하지만, 한나라는 이름은 폴란드에도 흔하다. 그다니스크, 그러니까 단치히쯤에 사는 독일 사람은 아닐까? 어쨌거나 아마도 독일의 통일이 한나에게 걱정거리를 만들었을 것이다.

'하느님, 남편의 사업이 번창하게 도와주소서. 마사오가 도쿄

대학에 들어갈 수 있도록 힘을 빌려주소서. 92년 11월 4일 오토코'

이 기도문은 히라가나와 한자로 쓰여 있어서, 로마자로 쓰인 다른 기도문들 가운데서 특히 눈에 띄었다. 오토코라는 사람은, 아마도 마사오라는 아이의 어머니인 것 같은데, 욕심이 많다, 라기보다는 구체적이다. 하기야 그 여자를 별났다고 할 수 있을까? 그 여자에게 별난 점이 있다면, 남보다 조금 더 솔직하다는 점일 뿐일 테다.

이 기도문을 뺀 나머지는 모두 로마자로 쓰여 있었다. 키릴 문자라든가, 내가 소릿값도 짐작 못할 문자로 쓰인 기도문도 있을 법해서 나는 종이를 들춰가며 게시판 전체를 샅샅이 뒤져보았지만, 눈에 띄지 않았다. 그렇긴 하지만, 로마자로 쓰인 그 기도문들은 수많은 언어들에 속해 있었다. 독일어와 영어가 가장 많기는 했으나, 유럽의 여러 언어들, 그리고 말레이-인도네시아어(로 짐작되는 말)까지 눈에 띄었다. 나는 새삼 로마자의 보편성, 그 위력을 상기했고, 일전에 마리아와 한 대화를 생각해 냈다. 그녀가 암스테르담의 보트 트립 중에 내게 던진 말.

"너희도 우리 문자를 쓰니, 아니면 따로 문자가 있니?"

이 에콰도르 여자에게 로마자는 당연히 '우리 문자'다. 중국·한국·일본·타이·이스라엘·아랍 사람들 같은 바바리안들만이, 그러니까 이민족-외국인 야만인들만이 '우리 문자'를 쓰지 않는 것이다. 다시 한 번, 그렇긴 하지만, 그 '우리 문자'에 담긴 언어들은 각양각색이다. 그 각양각색의 언어로 쓰인 기도문들 모두를 하느님은 순식간에 독해하실 수 있을 것이다. 언어를 조각조각 갈라놓아 바벨탑의 건설을 중단시킨 것이 바로 그분 아닌가? 나는 잠시 망설이다가 게시판 옆에 쌓인 종이뭉치 가운데 한 장을 집어 들고, 그 위에 한글로 기도문을 작성했다. 그러고는 게시판 왼쪽 하단에 붙여놓았다.

'하느님, 아직 헬가를 데려가지 않으셨다면, 그 아이를 지상에 좀 더 오래 놓아두세요. 그 아이는 아마 아직도 너무 어립니다. 1992년 11월 14일 장인철 올림'

유럽의 거의 모든 대학들이 그렇듯이, 특히 오래된 대학들이 그렇듯이, 라이프치히 대학 역시 캠퍼스가 없이 건물들로만 이뤄져, 서울의 사설학원 같은 풍경을 이루고 있었다. 통일되기 전 이 대학은 칼 마르크스 대학이라고 불렸다. 통일이 칼 마르크스라는 이름을 수치스러운 것으로 만든 것이다. 처음에 고르바초프가 페레스트로이카를 제창하며 내건 구호는 '레닌에게로 돌아가자'는 것이었다. 그러나 레닌이 스탈린을 몰아내는 소임을 마치자마자, 그의 동상도 끌어내려졌고, 이제는 마르크스마저 헐값에 팔렸다. 역사는 무상하고 인심은 염량세태다. 나는 라이프치히 대학 옆의 레스토랑에서 맛없는 빵을 안주로 맥주를 두 잔 마셨고, 낡은 상가 앞의 공터에서 외국인 실업자들로 보이는 사람들이 야바위판을 벌이고 있는 것을 물끄러미 지켜보기도 하다가, 내가 라이프치히에 온 목적을 생각해 냈다. 사민당 관련 재단인 프리드리히-에베르트 재단 라이프치히 본부의 디렉터인 빈프리트 슈나이더-데터스와 오후 세 시에 약속을 해놓았던 것이다. 프리드리히-에베르트 재단은 독일-소련 친선회관 건물을 거의 통째로 쓰고 있었다. 마르크스나 엥겔스라는 이름마저 천대를 받고 있는 이 통일 독일에서 독일-소련 친선회관이라는 구시대의 이름을 그대로 사용하고 있는 건물이 있는 것도 신기했지만, 그 건물이 옛 슈타지의 라이프치히 지부 건물과 마주 보고 있는 것도 재미있었다. 쉰 살이나 됐을까. 슈나이더-데터스의 도수 높은 안경 속에서는 피곤에 지친 파란 눈동자가 방문객을 관찰하고 있었다. 그와의 대화를 너저분하게 늘어놓을 필요가 있을까? 없다고 생각한다.

술집 드라케 에케는 드라케 거리와 링 거리가 직교하는 지점에 있다. 드라케 에케, 그러니까 드라케의 모퉁이. 나는 그 술집을 잊을 수 없다. 독일에 머물렀던 열하루 동안, 나는 그곳엘 세 번 갔다. 한 번은 이 선생과 함께, 두 번은 혼자서. 나는 그곳에서 일로나라는 이름과 스쳤다. 잠시 스친 그 이름의 자국은 지금도 내 살에 선명하다. 독일, 할 때 내게 떠오르는 것은 서베를린의 드라케 거리이고, 그 길이 링 거리와 만나는 지점의 모퉁이에 자리 잡은 술집 드라케 에케다. 왜냐하면 그곳에서 내가 일로나라는 이름과 스쳤기 때문이다. 세 음절의 헝가리식 이름과. 내가 드라케 에케에 처음 간 날 밤, 나는 일로나를 만났다. 두 번째로 그 집에 갔던 밤에 나는 일로나를 알았다. 세 번째로 갔던 날 밤에 나는 일로나와 헤어졌다.

일로나 슈미트는 92년 11월 현재 서른네 살 먹은 전직 홈볼트 대학 강사다. 그녀는 동베를린에서 태어나, 그 도시에서 줄곧 자랐고, 스무 살에 사회주의통일당에 가입했으며, 스물두 살에 훔볼트 대학을 졸업했고, 스물일곱 살 때부터 그 대학에서 가르쳤다. 어느 날 새벽처럼 통일이 다가왔을 때, 그래서 그녀가 가르치던 독일 공산주의 운동사가 더 이상 쓸모없게 되고 장벽 너머에서 날아온 우익 인텔리들이 훔볼트 대학을 접수했을 때, 그녀가 직장에서 떨려나가고 슈타지의 첩자라는 의심을 받기 시작했을 때, 마침내 그때까지도 미혼이었던 그녀가 자신의 나머지 반생을 어쩌면 실업 수당에 의존해서 살아야 할지도 모른다는 데까지 생각이 미쳤을 때, 그때에 그녀에게 남아 있던 유일한 위안이 술이었다. 대학에서 파면된 뒤 그녀는 드레스덴에서 연금 생활을 하는 부모에게 잠시 몸을 의탁했다가 서베를린으로 이사 와 아우구스타 거리 37번지의 비좁고 허름한 반지하 아파트에 세 들어 혼자 살고 있었다. 그리고 거의 매일 저녁 드라케 에케로 출근을 하고 있었다. 바로 이 선생과 내가 처음 그 집엘 갔던 밤처럼 말이다.

우리가 드라케 에케로 들어섰을 때, 그녀는 스탠드 앞에서 위스키를 홀짝거리고 있었다. 우리가 그 앞 테이블에서 맥주를 마시기 시작한 지 30분쯤 됐을 때, 그녀는 양해도 구하지 않은 채 우리 테이블에 합류해 내 옆자리에 앉았다. 우리가 맥주를 계속 마시고 그녀가 위스키를 계속 마신 지 30분쯤 됐을 때, 이 선생 연배의 독일 남자가 드라케 에케로 들어와 양해를 구한 뒤 이 선생 옆자리에 앉았다. 드라케 에케는 테이블이 고작 네 개 놓여 있을 뿐인 작은 술집이었고, 우리 것을 제외한 나머지 테이블 셋은 모두 만원이었다. 전작이 있는 듯한, 그리고 일로나와 안면이 있는 듯한, 그러나 인텔리로는 보이지 않는 그 독일 남자가 합류함으로써, 우리 테이블 역시 만원이 되었다. 나는 우리 테이블에 앉아 있는 한국인 가운데 독일어로 말하는 것이 한없이 불편한 유일한 사람이었고, 일로나는 우리 테이블에 앉아 있는 독일인 가운데 프랑스어로 말하는 것이 별로 불편하지 않은 유일한 사람이었으므로, 자연히 대화는 이 선생과 그 독일 남자—나는 그의 이름을 모른다. 그 술집에서 그는 니켈이란 별명으로 통했다—, 그리고 나와 일로나 사이에서 이뤄지게 되었다. 그렇게 해서, 그런 식으로 일로나가 나를 스쳐가기 시작했다. 처음부터 격정적으로.

"남한 사람들을 만나는 건 당신들이 처음이에요."

통성명에 이어 한두 마디 자기소개를 한 뒤 일로나가 말했다.

"아, 당신은 독일민주공화국 출신인 모양이죠?"

"독일민주공화국…… 그 혐오스러운 이름. 그래요, 나는 그

나라의 공무원이었지요. 대학에서 공산주의 운동사를 가르쳤어요. 그러나 이제 그 나라는 역사박물관에 있어요. 나는 그저 독일인일 뿐이에요. 예전부터 그랬죠."

그녀의 목소리가 갑자기 히스테리컬하게 소프라노로 치달아 올랐고, 내 목소리는 바로 그만큼 밑으로 가라앉았다.

"잘 이해할 순 없군요, 마담 슈미트. 내가 당신의 처지라면, 그러니까 동독의 인텔리라면, 나는 독일민주공화국이라는 이름에 애착을 느낄 텐데요."

"물론 당신은 이해할 수 없을 거예요. 민주주의라는 말을 내건 대부분의 좌익 정권이 그랬듯이, 독일민주공화국도 진정으로 민주적이진 않았죠. 경험하지 않고도 이해할 만큼 당신이 이지적으로 보이진 않는군요."

물론 나는 이지적이지는 않다. 그러나 처음 만나는 여자에게서, 비록 그 여자가 취한 상태라고 하더라도, 도발을 당하고 사람 좋은 표정만 지을 만큼 너그럽지도 않다.

"당신이 잘 보셨어요. 그렇지만 민주적이지 않았던 민주공화국의 당사를 당신이 학생들에게 가르칠 때도 지금처럼 말하지는 않았겠지요. 그때의 당신과 지금의 당신 사이에 어떤 연속성이 있는지는 웬만한 지성으로 잘 파악할 수 없을 것 같은데요."

이 말이 그녀의 가장 아픈 곳을 건드린 것은 확실했다. 그녀의 목소리가 낮아졌을 때, 나는 내 말투의 경박한 독기를 금세 후회했다. 그녀는—사실은 나는 그때까지도 그녀의 전력을 반신반의하기는 했으나— 어쨌든 역사의 희생자다. 동독 출신의 많은 인텔리들처럼 통일 이후에도 잘 먹고 잘 살 정도의 카멜레온은 못되는 것이다.

"당신은 정말 이해심이 없군요, 무슈 장. 아니에요, 내가 지금 너무 많은 걸 요구하고 있는지도 모르죠. 내가 말하고 싶었던 건 단지, 당신처럼 호기심 많은 일부 서방 사람들이 상상했던 것처럼, 독일민주공화국이 민주적이지는 않았다는 뜻이에요. 그 나라를 병합한 독일연방공화국에서 내가 결코 행복하지 않다는 건 지금 당신이 보고 있는 대로예요. 자, 통일된 독일을 위해서, 그리고 앞으로 언젠가 통일될 한국을 위해서 건배합시다."

그녀는 오목한 위스키 잔을 들었다. 나는 볼록한 맥주잔을 그녀의 잔에 갖다 대며 기묘한 느낌에 빠졌다. 이 독일 여자는 한국 남자를 서방 사람이라고 부르고 있는 것이다. 그것은 내게 남한 현실의 우스꽝스러운 양면성을 다시 한 번 상기시켰다. 그녀는 천천히 자신의 과거를 얘기했다. (나는 사실 그때도 그녀의 얘기를 반신반의했다. 그녀의 과거가 그녀가 말한 대로라는 것을 내가 확인한 것은 드라케 에케를 두 번째 방문했을 때 그 집의 여주인으로부터였다.)

"당신은 정말 슈타지를 위해 일했나요?"

나는 곧 후회할 질문이 아닐까 하는 생각도 있었지만, 술의 힘을 빌려, 그녀가 말한 것과는 정반대 의미의 서방 사람다운 호기심을 드러내 보였다. 그녀는 내 걱정과 달리 무덤덤하게 대답했다.

"그렇기도 하고 그렇지 않기도 하지요. 나는 슈타지의 요원이 아니라고 스스로 생각했지만, 슈타지는 날 자신들의 요원이라고 생각했을 테니까요. 내가 그들에게 특별히 무슨 보고를 했던 것은 아니에요. 그렇지만 어쨌든 나는 그들을 일상적으로 만나야 했어요. 나는 사회주의통일당의 당원이었고, 그래요, 공산주의자였으니까요. 사실, 그런 의미에서라면 동독의 지식인들 대부분이 슈타지의 요원이었다고도 할 수 있지요. 됐나요, 서방의 저널리스트 선생?"

"네, 됐어요, 마담 슈미트. 그렇지만, 나를 자꾸 서방 사람이라고 부르는 것에 대해선 정정을 요구하고 싶군요. 당신이 지금 비꼬는 거라면 엄중하게, 그렇질 않고 당신이 지금 진지하다면 정중하게 말이에요. 당신이 유럽인이고 내가 아시아인이라는 근본적 지적 말고도, 지금 바로 우리 눈앞에서 벌어지고 있는 현실을 그 근거로 제시할 수 있어요. 당신의 프랑스어는 저보다 훨씬 낫잖아요. 동방의 전직 대학 선생보다 프랑스어를 훨씬 더 듣는 서방의 저널리스트, 이건 좀 우습지 않아요?"

"당신의 생각이 그렇다면 정정하지요. 비꼬는 건 결코 아니었어요. 당신은 실제로 서방 사람이잖아요, 무슈 장. 나는 두 해 전까지만 하더라도 동방 사람이었고. 뭐, 그런 게 중요한 건 아니죠. 그리고 당신의 프랑스어를 비하하지 말아요. 우린 지금 서로 의사를 소통하는 데 큰 어려움이 없잖아요. 내가 조금 말을 빠르게 하고, 당신이 조금 천천히 할 뿐이죠. 나는 중학교 때부터 지금까지 프랑스어를 20년 이상 배운 셈이에요. 당신도 그런 건 아니겠지요?"

나는 "나 역시 '코망탈레부?Comment allez-vous?'라는 말을 처음 배운 건 20년이 넘는다"고 말하고 싶었지만, 이내 그것이 얼마나 어리석은 짓인가를 깨닫고, "물론 아니지요"라고 얼른 대답했다.

아마 그즈음이었던 것 같다. 내가 이 여자에게 호감이 생기기 시작한 것이. 처음 드라케 에케에 들어갔을 때는 베를린에서 흔히 볼 수 있는 알코올중독자로밖에 보이지 않던 여자가 한두 시간 사이에 친한 벗처럼, 또는 불행한 일을 당한 누이처럼 느껴지기 시작한 것이다. 나는 그녀의 호감을 살 요량으로 아까참의 내 도발적 발언을 사과했다.

"아까 통일 전과 통일 뒤의 당신의 연속성 운운한 건 정말 죄

송해요, 마담 슈미트. 난 때때로 참을성이 없거든요. 그게 내 천 가지 단점 가운데 하나예요."

그녀가 피식 웃었다. 나도 따라 웃었다. 그때 나는 그녀의 눈에서, 술과 피로에 취하고 지친 그녀의 눈에서, 나에 대한 호감을 읽어냈다, 고 생각했다. 내 가슴이 설레기 시작했다.

"그런 말 하지 말아요. 먼저 도발한 건 난데요, 뭐. 어쨌든 당신의 나머지 구백아흔아홉 가지 단점을 알아내기 위해 밤새 같이 술을 마시고 싶은데요."

시침은 벌써 12를 넘기고 있었다. 드라케 에케의 영업시간은 오전 한 시까지로 돼 있었다. 나는 밤새도록은 몰라도 당장 이 여자와 헤어지기는 싫었으므로, 앞자리의 이 선생의 눈치를 보며 "나도 그래요. 내 나머지 단점을 당신에게 남김없이 보여주기 위해서 말이에요"라고 대답했다. 내게는 너무 다행스럽게도, 이 선생은 자신의 독일어에 반한 헤르 니켈과의 유쾌한 대화에 빠져 우리 쪽에 한눈을 팔 틈이 없는 것 같았다.

"결혼은 했어요, 무슈 장?"

내가 먼저 말하기 전에 서양여자로부터 이런 질문을 받기는 그때가 처음이었다.

"했었지요."

나는 속 아픈 과거를 상기하지 않으려고 애쓰며, 부러 명랑하게 대답했다.

"어떤 여자였어요?"

"당신보다 훨씬 못한 여자였죠, 마담 슈미트. 당신보다 덜 예뻤고, 당신보다 덜 이지적인 여자였어요. 그리고 정말 명백한 건 당신보다 프랑스어를 훨씬 못했지요."

나는 아린 기억을 밀어내며 진심으로 말했다. 그녀가 겸연쩍게 웃었다.

"미욱한 물음이었군요. 바로 그런 물음이 내가 이지적이지 못하다는 증거죠. 그것이 내가 지금 여기 있는 이유이기도 하구요."

"나와 여기 있는 이유란 말인가요?"

나는 짐짓 화가 난 듯 물었다.

"아니, 내가 밤마다 드라케 에케에 있게 된 이유란 뜻이었어요. 그렇지만 오늘 당신과 만나고 보니, 내가 이지적이지 않은 게 다행이었던 것 같군요."

아, 이 여자는 지금 나를 유혹하고 있다, 고 나는 생각했다. 그리고 나는 그 유혹이 조금도 불쾌하지가 않았다.

"당신은 기혼인가요?"

상대가 먼저 말하기 전에 내가 서양여자에게 이런 질문을 한 것도 그때가 처음이었다.

"아니에요, 불행하게도. 그러나 애인이 있었지요."

"아, 그럼 내가 당신을 마드무아젤 슈미트라고 불러야 하나요, 마담 슈미트?"

"마드무아젤 슈미트?"

그녀는 껄껄 웃었다.

"마드무아젤, 그건 프랑스에서도 꼬마 아가씨한테나 붙이는 칭호죠. 마담이 좋아요. 사실 마담이라는 격식도 싫지만."

"어떤 남자였나요, 당신과 사귀었던 이는?"

이번에는 내가 그 미욱한 질문으로 나 자신이 이지적이지 않다는 것을 기꺼이 증명했다. 그 여자는 잠시 망설이는 듯하더니 위스키 잔을 들며 말했다.

"당신보다 훨씬 못한 남자였죠. 당신보다 늙었고, 당신보다 덜 이지적인 남자였어요. 그리고, 이건 정말 명백하지는 않은데, 프랑스어는 당신보다 조금 나았던 것 같아요."

나는 아, 하고 감탄했고, 그녀는 위스키 잔을 비웠다. 그녀 얼굴의 홍조는 분명히 위스키 탓이었겠지만, 나는 그것이 내 앞에서의 수줍음 탓일 거라고 속으로 우겼다.

그날 이 선생과 나는 한 시 반쯤 돼서 드라케 에케를 나왔다. 한 시에 문을 닫는다는 것은 그저 말뿐이고, 고객이 자리에 앉아 있는 한 술을 파는 것이 그 집 방침이었다. 일로나는 일어나기가 싫은 모양이었다. 그러나 나는 그 다음날 아침에 독일사민당의 공보관을 만나야 했기 때문에 그녀의 꾐에 빠져 밤새도록 마실 수는 없었다. 나는, 좀 서운한 듯한 표정을 짓고 있는 일로나에게 작별 인사를 할 수밖에 없었다.

"해가 또다시 떠오르기 전에 잠깐 자두는 게 좋을 것 같아요."

"당신은 그러는 게 좋겠군요. 난 내일 해가 지기 전에 자둘 생각이에요."

"당신은 매일 밤 이 집에 앉아 있나요?"

"그러지는 않아요. 그러나 당신이 베를린에 있는 동안에는 그러고 싶군요."

그 말에 나는 용기를 내어 물었다.

"일로나라고 불러도 될까요?"

그녀는 거침없이 대답했다.

"그럼요. 그게 내 이름인걸요 뭐."

그러고 나서는 말투를 갑자기 튀투아망으로 바꿔 덧붙였다.

"아니, 일카Ilka(일로나Ilona의 애칭)라고 불러줘. 더 다정하게."

그 말에 나는 더욱 용기를 내 물었다.

"일카, 지금 네가 들고 있는 잔을 내가 지불해도 될까?"

"아니야, 인철. 안 그러는 게 좋을 것 같아."

그녀가 고개를 흔들었다. 그러나 나는 그 잔을 셈하고 나왔다. 기숙사로 걸어 들어오며 이 선생이 내게 물었다.

"자네, 연애 걸었나?"

"아닙니다. 그 여자가 걸었던 것 같아요."

라이프치히에 다녀온 날 밤 나는 머리끝에서 발끝까지를 관통하는 피로에도 불구하고(당일치기를 하기 위해 그날 새벽 4시 50분에 라이프치히행 첫 열차를 탔던 탓이다), 드라케 에케엘 두 번째로 들렀다. 일로나 슈미트와의 두 번째 만남을 위해서? 아마도 그랬을 것이다. 일로나는 그 자리에 있었다. 마치 나를 기다리고 있었던 듯이. 아마도 그랬을 것이다. 그러나 스탠드 앞에서 그녀가 마시고 있는 것은 며칠 전과는 달리 맥주였고, 그녀의 눈동자에는 취기가 없었다. 나는 그녀를 어떻게 불러야 할지 잠시 망설였다. 일로나라고 부르는 게 좋을까, 아니면 그녀가 제안했듯 그 애칭인 일카라고 부르는 게 나을까? 나는 어차피 튀투아망을 할 작정이었으므로, 일카라고 부르는 것이 낫겠다고 이내 판단했다.

"안녕, 일카."

내 목소리에 배인 반가움에 나 자신도 흠칫 놀랐다.

"안녕, 인철."

그녀의 목소리에 배인 반가움이 내 놀람을 따스하게 위로했다. 우리는 스탠드 옆의 테이블로 함께 내려왔다. 그리고 그녀 손에 들린 그 금빛 액체를 나도 주문했다.

"그동안 어떻게 지냈어?"

"여기저기 돌아보고, 이 사람 저 사람 만나보고 그랬어."

"베를린 말이야?"

"아니, 베를린만이 아니라, 라이프치히와 드레스덴엘 들렀어."

"그 도시들은 어땠어?"

"글쎄, 일 때문에 바쁘게 돌아다녀서 별 느낌은 못 받았는데, 라이프치히는 베를린보다 더 고풍스럽던데."

그것이 그때까지의 내 느낌이었다. 그때까지 나는 베를린의 진짜 중심이랄 수 있는 옛 동부 베를린 지역을 찬찬히 살필 기회가 없었고, 드레스덴 역시 신시가지 쪽만을 흘끗 훑은 상태였으므로, 그나마 비교적 시내를 두루 살핀 라이프치히에서 일종의 고전성을 발견한 것은 당연했다. 그로부터 며칠 뒤 나는 결과적으로 내 느낌이 굉장히 편파적이었다는 걸 알게 됐지만, 내 말을 듣고 있는 일로나는 그것을 수긍한다는 눈치였다. 그녀는 이해의 눈빛으로 고개를 끄덕였던 것이다.

"그런데 일카, 넌 어떻게 지냈어?"

"뭘 하고 지냈느냐고 물어봐 주겠니?"

"뭘 하고 지냈어?"

"이렇게 술을 마시면서……."

그녀는 재빨리 덧붙였다.

"그리고 널 생각하면서."

나는 그 말이 싫지 않았다. 비록 그것이 빈말일지라도, 그것은 외국 생활이 두 달을 넘기면서 때때로 처연해지고 있는 내 마음을 어루만져주고 있었다. 그래서 나도 덧붙였다.

"아, 아까 빠뜨렸는데, 나도 하루에 두 번쯤은 널 생각했어."

그것이 거짓말은 아니었다. 열차 안에서, 잠자리에서, 빵을 씹으며, 때때로 일로나의 얼굴이 눈앞에 어른거렸던 것은 사실이다.

"그 말을 처음부터 했으면 더 좋았을걸. 어쨌든 우리는 지난 며칠 동안 서로를 생각하고 있었던 셈이군. 마치 오랜 친구처럼."

"마치 오랜 연인처럼."

내가 조금 대담하게 그녀의 말을 교정했다.

그날의 우리 대화는, 그녀가 며칠 전에 비해 덜 취한 상태에서 시작됐으므로, 더 이성적이었다. 그렇다는 것은, 나는 좀 더 기자 같았고, 그녀는 좀 더 영락한 지식계급 같았다는 뜻이다. 예컨대 우리들의 대화는 이랬다.

"독일 통일은 독일인들에게, 또는 유럽인들에게 잘된 일인가?"

"유럽인의 처지에서 보면 말할 것도 없고 독일인의 처지에서 보더라도 잘된 일이라곤 할 수 없지 않을까? 그 두 개의 처지라는 게 분리될 수도 없겠지만."

"옛 독일민주공화국 시민의 처지에서라면 더욱 그렇겠군."

"더욱 그렇다는 것은 좀 어폐가 있지만, 하여튼 그렇지."

"그건 네 예전 기득권이 반영된 대답인 것 같은데?"

"그렇지 않다고 단호하게 대답할 수는 없겠네. 통일이 내 처지를 많이 변화시킨 것은 사실이고, 또 그런 만큼 내가 그것에 전혀 영향을 받지 않았다고는 말할 수 없을 테니까. 그러나 나는 어쨌거나 그렇지 않다고 대답하고 싶어."

"왜 그렇지?"

"우리가 저번참에 만났을 때도 내가 말했듯 독일민주공화국이 선은 아니었어. 그러나 그것이 악 그 자체였는지는 모르겠어. 물론 강력한 감시체계가 있었지. 슈타지라는 말에는 당원이었던 나까지도 어떤 두려움, 이 아니라면 최소한 불편함을 느꼈을 정도니까. 그리고 연방공화국의 독일인들에 비해 우리가 가난했던 것은 사실이야. 당의 중심부에 특권층이 있었던 것도 사실이구. 그래, 거기에 더해 억압적인 사회주의적 관료주의가 분명히 존재했었지. 베르톨트 브레히트가 정당하게 비판했듯이 말이야. 많은 사람들이 억압받고 추방되고 그랬지. 서방 저널리즘의 집중적인 스포트라이트를 받아 실제 이상으로 커 보이는 볼프 비어만 같은 가수는 두드러진 예일 뿐이지. 귄터 쿠네르트, 프랑크-볼프 마티스, 한스 요아힘 셰틀리히, 유렉 베커 같은 작가들이 서독으로 이주했어. 그 사람들은 유명했던 덕분에 그런 혜택을 누릴 수 있었을 뿐, 정말 많은 작가들이 억압적 상황에 있었다고 말할 수 있어. 그렇지만 이 모든 것 때문에 독일민주공화국의 역사가 송두리째 부정돼야 할까? 아니라는 것이 이 옛 기득권자 일로나 슈미트의 입장이야. 적어도 우리는 지난 40여 년간 히틀러 파시즘을 쓸어냈다고 할 수 있어. 반파쇼라는 것이 독일 국가의 근간이었지. 물론 동독에도, 서독을 소란스럽게 했던 네오나치 분자들이 전혀 없었던 것은 아니야. 그치들이 자유의 투사입네 하며 교회의 그늘에 숨어 암약하고 있었던 것은 사실이야. 그러나 그 힘이라는 것은 정말 미미해서, 제2차 세계대전이 끝난 뒤로 적어도 독일 동부 지역에서는 의미 있는 나치 운동이라는 것이 없었어. 바로 이 사실의 의미가 과소평가되어서는 안 된다고 난 생각해. 제3제국이 인류에 저지른 범죄가 어땠는가를 조금만 생각해 보면, 그리고 통일 뒤 독일 전역에서 위협적으로 목소리를 키우고 있는 네오나치 운동을 염두에 둔다면 그 의미를 결코 깎아내릴 수는 없을 거야. 그리고 우리는 비록 가난했지만, 일자리가 있었어. 그 가난 때문에 결국 동독 사람들이 기민련을 지지하게 되기는 했지만. 그러나 그 결과는 우리가 지금 보고 있는 그대로야. 동독 기업의 사유화 과정이 엄청난 실업자를 만들어내고 있어. 아니 동독 지역의 산업 자체가 그 근저에서 무너져 내리고 있는 거지. 늘어난 실업자가 민주주의의 가장 약한 고리가 되고 있는 건 너도 보고 있는 대로고. 서독에서 수입된 네오나치즘의 인종주의 구호에 가장 솔깃해하는 것이 바로 그 사람들이야. 실업률이 높아지고 있는 진짜 이유는 외국인들의 존재가 아니라 산업 구조 조정의 실패인데도. 사람들 사이의 연대가 허물어져 내리고 있는 독일이, 외국인들에게든 독일인들 자신에게든 바람직한 독일일까?"

"저번과는 반대로, 일카, 네 말투에는 옛 독일민주공화국에 대한 향수가 짙게 배어 있네. 그렇지만 연대에 대해서만 말하더라도, 슈타지의 눈길이 사회 구석구석을 노려보던 그 시절에 연대라는 것이 정말 있었어?"

"적어도 서독에 견주어, 그리고 지금의 통일독일에 견주어, 국가와 사회에 대한 일체감은 확실히 있었지. 그것 못지않게 중요한 것은 이른바 통일이라는 것이, 우리 동독 내부에서 일기 시작한 개혁의 물줄기를, 나는 그것을 혁명의 물줄기라고까지 부를 수 있다고 생각하는데, 어쨌든 그 개혁의 물줄기를 분산시키고 그것의 방향을 트는 방식으로 이뤄졌다는 거야. 페레스트로이카의 영향이 있었다고는 하더라도 89년 10월에 라이프치히의 칼마르크스 광장에서 '우리는 주권을 가진 국민이다'라는 구호가 터지기 시작했을 때, 그것은 스탈린주의 독일을 진정한 사회주의 체제로 바꾸기 위한 혁명의 시작일 수도 있었어. 그리고 그 전망이 어두운 것도 아니었고. '노이에스 포룸'과 '지금 민주주의'가 결성되고 에리히 호네커가 물러났을 때, 우리에겐 희망이 있었지. 서독 마르크화의 그 강력한 유혹과 그것을 이용할 줄 알았던 콜의 탐욕스러운 간계가 그 희망을 증발시켜 버렸지만. 결국 그 마르크화의 힘이 동독 내부의 지지부진한 개혁과 맞물려 네가 보는 바와 같이 사태를 가장 나쁜 방향으로 몰아간 거야."

"가장 나쁜 방향이라구? 네 생각으론 정말 옛 동독이 지금보다 나았다는 거야?"

"거기에 대해서 뭐라구 똑 부러지게 말할 수는 없겠네, 인철. 그러나 우리 내부에서 분명히 혁명이 시작되고 있었고, 그 혁명이 서독의 방해 없이 이루어졌더라면, 그때의 동독은 지금의 이 거대하고 혼란스러운 독일보다 훨씬 나았을 거야."

"그러니까, 일카, 너는 진정한 사회주의, 그러니까, 좀 진부한 표현이긴 하지만 '인간의 얼굴을 한 사회주의'란 걸 믿고 있는 거군?"

"왜 아니겠어, 인철? 나는 사회주의 사회에서 태어나, 사회주의 이념을 교육받고 자랐고, 또 학교에서 그것을 가르쳤는데. 내 옛 조국이 사회주의의 이념형과 멀리 떨어져 있었다고 하더라도, 그 틈새를 좁힐 가능성이 없는 것은 아니었거든. 그 가능성을 현실화할 수 있는 기회가 온 순간, 대재난이 터졌던 거지."

이 여자는 며칠 전과 확실히 달라져 있었다. 사실은 그녀의 진짜 모습을 내게 보여주고 있었다. 전번처럼 술을 벌컥벌컥 들이켜지도 않았다. 그러기는커녕 내가 이 집에 들어왔을 때 자기가 들고 있던 그 맥주잔을 계속 만지작거리며 다소 쓸쓸하지만 명확한 어조로 이 '서방 기자'의 질문에 대답하는 것이었다. 사실 내가 그날 저녁에 내 몸 전체를 점령한 피로에 개의치 않고 드라케 에케에 들어갔던 것은 혹시라도 그녀를 다시 한 번 만날 수 있지 않을까 하는 기대에서였다. 그러나 그 기대가 내 직업상의 인터뷰를 그녀와 하겠다는 기대를 포함하고 있던 것은 결코 아니었다. 그렇다기보다는 연일 이 사람 저 사람을 비슷한 주제로 인터뷰하는 것에 물려 있던 터여서, 그 지겨움을 누일 수 있는 어떤 달콤한 대화를 내가 원하고 있었다고 말하는 것이 사실에 더 가까울 것이다. 그러나 일로나에게 말을 걸며 스쳐 지나가듯 던진 질문에 그녀가 꽤나 진지하게 대답해 왔기 때문에, 그리고 그런 대화를 그녀가 원하고 있는 것 같았기 때문에, 대뜸 화제를 바꾸기가 좀 뭐했다. 나는 휴식을 찾아 들어간 술집에서까지 기자 노릇을 얼마간은 해야 할 운명이었던 것이다. 거기까지 생각이 미치자, 내 질문이 더 논쟁적이어야 하지 않을까 하는 생각이 따랐다.

"사실 나는 네가 말하는 진정한 사회주의가 뭔지 잘 그려볼 수가 없어, 일카. 그래서 통일을 대재난이라고 생각하는 너를 잘 이해할 수도 없구. 그 진정한 사회주의는 얼마 전까지 존재했던 체제로서의 사회주의에 더 가까운 걸까, 그렇지 않으면 지금 너와 내가 함께 숨 쉬고 있는 자본주의에 더 가까운 걸까?"

"둘 다와 멀리 떨어져 있지만, 자본주의와 훨씬 더 멀리 떨어져 있겠지. 나 같은 소인텔리가 진정한 사회주의의 세세한 프로그램을 그린다는 건 불가능한 일이야, 인철. 그렇지만 사람 사이의 유대와 기회의 평등, 기본적 인권의 보장, 그러니까 부르주아 법학의 용어를 빌리자면 자유권적 기본권만이 아니라 사회권적 기본권까지를 포함하는 기본적 인권 말이야, 그리고 평화의 추구 같은 것이 큰 테두리가 되겠지."

"네가 말하는 사회주의는 그러면 결국 사민주의자들의 사회주의와 같은 것이군. 그렇지, 일카?"

"그 모토는, 그러니까, 그 외양은 비슷하게 보일 수도 있겠지, 인철. 그렇지만 베른슈타인 이래의 사민주의는 자본주의, 제국주의의 결과적 지지자였던 셈이야. (아, 이 여자의 말투 역시 내게 붉은 장미를 연상시키는군.) 너도 알겠지만, 제1차 세계대전 당시 군비예산의 확대를 승인한 제국의회의 사민당 의원들은 독일 사민주의의 훼절자라고 할 수 있어. 그 시기는 또 당초 혁명적 사회주의라는 뜻으로 쓰였던 사민주의라는 말이 지금의 의미로 변질된 시기와 일치하기도 하지. 망명권 조항의 개정에 동조할 움직임을 보이는 지금 사민당 지도부의 반동성은 사민당의 역사에서 보면 그리 놀라운 것도 아니야."

"일카, 일카. 넌 내 질문에 대답을 하지 않았어. 내겐 그 둘 사이의 차이가 아직도 명확하지 않은데. 그건 단지 원칙에 대한 충실의 정도 문제인 건가?"

"그건 양의 문제가 아니라 질의 문제지."

"여전히 난 무슨 말인지 모르겠어, 일카. 그건 그렇다 치고, 넌 인간이 근본적으로 변할 수 있다고 믿니? 정치철학으로서 부르주아 민주주의와 사회주의의 차이는, 내 생각에는, 결국 인간관에서 나오는 것인데. 인간의 이기심, 사악함 따위를 치유하기 힘든 본성으로 보고 그것을 제어할 제도적 장치를 다각적으로 만들어놓은 것이 부르주아 민주주의라면, 사회주의는 교육을 통한 인간 개조 가능성에 신뢰를 갖고 있다고 말할 수 있잖아. 그렇지만 나는 인류의 현재 진화 단계에서 인간이 단기교육을 통해서, 또는 장기교육을 통해서일지라도, 갑자기 착해지리라는 것을 상상할 수가 없어. 장벽이 무너진 뒤 동독 사람들이 서독으로 몰려와 벌인 다소 낯 뜨거운 행동들, 네오나치의 대두 같은 것은 인간의 본성에 대해 비관할 수 있는 근거가 될 수 있는 것 아닌가? 그 이기심의 조화를 생산성으로 연결시킨 게 시장경제고. 그것이 정치적으로 반영된 것이 의회제도, 삼권분립 같은 거구 말이야."

그녀는 빙긋 웃었다.

"좋아, 인철. 어쨌든 너 같은 생각을 가진 사람들을, 너도 알다시피, 세상에서는 우익이라고 부르지. 그리고 나는 네가 보기에 좌익이겠군. 하기야 좌우라는 게 워낙 상대적이기도 하지만, 페레스트로이카 이후 당시의 사회주의 국가와 자본주의 국가에서 좌우의 개념이 마치 거울 영상처럼 정반대로 사용되기도 했지. 사회주의 국가에서는 원칙주의자들이 우익이라는, 더 정확히는 보수주의자라는, 레테르를 받았다는 말이야. 어쨌든 그런 혼란은 잠시 접어두기로 하지. 이 테이블에서 저 출입문을 바라보고 앉아 있는 위치 그대로 나는 좌익이고 너는 우익이야. (실제로 드라케 에케의 출입문을 바라보고 그녀는 내 왼쪽에 앉아 있었다.) 이 모호한 좌우 개념을 명확히 할 수 있는 원칙이 하나 있다면, 그것은 변화에 대한 신념이 아닐까? 물론 나는 그걸 신념이라고 부르고 싶지는 않아. 그 변화라는 것은 신념과 상관없이 일어나는 객관적 사실이니까. 모든 사물은 변화한다고 보는 것, 그러니까 물질의 항구적 운동성을 믿는 것이 좌익이라면, 사물이 정지돼 있다고 보는 것이 우익인 거지. 그런 관점의 차이는 너도 말했듯이 인간관에도 고스란히 반영되기 마련이지. 너처럼 인간의 이기심을 치유할 수 없는 병으로 보는 사람이 우익이라면, 좌익은 그것을 교육에 의해 교정할 수 있다고 생각하지. 되풀이하지만, 그것은 단순한 생각을 넘어서 객관적 사실이야. 이 세상에 변하지 않는 것은 아무것도 없으니까. 사회주의는 제도적 선택의 문제가 아니라, 역사의 합법칙성의 문제란 말이지. 알아듣겠어, 인철?"

"넌 참 기계적이군. 사람은 사회적으로 결정되기도 하지만, 생물학적으로도 결정되는 것 아닌가? 물론 나는 교육이나 환경 같은 요인보다 유전자의 결정력을 더 신용하는 편이지만. 또 인간은 결정되면서 결정하는 존재가 아닌가? 물론 나는 인간이 결정되는 측면이 압도적이라고 생각하는 숙명론자지만."

(나는 그 순간 내가 페치야 루카노바의 말투를 흉내내고 있다

는 걸 발견했다.)

일로나는 쓸쓸히 웃었다. 우리는 지금 무슨 얘기를 하고 있는 것인가? 그녀의 옛 조국, 독일민주공화국은 우리를 제법 관념적인 토론으로 이끌었지만, 그 토론의 결론은 무얼까? 동독의 해체는 선의 패배일까? 일로나의 입술은 독일민주공화국을, 그녀의 사회주의를 방어하고 있었지만, 그녀의 눈빛은 그 방어가 쓸데없는 짓이라는 것을 인정하고 있는 것 같았다. 우리의 토론이 어떤 결론을 이끌어낼 수 있는 것도 아니었다. 내 논리는 현실사회주의의 시체를 비열하게 짓누르고 있다는 장점이 있기는 했으나, 사회주의의 패배가 숙명론의 승리는 아닌 것이다. 그때 나는 인과적 행위론이니, 목적적 행위론이니, 사회적 행위론이니, 미필적 고의니, 인식 있는 과실이니, 원인에 있어서 자유로운 행위니 하는 잡스러운 개념들로 가득 찬 형법 교과서를 생각했고, 인간에 대한 우익적 관점이 진실에 가깝지만 좌익적 관점을 선전하는 것이 사회에 이롭다는 뜻의 말을 한 프랑스 소설가를 생각했다. 페치야의 말마따나 철학과 인간학과 법학의 역사를 관통한, 아마도 영원히 해결되지 못할 이 문제가 술자리의 방담에서 해결될 리는 없었다. 그리고 일로나가 도대체 내 왼편에 있기나 한 것일까?

자정이 되기도 전에 우리는 함께 나왔다. 아우구스타 거리는 칠흑같이 어두웠다. 우리는 자연스럽게 팔짱을 꼈다. 나는 그녀의 오른손을 내 왼손에 담아 내 외투 주머니에 집어넣고 꼭 쥐었다. 내가 말했다.

"그러니까, 일카, 너와 나는 너무나 다르군. 그렇지만 내 유전자는 네게 호감을 보이는 것 같은데?"

"그래, 인철, 너와 나는 너무나 달라. 그렇지만 내가 받은 교육 역시 네게 적대적이지는 않아."

나는 걸음을 멈췄다. 당연히 그녀 역시 걸음을 멈췄다. 우리는 서로 마주 보았고, 입술을, 그리고 혀를 포갰다. 그녀가 가늘게 신음했다.

다음날 아침 내가 일어난 곳은, 아우구스타 거리이긴 했으나, 그곳이 내 기숙사는 아니었다. 그곳은 일로나가 세 들어 살고 있는, 넓지 않은 반지하 아파트였다. 일로나는 격렬했다. 아마 나 역시 그랬던 것 같다. 아내와 헤어진 뒤 내가 여자와 잠을 잔 것은 그때가 처음이었다. 나는 마치 그 일이 난생처음이라도 되는 듯, 일로나의 뜨거움에 깜짝깜짝 놀랐다.

그날은 내가 민사당, 그러니까 옛 사회주의통일당의 대변인인 하노 하르니슈를 만나기로 한 날이었다. 독일에서의 내 마지막 공식 스케줄이었다. 파리행 비행기의 출발은 이틀 뒤다. 다음날 나는 저녁 여섯시에 드라케 에케에서 일로나와 만나기로 돼 있었다. 그날은 늦잠을 하염없이 자도 되었지만, 벌써 열흘 동안이나 새벽에 일어나는 것이 버릇이 되어서, 한번 잠이 깨자 잠을 다시 이룰 수 없었다. 나는 베를린 시내를 돌아다니기로 했다. 아우구스타 거리 일로나의 집을 스치면서, 그리고 드라케 거리의 드라케 에케를 지나면서, 나는 인연이란 말을 떠올렸다. 동베를린에서 1958년에 태어난 여자와 같은 해 서울 한강변에서 태어난 남자가 1992년 11월 어느 날 우연히 스치기까지 살아온 삶들에 대해서도 생각했다.

나는 서점에 들러 몇 권의 책을 샀고, 일로나의 직장이었던 훔볼트 대학을 둘러보았다. 내가 설령 함께 가자고 했다고 하더라도, 그녀가 결코 나와 함께 돌아보는 짓은 하지 않았을, 옛 베를린 대학을 말이다. 본관의 1층과 2층 사이의 중앙 층계참 벽에 새겨진, 귀에 익숙한 구절이 눈에 들어왔다. 『포이어바흐에 관한 테제』의 마지막 명제 말이다. "철학자들은 세계를 단지 다양하게 해석해 왔을 뿐이다. 그러나 중요한 것은 세계를 변화시키는 것이다." 통일 직후 서독에서 날아와 이 대학을 접수한 교육 관료들은 당초 마르크스의 이 유명한 명제를 불온하게 여겨 벽면을 뭉개버릴 방침을 세웠다고 한다. 그러나 학생들의 반발이 워낙 거세서 그냥 놓아두기로 했다는 것이다. 나는 건물 곳곳을 둘러보며, 성장기 내내 공산당사와 공산주의 철학을 배웠을, 그러나 지금은 그것을 완전히 잊어버리도록 강요받고 있을 학생들의 표정을 찬찬히 살폈다. 그리고 운동장 한켠에 서 있는, 나치즘에 저항하다 희생된 베를린 대학생들의 추모비 앞에서 역사의 아이러니를 반추했다. 훔볼트 대학이 서 있는 거리, 그러니까 그 이름이 너무도 서정적인 운터 덴 린덴Unter den Linden(보리수 아래) 거리를 따라 나는 알렉산더 광장 쪽으로 천천히 걸었다. 바람이 차갑고 비까지 흩뿌렸으나, 걸음걸이를 서둘고 싶은 생각이 나지 않았다. 나는 느릿느릿 이 고도古都의 풍경을 음미해 보고 싶었던 것이다. 게다가 내 감상주의가 본디 비에 대해 친밀감을 갖고 있던 탓이기도 했다.

나는 비를 좋아한다. 눈송이를 "하늘에서 떨어지는 이념이며, 만약 그 순간에 보지 못하면 영원히 놓치고 마는 미의 극치"라고 미화한 것은 6천 장의 눈송이 사진을 남긴 농부 사진작가 윌슨 벤틀리라고 한다. 그러나 눈에 대한 이 멋진 헌사도 내가 비보다 눈을 더 좋아해야 할 이유로는 턱없이 부족했다. 눈은 세상의 더러움을 하얗게 감싼다. 그러나 그것은 더러운 것들을 그저 일시적으로 덮을 뿐이다. 그 눈이 녹으며 다시 드러내는 세상의 더러움은, 눈과 범벅돼 더욱 추하게 드러나는 세상의 더러움은, 그 눈이 하얗던 것만큼이나 구저분하다. 비는 다르다. 비는 세상의 더러움을 쓸어버린다. 그것은 세상을 정화한다. 눈은 내릴 때만 좋지만, 비는 내린 뒤에도 좋다. 이런 이유 때문에 내가 비를 눈보다 더 좋아하게 된 것은 아마 아닐 것이다. 내가 먼저 비를 좋아했고, 그 좋아함을 정당화하기 위해 그런 구실을 붙였을 것이다.

어쨌든, 눈 역시 이따금 그러지 않는 것은 아니지만, 비는 예외 없이 나를 감전—차라리 감수라고 해야 하나?—시킨다. 그것은 내 감상주의를 자극해 나를 슬픈 행복으로, 서러운 자족감으로 밀어붙인다. 어느 해의 강우량과 내 음주량은 대체로 비례한다. 비가 대지를 적시는 날이면, 술도 내 몸을 적셔야 했다. 비가 대지를 애무하듯, 술도 내 몸을 애무해야 했다. 그러고 보니, 내가 명동의 하늘소라는 클래식 음악다방에서 내 첫 여자와 헤어진 늦은 봄날도 비가 억수로 내렸다. 그 여자는 원자물리학을 공부한다는 수재를 따라 캘리포니아의 버클리로 날아가버렸다. 또 그러고 보니, 내가 지금까지도 내 몸에서 그 체취를 지워낼 수 없는 두 번째 여자를 벽제 공원묘지에 서럽게 묻은 가을날에도 비가 내렸다. 그 두 번째 여자와 처음 입을 맞춘 것도, 비를 피하기 위해, 지금은 마포대교라고 부르는 서울대교 밑으로 함께 들어간 것이 그 기회가 되었다. 나는 그날 그 여자와 잠을 함께 잤다. 그 두 번째 여자는 내가 신문사에서 노동부를 출입하다가 알게 된 사무관이었다. 우리나라 고급공무원 사회에 여자가 아주 드물었던 만큼 그녀는 야심도 있었고, 좌절도 있었다. 우리는 만나기 시작한 지 일주일 만에 같이 잠을 잤고, 같이 잠을 잔 지 한 달 만에 양쪽 집 가족들이 참가한 가운데 약혼을 했다. 그리고 약혼한 지 두 달 만에 여자가 차바퀴 아래서 죽었다. 회상하기도 끔찍한 그녀의 죽음은 참으로 물질적이었다. 인간의 육신이 얼마나 바스러지기 쉬운지를, 60~70년 동안 육체를 보존한다는 것이 얼마나 기적 같은 일인지를 내게 알려주고 그 여자는 죽었다. 젊어서 죽은 사람이 누릴 수 있는 이점 가운데 하나는 그가 젊은 모습 그대로 사람들의 기억 속에 박혀 있게 된다는 점일 것이다. 그 여자도 내 기억 속에는 지금껏 스물다섯 그대로다. 물론 앞으로도 계속 그럴 것이다. 우습게도, 그러나 그 당시에는 그렇게 우스운 일이 아니었는데, 여자를 묻으며 나는 오랜 반려를 상실한 중년 남자 같은 느낌이 들었고, 결혼 같은 건, 그러니까 재혼 같은 건 하지 않으리라고 결심했다. 나는 일종의 낭만적 사랑이라는 이데올로기로 나를 구속하기로 한 것이다. "그래, 이 여자야말로 내 진짜 짝이었어. 지상에서의 내 짜증스러웠던 삶은, 결국 이 여자를 만나기 위한 것이었고, 앞으로도 내가 이 지상에서 견뎌내야 할 짜증스러운 삶은, 다음 세상에서 그녀와 다시 만나기 위한 예비 과정일 뿐이야."

고백하기 부끄럽게도 그 결심은 일 년도 못 가서 깨졌다. 나는 그 이듬해 초가을에, 부모님과 누이의 성화를 핑계 삼아, 결혼을 했다. 누이 친구의 중매였는데, 아내는 그 당시 이름이 별로 알려지지 않은 소설가였다. 우리가 5년 만에 이혼을 하게 되었을 때, 그녀는 꽤 이름이 알려진 소설가가 되어 있었다. 나와 함께 살았던 여자의 명성에 대해 내가 과대망상을 하고 있는 것이 아니라면, 나는 여러분들 가운데 적어도 반은 그 여자 이름을 알고 있으리라고 생각한다. 헤어지자고 먼저 말한 것은 아내였다. 아내는 아주 솔직했다. 그녀는 구질구질하게 우리 부부의 성격이 맞지 않았다느니, 내가 가부장적이라느니, 내가 무능력하다느니 하는 따위의 얘기는 하지 않았다. 그녀는 단도직입적으로 자신이 내게 싫증이 났으며, 애인이 생겼노라고 말했다. 그 애인은 나도 이름을 알고 있는 텔레비전 방송국 프로듀서였다. 그래서 우리는 헤어졌다. 우리 사이에 아이가 없었다는 것이 우리의 파경을 좀 더 간편하게 해주었다. 내가 알고 있는 한, 아내는 나와 헤어진 뒤 지금까지 혼자 산다. 아내보다 나이가 셋 아래인 그녀의 애인은 지금껏 미혼이다. 그들이 왜 결혼을 아직 하지 않고 있는지 나는 모른다.

알렉산더 광장 앞의 소란스러움 속에서 나는 조용했던, 쓸

쓸할 만큼 조용했던 동베를린의 활기를 찾아낼 수 있었다. 알렉산더 카우프호프 앞에 우글거리는 잡상인들, 돈을 구걸하는 싸구려 악단들 사이에서 나는 편안함을 느꼈다. 동베를린의 이곳저곳을 하염없이 쏘다녔음에도 일로나와의 약속 시간은 너무나 많이 남아 있었다. 문득 오늘 저녁에는 드라케 에케보다는 좀 더 근사한 곳에서 일로나와 만나야 한다는 생각이 들었다. 나는 이 선생과 잠시 들른 적이 있던 쿠담의 카페 데스 베스텐스를 생각해 냈다. 좀 번거롭기는 했으나, 나는 드라케 에케엘 들러(왜냐하면 그곳의 전화번호를 몰랐으므로) 일로나에게 메시지를 남기고, 쿠담으로 나왔다. 오이로파 센터 안의 양품점에서 나는 머플러 하나를 샀다. 나의 일로나를 위해서. 카페 데스 베스텐스에 자리를 잡았을 때가 저녁 여섯 시쯤이었다. 지금쯤 일로나는 드라케 에케에서 내 메시지를 읽고 있을 터였다.

나는 문득 서울의 김연숙 선배를 생각해 냈다. 그녀는《한민일보》의 국제부장이다. 그녀가 국제부로 가기 전 문화부에 있을 때 나는 그녀 밑에서 일했다. 회로애락의 감정을 표정으로 나타내는 법이 없어 차가운 여자라는 평판이 없는 것은 아니었지만, 나는 그녀가 좋았다. 그녀가 독문학을 전공했다는 것이, 아마 내가 베를린 한복판에서 그녀를 생각하게 된 실마리였을 것이다. 나는 카운터에서 메모지 몇 장을 얻어 그녀에게 편지를 쓰기 시작했다.

'보고 싶은 김연숙 선배께'로 시작되는 편지를, 맥주를 홀짝거리며 얼마쯤 썼을 때 정겨운, 그래, 정겨운 목소리의 프랑스어가 내 귀에 꽂혔다.

"이게 한국 문자구나, 인철."

나는 편지지를 두 번 접어 저고리 속주머니에 넣고서 일로나를 맞았다. 우리는 그날 맥주를 아주 많이 마셨다. 맥주를 마시는 만큼 우리의 정겨움이 더 쌓이기라도 한다는 듯이.

"파리엔 내일 가?"

"응."

나는 첫 만남의 끝머리에서 서로 너나들이를 하게 된 이 여자의 얼굴을 물끄러미 바라보았다.

"1992년 11월의 베를린을 잊을 수 없을 것 같아, 일카. 지도 위의 베를린에는 항상 네 이름이 겹치겠지."

"네 말투에는 우리의 재회가 불가능할 거라는 암시가 실려 있네."

"내가 비관주의자라서 그래. 항상 최악의 경우만 생각하는."

"네가 생각하는 최선이란 뭔데?"

"지금 말이야?"

"응."

"그건, 아마, 너와 오래도록 같이 있는 거겠지."

"얼마나 오래도록?"

"서로 지겨워지도록."

"그게 얼마나 될까?"

"한 50년쯤?"

나는 그 순간에 한 여자를 희롱하고 있는 것은 아니었다. 논리적으로 그 이유를 설명할 수는 없으나(하긴 꼭 그렇지만도 않다. 나는 어쨌든 이 여자와 잤으니까), 나는 이 여자에게 어떤 뭉클함을, 뭉클한 연대를 느끼고 있었다. 왜 그랬을까? 내 처지와 그녀의 처지가 별스럽게 닮았던 것도 아니었는데. 어쨌거나 내가 이십대였더라면, 혹시라도 그녀와 결혼하고 싶었을지도 모른다. 나도 어쨌든 혼자였고 그녀도 혼자였으니 그것이 꼭 불가능한 일만은 아니었으리라. 그러나 서른이 넘은 뒤로 나는, 산다는 것이 꼭 열정만으로 되는 것은 아니라는 것을 알았고, 어떤 행동이 가져올 결과에 대해 요모조모 따져보는 버릇이 생겼다. 하기야 그것이 정상적이 아니겠는가. 내가 이 나이에, 동갑내기 외국여자와 결혼해 한국으로 돌아간다? 그 국제적 연대는 얼마나 꼴불견일까? 내가 50년이라고 말했을 때, 그것이 빈말만은 아니었다. 그러나 그것을 불가능하게 하는 현실의 힘은 나보다 그녀가 더 잘 알고 있을 터였다.

"앞으로 어떻게 살 거야, 일카?"

"음, 너를 생각하며."

"진지한 질문이야."

"내 대답 역시 진지했었는데, 넌 더 진지한 대답을 원하는 거군. 좋아, 인철. 말하기 쑥스럽긴 하지만, 조금 쉬다 책을 한 권 써 보려고. 사람들이 포스트 사회주의적이라고 부르는 시대에 사회주의적 기획이 어떻게 가능할지를 좀 더 생각해 봐야겠어. 옛 동료들도 좀 만나보고."

"진심으로 행운을 빌어."

"고마워. 그런데…… 그날 밤엔 어땠어?"

"……아, 네 나이에 그런 열정을 지닐 수 있다는 데 조금 놀랐어. 아니, 나 스스로에게 놀랐어. 나는 오래도록 여자와 함께 자질 않았었거든."

"우습군, 내가 이런 천한 말까지 꺼내다니. 나를 천한 여자라고 생각하는 거지, 인철?"

"……아마 그럴 거야, 일카. 지금 네 앞에서 가슴이 두근거리는 남자만큼 천하지야 않겠지만."

"나는 네가 편해."

"내가 하고 싶은 말이야, 일카."

나는 그때 문득 이 독일 여자의 이름이 왜 일로나인지가 궁금해졌다.

"왜 이름이 헝가리식이야?"

"아, 별걸 다 아네. 외할머니가 헝가리 분이셨어. 정확히 말하면 오스트리아-헝가리제국의 신민이셨지. 그분 이름이 일로나였는데, 어머니가 그 이름을 따서 내 이름을 지은 거야."

"아, 그렇군."

나는 일로나의 말을 들으며 파리의 주잔나를 생각했다. 진짜 헝가리 여자를.

테겔 공항에서 여권을 꺼내다, 나는 내가 그 전날 쓰다 만 편지를 발견했다.

보고 싶은 김연숙 선배께

지금 제가 있는 곳은 베를린 쿠르퓌르스텐담의 카페 데스 베스텐스라는 술집입니다. 이곳 취재도 사실상 끝난 셈이어서 비교적 홀가분한 마음으로 술을 홀짝거리고 있습니다. 제가 앉아 있는 테이블은 모서리 창가에 있는 2인용이지요. 창밖으로 보이는 네온사인에 묘하게도 김 선배의 얼굴이 겹쳐 보여서 펜을 들었습니다. 조금 있으면 한 여자가 저와 합석하게 될 겁니다. 독일 여자가요. 여기서 사귀게 된 친구입니다. 아주 오랜만에,

제 마음에 조그만 파문을 일으킨 여자지요. 그러나 제가 지금 행복한지 불행한지 잘 알 수가 없습니다. 미혼녀는 이혼한 남자의 정서를 이해할 수 없으시겠지요. 너무 엉뚱한 충동이기는 하지만, 이 여자와 결혼을 해서 살면 나쁘지 않을 것 같다는 생각을 약 2초 동안 하기도 했어요. 저와 동갑인 여자지요. 김 선배처럼 이지적이고, 그러면서도 김 선배보다는 훨씬 정적인. 마음에 상처를 지니고 있는 여잡니다. 그 상처가 저를 센티하게 만들고, 자꾸 그 여자에게 쏠리게 만듭니다. 저도 나이를 먹을 만큼은 먹었다고 생각하는데, 제 정서 발육은 사춘기 때에 고착돼 있는 것 같아요. 하기야 김 선배에게도 저는 한때 그런 애틋한 감정을 가지고……

나는 편지를 구겨 휴지통에 처박았다. 그리고 파리행 에르프랑스에 몸을 실었다. 정말 뜻밖에도, 멀미가 날 만큼의 해방감을 느끼며.

"안녕, 페치야 동지. 영국에서의 사업은 어땠어?"

"안녕, 사랑스러운 사회주의자. 전체적으론 나쁘지 않았는데, 입국하면서 애를 좀 먹었어."

"왜? 네 사진이 공항의 테러리스트 수배 전단에 박혀있던?"

"그래, 이 비밀경찰 프락치!"

페치야의 얼굴이 붉으락해졌다.

얘기를 들어보니, 그녀는 런던의 관문인 히쓰로 공항에서 꽤 수모를 당한 모양이다. 하기야 히쓰로 공항의 입국 심사 관리들은 유럽공동체 국가 시민들에게도 이따금씩 공항 검색을 해 악명을 떨치고 있을 정돈데, 비자 면제 협정도 체결되지 않은 불가리아 사람에게야 오죽했으랴. 짐을 온통 다 뒤지고, 파리에 있는 여자가 왜 런던에 왔느냐, 남편은 뭐 하는 사람이냐, 딸아이는 몇 살이냐, 언제 출국할 거냐는 둥 닦달을 한 모양이다.

"내가 정말 테러리스트처럼 보이니, 인철?"

그녀가 정색을 하고 물었다.

"아니, 자유의 투사처럼 보여, 페치야 동지."

내가 진지하게 대답했다.

한쪽에서 테러리스트라고 부르는 사람이 기실 다른 쪽에서 보면 자유의 투사 아닌가.

그 뒤로 조금씩 나아지기는 했으나, 첫 기사의 작성은 나를 정말 괴롭혔다. 처음 써보는 프랑스어가 결코 녹록하지가 않았던 것이다. 나는 서울에서 갖고 있던, 내 프랑스어 능력에 대한 환상을 깨끗이 지웠다. 아주 짧은 기사는 아니었으나, 기사 한 꼭지 쓰는 데 꼬박 사흘이 걸렸다. 게다가 내가 써야 할 분량의 두 배가 넘도록 길게 써서, 그걸 자르느라 이틀이 더 걸렸다. 그러나 고생의 대가는 있었다. 그 기사는, 이라기보다는 그 기사의 프랑스어는, 아를레트와 올리비에를 감동시켰다. 나는 최소한, 말을 더듬는다고 해서 글도 더듬는 것은 아니라는 사실을 그들에게 인상적으로 증명해 보였던 것이다. 내 첫 기사는 이랬다.

독일사민당, 권력으로 한 걸음 다가서기 위해 사회주의에서 한 걸음 물러나다

맨 처음에 사회주의가 있었다. 사회주의는 독일과 함께 있었고, 사회주의가 독일이었다. 정통 사회주의건 수정 사회주의건, 사회주의의 가장 뛰어난 이론과 실천들은 이 나라에 많은 것을 빚지고 있다. 모든 인간의 해방이라는 사회주의의 보편적 메시지의 전달자들은 분명히 독일인들이었다. 비록 그들이 내건 깃발에 쓰인 구호가 국제주의였다고 하더라도 말이다. 칼 마르크스에서 시작해, 프리드리히 엥겔스, 페르디난트 라살레, 에두아르트 베른쉬타인, 칼 카우츠키, 아우구스트 베벨, 칼 리프크네히트, 그리고 폴란드 출신의 여성 혁명가 로자 룩셈부르크에 이르기까지, 이 위대한 독일인들이 역사에 새겨놓은 자국은 누구도 지울 수 없다. 1891년에 독일 사회주의자들은 카우츠키가 초안한 마르크스주의적 강령을 채택하고 자기들의 정당 이름을 사회민주당으로 정했다. 그로부터 1세기가 지난 지금, 독일 사회주의는 어디에 있는가?

독일사민당의 젊은 여성 당원 마르가렛 차우네는 지난 11월 8일 베를린의 루스트플라츠로 행진하던 35만 이상의 반인종주의 시위대에 끼여 있었다. 그녀가 들고 있던 플래카드는 '헌법 16조를 보존하라'고 외치고 있었다. 그렇다는 것은 마르가렛이, 정치적으로 박해받는 자의 망명권을 규정한 헌법 제16조의 개정 움직임—자기 당의 지도부도 거기에 가세할 채비를 차리고 있는 그 움직임—에 반대하고 있다는 것을 뜻한다. "우리들은 외국인과 함께 살기를 원한다. 나 역시 모든 이주민들이 정치적 이유로 독일에 온 것은 아니라는 점을 알고 있다. 그러나 그렇다고 하더라도 이 문제를 해결하기 위해 헌법을 고쳐서는 안 된다고 생각한다. 심사 절차를 간소화하는 것으로 충분하다"고 그녀는 말했다.

사민당 베를린 지부의 대변인인 미하엘 도너마이어의 의견도 비슷하다. "우리들 젊은 당원들은 (사민당 총재인) 엥홀름과 당 지도부의 움직임에 반대한다. 망명권 문제는 사회주의의 본질과 관련되는 것이다."

전통적으로 노동조합들이 사민당의 노선을 보수화시키는 데 영향을 끼쳐온 것과 달리, 유조스라고 불리는 젊은 당원들이 당의 '좌경화'에 공헌해 온 것은 사실이다. 그렇다고는 해도 이날 시위에서 엥홀름을 위선자라고 부른 것이 젊은이들만은 아니었다. 많은 사람들이 그를 원칙 없는 기회주의자로 보고 있는 듯했다.

이 시위가 있은 지 8일 뒤, 본에서 열린 사민당 임시 대의원대회는 망명권 조항 개정에 동의한다는 결의를 압도적 다수로 통과시켰다. 90년 통일 선거 참패 직후 한스 요헨 포겔의 뒤를 이어 총재가 된 엥홀름에게 이것은 대단한 정치적 승리다. 망명권 조항 개정에 대한 엥홀름의 집착은 94년 연방의회 선거를 위한 사전 포석이기 때문이다. 그래서 이 본대회가, 사민당이 계급정당이기를 공식적으로 포기하고 국민정당임을 선언한 59년 바트-고데스베르크 대회에 비견되는 것이다. 바트-고데스베르크 대회의 강령은 사민당이 66년부터 69년 사이의 기민련과의 대연정을 거쳐 집권당이 되는 데 결정적으로 기여했다. 현실주의의 이름으로, 엥홀름은 자신의 사민당을 몇 걸음 오른쪽으로 밀쳐내고 있는 것으로 관측된다.

지난 10월 26일 자 《슈피겔》지에 실린 여론조사 결과에 따르면 사민당 지지자의 74%가 사민당의 노선 수정을 환영하고 있다. 이런 여론은 지난해에만도 25만 6천에 이른, 그리고 올해에는 50만에 이를 것으로 예상되는 새로운 난민의 유입과 밀접한 관련이 있는 것으로 보인다. 엥홀름이 젊은 당원과의 불화를 무릅쓰고 망명권 조항의 개정에 동의하기로 한 것은 난민 문제가 심각한 동독 지역에서 사민당의 인기가 낮은 것도 큰 관련이 있다. 사민당이 서독 지역의 다수 주 정부를 장악하고 있는 것과는 달리, 옛 동독 지역의 6개 주 가운데 사민당이 제1당으로 집권하고 있는 곳은 브란덴부르크 주뿐이다. 동독 지역 사민당의 낮은 인기는 90년 통일 선거에서 사민당이 패배하는 데 결정적 요인이 되었다. 이 선거에서 사민당이 유효 투표의 33.5%를 득표한 데 비해, 기민련/기사련은 43.8%를 얻었다. 사민당의 패배는 그전부터 이미 예견된 것이었다. 90년 3월 18일에 실시된 동독의 마지막 인민 대의원 선거에서 기민련/독일사회연합/민주개혁이 48%를 얻은 데 비해 사민당은 21.84%를 얻는 데 그쳤던 것이다. 이 선거는 동독 정당들을 통한 서독 정당들의 대리전쟁 성격을 띠고 있었다.

옛 동독 지역에서의 사민당의 약세를 어떻게 설명할 수 있을까?

"동독인들은 콜에게 투표한 것이 아니라, 연방공화국 정부에 투표한 것이다. 콜이 약속한 장밋빛 미래 때문에, 콜이 부풀려놓은 경제적 기대 때문에 말이다. 그러나 이젠 사정이 다르다. 동독인들은 자신들이 콜에게 속았다는 것을 깨닫기 시작하고 있다"고 프리드리히-에베르트 재단의 라이프치히 지부장 빈프리트 슈나이더-데터스는 말했다.

동독 지역 기업의 사유화 과정은 그간 2백만 명의 실업자를 냈고, 91년에만도 이 지역의 생산력은 30.3%가 줄었다. 기민련에 실망한 유권자들이 새롭게 변모한 사민당을 지지하게 될지는 알 수 없다. 또 망명권 조항의 개정이 기민련에서 주장하듯 독일의 인종주의와 외국인 혐오를 잠재울지도 아직 알 수 없다. 그러나 한 가지만은 확실하다. 지지자들의 뜻에 이끌리면서, 엥홀름은 사회주의의 중요한 원칙 가운데 하나—인권이라는 가치—를 폐기한 것이다.

그것이 민사당 총재 대변인인 하노 하르니쉬가 사민당을 사회주의 정당이라고 부르고 싶어 하지 않는 이유다. "망명권 조항이 네오나치즘을 낳은 것은 아니다. 사민당은 독일 사회의 병적인 부분에 영합하고 있다." 독일에서의 망명권 제한 움직임과 때맞춰 유럽의회도 유럽공동체 국가 안의 이민 통제를 강화하는 법령을 제정할 움직임을 보이고 있다. 이런 움직임을 하르니쉬는 '국경 없는 인종주의'라고 비꼬았다. "우리는 독일 성채에도 반대하고, 유럽 성채에도 반대한다"고 그는 말했다.

만약에 사민당이 '비사회주의화'의 길을 걷고 있다면, 그리고 민사당은, 하르니쉬도 인정하듯, 연방 정부에 참여할 가능성이 가까운 장래에는 없다면, 현실 사회주의의 붕괴 이후 독일 사회주의의 기획에는 무엇이 남아 있는가? 포스트 공산주의 시대에, 그리고 포스트모던 시대에 민주적 사회주의의 공간은 없는가?

아마도 그렇지는 않을 것이다. 사회 민주주의적 가치들, 예컨대 자유, 인권, 사람들 사이의 연대, 사회보장, 반전평화 같은 가치들은 이제 누구도 부인할 수 없는 인류 공동의 보편적 재산으로 남아 있다. 그것이 (국제)사회주의 운동의 공로다. 엥홀름은 이 가치들 가운데 하나를 희생시키면서 94년을 향해 내닫기 시작했다. 장미가 독일에서 시든 것은 아니다. 어쩌면 94년에는 독일 방방곡곡에 장미가 활짝 필지도 모른다. 그러나 그때 엥홀름이 흔드는 장미는 무슨 빛깔일까?

"네가 첫 기사부터 프랑스어로 돌진한 것을 나는 존경해, 인철. 그러나 네 기사의 내용 가운덴 어폐가 있는 부분이 있어."

내 등 뒤에서 아타리 컴퓨터의 흑백 화면을 훔쳐보고 있던 내 일본인 친구 사부로가 영어로 말했다.

"내 무모한 용기에 대한 너의 존경을 나는 존경해. 그런데 네 존경을 포화시키지 못한 내 기사의 결점이 뭐지?"

나는 내 기사에서 계속 오자를 검색하며 그에게 뒤통수를 보인 채 역시 영어로 대꾸했다.

"네가 위대한 독일인들이라고 말한 사람들은 내가 보기엔 하나같이 위대한 유대인인 것 같구나. 국적이 불분명한 로자까지도 포함해서 말이야."

그러고 보니 그랬다. 마르크스에서 로자 룩셈부르크에 이르기까지 내가 사회주의의 선구자라고 쓴 독일인들이, 모두인지는 확신할 수 없지만, 어쨌든 대부분이 유대인이라는 사실을 나는 그제야 깨달았다.

"아, 정말 그렇군. 그렇다고 해서 그들 모두가 유대인이었다고 주석을 달 수는 없잖아. 내가 유대인의 사회주의에 대해 기사를 쓰고 있는 것도 아니니."

"응, 나 역시 우연한 발견을 네게 보고하고 있는 것뿐이야. 사회주의운동의 선구자들은 모두 유대인이었다는 발견을 말이야. 기억나니? 암스테르담의 유대인 구역을 안내해 주던 가이드의 말을. 19세기에 핍박받던 그곳의 유대인들이 대개 사회주의자들이었다는 말 말이야."

그러고 보니 기억난다. 우리의 네덜란드 여행 일정에는 암스테르담의 유대역사박물관과 유대인 구역을 둘러보는 것이 포함되었었는데, 우리를 안내한 여자 가이드—그녀 역시 유대인일 거라는 생각은 그때부터 들었었다. 그녀가 유대인의 역사와 문화에 대해 지나칠 만큼 충분한 존경과 애정을 보였기 때문이다—가 그런 말을 했던 것이다.

"그래, 기억나. 하긴, 나라 없던 때의 유대인이 사회주의의 국제주의적 구호에 매력을 느꼈을 만도 한데. 소련에서의 유대인 박해나, 이스라엘과 사회주의권의 관계가 그리 좋지 않았다는 것 같은 아이러니가 있기는 하지만."

"사실, 우연한 발견이라는 건 해본 소리고, 사회주의 운동을 유대인의 세계 지배 음모로 보는 시각이 있기는 해."

사부로가 웃으며 말했다. 나는 얼른 미리 샤르프—우리들 가운데 아마도 유일한 유대인 동료—가 주위에 있는지를 살폈다. 다행히 우리 주위에는, 그녀만이 아니라, 아무도 없었다.

"그게 무슨 소리야? 그들이 그럼 박해받기 위해 사회주의혁명을 일으켰단 말이야?"

"전술을 바꾼 거지. 미국이나 서유럽에서 혁명이 먼저 일어날 줄 알았다가 러시아와 동유럽에서 혁명이 일어나자 반사회주의로 돌아섰다는 말이야. 어차피 미국이나 서유럽을 장악해야, 세계를 지배할 수 있으니까."

나는 코웃음을 쳤다.

"미쳤구나. 너도 일종의 반유대주의자니?"

"아, 오해하지 마. 그런 시각이 있다는 걸 네게 말해 주고 있을 뿐이야. 사실 인종주의의 대상이 되고 있는 민족 가운데 유대인만큼 다른 민족에게 겁을 주는 민족은 없거든. 프랑스만 봐도 알 거 아냐? 난 유대인이야말로 인종주의의 주체 같아. 아무도 공개적으로 유대인을 욕할 수가 없잖아."

내 연상이 너무 지나쳤는지도 몰랐다. 나는 그에게 하지 않아야 할 소리를 내뱉어버렸던 것이다.

"그럼 너는 일본의 문부대신이 조선인을 욕하듯 유대인을 욕할 수 있어야 마음이 편하겠구나."

사부로의 얼굴이 갑자기 벌게졌다. 그러고는 그의 어설픈 영어를 더 더듬거리기 시작했다.

"아니, 나는, 그런 뜻이 아니었어. 그만두자. 사실 우리 동아시아인들하고는 아무 상관도 없는 얘긴걸."

그때 우리가 그 얘기를 그만둔 것은 정말 잘한 일이었다. 왜냐하면 그 직후에 미리가 얼굴에 환한 웃음을 담고 나타났기 때문이다. 손에 든 봉지엔 우리들을 위한 크루아상이 가득 들어 있었고.

유럽에서의 삶을 피부로 느끼게 되면서, 나는 유대인에 대한 나쁜 소문을 자주 들었다. 유대인이 없어서 반유대주의라는 것이 생길 여지도 없었던 한국의 한 '방랑객'으로서 그것은 다소 당혹스럽기까지 했다. 사실 나도 이스라엘과 미국의 유대인들이 중동에서 저지른 학살과 억압에 대해 명백히 비판적이었고, 그들의 그 범죄 행위가 지난날 그들이 독일 파시스트로부터 받았던 학대에 의해 정당화될 수는 결코 없다고 생각하는 축이었으나, 유대인 일반에 대한 거부감은 조금도 가지고 있지 않았다. 그것은 지금도 마찬가지다. 아니 오히려, 내가 지금까지 만나본 아마도 유일한 유대인일 미리의 따스함 때문에 유대인에 대한 내 감정은 아주 좋은 편이다. 물론 나는 때때로 미리에게 전혀 악의 없이 내 유년기의 경험을 얘기하기는 했다.

"미리, 넌 그걸 아니, 내가 초등학교에 다닐 때, 학교에서 우리들에게 강요한 모범은 이스라엘 사람이었어. 이스라엘 사람처럼 용감하고 근면한 사람이 되는 것이 우리의 의무였다는 말이지. 키부츠를 통한 사막의 옥토화, 수천만의 아랍인들을 무찌른 고작 수백만 이스라엘인들의 용맹, 그게 이스라엘에 대해 한국인들이 가져야 했던 이미지였고, 우린 이스라엘 사람들을 본받아야 했지. 이스라엘을 보라, 그게 우리 구호였다구."

"왜 그랬을까? 차라리 일본을 보라였다면 몰라두."

"남한의 정치가들이 내심 하고 싶었던 말은 일본을 보라였겠지만, 아마 국민감정을 생각해서 이스라엘을 보라고 했는지도 모르지. 어쨌든 우리의 훌륭하신 선생님들은, 중동에서 전쟁이 터지자 고국행 비행기로 몰려드는 애국적인 이스라엘 유학생들과 귀국을 연기하는 비겁한 아랍 유학생들을 항상 대비시켰지. 그게 조작된 얘기라는 걸 안 건 더 자라서고, 암튼 그 신화를 배우며 내 세대 한국인들은 자랐어. 이스라엘의 대외 정책을 비판적으로 보게 된 것은 대학에 들어간 다음이었지."

"재미있네. 한편으론 영광스럽구, 한편으론 부끄럽구 그렇군."

그저 그런 정도였던 것이다. 그런데 파리에서 내가 들은 것은 아랍인과 흑인 위에서, 사실은 비-유대인 위에서 군림하는 유대인들에 대한 소문, 정치·경제·문화계를 장악하고 있는 유대인들 대한 소문, 통합유럽을 지배하게 될 유대인들에 대한 소문, 이민족이나 자신들의 적대자에 대해 한없이 가혹한 유대인들에 대한 소문, 그리고 나치의 유태인 학살에 대한 수정주의적 관점 같은 것이었다. 결론을 말하자. 나는 그 모든 소문에도 불구하고 한 점의 반유대주의 감정에도 감염되지 않은 채 서울로 돌아왔다. 그럼에도 불구하고 나는 유대인들의 힘에 깊은 인상을 받았다. 마치 내가 반일주의자가 아니면서도 일본의 힘에 깊은 인상을 받았듯이.

하나의 예를 들자. 그리 좋은 예가 아닐 수도 있겠지만. 한 권의 책 이야기다. 그 책의 표제는 이렇다. 『뒤메질을 불살라야 하나?』. 그래야 한다는 것이 몇몇 일급 역사가들의 주장이었다. 그래서는 안 된다는 것은, 사부로와 내가 마르크스와 로자 룩셈부르크의 귀속집단에 대해 얘기한 그 주에, 디디에 에리봉이 두툼한 책을 통해 펼친 주장이다.

조르주 뒤메질(그는 1898년에 태어나 1986년에 죽었다)은 신화학, 비교언어학, 고대사 등에서 독보적 업적을 남기고 프랑스 아카데미 회원까지 지냈던 인물이다. 젊은 시절에는 그리 주목을 받지 못하다가 만년에 들어서야 학계와 저널리즘의 관심을 갑작스럽게 끌었고, 사후에는 20세기 프랑스 인문학의 가장 큰 이름들 가운데 하나로 꼽히고 있다. 그의 주저 『인도-유럽어족의 삼분三分이데올로기』(1958)나 『신화와 서사시』(1968-1973)는 이미 고전이 되어 있고, 그가 인도-유럽문화와 고대사회를 설명하며 설정한 승려-전사-농민의 삼기능 모델은 이즈음 프랑스 사학계의 가장 큰 실력자 가운데 한 사람인 조르주 뒤비의 손에서 승려-기사-농민의 모델로 변용돼 중세 사회의 분석에 적용되고 있다.

뒤메질이 비난의 표적이 되기 시작한 것은 얄궂게도 그의 명성이 커지면서부터였다. 뒤늦게 그의 저작들을 검토하기 시작한 학자들의 눈에 뒤메질의 1939년 저작 『게르만족의 신화와 신神들』이 포착됐고, 유대계 학자들을 필두로 한 그곳의 몇몇 연구자들이 이 책에 인종주의의 혐의를 건 것이다. 특히 연구 분야가 뒤메질과 비슷한 카를로 갱스뷔르 같은 학자는(그도 아마 유대인인 듯하다) 인도-유럽어족의 개념을 정식화한 이 책을 실마리로 삼아 뒤메질의 생애 자체를 문제 삼았다. 뒤메질이 히틀러 독일에 동조했고, 나치즘의 아리안 신화에 이끌린 반유대주의자라는 것이었다. 극우 국민전선 지도자 장-마리 르펜 같은 인종주의자가 일부 계층 집단으로부터는 동정표를 얻을 정도로 유대인의 보이지 않는 텃세가 심한 프랑스 사회에서 어떤 사람에게 반유대주의자라는 낙인이 찍히는 것은 그의 공적 생애에 사형선고가 떨어지는 것과 같다. 그래서 뒤메질의 학문에 선고된 이 극형이 그의 사후 명성을 조금씩 가리고 있는 것이 그즈음 프랑스 학계의 분위기였다.

《누벨 옵세르바퇴르》지의 고정 서평자이자, 롤랑 바르트, 미셸 푸코 등에 대한 탁월한 전기 집필자이기도 한 디디에 에리봉이 이런 분위기에 도전하며 뒤메질을 위한 변론에 나섰다. 플라마리옹 출판사에서 나온 그의 책 『뒤메질을 불살라야 하나?』

는 뒤메질이 완전히 무죄이며, 그러므로 그를 불살라서는 안 된다는 것을 찬찬히 논증하는 데 바쳐졌다.

뛰어난 논쟁가는 논적의 약점을 물고 늘어지는 것이 아니라, 단도직입적으로 강점을 표적 삼아 돌진한다. 에리봉이 그랬다. 그는 뒤메질에 대한 가장 격렬한 비판자인 쟁스뷔르의 방법론을 그대로 수용했다. 쟁스뷔르는 뒤메질과 나치즘과의 관련을 암시하고 뒤메질 학문의 정치 오염을 비판한 자신의 논문 「자취」, 「게르만 신화지」 등을 통해, 역사학자가 숫자나 양화量化의 전제로부터 해방되려면 모렐리(이 사람은 유명한 그림 감정가다), 셜록 홈스, 프로이트라는 세 스승을 섬겨야 한다고 주장한 바 있다. 에리봉은 그의 권고를 기꺼이 받아들였다. 에리봉은 모렐리가 되어서 『게르만족의 신화와 신들』을 감정한다. 그 결론은 쟁스뷔르의 작품 감정이 잘못되었다는 것이다. 에리봉이 보기에 이 책은 친나치적이기는커녕, 굳이 그 책에 정치적 의미를 부여하자면, 오히려 반나치적이다. 그것은 뒤메질과 관련이 밀접했던 프랑스 우파단체 악시옹 프랑세즈가 이탈리아 파시즘에는 호의적이었지만 독일에 대해서는 매우 적대적이었다는 사실과도 관련이 있다고 에리봉은 썼다. 에리봉은 이어서 셜록 홈스로 분장한다. 셜록 홈스로서의 에리봉은 범인이 없다고 결론짓는다. 그 이유는 저질러진 범죄가 없기 때문이라는 것이 그의 견해다. 마지막으로 에리봉은 프로이트가 되어본다. 그래서 내린 결론에 따르면 망상은 피분석자(말하자면 뒤메질)에게 있었던 것이 아니라 정신분석의(쟁스뷔르 말이다)에게 있었다. 요컨대 뒤메질에 대한 '공소'는 즉시 기각돼야 한다는 것이 에리봉의 주장이었다.

사실, '인도-유럽'이라는 개념이 단지 기호일 뿐이고, 그 개념이 지칭하는 공동체 자체가 대단히 불명료한 인종집단이라는 점을 뒤메질 자신이 누차 강조했음에도, 『게르만족의 신화와 신들』에 대한 편의적 독서가 순수 인도-유럽주의에 대한 열광으로 이어질 수도 있다는 점은 굳이 뒤메질의 비판자가 아니더라도 인정하고 있었다. 바로 그 점이 유럽인이면서도 인도-유럽어족 테두리 바깥에 있는 그곳 유대인들에게 경계 태세를 부추기고 있었던 것이다. 다만 에리봉이 강조한 건 이런 점들이었다. 즉 뒤메질의 이 책에는 이데올로기나 정치 문제나 외부의 사건이 틈입되지 않았다는 것, 그 점을 뒤메질의 적대자들이나 유대인들까지를 포함해서 당대 지식인들이 모두 인식하고 있었다는 것, 과학의 영역 바깥의 기준들을 자의적으로 취사해 과학적 저작을 정치적으로 비난하는 것은 삼가야 한다는 것 등등. 가장 중립적으로 보이는 과학적 원칙들, 단지 기술적으로만 보이는 선택 행위 따위에도 이해 당사자의 입장이 물리적으로든 상징적으로든 스며든다고 보는 이들에게는 에리봉의 주장이 부분적으로 엉뚱하다 싶을 수도 있겠지만, 그의 『뒤메질을 불살라야 하나?』는 한 인간과 그의 문제적 저작에 대한 애정 어린 탐구를 통해서, 그리고 탐구 대상에 대한 논쟁적 변호를 통해서 동시대 지적 장場의 일부를 절개해 그 단면을 보여주고 있었다.

그럼에도 불구하고 내가 보기에는, 한 뛰어난 학자에 대한 변호가 곧 그의 반유대주의 혐의에 대한 반박으로 수렴되는 것, 그럴 수밖에 없도록 만드는 것이 유대인들의 힘이었다. 그 유대인들의 힘은, 그 얼마 뒤 미테랑이 제2차 세계대전 후 프랑스 국가원수로서는 처음으로 페탱의 묘에 헌화했을 때 유대인 단체들이 보인 격렬한 반발과 미테랑의 뒤이은 굴복에서도 다시 한 번 씁쓸히 감지됐다.

반 정도는 파리를 떠났다. 크리스마스 방학과 함께 말이다. (아, 사실은 그 방학이 얼마나 처연하게 시작됐는지…… '종강일'인 18일 밤 나는 로베르트의 아파트에 있었다. 주잔나와 사부로를 포함해 파리에 남게 된 몇몇 친구들과 일종의 밤샘 종강 파티를 하고 있었던 것이다. 밤 열한 시쯤 나는 서울의 동료에게 전화를 걸어 대통령 선거 결과를 확인했다. 당선자의 이름은 나를 놀라게 하지 않았으나, 그가 얻은 표수는 나를 놀라게 했다. 결과가 어땠더라도 나는 밤새 술을 마셨을 것이다. 그러나 그날 밤의 술은 아주 썼다. 87년 겨울에 나를 실망시킨 이는 김대중이라는 개인이었다. 5년 뒤 겨울에 나를 실망시킨 이들은 나 자신이 그 일원인 한국 유권자들이었다. 나는 크리스마스 방학 내내 울적하였다. 한 여자와 아이가 내 곁에 없었더라면 그 울적함은 정말 견디기 힘든 것이었으리라. 어쨌든 그 겨울, 나는 더욱더 운명주의자가, 사실은 허무주의자가 되었다.) 그 가운데 대부분은 고향의 가족을 보러 갔고, 몇몇은 스페인이나 북아프리카로 여행을 떠났다. 고향의 가족을 보러 간 사람들은 대체로 유럽 출신 동료들이었고, 남쪽으로 여행을 떠난 사람들은 파리의 겨울이, 정확히는 92년-93년 파리의 겨울이 못마땅했던 동료들이었다. (그해 겨울은 대단했다. 10여 년 만의 추위라고 했다. 파리의 부랑자 네 명이 어느 날 밤 얼어 죽은 것이 《르 몽드》 1면에 대서특필되기도 했다.)

고향인 부다페스트가 그리 멀지 않았던 주잔나는 그럼에도 불구하고 파리에 남았다. 부다페스트에서 아빠와 함께 살고 있는, 아들 토마슈가 엄마를 찾아 파리로 오기로 한 것이다. 추위를 그리 즐기지 않았던 나 역시 그럼에도 불구하고 파리에 남았다. 스페인이나 북아프리카로 여행을 갈 만큼 주머니 형편이 좋지도 않았지만, 주잔나가 파리에 있는 이상, 그 도시의 추위가 견딜 만하리라고 생각했기 때문이다. 특별히 바쁜 일이 없었던 우리는 매일 만났다. 뤽상부르 공원이나 샹젤리제 거리를 걸으며, 또는 카페 오되마고에서 하잘것없는 얘기를 나누기 위하여. 예컨대 임박한 유럽의 시장 통합에 대해서, 그리고 사라예보에 대해서.

그래, 그러고 보니 유럽의 92년-93년 겨울은 무엇보다도 유럽 단일시장에 대한 기대와 불안으로 채색돼 있었다. 93년 1

월 1일 0시를 기해, 적어도 공식적으로는, 영국에서 그리스까지 3억 2천3백만 인구를 보듬는 유럽 단일시장이 열리게 돼 있었던 탓이다. 다시 한 번 적어도 공식적으로는, 유럽의 열두 나라가 국민총생산 6조 달러의 거대한 시장 하나로 통합되기 때문이었다. 프리탈룩스 다섯 나라와 서독이 파리 조약으로 유럽 석탄철강기구를 출범시킨 지 41년 만에, 그리고 이 여섯 나라가 로마 조약을 통해 유럽경제공동체를 결성한 지 36년 만에. 86년 초까지 열두 나라로 늘어난 유럽 경제공동체 회원국들이 룩셈부르크에 모여 단일 유럽 협약에 서명함으로써 단일시장 프로젝트의 정치적 기초를 마련한 지는 7년 만의 일이었다. 장 모네, 로베르 슈만 등 유럽 운동의 선구자들이 꿈꾸었던 '국경 없는 유럽'이 적어도 겉보기에는 듬직한 발판을 마련하고 있었다.

그러나 이 '사람과 자본과 상품과 서비스의 자유로운 넘나듦'은 당분간 이론적으로만 허용될 공산이 컸다. 실제로는 여러 형태의 통제가 잔존하고 있었던 것이다. 86년에 단일 유럽 협약이 체결된 뒤 유럽공동체 집행위원회와 주무장관회의가 작성한 백서에 따르면, 유럽공동체 역내를 '국경 없는 공간'으로 만들기 위해선 282개 항목의 조처를 회원국의 법적·경제적 제도에 수용하는 것이 필요불가결하다. 92년 말까지 그 가운데 258개 항목이 집행위원회의 제안과 주무장관회의의 동의를 거쳐 유럽공동체의 법령과 지침으로 공표됐다. 이나마 이뤄낸 것도 57년의 로마 조약 이래 오랫동안 유럽공동체의 의사결정 과정을 마비시켰던 만장일치제가 단일 유럽 협약에서 취해진, 유럽 단일시장에 관련된 법안에 대해서만은 과반수 원칙을 적용한다는 획기적 예외 조처에 따라 힘을 잃었기 때문이었다. 그러나 브뤼셀의 이런 노력과는 별도로 단일시장의 완전한 실현은 회원국의 의지에 절대적으로 달려 있는 상태였다. 채택됨과 동시에 자동적으로 국내법적 효력을 발휘하는 법령과는 달리, 유럽공동체 입법의 대부분을 차지하는 지침은 그에 상응하는 국내법의 제정 이후에야 발효하기 때문이다. 단일시장과 관련해 채택된 지침 176개가 회원국의 국내법으로 수용된 비율은 그때까지 76%에 머물러 있었다. 91%를 수용한 덴마크와 83.4%를 수용한 프랑스는 아주 예외적인 경우였다. 그 결과, 지침 176개 가운데, 열두 회원국에서 두루 효력을 발휘하고 있는 것은 68개 항목에 그치고 있었다. 이런 국내법 수용의 서로 다른 정도와 전반적 지체가 회원국 사이의 경쟁을 왜곡시키고 있었던 것이다.

그래도 재화의 이동에 관한 한 이 유럽공동체 안의 내부 국경은 이제 거의 없어졌다고도 할 수 있었다. 그러나 사람의 경우는 달랐다. 유럽공동체 국가 국민들이 유럽공동체 영역 안을 자유롭게 돌아다니도록 규정한 셍겐 협약이 영국, 에이레, 덴마크 세 나라에서는 그때까지 비준되지 않고 있었다. 특히 영국은 유럽인에 대해서까지도 고집스럽게 공항 검색을 하는 것으로 유명했다. 여권을 불태우기에는 아직 시간이 너무 일렀던 것이다. 그러나 관세의 철폐는 어쨌거나 혁명적인 변화였다. 프랑스에서는 그것이 1791년 국민의회가 프랑스 국내의 관세장벽을 걷어낸 것 이상의 사건으로 받아들여지고 있었다. 관세의 철폐는, 예컨대 프랑스인이 비디오건 컴퓨터건 보석이건 골동품이건 자신이 원하는 물건을 아무거나 자신이 원하는 유럽공동체 국가에서 사서 세관에 신고할 필요 없이 프랑스에 반입할 수 있다는 것을 뜻하므로 일반 소비자들에게도 큰 영향을 끼칠 터였지만, 이 조처를 가장 민감하게 받아들이고 있던 것은 기업인들이었다. 철폐된 관세는 부가가치세의 인상분으로 이동됐는데, 개혁된 부가가치세제도의 세목이 그때까지 웬만한 전문가들에게도 친숙하지 못할 만큼 복잡했기 때문이다. 그래서 프랑스의 경제 저널리즘은 그즈음 법률가들의 조언을 받아 새로운 부가가치세제를 앞 다투어 설명하느라 열을 내고 있었다. 부가가치세가 프랑스 세수의 거의 절반에 이르고 있었을 뿐만 아니라, 담세자가 3백만 명이 넘었던 만큼, 그것보다 더 중요한 문제가 없었던 것이다.

새 제도에 대한 프랑스 기업들의 반응은 그러나 대체로 긍정적이었다. 예컨대 로봇 생산업체인 토팔의 대표 카롤 랑루아가 그해 겨울《르 푸앵》과의 인터뷰에서 유쾌하게 피력한 '사적' 견해는 이랬다: "지금까지의 '단일행정서류'를 대체할 훨씬 복잡한 서류들이 전혀 걱정되지 않는 것은 아니다. 그렇지만 관세절차의 폐지는 운송의 지연을 적어도 24시간에서 48시간가량 줄여 줄 것이다. 그 덕분에 우리 회사 제품의 수송비는 반 가까이 줄어들 것이다. 나는 국경의 개방을 환영한다." 브뤼셀의 관료들이야 더 말할 것도 없었다. 코앞으로 다가온 '제한적 단일시장'만으로도 유럽공동체 안의 교역량이 당장 네 배로 늘어날 것이라고 호언하고 있었으니까 말이다. 그러나 이런 장밋빛 미래의 장기적 현실화 가능성은 차치하고라도, 실제로 1월 1일부터의 시장 개방이 당시까지의 상황을 급격히 바꾸지는 못하리라는 견해가 그해 세밑의 지배적 분위기였다. 우선 재화의 역내 이동만 하더라도, 폐기물·의료품·군수용으로 전환될 수 있는 민간물자·문화재 등에 대해서는 논의가 마무리되지 않은 상태였고, 세제나 보험 제도와 긴밀히 연관된 사회 복지 수준에서 열두 나라가 큰 차이를 보이고 있었기 때문이다. 독일·프랑스·덴마크 같은 부유한 나라와 그리스·포르투갈처럼 가난한 나라의 1인당 국민총생산이 네 배가량 차이 나는 현실에서, 단일 유럽 협약 이래 모토로 내걸렸던 일치, 또는 조화는 줄곧 이상일 뿐이었다. 마스트리히트 조약의 주요 부분을 이루는 경제화폐 동맹이 완성되는 최종 시한은 99년 1월이다. 그러나 카페 오뙤 마고에서 주잔나와 내가 이런 얘기를 나누고 있던 1992년 12월 말 현재 상태에선, 에퀴European Currency Unit가 개별 국가의 통화를 대체하는 유럽합중국의 미래는 윤리적으로 불투명한 것 이상으로 논리적으로 불투명했다. 서유럽인의, 또는 서유럽 자본가 계급의 집단 이기주의라는 혐의와도 관련되는 그 윤리적 불투명성은 제3세계(라는 말이 정확한지는 모르겠다)에서 온 나만이 아니라 유럽인인 주잔나도 느끼고 있었다. 어쨌든 헝가리는 유럽공동체 국가가 아니었으므로 그녀 역시 그것을 민감하게 받아들일 수 있는 처지에 있었던 것이다. 마스트리히트 조약이란, 자본가동맹, 유대인동맹, 그리고 기껏해야 서유럽동맹이라는 주장에 그녀도 내심 공감하고 있었다. 유럽공동체의 확대가 줄기차게 논의되고는 있었지만, 그 논의들은 당장 스칸디나비아 국가나 중부 유럽의 두 독일어권 국가에 한정되고 있었고, 그것이 동유럽까지 이르는 것은 부지하세월이었던 것이다.

"태초에 유럽Europe이 있었어."

주잔나가 말했다.

"태초에 유럽l'Europe이 있었겠지."

내가 그녀의 프랑스어를 정정했다.

"아니, 내가 말하는 건 유라시아 대륙의 서쪽 부분이 아니야. 페니키아의 왕 아제노르와 그의 아내 텔레파사 사이에서 태어난 미희 유럽 말이야. 제우스는 그녀에게 반해 하얀 황소로 변신해 그녀를 크레타 섬으로 유인했지. 그 섬에서 유럽은 미노스, 사르페돈, 라다만트, 이렇게 세 아이를 낳았지."

주잔나는 중세의 이야기꾼 같은 말투로 그리스 신화를 얘기하고 있었다. 유럽이라는 땅이름의 어원이 된 미희 유럽에 대해서. 아니, 사실 정확히 말하자면 그녀가 그 얘기를 하고 있는 것은 아니었다. 그녀는 곧이어 이렇게 덧붙였던 것이다.

"그러나 또 하나의 유럽이 있었지. 티티오스의 딸이자 에우페모스의 어머니인 유럽 말이야. 그때 이미 이 대륙엔 두 명의 유럽이 있었어."

나는 이 여자가 무슨 말을 하는지 대번에 알아차렸다. 그래, 그러고 보니 정말, 유럽에는 두 개의 유럽이 있었다. 공동체라는 이름으로 번영을 누리며 세계의 부러움을 사고 있는 유럽과, 평등사회라는 이상주의적 기획 끝에 평등한 가난만을 움켜쥔 또 하나의 유럽이. 1989년 이래의 천하대란은 유럽의 지도를 크게 바꾸었다. 그러나 베를린 장벽의 붕괴가, 번영 속에서 통합되는 유럽과 가난 속에서 해체되는 유럽 사이의 장벽을 헐어낸 것은 아니었다. 〈유럽의 기자들〉 세미나에서도 중부, 동부 유럽을 다루는 과목의 이름은 '다른 유럽l'Autre Europe'이었다.

세상에, 천하의 주잔나에게도 그런 자의식이 있었다니. 하기야, 그녀는 마스트리히트 조약 비준 국민투표가 프랑스에서 치러지기 직전 외로마르셰 부근의 캠페인 포스터 앞에서도 '하나의 유럽'에 대한 회의를 내게 드러낸 적이 있긴 하지만.

"널 유럽 사람이라고 생각하지 않니, 쉬잔?"

나는 일부러 그녀의 이름을 프랑스어식 쉬잔Suzanne으로 부르며 물었다.

"유럽 사람이지. 더 정확히 말하면, '다른 유럽' 사람. 아니, 사실은 몽골리안이지 뭐, 너처럼."

주잔나만 해도 어느 정도는 '보편주의자'였다. 내가 〈유럽의 기자들〉 프로그램에 참가한 동유럽 출신 동료들에게서, 그리고 직접 동유럽을 둘러보며 만난 동유럽 사람들한테서 절실히 느낀 것은 수십 년의 사회주의 교육이 인간의 원초적 본능, 종족적 욕망 같은 것을 거의 변화시켜 놓지 못했다는 것이었다. 그것들은 사라진 듯했으나, 사실은 의식 깊숙한 곳에서 잠복하고 있었을 따름이다. 정치 이데올로기라는 것은 인종적, 종교적 이데올로기에 견준다면 그 뿌리가 얼마나 얕고 허술한 것인가? 그렇다고는 해도 자신을 몽골리안이라고 부르는 벽안의 헝가리 여자라니! 사실 나는 주잔나를 만나기 전까지 헝가리 사회나 역사나 문화에 대해 아는 것이 거의 없었다. 뭐, 지금도 마찬가지고. 주잔나가 나를 만나기 전까지 한국 사회나 역사나 문화에 대해 아는 것이 거의 없었듯. 내가 만난 첫 헝가리인이 주잔나였듯 주잔나가 만난 첫 한국인이 나였으니, 자연스런 일이기도 했다. 그녀는 그래도 내가 헝가리에 대해 아는 것보다는 한국에 대해 더 많이 알고 있었다. 몇 해 전 서울에서 열린 하계올림픽 때문인 것이 거의 확실했다. 그래서 카페 오되마고에선 이런 대화가 오가기도 했다.

"네가 어떻게 몽골리안이니, 수지?"

나는 주잔나와 영어로 말을 나눌 땐 곧잘 그녀를 수지Susie라 부르곤 했다. 주잔나의 영어형 수전이나 수재너의 애칭 수지 말이다. 그것은 그녀에게 정겨움을 드러내는 내 나름의 방식이었다.

"우랄-알타이어족이라는 신화적 어족language family이 있잖아. 한국어와 헝가리어를 포함하는."

"그건, 너도 '신화적'이라고 말했듯, 정말로 사이비 이론의 옷을 입은 신화에 불과한데. 더구나 20세기 전반기에 이미 논파된 신화고."

그러고 나서 나는 주잔나에게 한 수 가르치는 기분으로 이렇게 덧붙였다.

"지금은 우랄-알타이어족만이 아니라 알타이어족이라는 것도 신화라고 생각하는 이들이 많아. 알타이어족이라는 개념을 수립하는 데 결정적으로 이바지한 구스타프 람스테트까지도 만년에 그것이 신화에 불과할지도 모른다는 걸 자인했어."

"알아, 인철. 그래도 낭만적 신화잖아. 그 옛날 중앙아시아에서 서쪽으로 간 어떤 사람의 후손 주잔나 셀레슈와, 어쩌면 바로 그 시절 그 사람과 가깝게 지냈을지도 모를, 그러나 동쪽으로 간 어떤 사람의 후손 인철 장. 그 둘이 이렇게 마주 보고 있잖아. 하긴 신화라는 게 대개 낭만적이긴 하지. 그런데 우랄-알타이어족이라는 게 단순히 신화일 뿐이라는 것 역시 명확히 증명되지는 않았지. 증거의 부재는 부재의 증거가 될 수 없어. 어쩌면 한국어와 헝가리어는 정말 한 가족일지도 몰라."

주잔나는 눈을 가늘게 만들며 대꾸했다. 거기서 물러설 내가 아니다. 나는 내 이 정다운 친구에게 약간의 역사-비교언어학 레슨을 베풀기로 마음먹었다.

"가능하긴possible 하지만, 전혀 개연적이진probable 않지. 네가 아는 한국어 단어가 하나라도 있니? 난 알고 있는 헝가리어 단어가 하나도 없어. 있다고 하더라도 거기서 음운대응 비슷한 걸 발견할 수 있는 기초어휘는 없을걸. 하나에서 열까지 헝가리어로 세어봐, 한 번."

주잔나는 순순히 내 청에 응했다.

"에지, 켓퇴, 하롬, 네지, 외트, 허트, 헤트, 뇰츠, 키렌츠, 티즈."

처음 들어보는 헝가리어는, 뭐랄까, 귀에 설지만 아름다운 암호 같았다. 그 헝가리어를 들으며, 나는 주잔나의 입술 움직임이 새뜻하다고 생각했다.

"정말 한국어랑 닮은 낱말이 하나도 없군. 한국어 '넷'과 헝가리어 '네지'가 닮긴 했지만, 그건 우연일 게 거의 확실하구."

"네 말이 맞을 거야, 인철. 동원어라고 여길 수 있는 단어는 한국어와 헝가리어의 기초어휘에 하나도 없을지 몰라. 한 어족이 아닐 개연성이 높긴 하지. 그렇지만 유형론적으론 닮은 데가 많아. 나도 대학에서 '언어학 개론' 수업을 한 학기 들었어. 교착어라는 점도 그렇고 모음조화 현상도 그렇고, 한국어와 헝가리어는 많이 닮았어. 정상적 어순도 헝가리어는 여느 유럽어들보다 한국어에 더 가까워. 그리고 그 교착어라는 특징 때문에 어순의 이동이 비교적 자유롭고. 아, 참, 헝가리 사람들도 한국 사람들처럼 성을 이름 앞에 세워. 다시 말해 난 주잔나 셀레슈가 아니라 셀레슈 주잔나야. 너도 인철 장이 아니라 장인철 아니니?"

주잔나가 언어학에 문외한이 아니라는 점에 나는 약간 놀랐다.

"맞아. 나도 헝가리어와 한국어 사이에 유형론적 닮음이 있다는 얘긴 들었어. 핀란드어도 그렇다고 하고. 그런데 그건 사실 알타이어로 묶이는 터키어, 몽골어, 만주어, 일본어가 다 그렇지."

"그렇게 유형이 닮은 게 우연이 아닐 수도 있지. 길고 긴 세월 동안 형태소들의 닮음은 흔적을 잃어버렸더라도, 지금까지도 너무나 뚜렷한 그 유형적 닮음이 두 언어의 뿌리가 같다는 걸 반영하는 걸 수도 있다구. 네 말대로 적어도 가능성possibility의 영역에서는 말이야. 더구나 시간과 공간을 표현하는 순서도 한국과 헝가리는 비슷해. 헝가리어에서는 다른 유럽어에서와 달리 지역 이름이 먼저 나오고 거리 이름, 번지, 층수, 호수가 나오거든. 또 날짜를 말할 때도 다른 유럽어에선 대개 일, 월, 연도 순서로 쓰지만, 헝가리어에선 연도, 월, 일 순서로 써. 한국에서도 그런다고 하지 않았니? 아, 참, 헝가리 민속음악도 5음계를 사용해."

"그랬지. 근데 5음계라니. 아닌게아니라 그건 정말 놀랍군."

"이 정도면 한 뿌리라고, 아니 한 뿌리일 가능성이 있다고 할 수 있는 거 아닐까?"

"터무니없는 얘기!"

"사실 나도 굳게 믿지는 않아. 그렇지만, 인철. 넌 내가 처음 본 한국인이고, 널 처음 봤을 때 어떤, 그러니까, 말하자면, 뭐라고 해야 할까, 혈연적이라고 해도 좋을 친밀감을 느꼈어."

"혈연적 친밀감? 과장도! 암튼 당케 제어, 마이네 프로인딘! 마이네 슈베스터!"

"진짜라니까. 어쩌면 몽골 사람들이나 터키 사람들에게 역사적 이유로 호감을 지니기 어려워서 인철이라는 한국인이 선택됐는지도 모르지. 사실 헝가리 사람들에겐 타타르인, 정확히는 몽골인이지, 타타르인의 지배와 오스만투르크의 지배가 커다란 역사적 상처거든. 특히 16세기에 오스만투르크와 벌인 모하치 전투! 그건 세르비아 사람들이 오스만투르크와 관련해 기억하고 있는 코소보 전투와 비슷해."

"굴욕적 전투였다는 뜻이구나. 헝가리가 투르크인들의 지배를 받게 되게끔 만든."

나는 넘겨짚으며 대답했다.

"응, 그 얘기야. 헝가리 역사를 좀 아니?"

"전혀 몰라. 그런데 널 알게 됐으니 헝가리 역사를 공부하게 될지도 모르지. 한국도 헝가리처럼 몽골의 지배를 받았어. 헝가리와 비슷한 시기에. 사실 그 시절 몽골은 유라시아를 아우르는 세계제국이었으니까. 그리고 직접 지배를 받진 않았지만, 중국의 청 왕조와 굴욕적 강화를 한 적이 있지. 20세기 전반부엔 일본의 지배를 받기도 했고."

"거 봐, 우린 닮았잖아."

"어휴, 이 엉터리! 그런 경험을 공유한 민족은 세상에 수두룩해. 그런데 헝가리민족, 그러니까 늬들 말로 마자르족이라는 것의 실체가 있긴 한 거야?"

"있기야 있지. 그렇지만 헝가리 사람들 가운데 누가 순수 마자르족이고 누가 아닌지를 구별하긴 어려울걸. 중부유럽 사람들만이 아니라 유럽 대부분 민족들의 피가 헝가리 사람들 다수에게 흐르고 있을 테니까. 몽골과 터키 사람들의 피야 당연하고. 사실 헝가리는 오스만투르크와 오스트리아 사이에서 찢겨진 나라라고도 할 수 있어. 그러니 어떤 특정한 헝가리 사람의 핏줄이 구체적으로 어떤지는 알 수가 없지."

"넌 어때?"

"사실 내 핏줄의 행로에 대해선 나도 모르지. 그렇지만 집시, 그러니까 로마Roma가 아닌 건 확실해. 그건 어머니가 확인해 주셨어. 그렇지만 내가 로마라고 해도 아무 상관없어. 오스트리아 사람이나 투르크사람의 피가 내게 조금 섞였다 해도 마찬가지고. 네 핏줄은 어떤데?"

"너처럼 나도 내 핏줄의 기다란 행로는 모르지. 한국에는 단일민족이라는 신화가 퍼져 있는데, 적어도 문화적으로 아직 단일한 건 확실해. 한국은 모노컬처monoculture 사회이면서 유니컬처uniculture 사회야. 단작單作 사회면서, 단일문화 사회지. 그렇지만 인종적으로도 과연 그런지는 알 수 없어. 우리도 중국과 몽골과 일본의 침략을 수도 없이 당했으니까. 내 몸에도 일본인의 피, 몽골인의 피, 중국인의 피가 섞여 있을지 모르지. 그러고 보니 네 말대로 헝가리와 한국에 닮은 점들이 꽤 있는 건 사실이구나. 그런데 그렇게 수없는 외침을 받았으면서도 한국인들은 대체로 낙천적이야. 근데 헝가리인들은 보통 비관적이라고들 그러잖아?"

"비관적? 정확한 낱말 같지는 않은데. 헝가리 사람들을 딱히 비관적이라곤 할 수 없어. 일종의 우울증 환자들이라곤 할 수 있겠지. 그런데 그 우울증이라는 것도 국민적 취미 비슷한 거야. 술 마시고 우는 게 헝가리 사람들의 버릇인데 그걸 '통곡 속의 놀이'라고 불러. 울음 자체가 놀이인 거야. 가엾게 여길 일이 절대 아니지. 그렇지만 정작 헝가리 사람들은 이 표현을 좋아하지 않아. 헝가리 사람들 앞에선 그런 얘기 하지 마."

"통곡 속의 놀이? 널 보면 그럴듯하기도 한데."

사실 주잔나는 내 앞에서도 몇 차례 눈물을 흘렸다. 그렇지만 그 눈물들이 깊다란 상처에서 나온 것 같지는 않았다.

"헝가리 사람 앞에선 그 말 하지 말라는 말 못 들었니? 나도 헝가리 사람이야!"

주잔나가 짐짓 앙칼지게 대꾸했다. 그리고 목소리를 낮추어 얘기를 이어갔다.

"암튼 내 생각에 헝가리 사람들의 우울증은 적어도 부분적으론 역사의 험난함 때문인 것 같아. 타타르인, 터키인, 오스트리아인들에게도 시달렸지만, 제1차 세계대전이 결정적이었지. 한때 헝가리 영토 안에 사는 인구는 천팔백만이 넘었는데, 트리아농 조약으로 인구 칠백만의 소국이 되고 말았어. 국토의 70퍼센트와 인구의 60퍼센트 가까이를 잃어버렸거든. 지금도 인구가 천만을 조금 넘는 정도고."

"똑같이 험난한 역사가 한국인들은 낙관적으로 만들었는데, 헝가리인들은 비관적으로, 아니 네 말을 따르자면 우울증 환자로 만들었네."

"그 우울증이라는 게 일종의 취미이거나 놀이라니까. 결국은 너네나 우리나 비슷해. 기념으로 비주!"

나는 내 친구의 양볼에 입을 맞추었다. 그러고 나서 그녀의 이마에 입술을 일 분쯤 대고 있었다. 서울의 누이 얼굴이 떠올랐다. 그때, 주잔나는 이미 내 누이였다.

크리스마스를 사흘 앞두고 토마슈가 파리에 왔다. 주잔나의 열한 살짜리 아들 말이다. 주잔나가 부다페스트로 가는 대신 토마슈가 엄마를 보러 파리로 온 것이다. 주잔나가 부다페스트에 있을 땐 일주일에 한 번씩 모자 상봉이 이뤄졌다는데, 그녀가 파리로 온 뒤로는 그것이 첫 만남이었다. 석 달 만의 만남. 그걸 보면 주잔나가 보기와 다르게 독한 여자이기도 했다. 주말마다 부다페스트의 토마슈에게 전화는 했다고 하지만, 보고 싶은 마음을 어떻게 추스를 수 있었는지……. 주잔나가 오를리 공항으로 토마슈를 마중 나갔을 때 나도 그녀와 동행했다. 나는 그즈음 그녀와 함께 있는 것 말고는 달리 할 일이 없었으므로. 토마슈는 갈색 눈에 검은 머리를 가진, 잘생긴 소년이었다. 내가 한 번도 보지 못한 주잔나의 옛 남편—그의 이름은 미코슈, 정확히는 미코슈 로카라고 했다. 셀레슈는 주잔나의 처녀 때 성이다—이 아마 갈색 눈과 검은 머리를 가졌으리라고 나는 넘겨짚었다.

내가 속으로 조금 염려했던 것과는 달리 토마슈는 엄마의 남자친구를 전혀 스스럼없이 대했다. 부모의 이혼이 그 아이에게 마음의 상처를 주지 않을 수야 없었겠지만, 어쨌든 그 아이는 아주 쾌활했고, 그러면서도 예의 발랐다. 사실을 말하자면 토마슈와 나는 처음 만났을 때부터 좋아하게 되었던 것 같다. 더

군다나, 그것만큼 다행스러운 일은 아니었지만, 어쨌든 다행스러웠던 것은, 그 아이의 영어가 주잔나의 영어 못지않았다는 것이다. 그 아이가 영어나 프랑스어를 전혀 몰랐다면, 그래도 친해지기야 했겠지만, 그렇게 금방 친해질 수는 없었을 것이다.

"북한에서 오셨어요, 남한에서 오셨어요?"

주잔나가 나를 한국에서 온 기자라고 소개하자 토마슈가 내게 물었다.

"남한. 서울에서 왔단다. 서울이란 도시를 들어봤니?"

"물론이죠. 남한은 아주 부자 나라라면서요, 일본처럼."

한국의 용감한 독점자본과 한국 관광객들의 쇼핑병病이 부다페스트에 살고 있는 꼬마아이에게까지 엉뚱한 인상을 심어놓은 게 확실했다.

"아니, 그렇지 않단다. 일본은 세상에서 제일 부자 나란걸. 남한은 일본에 비하면 가난한 나라란다. 그렇지만, 뭐랄까, 일본보다 더 아름다운 나라지. 북한처럼, 그리고 헝가리처럼."

나는 물론 북한에 가본 적도 없고, 또 그때까지는 헝가리에도 가보지 못했지만, 세상에 안 가본 나라가 없는 듯이 뽐내며 말했다.

"아, 그렇군요. 남한에도 강이 있나요, 다뉴브 강 같은?"

"응, 강이 많이 있지. 다뉴브 강만큼 크고 아름다운 강들은 아니지만. 참 남한에는 바다도 있단다. 헝가리에는 바다가 없지?"

"그래요. 바다처럼 보이는 볼로톤 호수가 있긴 하지만, 이슈트반 선생님이 그건 진짜 바다가 아니라고 하셨어요. 지금까지 한번도 바다를 본 적이 없어요."

그래서 우리는 바다를 보기로 했다. 샹젤리제 거리의 정신사나운 가로등과 인파 속에서 맞은 성탄절 새벽의 들뜸이 채 가시기 전인 그 며칠 뒤, 우리 셋은 디에프로 가 영불해협을 바라보고 있었다. 을씨년스러운 그 겨울 바다를 바라보는 동안, 나와 토마슈의 우정이 더 단단해졌다.

"이 바다 건너편에 영국이 있단다."

"알아요. 거기서 대서양을 건너면 미국이 있죠."

"그래, 미국에서 다시 태평양을 건너면 남한이란다."

"아, 그렇군요. 남한은 참 먼 나라군요."

"응, 그래. 그렇지만 남한은 또 유럽과 땅으로 이어져 있기도 하단다. 부다페스트에서 기차를 타고 모스크바를 거쳐 시베리아를 지나면 한국이란다."

"아, 그렇군요. 땅은 둥그니까요."

"그래."

우리는 또 당일치기로 제네바에 다녀오기도 했다. 토마슈에게 테제베를 태워준다는 핑계로. 파리와 제네바가 아주 가까운 거리는 아니지만, 테제베를 타면 고작 세 시간 남짓 걸릴 뿐이다. 몹시 추운 날이었다. 그렇지만 우리는 제네바 역전의 버거킹에서 햄버거와 우유로 몸을 데운 뒤 밖으로 나와, 몽블랑 다리 위에서 레만호를 물끄러미 바라보기도 하고, 영국공원에서 숨바꼭질을 하기도 하고, 루소 섬의 루소 동상 앞에서 사진을 찍기도 하고, 제네바 대학의 교정을 둘러보기도 했다.

"예전에 이 대학에 소쉬르라는 선생님이 있었단다."

"누구라구요?"

"소쉬르. 페르디낭 드 소쉬르."

"이름이 어렵군요. 페-르-디……."

"페-르-디-낭-드-소-쉬-르."

"페-르-디-낭-드-소-쉬-르."

"맞았어, 페르디낭 드 소쉬르."

"알겠어요, 페르디낭 드 소쉬르. 아마 스위스 사람이었겠죠?"

"응, 스위스 사람이었지. 우리가 아까 루소 섬에서 본 사람처럼."

"훌륭한 선생님이었나요?"

"아마, 그랬을 거야. 사실 나도 그 선생님을 본 적이 없거든."

"그런데 아저씨는 어떻게 그 선생님을 아세요?"

"그 선생님이 쓴 책을 읽었거든. 정확히 말하자면 그 선생님이 한 강의를 그분 제자들이 책으로 엮은 거지만."

"무슨 책인데요?"

"그 책 제목은 '일반 언어학 강의'란다."

"일반 언어학 강의? 언어학이 뭐예요?"

"언어학이란, 응, 말에 대한 공부지."

"말이요?"

"응. 헝가리어, 영어, 한국어 같은 말."

"아, 그러니까 소쉬르 선생님은 말을 가르쳤군요. 우리 학교에서 영어를 가르치시는 스메들리 선생님처럼. 소쉬르 선생님은 스위스어를 가르쳤나요?"

"스위스어라는 건 없단다, 내 귀여운 토마슈. 이 나라 사람들은 말을 여러 가지 사용해. 여기 제네바 사람들이나 로잔 사람들은 프랑스어를 쓰고, 취리히 사람들이나 베른 사람들은 독일어를 쓴단다. 또 로카르노 사람들이나 루가노 사람들은 이탈리아어를 쓰고, 어떤 지방에는 레토로만어를 쓰는 사람도 있어."

"레토로만어? 레토로만어가 뭐예요? 레토로마란 나라도 유럽에 있나요?"

"아니, 그런 나라는 없어. 그러고 보니 레토로만어를 스위스어라고 할 수도 있겠구나. 다른 나라 사람들은 레토로만어를 안 쓰니 말이야. 아니야, 그렇지도 않구나. 이탈리아에도 그 매력적인 언어를 쓰는 사람들이 있지. 레토로만어는 라틴어, 옛날 로마 사람들이 쓰던 라틴어 말이야, 그 라틴어가 변해서 된 말이란다. 프랑스어나, 이탈리아어나, 스페인어나, 포르투갈어나, 음 또, 그래, 루마니아어처럼 말이야."

"프랑스어가 라틴어가 변해서 된 말이라구요? 그럼 영어는요?"

"영어는 그렇지 않단다."

"그럼 헝가리어는요?"

"헝가리어는 더더욱 안 그렇지. 헝가리어는, 굳이 말하자면, 프랑스어보다 한국어에 더 가깝단다."

나는 너무 무책임한 소리를 너무 자신 있게 해버렸다.

"그래요? 그럼 아저씨는 헝가리어를 할 줄 아세요?"

토마슈가 기쁜 낯빛으로, 그리고 기대에 찬 목소리로 물었다.

"아니, 미안하구나. 아직 배우질 못했단다."

나는 그를 실망시켰다. 그리고 그 실망을 누이기 위해 얼른 덧붙였다.

"그렇지만, 앞으로 배울지도 몰라. 더구나 이렇게 토마슈를 알게 됐으니."

"그러셨으면 좋겠어요. 그리고 어쩌면 저도 앞으로 한국어를 배울지도 모르겠어요. 이렇게 아저씨를 알게 됐으니."

"그래."

나는 이 꼬마아이의 영악함을 기꺼워하며 빙긋 웃었다.

"그런데,"

잊었던 생각이 갑자기 돌아온 듯 토마스가 물었다.

"그러면 소쉬르 선생님은 무슨 말을 가르쳤나요? 프랑스어를 가르쳤나요, 아니며 레토로만어를 가르쳤나요?"

"음, 프랑스어도 가르쳤고, 레토로만어도 가르쳤단다. 그런데, 그보다는 그 선생님은 프랑스어나 레토로만어나 독일어나, 응 그렇지 헝가리어나, 그런 말들이 공통적으로 가지고 있는 성질이 무엇인지를 가르쳤단다."

"말들이 공통적으로 가지고 있는 성질이요? 그게 뭐예요? 헝가리어와 영어에도 공통적인 성질이 있나요? 그런 게 있다면 영어를 배우기가 왜 이렇게 어렵죠?"

"응, 그런 공통적인 성질이 있단다. 그렇지만 공통적이지 않은 성질도 많이 있으니까 외국어를 배우기가 어려운 거지. 어쨌든 소쉬르 선생님은 그런 말들 사이에 공통점이 뭘까 하는 것을 곰곰 생각하다가 말이라는 것은 하나의 구조라는 걸 발견했단다. 아니, 뒷날 그분의 책을 읽은 학자들이 그의 언어학 이론에서 구조라는 개념을 끄집어냈단다."

나는 아차, 했다. '구조'라는 말을 함으로써 나는 이 호기심 많은 꼬마가 제 질문을 끝없이 이어갈 재료를 제공하고 만 것이다. 그렇지만 때는 이미 늦었다.

"구조? 구조가 뭐예요?"

나는 내 말에 책임을 져야 했지만, 그 책임을 성실히 수행할 방법을 찾을 수가 없었다.

"구조란, 말하자면, 체계란다. 말하자면, 관계들의 체계란다."

나는 빠져나올 수 없는 수렁으로 빠져 들어가고 있는 것이 확실했다.

"관계들의 체계? 그게 뭐예요?"

잠자코 우리 둘의 말놀이를 듣고 있던 주잔나가 이 순간 끼어들었다. 나를 구조하기 위해. 그녀는 헝가리어로 토마슈에게 뭐라고 말했고, 토마슈는 입을 비죽거리며 알아들었다는 듯이 질문을 포기했다.

"얘에게 뭐라고 했길래 얘가 이렇게 조용해지니?"

내가 주잔나에게 물었다.

"응, 구조가 뭔지 가르쳐줬지 뭐."

"뭐라고 했는데?"

"걔한테 물어보렴."

"토마슈, 엄마가 뭐라고 설명해 주든? 구조가 뭐래?"

토마슈가 비죽거리던 입을 제자리에 갖다 놓고 빙긋 웃으며 대답했다.

"특수한 종류의 살라미인데, 내가 좀 더 커야 먹을 수 있는 거래요."

"아, 맞았어. 바로 그게 구조란다. 이제 완전히 이해했니?"

내가 웃음을 터뜨리며 물었다.

토마슈는 어깨를 으쓱할 뿐이었다.

"걱정이 생겼어."

주잔나가 짐짓 정색을 하며 내게 말했다. 프랑스어로.

"뭔데?"

나도 짐짓 정색을 하며 되물었다. 프랑스어로.

"이 아이가 널 좋아하는 것 같아."

"나도 알고 있어. 나도 얠 좋아해. 근데 그게 왜 걱정거리가 되지?"

"얘가 널 아주 좋아하고 있는 것 같단 말이야."

"글쎄 그게 왜 걱정거리가 되느냔 말이야."

"왜냐하면,"

그녀가 한숨을 쉬었다.

"나도 널 좋아하기 때문이지."

나도 토마슈를 흉내내 어깨를 으쓱했다.

토마슈가 내게 물었다.

"지금 말하는 게 프랑스어죠?"

"응."

"왜 엄마와 아저씨는 갑자기 프랑스어로 얘기해요?"

"그건, 여기가 제네바라는 게 갑자기 생각났기 때문이지."

"그게 아니라 내가 들어선 안 될 말을 하고 있는 거죠?"

"그럴 리가 있니? 정말 우리가 제네바에 있다는 게 방금 생각나서 그랬다니까."

"그럼 방금 엄마랑 무슨 말을 했는지 내가 알아도 되나요?"

"물론이지. 아무래도 그 특수한 종류의 살라미를 오늘 밤에 먹어야겠다는 말을 했단다. 너랑 엄마랑 아저씨랑 말이야."

나는 그 약속을 지켰다. 그날 저녁에 파리로 돌아와서 나는 그 모자를 우리 집에 초대했다. 그리고 외로마르셰에서 온갖 종류의 살라미를 사다가 살라미 파티를 벌였다. 내가 그렇게도 싫어하는 살라미를 가지고 말이다.

"어떤 게 구조예요?"

토마슈가 접시 가득 쌓인 살라미들을 가리키며 물었다.

"아저씨도 잘 모르겠는데. 이 가운데 하나가 구조인 건 확실한데 말이야."

토마슈는 살라미를 이것저것 조금씩 뜯어 먹어보고는 다시 우리의 주제로 되돌아갔다.

"아직도 모르겠는데요, 구조가 뭔지."

"왜 아직도 모르니? 우리가 지금 구조 속에 있는데. 엄마가 엄마인 건 토마슈가 있어서 그렇지? 토마스가 없으면 엄마는 엄마가 아니란 말이야, 단지 주잔나일 뿐이지. 토마슈가 아들인 건 엄마가 있어서 그렇지? 엄마가 없으면 토마슈는 아들이 아니란 말이야, 다만 토마슈일 뿐이지. 토마슈와 아빠 사이도 그렇고, 토마슈와 할아버지 사이도 그렇고. 그런 관계들의 모임이 구조야."

"엄마와 아빠 사이도 그런가요?"

토마슈가 진지하게 물었다.

"……그래, 엄마는 아빠가 있으니까 아내인 거고, 아빠는 엄마가 있으니까 남편인 거지. 엄마가 없으면 아빠는 남편이 아니고, 아빠가 없으면 엄마는 아내가 아니지."

주잔나는 아무 말 없이 살라미만 뜯어 먹고 있었다.

"그런데,"

토마슈가 낮은 목소리로 얘기했다. 비밀 얘기라도 하듯.

"엄마는 아빠의 아내가 아녜요. 아빠도 엄마의 남편이 아니고."

"응, 그걸 탈구조라고 한단다."

주잔나가 억지로 웃으며 말했다.

"탈구조? 탈구조가 뭐예요?"

토마스의 질문이 다시 시작됐다. 내가 이번엔 주잔나를 도와야 했다.

"응, 토마스, 그건 정말로 특수한 종류의 살라미인데, 오늘밤 식탁엔 그게 없구나. 아저씨 생각엔 그 살라미가 파리엔 없는 것 같아."

이번에도 토마슈가 어깨를 으쓱했다. 그러나 그 아이의 호기심이 끝난 것은 아니었다.

"알겠어요, 그 살라미는 포기하죠. 구조가 뭔진 알겠는데, 왜 언어가 구조죠?"

아, 이 아이는 정말 커서 위대한 학자가 될지도 모른다.

"정말 미안한데 토마슈, 아저씨가 아까 제네바에선 그 이유를 알고 있었는데 파리로 돌아오니 하나도 모르겠구나. 소쉬르 선생님이 파리엔 너무 잠깐 머물렀던 모양이야. 아저씰 용서해 주겠니?"

"용서해드리죠. 그러니까 특수한 살라미는 다 제네바에 있는 거죠?"

"응."

하고 대답하며 나는 다시 한 번 이 아이의 영악함을 기꺼워했다.

"걱정이 생겼어, 주잔나."

내가 프랑스어로 말했다. 그렇지만 별로 진지하지 않게.

"뭔데?"

주잔나가 프랑스어로 되물었다. 역시 별로 진지하지 않게.

"내가 이 아일 좋아하는 것 같아."

"나도 알아. 그런데 그게 새삼스럽게 왜 걱정이지?"

"내가 이 아일 아주 좋아하는 것 같단 말이야."

"그런데 그게 왜 걱정거리냐구."

"왜냐하면,"

내가 한숨을 쉬었다. 그때 주잔나가 말을 가로챘다.

"알아, 네가 날 좋아하기 때문이지."

"그래, 내가 널 아주 좋아하기 때문이야."

"우리가 파리에 있다는 생각이 갑자기 들어서 지금 프랑스어로 애기하는 거죠?"

토마슈가 내게 물었다.

"응, 내 사랑스러운 토마슈."

내가 토마슈의 머릴 쓰다듬으며 대답했다.

"그럼 아저씨가 엄마와 무슨 애길 했는지 내가 알아도 되죠?"

"그럼, 되고말고. 아주 특수한 살라미를 먹으러 지금 제네바로 되돌아가기엔 시간이 너무 늦었단 얘길 하고 있었단다."

"아, 그렇군요."

토마슈가 왼눈을 찡긋거렸다.

토마슈가 주잔나와 함께 있던 열흘 동안 나도 매일 그들과 어울렸다. 아침에 내가 주잔나의 집으로 가기도 하고 그들이 내 기숙사로 오기도 했다. 중간쯤의 포르트 도를레앙 전철역에서 만나기도 하고. 뤽상부르 공원과, 노트르담 성당과, 불로뉴 숲과, 유로디즈니랜드에서 나는 재담과 친절로, 그리고 내 마음으로 토마슈를 기쁘게 해주었다. 사실을 말하자면 토마슈가 날 기쁘게 해주었다. 제 따스한 마음으로. 고백하기 부끄러운 얘기지만, 나는 이 아이가 내 아이라면, 그리고 주잔나가 내 아내라면 하는 삿된 생각을 하기도 했다. 그러다 보니 그 아이가 부다페스트로 돌아가야 할 날이 닥쳐왔다. 그가 파리로 온 날처럼 나는 이번에도 주잔나와 동행해 그를 배웅했다. 오를리 공항으로.

"아저씨, 살라미가 원래 헝가리 음식인 거 아세요?"

"아, 그러니? 아저씨는 이탈리아 소시지로 알고 있었는데."

"이탈리아 살라미가 제일 유명하지. 그렇지만, 헝가리엔 헝가리식 살라미가 있어, 인철. 옛 헝가리 사람들은 헝가리식 살라미를 충분히 챙기지 않고는 여행이라는 걸 할 엄두를 못 냈지. 헝가리 사람들에게 살라미는 헝가리 음식의 상징이야."

주잔나가 끼어들었다.

"응, 그렇구나" 하고 내가 대꾸하자 토마슈가 다시 나를 보며 말했다.

"부다페스트엔 제네바나 파리보다 훨씬 많은 살라미가 있어요. 로마나 밀라노만큼은 많지 않을지도 모르지만."

아이는 살라미가 이탈리아 소시지라는 걸 금세 인정했다.

"아, 탈구조 같은 살라미는 없겠군요."

아이가 내게 말장난을 걸어오고 있었다. 주잔나가 그 아이에게 눈을 흘겼다. 그러나 안쓰럽다는 표정으로.

"그래, 아저씨 생각에도 없을 것 같아. 그건 제네바에만 있는 것 같아."

내가 대답했다.

"언제 한번 제네바에 더 데려가 주실 거죠?"

"응, 거기서 아주 특수한 살라미를 사줄게. 그리고 그전에 한번 널 보러 부다페스트엘 갈게."

주잔나가 아이의 볼에 뽀뽀를 했다. 나도 아이의 볼에 뽀뽀를 했다. 아이는 탑승구를 향해 걸어 들어갔다. 주잔나와 내가 돈을 합쳐 사준 오르디엑스페르라는 전자게임기가 아이의 손에 좀 버거워 보였다.

나는 토마슈와의 약속을 지키지 못했다. 부다페스트엘 한 번 들르기는 했으나, 시간이 없어서(만은 아니었을 것이다. 토마슈를 보려면 그 아이의 아빠 미코슈를 봐야 했는데 그게 불편해서였을 것이다. 그게, 내가 주잔나에게 특별한 감정을 품고 있었다는 증거일지도 모른다. 어쨌든 나는 부다페스트에서 토마슈의 외할머니, 그러니까 주잔나의 어머니에게 하룻밤 신세를 졌을 뿐 토마슈를 만나려 애쓰지는 않았다) 그 아이를 만나지 못했다. 당연히 그 아이와 함께 제네바로 갈 기회도 없었다.

오를리 공항에서 파리 14구로 돌아오는 전철 안에서 주잔나는 아무 말도 하지 않았다. 나는 그녀가 속으로 흐느끼고 있다고 생각했다.

〈유럽의 기자들〉 프로그램을 떠받치는 두 개의 기둥 가운데 하나라 할 수 있는 기자회견 형식의 세미나는 크리스마스 방학 이전에 집중적으로 이뤄졌다. 새해 들어서는 아주 드문드문 이뤄졌다는 뜻이다. 그 세미나들 가운데 특히 기억에 남는 것은, 새해 들어 프로그램이 재개—'개학'이라 불러야 하나?—된 직후 문화부 장관 자크 랑그가 발제자로 나선 세미나다. 정초의 텔레비전 특별 프로그램에 출연한 점성술사, 예언가, 정치평론가들 다수가 그해 3월 총선에서 사회당이 대패해 86년에 이은 두 번째 코아비타시옹이 이뤄지리라 내다보고 있는 가운데, 유럽에서 가장 바쁜 사람들 가운데 하나였던 랑그가 〈유럽의 기자들〉 세미나에 기꺼이 나오기로 한 것은 좀 뜻밖이었다. 그러나 그것은 한편으로 〈유럽의 기자들〉 사무국의 교섭력과 이 재단에 대한 프랑스 정부의 배려를 증명하는 것 같기도 했다.

사회당이 집권한 1981년 5월 이후의 프랑스는 말할 나위 없이 프랑수아 미테랑의 시대였지만, 이 시기는 또한 자크 랑그의 시대이기도 했다. 86부터 88년까지 두 해 동안의 좌우동거정부 때 시라크 내각의 프랑수아 레오타르에게 잠깐 자리를 내준 것 말고는, 그는 세 번의 모루아 내각, 파비위스 내각, 두 번의 로카르 내각, 크레송 내각, 베레고부아 내각을 거치며 줄곧 문화부 장관 자리를 유지해 왔다. 더구나 베레고부아 내각에서는 교육부 장관까지 겸하고 있어서, 프랑스의 이른바 이데올로기적 국가 장치를 완전히 장악하고 있는 셈이었다. 랑그는 프랑수아 미테랑이 가장 신임하고 있는 각료일 뿐만 아니라, 언론매체와 프랑스인들에게 가장 인기 있는 장관이기도 했다. 미테랑 자신이 80년에 출간한 『지금 이곳』에서 "사회주의 혁명은 그것이 문화의 영역으로 확산되지 않는 한 말 더듬거림에 지나지 않을 것"이라고 썼을 만큼 '문화주의자'이기도 하거니와, 미테랑 정권 아래서 문화부, 그리고 문화부 장관의 힘은 구르는 눈처럼 커졌다. 그러나 63년에 낭시 축제를 창설하고, 72년부터 74년까지는 국립 샤이요 극단의 대표였던, 그리고 법학교수 자격증까지 지니고 있는 이 인텔리 장관이 열두 해 동안 프랑스 문화에 끼친 공과에 대해서는 사람들마다 평이 아주 달랐다. 보는 이에 따라 그는 문화 수호자이기도 했고, 문화 파괴자이기도 했다.

그러면 자크 랑그의 시대에 프랑스 문화계에는 실제로 무슨 일이 생겼나? 우선 문화 예산이 급격히 늘었다. 81년에 30억 프랑에 머물러 있던 문화부 예산은 그 이듬해에 갑절인 60억 프랑으로 늘었고, 91년에는 1백4억 프랑에 이르렀다. 그 10년 동안 정부 예산 전체에서 문화부 예산이 차지하는 비율은 0.46%에서 0.95%로 늘어났다. 그리고 마침내 상징적인 1% 고지에 이르렀다. 93년 문화부 예산이 정부 전체예산의 1%에 해당하는 1백38억 프랑으로 확정되었던 것이다. 이 액수는 92년 문화부 예산 1백29억 프랑에 견주어 약 6.5%가 늘어간 것이었다. 93년 정부 전체 예산이 92년에 견주어 3.5% 늘어난 데 그친 것을 생각하면 문화부가 받고 있는 특혜를 짐작할 만했다. 문화 예산의 급격한 팽창과 함께 문화 각 분야의 쇼윈도가 화려하게 장식됐다. 예컨대 공연 예술 분야에서는 오데옹의 유럽극장과 콜린극장이 새로 세워졌고, 국립안무센터와 현대무용극장이 만들어졌다. 정부 보조를 받는 극단 수는 81년에 189개였는데, 92년에는 600개 이상으로 늘었다. 조형예술 분야에서는 국립조형미술 센터가 생기고, 각 지역마다 현대미술 지역기금FRAC가 조성됐다. 중앙 정부와 지방 정부의 협력으로 스물세 군데에서 조성된 FRAC는 그때까지 1억 3천만 프랑 어치의 생존 미술가 작품들을 사들였다. 랑그는 전시행정이란 비판을 들을 정도로 일을 많이 벌여놓고 제 달변과 언론의 도움으로 이를 널리 선전했는데, 그 결과로 모든 장르에 걸쳐 '센터' '연구소' '극장' '문서보관소'들이 우후죽순처럼 생겨났다.

랑그 문화 정책의 가장 큰 특징 가운데 하나는 '주변문화'를 주류화해 놓은 것이었다. 서커스, 사진, 만화, 의상, 요리 등이 각 분야의 국립센터 창설과 함께 문화의 중심부로 진입했고, 재즈와 전자음악이 음악학교의 정식 과목으로 채택됐다. 80년대 초부터 샹송, 록 음악, 재즈에 배정된 예산은 세 배로 늘어났다. 전통적으로 문화 당국이 홀대하던 이 분야가 정식 예술로 대접받게 된 것은 분명히 랑그의 공(또는 과)이었다. 랑그를 비판하는 이들은 이 현상을 두고 "영혼은 나날이 움츠러들고, 전자음향은 나날이 시끄러워진다"고 비꼬았고, 젊은이들이 미국 문화로 오염되고 있다고 개탄했다. 이런 비꼼과 개탄이 근거 없는 것만도 아니었다. 프랑스의 문맹률이 전후 최고치인 20%에 이르게 되고, 록 음악과 유로디즈니로 상징되는 미국 문화가 밀물처럼 프랑스로 닥친 것은 랑그 시대의 일이었기 때문이다. 취임 초 미국의 문화제국주의에 대한 투쟁을 선포하고 쿠바를 비롯한 사회주의 국가들에 거듭 연대를 표하던 랑그는 자신의 공언과 달리 영화 〈람보〉와 그 주인공 역을 맡은 실베스터 스탤론에게 문화훈장을 수여해 좌파 지식인의 분노와 우파 지식인의 비웃음을 샀고, 프랑스 문화의 실질적 '개방'을 통해 미국화를 방치했다. 자크 랑그 시대를 거론하며 빼놓을 수 없는 것은 흔히 '그랑 트라보Grands Travaux'라고 부르는 파리의 대형 기념물들이다. 자기 시대를 역사에 각인하고 싶었던 미테랑의 욕심을 반영한 것이겠지만, 어쨌든 랑그의 지휘 아래 바스티유에 오페라 극장이 새로 세워졌고, 루브르 박물관이 증축되면서 유리 피라미드가 세워졌으며, 그 밖에 빌레트 공원, 데팡스의 아치, 아랍세계연구소 등 대형 건조물들이 세워졌다.

랑그 시대를 통해 모든 것이 문화가 됐다. 그의 문화 허기증은 프랑스 전체를 '문화국가'로 만들어놓았다. 바로 여기서 91년 프랑스와 그 이웃나라들의 일급 문화이론가들을 바쁘게 만든 '문화국가논쟁'이 터졌다. 논쟁의 실마리가 된 것은 콜레주 드 프랑스 교수 마르크 퓌마롤리가 그해에 출간한 『문화 국가』라는 책이었다. 퓌마롤리는 이 책에서 제3공화국 이래 국가의 문화행정에 종속된 프랑스 문화예술의 운명을 꼼꼼하게 되돌아보면서 "모든 것을 문화로 환원하는 것은 정신적 저작의 파종과 상품의 분배를 혼동하는 지름길"이라고 지적하고, 앙드레 말로 이래 강화된 프랑스의 문화 관료주의가 랑그에 이르러 극에 이르렀다고 진단했다. 프랑스에 문화부가 창설된 것은 1959년인데, 이것은 서방국가로서는 처음이었다. 뒤이어 사회민주주의 정당이 집권한 국가를 중심으로 문화부 창설이 유행처럼 번지기 시작했다. '문화국가논쟁'은 문화에 국가가 개입하는 것이 문화의 관제화, 통속화로 이어진다고 판단한 자유주의자, 문화 엘리트주의자들의 우려가 분노로 폭발한 것으로 볼 수 있다. 이른바 '그랑 트라보'에 대한 찬반 논쟁은 더 격렬했다. 특히 건축 비용이 31억 프랑이나 먹혔고, 7년마다 그만큼의 액수가 운영비로 들어가게 될 바스티유 오페라 극장은 사회당정권이 저지른 대표적 국고 낭비의 예로 지적되고 있었다. 91년에 출간된 마리본드 생-필장의 『오페라 증후군』은 멀쩡하게 제구실을 하는 기존의 팔레 가르니에를 놔두고 바스티유에 새 오페라 극장을 짓게 되기까지 사회당 정권의 문화관료들이 저지른 의사 결정 과정의 무사안일과 직무유기를 추리소설처럼 서술해내 일대 센세이션을 일으키기도 했다.

프랑스 문화 전반에 대한 랑그의 짧은 발제 뒤에 이어진 우리들과의 문답들.

"사람들은 당신을 일등주의자라고 하는데."

"절대 그렇지 않다. 나는 필리프 에르조그(그는 프랑스공산당의 개혁파 당료다)와 리세(한국의 고등학교에 해당)를 같이 다녔다. 줄곧 그가 일등이었고, 나는 이등이었다. 내 학교 성적은 단한 번도 필리프를 앞질러본 적이 없다. 일등주의자는 필리프고, 나는, 굳이 말하자면, 이등주의자다."

"그렇지만 지금 당신의 힘은 에르조그를 훨씬 앞지르고 있지 않은가?"

"그건 사실이다. 그러나 내 힘은 프랑수아 미테랑이나 피에르 베레고부아에 비교하면 한참 뒤져 있다. 각료로서 나는 이등주의자도 못된다."

"소설가 앙리 보니에는 당신을 문화 파괴자라고 비난하고 있는데."

"새로운 문화를 건설하기 위해선 낡은 문화를 파괴할 수밖에 없지 않은가."

"다시 한 번 보니에를 인용하면, 당신이 파괴하고 있는 것은 고전적 문화, 프랑스 문화이고, 당신이 건설하고 있는 것은 값싼 대중문화, 미국 문화라는데."

"동의하지 않는다. 프랑스 문화부가 지금까지 건설해 온 것은 프랑스 문화다. 그리고 도대체 프랑스의 개념이 뭔가? 또 프랑스인의 개념은 뭔가? 그것은 로마제국 이전의 갈리아인을 말하는가, 아니면 순수하게 프랑스어 성을 가진 사람을 말하는가. 프랑스인들 가운데 자주 볼 수 있는, 이탈리아어 성이나 독일어 성을 가진 사람들, 아랍계 사람들, 흑인들, 유대인들은 프랑스인이 아닌가? 그리고 프랑스 문화부가 대중문화에 관심을 가진 것은 사실이지만, 그렇다고 전통적 예술 장르에 무심했던 건 결코 아니었다. 그것은 여러 수치가 증명하고 있다고 생각한다."

"그렇지만 켄터키 프라이드 치킨이나 유로디즈니를 프랑스적이라고 할 수는 없지 않은가?"

"켄터키 프라이드 치킨은 내 소관이 아니다. 그러나 나는 그런 음식 문화도 프랑스 문화를 풍요롭게 할 수 있다고 생각한다. 유로디즈니는 더 말할 것도 없고."

"그것은 미국 문화가 프랑스 문화를 잠식하는 징후일 수도 있는데."

"되풀이하는 얘기지만, 내가 보기엔 그것이 프랑스 문화가 좀 더 넓은 다양성을 향해 나가고 있는 징후다. 랩 음악이나 록도 앵글로색슨족의 전유물은 아니다."

"당신은 취임 초에 선명한 사회주의 구호를 외치며, 미국의 문화제국주의를 거듭 비난했다. 아바나에서는 피델 카스트로 앞에서 제3세계와의 문화적 연대를 강조하는 연설을 하기도 했다. 당신의 지금 입장은 그때와 다른 것인가?"

"다르지 않다. 예컨대 네 해 전 대혁명 200주년을 기념하는 축제 행진 때, 그것을 리드한 것은 아랍과 아프리카의 민속춤이었다."

"그것에 대해서도 논란이 많지 않았는가? 그것이 아랍 혁명 기념 축제였다면 몰라도."

"프랑스혁명은 프랑스인만의 유산이 아니라, 인류 전체의 유산이다. 또 미국이나 옛 소련을 빼놓으면, 프랑스만큼 인종 구성이 다양한 나라도 별로 없다. 다른 빛깔의 피부, 다른 빛깔의 머리카락, 다른 빛깔의 눈동자, 다양한 체형의 사람들이 조화 속에 살고 있는 곳이 이 나라다."

"당신은 프랑스의 문화부 장관이지, 세계정부의 문화부 장관은 아니지 않은가?"

"그것이 앙리 보니에의 말투다. 나는 그의 보수적 민족주의를 그다지 좋아하지 않는다. 그러나 외국인 기자한테서 이런 추궁을 받는 건 뜻밖이다. 그 질문에 대한 대답은 이미 했다고 생각한다. 인류의 보편적 가치는 곧 프랑스의 가치다."

"프랑스인의 문맹률이 20퍼센트에 이르는 것을 알고 있는가?"

"그런 통계가 있기는 하다."

"교육부 장관을 겸하고 있는 사람으로서 그것에 대해 어떻게 생각하는가?"

"책임을 느낀다. 그러나 모든 나라가 예컨대 일본이나 한국처럼 문맹률 제로가 될 수는 없다. 그리고 여러분들도 알다시피,

지지난해에 추진했던 철자법 개정도 보수주의자들의 반대에 부딪쳐 유산됐다."

"문맹률이 높아진 이유는 프랑스어 철자법에 있는 것이 아니라, 예컨대 수요일의 수업 폐지나 대중예술 일변도 정책에 있는 것 아닌가?"

"나는 프랑스 아이들이 수요일에 학교에 매여 있지 않은 것이 그들의 지적, 정서적 발달에 유익하다고 생각한다. 교실에서만 사회와 자연에 대해 배울 수 있는 것은 아니다. 그리고 되풀이 하는 말이지만, 프랑스 문화부의 정책이 대중예술 쪽에 치우쳐 있다고는 생각하지 않는다. 내가 취임한 뒤 지금까지 줄곧 무게를 실어온 것은 독서 캠페인이었다. 대중예술에 대한 지원을 늘린 것은, 문화의 다양성을 위해서이기도 하고, 그것이 새 세대의 예술이기 때문이기도 하다."

"문화 예산의 급격한 팽창은 당신의 공로다. 그러나 그것이 한편으로는 당신의 과오로 지적되기도 한다. 보니에는 당신의 정책을 돈과 마르크스주의의 불행한 결혼이라고 비꼬기도 했다. 당신은 예술가들을 재정적으로 지원함으로써 관제 예술 또는 판박이 예술을 만들어내고 있는 것은 아닌가?"

"정부가 예술 활동을 재정적으로 지원하지 않았다면, 보니에 같은 직업적 비판자들은 또 그 점을 비판했을 것이다. 내가 보기에 보니에의 책을 채우고 있는 것은 국수주의자, 회고주의자, 엘리트주의자의 신경증이다. (랑그가 말하는 보니에의 책이란 92년 10월 모나코의 로셰 출판사에서 나온 『자크 랑그와 문화 파괴자들에게 보내는 등기편지』다. 보니에는 이 책에서 사회당 정권의 문화, 교육 정책 전반을 아주 신랄하게 비판하고 있다.) 그리고 여러분들도 보다시피, 프랑스는 차라리 전위 예술의 아지트지, 판박이 예술의 박물관은 아니다."

"그랑 트라보, 특히 바스티유 오페라 극장의 건립은 일종의 스캔들이었는데."

"그것은 사람마다 견해가 다르다. 확실한 것은 그 건물들이 프랑스의 유산으로, 그리고 인류의 유산으로 남게 될 것이라는 점이다."

"수많은 사람들의 피 위에 세워진 이집트의 피라미드처럼 말인가?"

"나는 납세와 피 흘림을 동일시하는 당신의 상상력에 동의할 수 없다."

"사과한다. 그러나 미테랑의 욕망 속에는 파라오의 욕망과 닮은 그 무엇이 있는 것 같다."

"나는 그가 파라오보다는 케인즈와 더 닮았다고 생각한다. 실제로 그랑 트라보가 창출한 유효수요는 무시할 수 없다."

"실례되는 질문을 하겠다. 3월 이후에도 문화부 장관의 자리를 지킬 수 있으리라고 생각하는가?"

"모두들 사회당의 패배를 자명한 것으로 생각한다. 한 사람의 소시알리스트socialiste로서 나는 그것을 자명하게 받아들일 수 없다."

"소시알리스트라는 말은 사회당원이란 뜻인가, 아니면 사회주의의 신봉자란 뜻인가?"

"둘 다다."

"우리에게 더 할 말이 없는가?"

"오늘의 이 자리도 기자회견이라고 볼 수 있다면, 내가 지금까지 경험한 가장 공격적인 기자회견이었다. 그러나 아주 유쾌했다."

그 자리가 그에게 정말로 유쾌했는지는 잘 모르겠다. 어쨌든 그는 세미나가 끝난 뒤 〈유럽의 기자들〉 사무실에서 있었던 소박한 샴페인 파티에 참가하지 않고, 그냥 발루아 거리의 제 집무실로 돌아갔다.

일본인으로는 열일곱 번째였고, 《아사히신문》 기자로는 네 번째였다. 사부로 하시모토(하시모토가 성이다. 내 되지 못한 유럽식 어법을 용서하시길. 그의 이름은 애초부터 내 뇌에 로마자로 입력되었다. 앞으로 혹시라도 나올 일본 이름들도 모두 마찬가지다)가 〈유럽의 기자들〉 프로그램에 참가한 것이 그렇다는 말이다. 사부로에게는 미안한 말이지만, 그는 우리들 가운데서, 이 프로그램의 공식 언어였던 프랑스어와 영어에 가장 서툴렀다. 일본인들이 외국어에 서투르다는 사실을 증명이라도 하듯이. 사실은 그가 예외였다. 나는 유럽에서 영어나 프랑스어를, 일본어만큼은 아닐지라도, 어쨌든 유창하게 떠벌리는 일본인들을 여럿 보았다. 우선 그의 직장 선배인 《아사히신문》 파리 지국장 오사무 이시하라가 그랬고, 시테 위니베르시테르에서 나와 방을 이웃하고 쓰던 나츠오 사토 부인이 그랬다. 사부로의 서투른 외국어는, 몇 차례의 단기 출장을 제외하고는 외국 체류가 그에게 처음이라는 사실로도 완전히는 정당화될 수 없었다. 우리들 가운데 반수가량은 외국에서 길게 머무는 것이 처음이었던 것이다.

외국에 살면서 그 나라 언어가 서툴고 거기에다가 영어도 썩 잘하지 못하는 사람이 맞는 불운 가운데 하나는, 남들이 시시때때로 그의 지능을 의심한다는 사실이다. "내가 비록 너희들 언어에는 서툴지만 내 머릿속에는 내 모국어로 갈무리된 일급 정보와 식견과 심미안이 쌓여 있단 말이야"라고 그가 생각할지라도, 또 그것이 사실일지라도, 그는 어쨌든 그것을 끊임없이 증명해야 하고, 그 증명 자체를 자신에게 불리한 언어로 해야 하므로, 남들은 여전히 그를 얼간이 취급하는 것이다. 사부로의 경우가 그랬다. 적어도 프로그램의 초창기에는. 만약에 그가 세상에서 가장 부유한 나라에서 오지 않았다면, 그리고 꽤 알려진 신문사에서 오지 않았다면, 그의 고통은 한층 더했을 것이다. 유럽인들이, 미국인들이, 아프리카인들이, 그리고 아시아인들이 일본인들에게 지니고 있는 존경심과 부러움이 그의 고통을 많이 눅이고 그의 자존심을 많이 회복시켜 주었다. 세상에서 일본인들을 두려워하지 않는 사람들은 한국인들밖에 없다는 우스갯소리도 있지만, 〈유럽의 기자들〉 사무실에서 '일본인 사부로'를 별달리 존중하지 않았던 사람은 나밖에 없었던 것 같다. 그렇다. 지금 다시 곰곰 생각해 보아도, 나는 일본인 사부로 하시모토를 그다지 존중하지 않았다. 나는 유능한 기자 사부로를, 자상한 아비이자 성실한 남편 사부로를, 그리고 무엇보다도 유쾌한 술친구이자 말벗 사부로를 좋아했을 뿐이다.

사부로 하시모토는 오사카에서 태어나 그곳에서 자랐고, 교토 대학에서 경제학을 전공했다. 82년에 《아사히신문》에 입사하기 전까지 그는 간사이 지방을 벗어나본 적이 없다. (믿을 수 없는 얘기지만, 그가 내게 그렇게 말했다.) 《아사히신문》에 들어가 도쿄 본사에 발령을 받은 그해에야 그는 처음으로 일본에서 그리고 세계에서 가장 큰 도시에 발을 내딛었다. 그는 아내 하루미를 대학 시절에 만났다. 일본 문학을 전공하던 하루미는 교토 대학의 사회봉사 동아리에서 사부로란 이름의 두 해 선배를 보고 단박에 빠져버렸다고 한다. 사부로가 파리로 날아왔을 때, 하루미는 그 둘의 세 번째 아이를 9개월째 임신 중이었다. 그 몸으로 사부로와 동행하는 것이, 불가능한 것은 아니었지만 별로 내키는 일도 아니었으므로 그녀는 지바의 집에 두 아이와 함께 남았다. 한 달 뒤 몸을 풀고 얼마간 요양을 한 뒤, 그녀는 크리스마스를 일주일 앞두고 세 아이와 함께 파리로 날아와 남편과 합류했다. 하루미도 사부로처럼 오사카 토박이였다. 둘

다 간사이 사람이라는 자부심이 있었다. 특히 사부로가 그랬다. 두 모음 사이의 [g]음을 [ŋ]음으로 교체시키는 도쿄 사람들의 간지러운 일본어를 그는 혐오했다. "계집애 같은—그는 이 말을 〈girlish〉라고 표현했다— 에도코 놈들"이 그가 도쿄 출신의 멋쟁이들에게 부여한 공식 호칭이었다. 사부로와 하루미가 오사카 출신이라는 사실은 그들이 어려서부터 자주 한국인들을 보아왔다는 것을 뜻한다. 1945년 이전의 일본사에 대해 그들이 신경질적 자기반성을 거듭하지 않은 다음에야, 그들이 자기들 주변의 한국인들에게, 그러므로 한국인 일반에게, 좋은 감정만을 가질 수는 없었을 것이다. 그러나 그들은 적어도 겉으로는 내게 그런 내색을 전혀 하지 않았다. 그것이 일본인들 특유의 예의였는지는 모르겠지만. 하루미의 취미 가운데 하나는 외국 음식을 만드는 것이었다. 프랑스 음식이나 중국 음식만이 아니라, 타이 음식, 멕시코 음식, 이탈리아 음식 따위를 요리 교본에 의지해 만든 뒤, 주로 자기 남편에게 시식시키는 것이었다. 내가 사부로의 집에 자주 드나들게 되자, 그녀는 어느 날 밤 김치를 내와 나를 즐겁고도 고통스럽게 만들었다. 파리의 일본인 가정에서 김치를 먹는 일은 어쨌든 즐거운 일이었으나, 간이 엉망인 김치를 먹으며 계속 맛있어 죽겠다는 표정을 지어야 하는 것은 어쨌든 고통스러운 일이었다.

사부로는 많이, 깊이 알았다. 그리고 뛰어난 기자였다. 나는 일찍이 그 사실을 간파했으나 그 사실이 우리들 모두에게 알려지기까지는 시간이 필요했다. 그리고 어떤 계기가 필요했다. 그 계기는 93년 2월의 어느 날 저녁에 이루어졌다. 파리에서 나오는《쿠리에 앵테르나쇼날》이라는 주간 신문이 있다. 그 전 주일에 세계 주요 신문에 실린 주요 기사를 번역 발췌해 편집하는 신문이다. 그 2월 어느 날 저녁《쿠리에 앵테르나쇼날》대표의 초대를 받아 우리들 모두가 그 신문의 편집국을 방문했을 때, 먹고 마시고 떠든 뒤 그 신문의 묵은 호를 들춰보다 마침내 사부로 하시모토라는 기명의 기사를 세 개나 발견했을 때, 그리하여 우리들 모두가 존경과 질시의 환호를 질렀을 때, 그 친구가 내뱉은 말이 이랬다. "난 이 기사들에서 내 이름과《아사히신문》이라는 말을 빼고는 아무것도 이해할 수가 없는걸." 이런 계기가 없었더라면 그가 우리들 대부분으로부터 기자로서 존경받기는 어려웠을 것이다. 일본인으로서의 존중이라면 몰라도. 하기야, 그의 기사가《쿠리에 앵테르나쇼날》에 실릴 수 있었던 것이 그가 일본의 권위지 기자라는 사실과 무관한 것은 아니겠지만. 어쨌든 우리들의《쿠리에 앵테르나쇼날》방문은 사부로에게는 큰 행운이었다. 그것은 그가《유럽》에 기고한 기사들로서는 별달리 뛰어난 기자 티를 낼 수 없었다는 점 때문에 특히 더 그렇다.

사부로가 관심이 있었던 것은 유럽 여러 나라들의 경제형편 일반과 군수산업에 대해서였고, 그는 《유럽》에다 주로 그 분야에 관한 기사를 기고했다. 《유럽》의 기사는 프랑스어로 쓰든 영어로 쓰든 자유였지만 우리들은 대개 언어를 번갈아가며 썼던데 견주어, 사부로는 줄곧 영어로 쓰기를 고집했다. 이유는 별 것 아니었다. 영어가 프랑스어보다는 그에게 덜 불편했기 때문이었다. 언젠가 내가 그에게 한 차례 정도는 프랑스어로 기사를 써보는 것이 어떻겠느냐고, 나 역시 프랑스어가 더 불편하지만 꾹 참고 프랑스어로 기사를 쓰고 있지 않느냐고 말하자, 그는 이렇게 대꾸하는 것이었다. "영어로 쓰는 데 하루가 걸릴 기사라면, 내 경우 프랑스어로 쓰는 데 나흘 정도는 걸릴 텐데, 단지 허영심을 채우기 위해서 프랑스어로 쓰는 건 바보 같은 짓이 아닐까? 나는 파리에서 《유럽》의 기사를 쓰는 것 말고도 할 일이 너무 많거든. 훨씬 더 재미있고 중요한 일들이 말야." 《유럽》에 기고할 기사를 쓰는 일보다 훨씬 재미있고 중요한 일들이란 별 것 아니었다. 영어로 쓰면 하루에 마칠 수 있을 기사를 단지 허영심 때문에 굳이 나흘씩 들여 프랑스어로 쓰는 나와 함께 술 마시는 일, 아내와 세 아이를 데리고 파리와 그 근교의 모든 문화유적과 엔터테인먼트를 순례하는 일, 그리고 이건 정말 어이

없는 일인데, 알리앙스 프랑세즈에 따로 등록해 프랑스어를 배우는 일이었다.

"사실 우리 회사에서 날 여기 보낸 건 유럽물을 먹으며 이곳 사정을 좀 배우라는 게 아니라 프랑스어를 익히라는 것이었는데, 혼자서는 영 되질 않네. 그래서 내 돈 들여 따로 학원엘 다니고 있어."

"그거야말로 바보짓 아니니? 그 시간에 기사를 프랑스어로 쓰고 동료들이랑 되도록 프랑스어로 얘기해 버릇하는 게 훨씬 낫겠다."

"그게 그렇지 않아. 내가 프랑스어로 더듬거리면 그 애들은 정말 나를 바보로 여기게 될 거야."

그렇다고 해서 그의 영어가 아주 신통한 것도 아니었다. 일본이나 한국에서 책으로만 영어를 배운 사람들이 흔히 그러듯, 그는 많은 단어를 알고 있었으나, 정말로 어려운 개념어들을 많이 알고 있었으나, 일상생활에서 쓰는 쉽고 천박한 낱말들은 잘 몰랐고, 그의 입에서 나오는 영어는 곧잘 문법이 무시된 중량급 어휘들의 나열이었다. 확신컨대, 그는 아프리카의 영어 사용권 국가에서 온 동료들에 비해 훨씬 더 어려운 영어 책을 읽고 이해할 수 있었겠지만, 말하는 건 전혀 그렇지 못했다. 그리고 다시 한 번, 일본이나 한국에서 책으로만 영어를 배운 사람들이 흔히 그렇듯, 그의 영어 문장도 썩 근사한 것은 못 되었다. 문장은 거칠지만 논리는 정연해, 라는 말은 거친 문장밖에 쓸 수 없는 사람들의 마스터베이션이거나 남들이 그들에게 건네는 위로일 뿐이지, 사실은 아니다. 세련되고 정확한 문장들이 정연한 논리로 이어지지 않을 수는 있어도, 거친 문장, 악문에다가 정연한 논리를 담아낼 수는 없다. 사람들은 쓸 수 있는 것만큼만 생각할 수 있기 때문이다. 사부로의 경우가 특히 그랬다.

"컴퓨터 앞에서 영어로 글을 쓰려고 마음먹기만 하면 내 모든 사고가 중단돼."

그 결과는 항상 앨릭스와의 갈등이었다. 앨릭스 크리스티는 그해 〈유럽의 기자들〉 프로그램에서 영어 기사의 고정 데스크를 맡고 있었다. 단어나 구절 정도를 조금 고치는 것이 아니라 기사 자체를 새로 쓰게 하는 데스크는 앨릭스밖에 없었고, 앨릭스한테서 그런 수모를 당하는 기자는 사부로밖에 없었다. 문제는 앨릭스와 사부로가 58년생 동갑내기라는 데 있었다.

"난 앨릭스의 노예야. 그 계집애는 내 꿈속에까지 나타나 날 괴롭힌다니까. 걘 어쩌면 도쿄에까지 날 쫓아올지도 몰라. 나두 아사히에선 열다섯 명을 이끌던 팀장인데 저런 어린앨 모시고 살아야 하다니. 걔가 나보다 나은 건 영어밖에 없어."

사부로의 마지막 말은 사실일지도 모른다. 전직 《보스톤 글로브》 기자가 현직 《아사히신문》 기자보다 반드시 더 유능한 저널리스트라고는 누구도 단언할 수 없다. 그러나 그 마지막 말이 사실이라는 것은 굉장히 큰 함의를 갖는다. 앨릭스가 사부로보다 뛰어난 점이 다른 것이 아니라 바로 영어라는 점 때문에 앨릭스는 사부로 위에 군림할 수 있는 것이다. 글쓰기가 운명인 저널리스트로서, 앨릭스는 지구 어디에서도 직업을 가질 수 있지만, 사부로는 일본 열도를 벗어날 수가 없는 것이다. 위대하여라, 영어의 힘이여. 새삼 권터의 쓸쓸한 아포리즘이 상기된다: "영어 사용자는 브라만이야."

사부로의 이 욕구불만 앞에서 내가 무슨 말을 할 수 있겠는가. 이렇게 말하는 것 말고는 말이다.

"방법은 하나야. 네가 도쿄로 돌아가서 〈아시아의 기자들〉 재단을 만드는 거야. 그리고 그 첫 번째 프로그램 참가자로 앨릭스를 뽑는 거지. 그런 다음에 네가 앨릭스의 일본어 기사 데스크가 되어 걔 기사를 난도질하면 돼. 하루에 세 번씩 '네 기사에는 논리가 없어' 하구 소리를 지르면서 말이야."

"문제는,"

더 절망스러운 표정으로 사부로가 말했다.

"〈아시아의 기자들〉 프로그램이 생긴다고 해도, 거기서 쓰이는 공식 언어가 백이면 백 영어가 될 거라는 데 있어."

다시 한 번, 사부로의 이 정확한 판단 앞에서 내가 무슨 말을 할 수 있겠는가. 귄터의 아포리즘을 되풀이하는 것 말고는 말이다.

"그래, 영어 사용자는 브라만이야."

내심 앨릭스를 경멸할 정도로 사부로가 기자로서 전문성을 갖추고 있었던 것은 확실하다. 그가 컴퓨터의 귀재였다는 사실은 접어두더라도, 한 사람의 경제 저널리스트로서 그는 일본의 경제 사정만이 아니라 오대양 육대주의 경제형편에 대해 제 나름대로 식견을 지니고 있었다. 특히 한국의 경제형편, 정치상황에 대해서는 나 못지않게 관심이 많았다.

"대통령 선거 뒤에도 정주영이나 현대가 무사할까? 내 생각엔 아직도 남한은 정치 우원데 말이야."

"나도 잘 모르겠어. 어쨌든 넌 김영삼의 승리를 기정사실화하고 있구나."

"내가 아니라, 일본 신문들이 대체로 그렇게 보고 있지 뭐. 네 생각은 다르니?"

"사실은 나도 그렇게 생각해."

그가 정치적으로 우익인 것은 확실했다. 사실은 사부로 자신이 스스로 그렇게 불렀다. 그가 《아사히신문》에서 배겨내 온 것이 신기할 정도였다. 《아사히신문》을 좌익신문이라고 할 수야 없겠지만, 아무튼 사부로는 제 직장 동료들이 쓰는 기사 논조보다 한결 우익적 견해를 지니고 있었다. 예컨대 그는 소설가 오다 마코토(독자들께서 익히 아시다시피 이번에는 '오다'가 성이다. 그의 이름은 애초부터 내 뇌에 한글과 한자로 입력되었다)를 옛 카게베의 스파이라고(카게베로부터 돈을 받았다는 뜻이다) 단언했고, 김대중의 이념적 색깔에 대해서도 의심의 눈초리를 거두지 않았다. 레닌을 20세기 최고의 비극 연출가라고 비아냥거렸고, 김일성을 20세기 최고의 희극 배우라고 조롱했다. 그러면서도, 어쩌면 같은 맥락에선지도 모르겠는데, 제 나라의 천황까지 비웃었다. 그가 술이 좀 들어가면 늘 하는 말이 "천황은 바카야로야"였다.

"일본 열도에서 가장 쓸모없는 인간이지. 맹장 같은 인간 아니, 단순히 쓸모가 없는 정도가 아니라 아주 해로운 인간이야. 맹장은 거기 염증이 생겼을 때나 인간을 괴롭히지만, 천황은 일 년 열두 달 일본인들을 맹추로 만들고 있거든."

"그래도 천황이라는 상징 덕분에 일본인들이 민족적으로 통합돼 있는 거 아니니?"

"바로 그게 문제야. 일본인들의 민족적 통합이, 그 과도한 민족적 통합이 뜻하는 건 일본이 정서적으로 국제사회에 통합되지 못했다는 거거든. 지구 위에 일본인들의 발길이 닿지 않은 곳은 없겠지만, 일본인들은 일본 열도를 떠나면 항상 불안해해. 그것도 일종의 광장공포증인지."

그가 일본 다음으로 좋아하는 나라는 미국이었다. 더 정확히 말하자면, 그가 일본 민족 다음으로 호감을 갖고 있던 건 앵글로색슨족이었다.

"그래도 일본인들의 프랑스 애호는 메이지 시대 이래 유명하잖아."

"우리가 좋아하는 건 파리지 파리 사람들이 아니야."

언젠가 그와 내가 귄터와 함께 했던 술자리가 생각난다. 술이 꽤 들어간 사부로가 진지한 표정으로 말했다.

"내가 진정 바라는 건 일본이 아메리카 합중국의 쉰한 번째 주가 되는 거야."

"그건 일본의 우익답지 못한 말인데. 그리고 그렇게 되면 넌 어쩌면 영어로 기사를 써야만 할지도 몰라. 그게 너한테 견딜 만한 일이겠니?"

미욱한 내가 이렇게 받자, 나보다 훨씬 총명한 귄터가 웃으며 내게 설명했다.

"난 사부로가 진담을 하고 있다고 믿어. 일본이 합중국에 가입하는 게 일본에 불리한 일만도 아니라구. 일본이 만약 올해

합중국에 가입한다면, 2천 년 어느 겨울날 윌리엄 나카소네나 데이비드 하야카와쯤 되는 이름을 가진 남자가 아메리카 합중국의 대통령 취임 선서를 하게 되겠지. 더 근사한 일은 그 남자가 대통령 취임 선서를 일본어로 하게 될지도 모른다는 점이야. 정말 일본 우익의 야망은 위대해."

켄 노구치의 국적은 캐나다다. 몬트리올에서 태어난 그는 어려서 플로리다로 이주해 그곳에서 자라 그곳에서 일하고 있었으므로, 미국인이나 마찬가지였다. 그가 퀘벡 출신답지 않게 프랑스어에 서툰 것도 그 탓이었다. 그는 실제로 자신을 누구에게 소개할 때 미국인이라고 말하곤 했다. 그가 캐나다 사람인 이유는 단지 그가 캐나다 여권을 소지하고 있었기 때문이다. 켄 노구치라는 이름이 암시하는 바대로, 그는 일본계였다. 그의 외모 자체가 그랬고, 그 자신도 내게 말했듯이, 그의 몸속을 흐르는 것은 순수한 일본 피였다. 그의 증조할아버지가 1920년대에 캐나다로 이주해 3대를 거치는 동안, 그의 직계 선조들은 혼혈을 거부하고 일본인들끼리의 결혼을 고집해 왔던 것이다. 그의 아버지 로버트 노구치는 미국 내 아시아계 저널리스트들의 모임인 미국-아시아 언론인 협회의 대표다. 켄은 어려서 한 해 정도 도쿄에 머문 적이 있고 그 뒤로도 일본어를 공부해, 서툴게나마 일본어를 할 수 있었다. 그러나 그가 일본어를 말하는 경우란, 우리의 진짜 일본인 친구 사부로가 영어나 프랑스어를 너무너무 힘겨워할 때뿐이었다.

"로스앤젤레스에서 본 한국인들은 대체로, 뭐랄까, 쇼비니스트였어."

"그들을 그렇게 만든 건, 뭐랄까, 과거엔 일본인들의 쇼비니즘이고, 지금은 미국인들의, 진짜 미국인들의 쇼비니즘일 거야."

"……난, 사실, 캐나다인이야. 코스모폴리터니즘은 내 숙명이고."

"알고 있어."

또 한 사람의 캐나다인인 케빈 하인리히는 대단한 폴리글롯이었다. 영어가 그의 모국어langue maternelle였다면, 프랑스어는, 말하자면, 그의 '부국어langue paternelle'라고 할 만했다. 그 역시 켄처럼 몬트리올 토박이이지만, 켄과 달리 미국으로의 이주 따위는 하지 않고 그 도시에서 자랐다. 그의 언어 능력을 위해서는 매우 다행스럽게도 말이다. 그러나 그가 언어에 능한 것이 퀘벡 출신의 캐나다인이기 때문만은 아니었다. 그의 조상은 독일계 체코인이었다. 그래서—꼭 그래서라고만은 할 수 없다, 켄의 경우를 보면— 그의 독일어와 체코어도, 그의 영어나 프랑스어만은 못하지만, 대단했다. 그는 어쨌든, 몇 개 국어를 머릿속에서, 그러므로 혀끝에서, 자동으로 스위치 시킬 수 있는 재능 있는, 이라기보다는 운 좋은 인간이었다.

"넌 왜 그렇게 샐리에게 친절하니, 인철? 남한이 한 2천 년쯤 전에 영국 식민지였니?"

스트라스부르의 유럽궁 안에서 내가 줄곧 사라 매크윌리엄과 붙어 다니는 걸 보고 케빈이 짐짓 심술궂게 물었다.

"내가 기억하기로는,"

나도 짐짓 심술궂은 표정으로 내쏘았다.

"캐나다가 한 2백 년쯤 전에 영국의 식민지였던 것 같아."

"아, 그렇구나. 내가 그걸 잊고 있었네."

케빈이 너털웃음을 터뜨렸다.

영국의 사라 매크윌리엄은 노동계급 출신이었다. 영국병이라는 말이 한때 유행했을 정도로 영국의 사회복지 제도가 모든 악의 근원인 것처럼 선전되던 시절도 있었지만, 그녀의 유년 시절은 실제로 가난했고, 파리에 올 무렵에도 유복하다고 말할 수는 없었다. 그러나 그녀는 검소하고 겸손하고 따뜻했다. 마르크스주의자들이 이상적으로 그렸던 노동계급의 품성을 그녀는 체현하고 있었다. 프랑스어 〈생파sympa〉는 마치 그녀를 묘사하기 위해 만들어진 말 같았다.

"넌 왜 내가 네게 느끼는 감정을 내게 느끼지 않니?"

"……그럼 내가 널 싫어해야 한단 말이야?"

우리들 가운데 넷이 아프리카에서 왔다. 세네갈의 압둘라이 은디아예, 나이지리아의 볼라지 아미누, 잠비아의 메리 나마칸도, 짐바브웨의 에멜리아 치체로는 아프리카 출신이었으므로, 그러니까 프랑스 사람이 마그레브라고 부르는 북아프리카 출신이 아니라 아프리크 누아르(검은 아프리카)라고 부르는 사하라 사막 이남 출신이었으므로, 어쩌면 당연하게도, 흑인이었다. 그리고 그들의 조국들은 잘 알려져 있다시피 유럽 나라들의 식민지라는 과거를 공유하고 있었다. 그 덕분에 그들은 영어나 프랑스어가, 예컨대 나나 사부로보다는, 적어도 말에서는, 좀 나아 보였다. 그러나 그 능숙한 말 자체가 그들에게 하나의 굴레가 되기도 했다, 고 나는 생각했다. 그것은 아무리 버리고 싶어도 버릴 수 없는 식민지 시절의 유산이었던 것이다. 편리하기도 하지만, 한없이 자랑스러울 수만은 없는 그 유산. 나는 때때로 내가 9개월 동안 머무른 곳이 일본이 아니라 유럽이라는 것을 아주 다행스럽게 생각했다. 내가 옹졸해서 그랬을 것이다. 그러나 일본에서였다면, 내가 예컨대 사부로와 정서적 갈등 없이 가깝게 지낼 수 있었을까? 별로 자신이 없다. 침략자들은, 그들이 그 침략을 사과할 때조차도, 은밀한 자부심을 느끼는 법이다. 평화롭게 살고 있던 그들을 제멋대로 유린하고 나서 이제는 아프리카 이주민들이 사회, 경제적인 골칫거리가 되고 있다고 떠들어대는 유럽인들 앞에서 내 검은 피부의 친구들이 느꼈던 감정은 어땠을까? 그들이, 자신들의 과거를 유린했던 유럽에 와서 유럽을 배운다는 것은, 필요하고 정당한 일이었겠지만, 그것이 때때로 그들에게 얼마나 심란한 일이었을까? 그들의 심란함을 내가 똑같이 느끼지는 못했을지라도, 어느 정도 이해했다고는 말할 수 있다. 유럽인들이, 특히 서유럽인들이, 여타 세계에 대해 가지고 있는 근거 없는, 또는 근거가 매우 부실한 우월감을 나는 때때로, 또는 자주 감지했다.

압둘라이와 볼라지는 흑인이고 남자이며 술과 담배를 하지 않는다는 점만을 빼면 닮은 점이 별로 없었다. 압둘라이가 작은 키였던 데 비해 볼라지는 큰 키였다. 압둘라이가 영어에 서툴렀던 데 비해 볼라지는 프랑스어가 서툴렀다. 압둘라이가 12남매 가운데 일곱 번째였던 데 비해, 볼라지는 외아들이었다. 압둘라이가 무슬림이었던 데 비해 볼라지는 프로테스탄트였다. 메리와 에멜리아 역시, 압둘라이와 볼라지만큼은 아닐지라도,

꽤 여러모로 대조적이었다. 메리가 철저한 채식주의자였던 데 비해, 에멜리아는 모든 종류의 고기를 즐겼다. 메리가 조용했던 데 비해, 에멜리아는 시끄러웠다. 메리가 춤을 추지 않았던 데 비해, 에멜리아는 열광적 댄서였다. 메리가 술, 담배를 하지 않았던 데 비해, 에멜리아는 애연가요, 애주가였다. 메리가 자신이 흑인이라는 자의식이 비교적 적었던 데 비해, 에멜리아는 그 자의식이 아주 강했다. 그들의 영어나 프랑스어는 어쩔 수 없이 액센트가 아주 심했지만, 그들은 어쨌든 빨리 말하고 빨리 알아들었다. 압둘라이의 프랑스어에 대해서는 특기하고 싶다. 말하는 프랑스어만이 아니라 쓰는 프랑스어도 압둘라이는 탁월했다. 그의 프랑스어는 정확하고 세련되고 간결한 저널리즘 프랑스어였다. 그가 일하는 다카르의 주간지 제호《카파르 리베레》, 즉 해방된 바퀴벌레는 파리에서 나오는 풍자 주간지《카나르 앙셰네》, 즉 사슬 묶인 오리의 패러디임이 분명하다.《카나르 앙셰네》처럼《카파르 리베레》도 풍자지라고 한다. 그것과도 관련이 있겠지만,《유럽》에 기고한 그의 기사들도 독설과 풍자와 비아냥거림으로 반짝였다. 그가 쓰는 프랑스어는, 때때로, 우리의 프랑스 친구 사디야의 프랑스어보다도 나은 것이 아닌가 하는 느낌을 줄 정도였다.

압둘라이의 영어, 볼라지·메리·에멜리아의 프랑스어는 아주 서툴렀다. 그러나 영어나 프랑스어를 둘 다 어정쩡하게 하는, 예컨대 나 같은 얼치기보다는, 하나를 확실히 못 하더라도 다른 하나를 확실히 잘하는 쪽이 훨씬 돋보인다는 사실이 곧 판명되었다. 내 프랑스어와 영어를 더해서 둘로 나눈 수준은, 조금 과장해서 얘기하면, 우리들 가운데 다섯 손가락 안에 꼽혔으나, 영어도 프랑스어도 매끈하지가 않았으므로 실제 이상으로 한심스럽게 보이곤 했던 것이다.

또 다른 흑인 친구 태머린 드러먼드는 미국에서 왔다. 그녀를 아주 거만한 여자라고 할 수는 없다. 그러나 그녀가 아주 겸손하지는 않았던 것도 사실이다. 그녀의 말투에서는 자신이 미국인이라는 자부심이, 미국의 괜찮은 신문의 기자라는 자부심이 곧잘 배어 나왔다. 그녀는 로스앤젤레스에서 태어나 줄곧 그곳에서 자랐고, 그곳에서 직장을 얻었다. 로스앤젤레스의 캘리포니아 대학을 졸업한 것이 1982년이었고, 프리랜서로 일하다가《엘에이 타임스》에 입사한 것이 86년이었다. 원체 미인이기도 했지만, 그녀의 영어, 그녀의 태도, 그녀의 옷차림 모두가 세련 그 자체였다. 그녀가 이따금씩 내는 신경질조차도 그 세련에 기여하는 것 같았다.

"내가《유럽》에 쓰는 기사를 도대체 몇 사람이나 읽을까? 그런 생각을 하노라면 갑자기 기사 쓰기가 싫어져. 내가《뉴욕타임스》로 옮기기 전에야 그 기사를 내 신문에 먼저 쓸 수도 없고. 또 내 기사가《뉴욕타임스》에 실린다는 보장도 없고."

(《유럽》의 발행 부수는 고작 5천 안팎이었고, 이 잡지와 특약을 맺고 있는《뉴욕타임스》만이《유럽》의 기사를 전재할 수 있었다.)

"그렇지만 태미, 난 네 기사의 열렬한 독자라구. 내가 2만 명 정도의 독자에 해당된다고 생각하지 않니?"

"그래도 네가 내 기사를 2만 번씩 읽지는 않을 거 아냐?"

"그건 그래."

나는 위로를 포기했다.

사디야는 그 이름이나 아야타라는 성이 암시하듯 아랍계 여자였다. 그녀는 알제리인 아버지와 프랑스인 어머니 사이에서 태어난 파리 토박이였다. 그녀의 영어는 매우 서툴렀지만 독일어는 아주 쓸 만했다. 그도 그럴 것이, 그녀가 프리랜서로 일하는 것이 주로 독일어권 방송을 위해서였던 것이다. 그녀는 무슬림이었고, 아랍어를 겨우 이해할 수는 있었지만, 전형적인 파리 여자였다. 술과 담배와 (아마도) 연애가 그녀의 삶의 동력이었다.

잉그리드 린달은 로베르트 바르셀로비치, 귄터 쉬나이더와 함께 우리들 가운데 3대 명사名士였다. 우리가 로베르트를 미스터 로셀리니라고 부르고, 귄터를 미스터 그라스라고 불렀듯이 그녀를 미스 버그만이라고 불렀던 탓이다. 그녀는 스웨덴 여자답지 않게 작은 키였으나, 다부지고 강인했다. 또 다른 스웨덴 여자 엘리자베트 링게를 우리가 미스 테일러라고 부르지 않은 것은 이상한 일이다. 그녀가 미운 얼굴을 하고 있었던 것도 아니었는데. 그녀는 잉그리드와 달리 글래머였고, 역시 잉그리드와 달리 마음이 여렸다.

볼리비아 친구 후안 바케다노는, 에콰도르 친구 마리아 히메네스처럼, 프랑스어를 사용하면서도 그의 모국어인 스페인어 모음 체계를 고집스럽게 유지했다. 그는 tout와 tu를 전혀 구별하지 않은 채 〈뚜〉로 발음했고, se와 sais를 전혀 구별하지 않은 채 〈세〉로 발음했다. 그래도 그는 빠르게 말했고, 우리들은 그의 프랑스어를 이해하는 데 지장이 없었다. 신기하다.

미리암 에스트라다는 필리핀 여자였는데도 너무나 동북아시아 사람처럼 생겼다. 그녀가 한국어나 중국어나 일본어로 내게 말을 걸어왔다고 해도 나는 조금도 놀라지 않았을 것이다. 그녀 자신도 내게 그런 얘기를 했다. 자신은 순종 필리핀 여잔데, 그러니까 필리핀의 상권을 쥐고 있는 중국계가 전혀 아닌데, 너무 중국인처럼 보인다는 것이었다. 그녀의 아버지 라몬 에스트라다는 퇴직한 외교관이다. 영국과 인디아에서 대사 노릇을 했다. 그녀는 어려서부터 아버지를 따라 외국을 자주 돌아다녔고, 대학 교육을 미국에서 받았다. 아마도 그게 이유였겠지만 그녀의 영어는 아주 깔끔했다. 텔레비전에 출연한 코라손 아키노의 영어 같은 심한 액센트가 없었다. 영국 친구 사라의 영어를 조금 천천히 하는 것 같은 것이 그녀의 영어였다. 외국인으로서, 그러니까 영어가 모국어가 아닌 사람으로서 영어가 훌륭했던 친구로는 또 이스라엘의 미리 샤르프가 있었다. 그것이 이유가 되지는 않았겠지만, 그 둘은 또 항상 붙어 다니기도 했다. 미리가 태어난 것은 1959년 3월 20일(내가 그녀의 생일을 정확히 기억하는 것은 93년 그날이 춘분이었기 때문이다) 루마니아의 부카레스트에서다. 그녀 조상은 대대로 헝가리와 루마니아 일대에서 살던 유대인이었다. 그녀는 일곱 살 때 이스라엘로 갔는데, 그래도 거의 완벽하게 루마니아어를 한다. 그게 그녀가 자신의 첫 번째 취재 지역을 루마니아로 삼은 이유이기도 했다.

베트남 친구 도안 마이는 우리 가운데 가장 나이가 어렸다. 놀라지 마시라, 그는 67년생이었던 것이다. 그러나 그는 프랑스어도 영어도 곧잘 했다. 그는 이미 유년기에 '해방'을 맞은 전쟁

이후 세대이지만, 아니 어쩌면 차라리 그렇기 때문에 미국과의 전쟁에서 자기 나라가 승리했다는 것에 커다란 자부심을 지니고 있었다. 그리고 그 자부심을 드러내는 데 거리낌이 없었다. 그럴 만도 하다, 고 나는 생각했다. 어쨌든 베트남은 미국과 싸워서 이긴 유일한 나라니까. 그러나 때때로 그가 마치 자신이 정글 속에서 미군과 싸우기라도 한 듯 으스댈 때, 미국의 '신식민지' 국가 백성으로서 내가 기분이 썩 좋았던 것은 아니다. 그리고 참으로 애석하게도 그는 미국을 우습게 보는 것 이상으로 프랑스를, 프랑스인을 경애했다. 이를테면 우리의 아프리카 친구들이 느꼈으리라고 내가 짐작하고 있는 어떤 스트레스가 그에게는 전혀 없는 것 같았다. 하기야 그것이 프랑스 문화의 무서운 독이기도 하다. 보편주의라는 이름의 그 독. 나는 아프리카 친구들 가운데서도 압둘라이가 영어권에서 온 친구들보다 더 심리적 갈등이 적은 것 아닌가 하고 생각하기도 했다. 그렇다고 하더라도 독립심 강하기로 유명한 베트남에서 온 청년이 자신의 옛 식민 모국에 전혀 적대감을 드러내지 않는 것은, 아니 하염없는 호감만을 표하는 것은 기이하게 보였다. 프랑스 군인들이 악어를 사냥하기 위해 베트남의 어린아이들을 미끼 삼아 늪에 내던졌다는 얘기가 호치민의 조작이 아니라면 말이다.

독일인 만프레트 골로트코프스키는 좀 별난 친구였다. 성으로 보아 동유럽계인 듯도 했는데, 자신에 대한 얘기를 일절 하지 않았다. 말수가 적었던 것도 아닌데 말이다. 코를 벌름거리며 하품을 할 때는 크로마뇽인 상태에서 진화가 멈춘 것 아닐까 하는 느낌을 주는 친구였다. 영어는 곧잘 했으나 글재주는 형편없었고, 프랑스어는 말이고 글이고 둘 다 젬병이었다. 그런데 어디서 포르투갈어는 배운 모양이었다. 그는 이따금씩 포르투갈 친구 이자벨과 포르투갈어로 떠들곤 했던 것이다. 로베르트는 그를 아주 싫어했다. 하기야 로베르트는 독일이나 러시아와 관련된 것을 죄다 싫어하기는 했지만. 로베르트는 그를 '전형적 동독인'이라고 표현했다. 만프레트는 라이프치히 출신인데, 로베르트의 말마따나 '졸부' 같은 느낌을 주는 구석이 있었다. 친척 덕분에 하루아침에 부자가 되어 가난한 옛 이웃들을 멸시하는 졸부 말이다.

그의 독일인 동포 앙겔리카 하이네는 쾰른 출신이었다. 내가 서독 사람과 동독 사람, 그러니까 독일 사람들 말로 베시와 오시의 차이에 대한 선입견이 있었던 것은 결코 아니다. 그러나 앙겔리카가 만프레트보다 더 매력적이었던 것은 사실이다. 물론 앙겔리카가 여자고 만프레트가 남자라는 이유도 있었겠지만.

그녀에게는 만프레트에게서 미세하게 느껴졌던 어떤 인종주의적 태도가 전혀 없었다. 하기는 그녀 남편이 멕시코 사람이기도 했다. 그녀는 파리로 오기 직전 임신을 했는데, 그 때문에 담배 연기에 몹시 신경질적이었지만, 태머린의 신경질처럼 그녀의 신경질도 매력이었다. 그녀의 스페인어는, 그녀의 독일어만큼은 아니었지만, 빨랐다.

"네가 담배만 끊는다면, 인철, 난 당장 이혼하고 너와 결혼할 수도 있어."

"그것 때문에 내가 담배를 못 끊는 거야, 앙겔리카. 내가 담배를 끊자마자 파블로(앙겔리카의 남편이다)가 날 살해할 테니까."

브라질 친구 데보라 베를링크는 그녀의 이름도 성도 포르투갈어답지 않았지만, 어쨌든 브라질인이었다.

"'데보라'는 히브리어로 '꿀벌'이라는 뜻이야. 그리고 유대인 여자들에게 아주 흔한 이름이지."

그녀가 나와 처음 인사를 나누며 한 말이다.

"혹시 실례가 안 된다면, 네가 유대인인지 물어봐도 되니?"

내가 조심스럽게 물었다.

"응. 그리고 아니."

데보라가 천연덕스럽게 대답했다.

데보라는 리우데자네이루에서 나오는 일간지 《오 글로보》의 제네바 특파원이었다. 그녀는 '진짜 기자'였다. 나중에 짬이 생기면 그녀 얘기를 조금 더 하고 싶다. 또 다른 '진짜 기자' 마르틴 크론베르크는 끊임없이 떠들어댔다. 그는 영어를 켄이나 사라보다 빨리 말했고, 프랑스어를 사디야나 권터보다 빨리 말했다. 세미나 때도 끊임없이 질문을 던지고 자기주장을 펼쳤다. 정확하지는 않으나 빠른 영어로. 액센트가 심하지만 빠른 프랑스어로. 마르틴은 자기 조국 덴마크를 지독히 사랑했고, 이따금 우리들을 위해 자기 집에서 덴마크식 맥주 파티를 열기도 했다. 순수히 칼스버그만 마시는 맥주 파티를. 그는 그 파티를 '수아레 다누아즈Soirée danoise'라고 즐겨 불렀다. 마르틴은 자신이 유럽인이라는 사실을 매우 자랑스럽게 여겼고, 자신이 러시아어를 못하는 것을 아주 아쉬워했다. 자기가 할 수 있는 영어, 독일어, 프랑스어로 옛 '철의 장막' 서쪽 유럽은 대체로 커버할 수 있는데, 그 동쪽은 러시아어를 모르고서는 안 되기 때문이라는 것이 그 이유였다.

"넌 어디 가서 일본인인 척해도 되겠다, 인철. 나한텐 한국인과 일본인이 전혀 구별이 안 돼. 덴노헤이카 반자이!"

"응, 그렇겠지. 너도 어디 가서 독일인인 척해도 되겠다, 마르틴. 나한텐 덴마크인과 독일인이 전혀 구별이 안 돼. 하일 히틀러!"

"아, 미안, 미안. 한 방 먹었네. 정말 미안. 악의는 없었어."

"나 역시, 마르틴."

(그러나 지금 슬픔 없이는 그를 회상할 수가 없다. 그 얘기는 나중에 하기로 하자.)

그 러시아어를 가장 잘했던 동료는 말할 나위 없이 우리들의 러시아 친구 미하일이었다. 그는 사람이 포근해 특히 여자 동료들에게 인기가 있었다. 나와 함께 시테 위니베르시테르에 살았으므로 이따금씩 내 방에 와 함께 술을 마시기도 했는데, 러시아 사람 아니랄까 봐 말술이었다. 그와 진도를 맞추면서 술을 마신 이튿날은 대개 음식을 못 넘긴 채 배를 감싸 쥐고 있어야 했다. 러시아의 정치상황이 옐친과 '보수파'의 대결로 급박해지면서 그는 자신이 파리에 있어야 한다는 사실을 괴로워했다. 자신이 있어야 할 곳은 파리가 아니라 모스크바라는 것이었다. (나는 똑같은 말을 뒷날 베오그라드의 한 맥줏집에서 어느 여자로부터 듣게 된다. 그 얘기를 할 수 있을지 모르겠다.) 그러나 그는 결국 5월 말까지 파리에 남았다.

이쯤에서 다른 친구들 얘기는 줄인다. 나도 이렇게 이 친구

저 친구 얘기하는 것이 좀 지루하다. 그러니 장면을 스트라스부르로 바꾸자. 알자스의 수도 스트라스부르 말이다.

스트라스부르행 열차 안에서, 그리고 역 근처 맹데스 프랑스 호텔에 짐을 푼 뒤 유럽 궁—이 건물에 유럽의회가 있었다—을 향해 걸으며, 나는 줄곧 1990년 6월 27일 새벽 서울대학병원에서 죽은 문학비평가를 생각했다. 그는 1942년 전라남도 진도에서 김광남이란 이름으로 태어나, 이십대 이후 김현이란 이름으로 살았다. 김현은 대학 3학년 때 김승옥, 최하림 등 벗들과《산문시대》라는 동인지를 만들어 제 공적 문학행위의 시동을 걸었고,《사계》,《68문학》등을 통해 그것을 가속화하다가, 스물여덟 살이 되던 1970년《문학과 지성》이라는 진지에 그것을 안착시켰다. 1980년 여름 한 대머리 육군 소장이 그 진지를 파괴하기까지, 그는 70년대 내내 그곳에 기거하며 한국 문학의 한 군단을 이끌고 패배주의와, 샤머니즘과 싸웠다. 그 진지가 파괴되자, 그는 자신의 후배들을 독려해 새로운 진지를 세우도록 하는 한편, 그 자신, 80년대 내내 한국 사회에 짙은 그림자를 드리우던 폭력의 문제와 씨름했다. 벗이 많았던 만큼 적이 많았다. 나는 생전의 김현을 한 차례도 만난 적이 없다. 그가 죽음의 문턱에서 팔봉비평문학상을 받게 됐을 때, 나는 그를 만나고 싶었으나, 결국 만나지 못했다. 신문기자와 인터뷰를 하기에는 그가 이미 너무 아팠던 것이다. 나는 짤막한 전화 통화로 만족할 수밖에 없었다. 전화선을 타고 건너온, 죽음을 바로 앞둔—나는 그때 그것을 몰랐었다— 예술가의 힘없는 목소리: "고맙습니다. 제가 아프다는 말 다른 곳에서 하지 마세요." 그러고 나서 한 달 뒤 그는 죽었다.

한 뛰어난 예술가가 죽은 것은, 정말 야박한 소리이기는 하나, 기자에게는 어쨌든 뉴스였으므로, 나는 신문에다가 이렇게 썼다.

27일 타계한 김현 교수(서울대 불문학과, 본명 김광남)는 자신이 속한 4·19세대에서만이 아니라 우리 문단 전체를 통틀어서도 대표적인 문학비평가의 한 사람으로 꼽힌다. 대학 시절 김승옥, 김치수, 최하림 씨 등 벗들과 함께 낸 동인지 《산문시대》 이래 그가 우리 문단과 사회를 향해 끊임없이 던진 문학적 발언들은, 군인 정치인들이 지배하던 한국 사회의 현실적 엄혹함 때문에 실감 있게 받아들여

지지 않은 적도 때로는 있었지만, 그 깊이와 넓이와 열려 있음을 통해 이제 '김현 문하'라 불림직한 일군의 젊은 문학가 집단을 자신의 의도와 상관없이 이뤄놓았다. 그가 김병익, 김치수 씨 등 동료들과 함께 1970년에 만든 계간지 《문학과 지성》은 10년 뒤 폐간될 때까지 우리 문학의 중요한 서식처로 기능한 바 있다. 그는 『바슐라르 연구』, 『프랑스 비평사』, 『제네바학파 연구』, 『현대 프랑스문학을 찾아서』 등을 쓴 불문학자였는가 하면, 『한국문학사』, 『한국문학의 위상』을 쓴 국문학자이기도 했으며, 무엇보다도 자신의 동시대인들이 쓴 문학작품을 분석하고 해석하는 문학비평가였다. 그는 어느 저서 서문에서 제 비평문의 변하지 않는 모습을 "리듬에 대한 집착, 이미지에 대한 편향, 타인의 사유의 뿌리를 만지고 싶다는 욕망, 거친 문장에 대한 혐오" 등으로 요약하기도 했다.

10년 전 사르트르가 죽었을 때 그는 "사르트르가 갔다. 아, 이제는 프랑스 문화계도 약간은 쓸쓸하겠다"라고 썼다. 그런데 이제 김현이 갔다. 한국 비평계에 적지 않은 쓸쓸함을 남기고.

고작 네 매짜리 오비추어리 기사를 여기에 다시 인용하는 것은 그것에 얽힌 스산한 사연 때문이다. 이 기사는 김현이 죽은 이튿날인 28일 자에 실렸다. 28일 자 문화면은 컬러판이어서 이미 이틀 전에 제작이 끝난 상태였었고, 이 기사는 문화면 말고 다른 면에서 스페이스를 찾을 수밖에 없었다. 그것이 문제의 발단이었다. 몇몇 부장들이, 사회면의 한 줄짜리 스트레이트 부음 기사 외에 해설 기사를 (문화면이라면 몰라도) 굳이 다른 면에 따로 실어야 할 만큼 김현이 중요한 사람이었다고 생각하지 않았던 것이다. 문화부장은 옆면을 맡고 있는 부장에게 사정해 네 매 분량의 스페이스를 얻어냈다.

"장인철 씨, 그것도 겨우 얻어낸 거니까 그냥 만족하라구. 우리 면이 없으니 나도 어떻게 할 수가 없어."

나는, 이름의 글자수가 남보다 하나 부족하거나 평균 수명을 채우지 못하고 죽었다는 것이 반드시 그 사람의 삶마저 별 볼일 없었다는 것을 뜻하는 것은 아니라고 믿고 있는 축이었지만, 사정이 사정인 만큼 네 매로 만족하기로 했다. 그러고 나서, 위의 기사를 썼다. 나는 내심, 마지막 문장의 '비평계'라는 말을 사르트르에 대한 김현의 말을 고스란히 빌려 '문화계'라고 쓰고 싶었으나, 김현을 미워하는 사람들에게 미움 받는 것이 겁나, '비평계'라고 타협했다. 그런데도 결국 그 문장을 포함한 마지막 문단이 문제가 되었다.

애초에 이 기사가 1판에 무사히 실리게 된 과정도 아슬아슬했다. 이 기사가 실리게 된 면의 편집자는 문학에는 도무지 무심한 사람인데다 이 기사가 그 면에 실리기에는 부적합하다는 판단이 들었던지, 길지도 않은 기사를 이리 자르고 저리 잘라 반토막을 만들어놓았었다. 그런데 강판 얼마 전 우연히 그것을 발견한 그의 편집부 선배가—그녀는 김현 팬이었는데— 잘린 부분을 되살리자고 제안하고, 〈깊이의 문학 위한 쉼 없는 외길〉이라는 제목까지 직접 뽑는 수고를 한 덕에 그 기사가 본디 모양으로 실릴 수 있게 되었다. 그런데 1판이 나온 뒤에 열린 편집회의—편집국장이 주재하는 편집국의 부장단 회의 말이다—에서 그 기사의 마지막 문단이 문제가 되었다. 편집회의를 마치고 문화부로 돌아온 부장이, 자기 힘에도 부친다는 표정으로, 3판부터 마지막 세 문장이 빠질 거라고 통고하는 것이었다.

멍하니 앉아 있는데 어느 부장이 다가와 딱하다는 듯이 말했다. "당신 김현이 누군지나 알아? 그 사람이 평생 했던 게 보수주의 문학이야. 김지하 구명 탄원서에도 서명하기를 거절한 사람이라구. 도대체 어떻게 그런 사람 기사가 우리 신문에 실리나? 더구나 당신 면도 아니고 남의 면까지 갉아먹으면서 말이야. 당신이 문학 맡은 지 얼마 안 되는 줄은 알지만, 잘 모르면 사람들한테 물어보기라도 해야지." 나는 국립 서울대학교 문리과대학에서 외국 문학을 전공한 이 대선배 앞에서 아무 말도 할 수 없었다. 또 다른 부장이 다가와 충고했다. "당신 성격이 치우쳐 있는 건 내가 알지만 어떻게 김현과 사르트르가 같다고 생각해, 이 사람아. 그리고 기자란 팩트를 서술하는 게 일이지 평가를 해서는 안 돼. 당신이 논설위원이야?" 나는, 김현과 사르트르가 같다고 내가 쓴 것도 아니었지만, 또 논설위원도 기자라고 항변하고 싶었지만, 역시 국립 서울대학교 문리과대학에서 철학을 전공한 이 대선배 앞에서도 아무 말도 할 수 없었다. 외국 문학을 전공하고, 철학을 전공한 언론계 대선배들에게 내가 김현과 사르트르와, 기사란 어떠해야 하는가에 대해서 무슨 말을 할 수 있었겠는가. 그래서 나는 편집국장석으로 가 내가 존경하는 편집국장—이 말에는 한 치의 비아냥거림도 없다. 나는 그를 그때도 존경했고, 지금도 존경한다. 그가 그때나 지금이나 힘이 있는 사람이어서가 아니라, 열려 있는 사람이어서—에게 말했다. 내게 다행스러웠던 것은, 그 역시 국립 서울대학교 문리과대학을 나오기는 했으나, 외국 문학도, 철학도 전공하지 않았다는 점이었다.

"마지막 문단을 꼭 빼야 합니까?"

"글쎄, 부장들 의견이 대체로 그러네."

"그 문단을 꼭 빼야 한다면, 그 기사를 아예 들어내 주세요. 다른 면에 들어가 있는 것도 보기 싫구요."

국장은 어이없다는 듯이 빙긋 웃었다. 그 웃음은, 분노를 폭발시키기 전의 야비한 웃음이 아니라, 모난 성격의 후배를 애처로워하는 연민의 웃음이었다.

"장인철 씨 생각에 그이가 백낙청 교수만큼 중요한 사람인가?"

"절대 그렇지 않아요. 적어도 두 배쯤 더 중요한 사람이죠."

이 사람 좋은 국장은 문학을 담당한 지 한 달이 조금 지난 얼치기 기자의 문학적 식견을 믿기로 결정했다. 그렇게 해서, 그런 식으로 '보수주의 비평가' 김현의 부고 기사가 3판에도, 4판에도, 본디 모양으로 나가게 되었다.

지금 생각해도 잘 모르겠다. 내가 편집국 몇몇 간부들의 미움을 자초하며 2단짜리 기사 하나 가지고 왜 그리 고집을 피웠는지. 시쳇말로 난 김현한테서 구름 낀 볕뉘 한 번 쬔 적이 없는데 말이다. 김현이 백낙청보다 두 배가 중요한지 그 반대인지 내가 어떻게 알겠는가? 나는 다만 막연히 그의 때 이른 죽음이 부당하다고 느꼈었던 것 같다. 그의 글을 더 이상 읽을 수 없게 되었다는 것이 잘 실감나지 않았던 것 같다. 다만, 그 기사를 대놓고 못마땅하게 생각했던 사람들이, 나중에 알고 보니 죄다, 김현의 글을 한 편도 제대로 읽어보지 않은 사람들이었다는 것은 여기 기록해 두기로 하자. 그때 내가 참으로 허탈하게 분노했다는 사실도 덧붙여 기록해 두기로 하자.

대학 시절 나는 책읽기를 별로 즐기지 않았다. 특히 문학책은 더욱더 그랬다. 굳이 책을 읽는 괴로움을 감수해야 한다면, 정보가 담긴 책을 골라야 한다는 것이 내 지론이었다. 그래서 문학작품은 물론이고, 문학에 대한 평문들도 거의 읽질 않았다. 털어놓기 부끄러운 얘기지만, 나는《문학과 지성》이 폐간되기 전까지는 그 잡지를 한 권도 읽질 않았다. 그래도 김현의 책은 한두 권 읽었던 것 같다. 그러나 지금 생각해 보면, 그 독후감이 그리 개운했던 것 같지는 않다. 문학에 관련된 책으로서 그 시절에 내게 감명을 준 것은, 나와 비슷한 세대의 사람들에게 공통된 것이겠지만, 백낙청의『민족문학과 세계문학』이었다. 그 책은, 내용은 차치하고라도, 그때의 나에게는 표준적 한국어로 쓰인 것처럼 생각되었다. 한국어를 이렇게 중후하고 아름답게 쓸 수도 있구나 하는 감탄은, 나로 하여금, 그의 문체를 흉내내기 위하여, 그 책을 되풀이 읽도록 만들었다. 그러다 보니, 그 책에서 그가 말하고 있는 것도 어느 정도 명확하게 들어오고, 그의 생각에 공감도 하게 되었다. 내가 김현의 책을 즐겨 읽기 시작한 것은 학교를 졸업하고 직장에 들어간 뒤부터였다. 그의 신간만이 아니라, 기간서들도 사, 거듭 읽었다. 한때 광화문 교보문고 바깥에 열렸던 중고 서적 매장에서, 절판된 그의 책들을 발견해 기쁘게 사들고 오기도 했다. 그가 죽은 뒤, 문학과 지성사에서 기획한 그의 전집 목록을 보고 나서는, 깜짝 놀랐다. 전집에 포함된 그의 책들은, 『존재와 언어』, 그리고 『시인을 찾아서』 두 권을 빼고는 모두 내가 읽은 것이었다. 나는, 자신이 김현 중독자라는 것을 알지 못했던 김현 중독자였던 것이다.

문학과 행동의 일치가 한없이 선양되던 80년대에 들어서서, 오히려 70년대에는 별로 탐탁지 않게 느껴지던 김현에게 내가 빨려 들어간 이유는 뭘까? 그의 기질이 나의 기질과 동심원을 그렸던 것일까? 그럴지도 모른다. 그렇다면 70년대에는 왜 안 그랬을까? 고인에게는 아주 외람된 판단이라는 것을 알지만, 굳이 말하자면, 그것은 내 잘못이 아니라, 김현의 잘못이었다. 나는 그것을, 80년대에 그를 남독하면서 깨달았다. 나는, 김현 문장의 역사에서, 『문학과 유토피아』가 하나의 중요한 경계라고 생각한다. 그 책이 나온 해는, 우연히도, 한국 정치사의 중요한 경계이기도 한 1980년이었다. 물론 그 책에 묶인 글들이 70년대에 쓰인 것들이긴 하지만. 김현의 자술대로, 거친 문장에 대한 혐오는 김현 비평문의 변하지 않는 모습이었다. 한 시인의 찬사대로, 김현은 단순히 문학비평가를 넘어서서 한 시대를 풍미한 문장가였다. 그러나 『문학과 유토피아』 이전의 글과 그 이후의 글은 어딘지 모르게 다르다. 그 이전의 글들이 거칠다는 뜻이 아니다. 그 이전의 글들은, 때때로, 김현 문장에 가해졌던 번역 문투라는 비판을 감당하지 못할 만큼 어색한 구석이 없지 않았다. 그 번역 문투가 넉넉히 무르익어 하나의 경지를 보여주기 시작한 것이 『문학과 유토피아』라고 나는 생각하는 것이다. 1962년부터 1990년까지의 김현 문장이 크게 표나지 않게 거쳐온 진화의 과정에서 『문학과 유토피아』가 하나의 이정표였다고 나는 말하고 싶은 것이다. 내가 70년대에 김현의 책을 읽으며 때때로 느꼈던 개운치 않음은 바로 그런, 문장의 생경함 때문이 아니었을까? 모르겠다. 나는 다만 그리 짐작할 뿐이다.

김현을 읽으며 받았던 위안을 말하고 싶다. 그의 연구서건, 평론이건, 수필이건, 그의 글들은 80년대를 여린 마음으로 버텨내야 했던 한 주변인의 심사를 달래주었다. 나는 『프랑스비평사』를 읽으며 그 책의 주인공들인 그 불우했던 비평가들의 초상에 시건방지게도 내 얼굴을 포개 보기도 했고, 『르네 지라르, 혹은 폭력의 구조』를 읽으며 전라도라는, 내 존재의 깊은 뿌리를 슬프게 쓰다듬어보기도 했다. 그리고 『분석과 해석』에서, 갑오경장 이래 한국의 문장어가 수행해 온 진화의 한 정점을 발견했다. 김현을 비판하는 것은 쉽다. 그가 신화가 아니라 현실이기 때문이다. 그러나 김현처럼 되기는 어렵다. 다시 한 번, 그가 신화가 아니라 현실이기 때문이다.

그런 생각을 하다 보니 어느새 유럽 궁 앞에 이르렀다. 유럽 궁은 프레스 센터 건물과 파스렐passerelle(우리말로 어떻게 번역해야 할까? 육교? 가교?)로 연결돼 있었다. 그 건물은 스트라스부르에서 내가 발견한 단 하나의 보기 흉한 건물이었고, 또 내가 세상에 태어나 들어가 본 가장 복잡한 건물이었다. 그것은 한마디로 미로였다. 그 건물에서 꽤 오래 근무한 사람들조차 때때로 길을 잃는다는 것이었다. 그 보기 흉하고 복잡한 건물에 바글거리는 것은 넥타이 맨 유럽의회 의원들과 그들에게 기생하는 기자들이었다.

아참, 설명이 필요하겠다. 우리들 가운데 열두 명이 스트라스부르에, 나머지 스무 명이 브뤼셀에 배정되었다. 유럽의회와 유럽공동체집행위원회의 취재가 그렇게 분배되었다는 말이다. 스트라스부르에 배정된 열두 명은 제가끔 다른 주제를 할당받았다. 할당받았다고 하니 좀 수동적 뉘앙스가 있는데, 사실은 우리가 제가끔 그 주제들을 선택한 것이다. 유럽의회를 선택한 열두 사람은 세 팀으로 나뉘어 각각 두 차례씩 스트라스부르를 방문했다. 그러니까 유럽의회 본회의를 두 차례 참관하며 의원들을 취재한 것이다. 내가 속한 팀은 두 번째 팀이었고, 우리는 2월과 3월의 본회의를 참관했다. 내 팀 동료는 케빈 하인리히, 데보라 베를링크, 사라 매크윌리엄이었는데, 나는 그날 그들과 함께 새벽 5시 20분 기차—파리발 스트라스부르행 첫 열차다—를 타기로 돼 있었으나, 늦잠을 자는 바람에 그걸 놓치고 혼자 그 뒤차를 탔다. 내가 선택한 주제는 '통일 독일의 위험', 정확히 말하자면 그 위험에 대한 유럽의회 의원들의 의견이었다.

사실, 독일 통일 이후 하나의 유령이 유럽을 배회하고 있었다. 범게르만주의라는 유령이 말이다. 프랑스의 좌익과 영국의 우익이, 시오니스트들과 시민운동 단체들이 떼를 짓고 힘을 합쳐 신성동맹을 이룬 채, 이 유령 사냥에 나섰다. 별다른 성과도 기약할 수 없는 사냥에 말이다. 이제는 유럽의 누구도 공산주의를 두려워하지 않는다. 한 세기 반 전부터 배회하던 공산주의라는 유령이 범게르만주의라는 유령에게 자리를 넘겨준 것, 이것이 근년 유럽인들의 심성이 경험하고 있는 가장 큰 변화 가운데 하나다. 베를린 장벽이 무너진 지 3년이 조금 못 되던 1992년 9월, 프랑스에서는 모든 정파와 시민들이 가담한 대논쟁이 벌어졌었다. 그 논쟁은 코앞으로 다가온 마스트리히트 조약 비준 국민투표에 관한 논쟁이었고, 그러므로 하나의 유럽에 관한 논쟁이었지만, 실상은 독일에 관한 논쟁이었다. 마스트리히트 조약 비준에 찬성하는 이들은 이 조약이 비준되지 않을 경우 유럽이 독일에 대한 통제력을 완전히 상실하고, 독일 정권이 급격히 우경화해 궁극적으로 네오나치 정권으로 교체될 수 있다고 주장했다. 반면에 마스트리히트 조약 비준에 반대하는 이들은 조약이 비준될 경우 잘해봐야 유럽은 독일의 경제 헤게모니에 종속될 것이고, 일이 잘못되면 제4제국이 등장할 수도 있다고 우려했다. 하나의 논거가 상반된 결론을 도출시킨 이 우스꽝스러운 논쟁이 명증하게 보여준 것은 프랑스 국민을 사로잡고 있는 하나의 강박관념, 즉 독일 공포증이었다.

실상 독일에 대한 우려는 독일 연방공화국이 독일 민주공화국을 병합해 '통일'을 이루기 전부터, 그러니까 89년 11월 9일 베를린 장벽이 붕괴된 직후부터 당사국 독일을 포함한 유럽 전역에서 터져 나왔다. 프랑스 공산당의 조르주 마르셰 서기장은 독일 통일 전에 이미 "8천만의 인구와 세계에서 가장 강력한 화폐, 서유럽 최대의 재래식 군사력을 갖춘 대독일에 대한 우려"를 표명했다. 마거릿 새처가 집권 막바지였던 90년 3월 영국의 역사학자들, 독일전문가들을 급히 소집해 연 독일 관련 세미나에서는 독일인들이 천성적으로 공격적이고 난폭하고 이기적이고 감상적이고 교만하며 열등의식에 차 있다는 말들이 쏟아져 나왔다. 급기야 새처 내각의 상공부 장관이었던 니콜라스 리들리는 보수당 우파 계열 주간지 《스펙테이터》와의 인터뷰에서 "유럽통화 체제는 유럽 전체를 장악하려는 독일의 음모에 지나지 않는다. 유럽공동체 집행위원회와의 협력은 우리 주권을 아돌프 히틀러에게 갖다 바치는 것과 다름없다"고 선언해 국제적 센세이션을 일으키고 그 자신 장관직을 사임하기에 이르렀다. 당시 유럽에서는 리들리의 사임 자체가 독일의 힘을 입증하는 예로 받아들여졌다. 프랑스나 영국 같은 몸피 큰 나라들에서만이 아니라, 독일 통일을 전후로 독일 패권주의에 대한 우려가 유럽의 모든 나라의 언론에서 메아리쳤다. 1990년의 동독 병합이 1938년의 오스트리아 병합과 엇비슷한 방식으로 이뤄졌다는 점, 헬무트 콜이 한때 폴란드와의 동부 국경을 인정하지 않으려는 태도를 취했다는 점, 히틀러도 1942년 베를린에 유럽 중앙은행을 세워 유럽 경제공동체를 만들 구상을 한 적이 있는데 이제 히틀러가 콜로 바뀌고 베를린이 프랑크푸르트로 바뀐 것만이 다를 뿐이라는 점 등이 강조되거나 암시되었다. 내가 이 주제를 고른 것은, 내 첫 취재 지역이었던 독일에서 얼핏 감지한 나치즘 부흥의 기미 때문이었다. 도대체 유럽의회 의원들은—그들은 최소한 형식적으로는 유럽공동체의 시민을 대표한다—독일에 대해 어떻게 생각하고 있는지가 궁금했던 것이다.

잠깐, 유럽의회에 대한 설명을 붙이자. 1952년에 창설된 유럽석탄철강기구 의회의 후신인 유럽의회는 유럽공동체 집행위원회와 유럽평의회에 대한 감독권, 입법과정 참여권, 예산권의 세 가지 권한을 지니고 있으나, 실제로 그 권한들은 집행위원회의 권한에 견주어 아주 제한적이다. 52년 당시 78명이었던 의원 수는 유럽공동체의 회원 수 증가에 따라 점차 늘어나 지금은 5백 18명이다. 나라별 의원 수는 국력과 인구가 일정하게 반영돼 프랑스·독일·영국·이탈리아가 각각 81명, 스페인이 60명, 네덜란드가 25명, 벨기에·그리스·포르투갈이 24명, 덴마크가 16명, 에이레가 15명, 룩셈부르크가 6명이다. 그러나 5년 임기의 이들이 대표하는 것은 소속 국가의 시민이 아니라 유럽공동체의 시민이므로, 이들은 소속 국가별로 나뉘어 활동하는 것이 아니라 유럽의 정치적 정파적 스펙트럼을 반영한 여덟 개의 그룹과 무소속으로 나뉘어 활동한다. 본회의장의 자리도 좌익 그룹에서 중도 그룹을 거쳐 우익 그룹에 이르기까지, 의장석에서 보아 왼편에서 오른편으로 각 그룹이 모여 부챗살 모양으로 배치돼 있다. 독일 통일 뒤에는 동독 지역을 대표하는 옵서버 18명이 본회의에 참가하고 있다. 유럽의회는 8월을 빼고는 매달 한 차례씩 일주일간 본회의를 열어 유럽공동체 내부 사안에서부터 제3세계의 인권문제에 이르기까지 광범위한 의제를 다룬다. 내가 처음 유럽의회를 방문한 2월의 회기는 8일부터 12일까지였고, 새 집행위원회에 대한 신임투표, 유럽공동체의 확대 문제, 이란의 핵무기 보유가능성, 유럽공동체와 발트 해 세 나라 사이의 어업 협정, 유럽공동체 안의 문화유적 보존 문제 등이 중요한 의제였다.

나는 회의실에서, 기자회견장에서, 만찬장에서, 휴게실에서, 또는 그들의 사무실에서 의원들에게 한 가지 질문만을 던졌다. "통일된 독일은 유럽에 위험한가?"라는. 내가 계속 똑같은 질문으로 의원들을 괴롭히는 것을 본 사라는 내가 '독일 망상'이라는 병에 시달리고 있다고 깔깔거렸다. 아닌게아니라 스트라스부르에서 나를 줄곧 관찰한 사람이 있다면, 그는 틀림없이 내 친척 가운데 다하우나 아우슈비츠에서 숨을 거둔 사람이 있는 게 분명하다고 믿었으리라. 유럽의회 의원들의 대다수가 어쨌든 공식적으로는 유럽통합의 지지자들이고, 또 독일 문제라는 사안 자체가 민감하기도 했겠지만, 독일 패권주의의 위험을 묻는 내게 그들은 한결같이 아주 조심스럽게 답했다.

영국 노동당의 유럽의회 간사인 제임스 글린 포드(사회주의 그룹): "마르크화가 유럽통화 체제의 기축 통화인 데서도 드러나듯 독일이 유럽공동체의 다른 회원국들과 수준이 다른 경제 강국이라는 점, 그래서 독일이 움직이면 다른 나라들도 그대로 따를 수밖에 없다는 점, 그리고 독일에 외국인 배척 움직임이 일고 있다는 점 등은 걱정스러운 일이기는 하지만, 그것을 현실로 인정하지 않을 수 없다. 독일 패권하의 유럽이 아닌 유럽 속의 독일은 우리의 한결같은 바람이고 헬무트 콜 수상의 되풀이된 공언이기도 한데, 그 둘이 현실과 합치되기를 바랄 수밖에 없다. 독일을 유럽 안에 묶어두기 위해서도 마스트리히트 조약의 발효는 꼭 필요하다."

이탈리아 좌익민주당(전 공산당)의 유럽의회 간사인 루이지 콜라얀니(사회주의 그룹)의 견해도 크게 다르지 않았다. "그 문제는 베를린 장벽 붕괴 직후부터 지금까지 지겹도록 토론된 문제다. 유럽 각국이 앞으로 더욱더 독일에 경제적으로, 그래서 어쩌면 마침내는 정치적으로 종속될 수도 있다는 것이 아주 근거 없는 우려는 아니다. 그러나 내 생각에 그 관계는 상호적이다. 독일 역시 유럽적 대의를 벗어나 마음대로 행동할 수 있으리라고는 생각지 않는다. 유럽으로부터의 이탈, 또는 패권주의의 대가가 값비싸리라는 것을 그들도 알고 있기 때문이다. 유럽 안에서 독일의 위치는 지배자가 아니라 동료들 가운데 일인자(그는 Primus inter pares라는 라틴어를 썼다)가 될 것이다." 그러면서도 그는 "덩치가 커진 독일이 유럽 사람들에게 위험한가, 그렇지 않은가?"라는 직접적 질문에 대해서는 "그런 질문에는 답하지 않겠다. 그 질문에 대한 답변은 외교적 문제를 일으킬 수 있다"고 답함으로써 속뜻을 내비쳤다.

독일과의 쓰라린 역사적 경험이 있는 작은 나라 출신 의원의 경우는 우려의 정도가 조금 심했다. 유럽의회 문화위원회의 부위원장인 룩셈부르크의 벤 파요트(사회주의 그룹): "20세기 들어 독일의 침략을 두 차례나 겪은 룩셈부르크 사람들은 독일에 대해 아주 조심스럽다. 우리들은 독일인들을 잘 알고 있다. 독일에 대한 내 감정 역시 착잡하다. 근본적으로는 반독일적이라고 말하는 것이 솔직하겠다. 더구나 통일 뒤 독일에서 확산되고 있는 네오나치즘, 외국인 사냥 등을 생각하면 더욱 그렇다." 룩셈부르크는 그들의 언어가 일종의 독일어 방언이면서도, 관공서, 호텔, 상점 등지에서 거의 독일어를 사용하지 않고 프랑스어를 사용할 만큼 반독 감정이 보편적인 나라다. 그러나 이 룩셈부르크 출신 의원의 결론은 화해의 어조를 띠고 있었다. "나는 독일의 주류 정치세력, 특히 독일사민당의 양식을 믿는다. 그러지 않으면 우리가 하나의 유럽을 향해 전진할 수가 없다. 내가 선거구민들에게 되풀이 얘기하는 것도 그 점이다." 그는 독일사민당의 최근의 우경화 조짐에 대해서는 '잘 될 것'이라는 말로 즉답을 피했다. 이런 반응은 자신의 노동당이 좌우 투쟁으로 노선 갈등을 겪고 있는 영국의 포드 의원에게서도 나왔다.

독일에 대한 의견은 정치 노선의 좌우를 막론하고 비슷했다. 프랑스 민주연합 소속이고 유럽의회 예산위원회 부위원장인 장-피에르 라파랭(자유민주개혁 그룹)은 "독일이 강한 것은 사실이지만, 마스트리히트 조약이 발효해 유럽이 일종의 연방주의 아래 있게 되면 독일이 전권을 행사할 수는 없을 것이다. 마스트리히트는 독일을 유럽에 매어놓는 고리다. '하나의 유럽' 구상이 실패했을 때, 그때가 독일이 유럽과 세계에 위협이 되는 때다. 마스트리히트를 낙관하는 내게는 독일이 지배하는 유럽의 가능성은 없어 보인다"고 말했고, 네덜란드 출신의 여성 의원 제시카 라리브(자유민주개혁 그룹)는 독일과 네덜란드의 과거 역사를 잊은 듯, "내게는 독일이 조금도 위험해 보이지 않는다. 지금 유럽인들에게 요구되는 것은 반목이 아니라 협력이고, 그 협력에서 독일이 차지하는 비중은 아주 크다"고 말했다.

이 협력론을 아주 현실적으로 표현한 사람은 이탈리아식 성을 가졌으나 에이레 출신인 여성 의원 메리 바노티(유럽인민당 그룹, 일명 기독교 민주 그룹)였다. "유럽의 작은 나라 사람들이 일반적으로 더 독일을 두려워하는 것은 사실이지만, 에이레는 독일과의 특별한 역사적 경험이 없어서인지, 반독 감정이 별로 없다. 사실을 말하자면 독일로부터 받은 경제적 도움 때문에 에이레 사람들은 대체로 독일에 호감을 지니고 있다고 말하는 것이 옳겠다. 내가 걱정하는 것은 독일이 아니라 오히려 독일 없는 유럽이다. 독일이 유럽공동체 안에 있는 한 아무런 위험도 없다."

묘하게도 유럽의회 의원들 대부분에게는 매스컴이 연일 보도하고 있는 독일 정계와 사회의 우경화가 별로 깊은 인상을 주지 못한 것 같았다. 이에 대해 유럽 민주연합 그룹 소속의 한 의원은 제 이름을 밝히지 않는다는 조건을 달아 이렇게 말했다. "누가 유럽 궁 안에서, 더구나 기자에게 독일에 대한 험담을 늘어놓을 수 있겠는가. 곧 반유럽주의자로 몰리고 거북한 일이 많이 생길 텐데. 공식적으로 독일을 비판하기 위해서는 아주 많은 용기가 필요하다는 것, 그것이 바로 지금 유럽에서 독일이 차지하는 위상을 보여주고 있다. 독일 안의 파시즘 대두나, 통일 이후의 경제-사회적 어려움을 터무니없이 높은 금리를 통해 외국으로 떠넘겼다는 사실도 그렇지만, 유고슬라비아 내전도 부분적으로는 독일 통일의 산물이 아닌가. 베를린 장벽이 헐렸다는 것은, 유럽인들에게는 판도라의 상자가 열렸음을 뜻한다."

판도라의 상자이든 아니든, 이 거대 독일과 프랑스 집권당 사이의 강력한 유대는 유럽을 떠받치는 기둥 노릇을 해왔었다. 그런데 독일에 좀 더 적대적인 우파의 승리가 확실시되는 프랑스 3월 총선이 다가오면서 프랑스-독일 추축의 변화 가능성과 독일-유럽의 미래에 관측통들의 눈길이 쏠리고 있는 것이 그즈음 상황이었다.

12

이탈리아 영화계에도 호시절이 있었다. 그러나 그것은 한참 옛날 얘기였다. 숫자가 현실을 고스란히 반영하는 것은 아닐지라도, 통계 수치는 이탈리아 영화가 예전의 영화榮華를 되찾기 어려우리라는 점을 알려주고 있었다. 1992년에 이탈리아에서 만들어진 영화는 외국과의 합작 영화를 포함해서 127편이었다. 이것은 그 전해의 129편과 엇비슷한 수치지만, 1980년의 163편보다는 훨씬 적다. 60년대로 거슬러 올라가 그 당시의 수치를 요사이와 비교해 보면 이탈리아 영화의 쇠락은 더 두드러진다. 60년대의 연평균 제작 편수는 240편이었다. 고작 89편이 생산됐던 악몽의 1985년을 전환점으로 이탈리아 영화가 최근 회복세로 들어선 것은 사실이었지만, 이것이 이탈리아 영화의 르네상스를 알리는 신호탄이라고 볼 만한 근거는 어디에도 없었다. 제작 편수만 줄어들고 있는 것도 아니었다. 이탈리아 영화를 곧 세계 영화로 만들었던 거장들, 곧 루키노 비스콘티, 로베르토 로셀리니, 비토리오 데 시카, 페데리코 펠리니, 피에르 파올로 파졸리니, 베르나르도 베르톨루치, 질로 폰테코르보, 미켈란젤로 안토니오니, 프란체스코 로지 같은 별들이 더 이상 떠오르지 않고 있었다.

이탈리아 영화가 만들어놓은 공백을 외국 영화가 채우고 있었다. 외국이라고 하지만, 결국 미국이다. 미국이 세계 무역에서 흑자를 내는 분야는 영화와 무기 거래뿐이라는 우스갯소리도 있지만, 유럽 어디에서와 마찬가지로 이탈리아 영화관들도 미국 영화가 점령하고 있었다. 1992년 이탈리아에 수입된 외국 영화는 335편이었는데 그 가운데 209편이 미국 영화였다. 350편이 수입된 1991년에 견주면 좀 줄어들었지만, 70년대 말까지만 해도 이탈리아가 들여온 외국 영화는 연 평균 240편을 넘지 않았었다. 1992년 8월 1일부터 1993년 1월 10일 사이에 이탈리아의 아흔아홉 개 도시에서 5억 리라 이상의 수입을 올린 영화는 모두 57편이었는데, 그 가운데 38편이 미국 영화였다. 폴 버호벤 감독의 「베이식 인스팅트」가 280억 리라를 벌어들여 관객 동원 1위를 기록했다. 이탈리아 영화 가운데서는 가장 관객을 많이 끈, 그러나 고작 7위에 오른 엔리코 올도니 감독의 「90년대」는 84억 리라를 버는 데 그쳤다.

그러나 마우리초 니케티의 「비누 도둑」이 1990년 모스크바 영화제에서 그랑프리를 탄 이래 이탈리아 영화의 젊은 세대가 분발하고 있는 것은 사실이었다. 주제페 토르나토레의 「시네마 천국」, 가브리엘레 살바토레스의 「지중해」, 잔니 아멜리오의 「아이 도둑」, 마리오 마르토네의 「어느 나폴리 수학자의 죽음」 같은 작품들이 로스앤젤레스·칸·베네치아 등지의 영화제에서 수상작으로 뽑혔다. 로베르토 베니니의 「조니 스테키노」는 91년-92년 시즌에 무려 286억 리라를 벌어들여 미국 영화의 헤게모니를 위협하기도 했다. 「조니 스테키노」 말고도, 니케티와 살바토레스, 마시모 트로이지와 다니엘레 루케티의 작품들이 어느 정도 상업적 경쟁력을 보였다. 그럼에도 불구하고 이탈리아 영화의 미래를 낙관할 수 없는 이유는 얼마든지 있었다. 1991년 9월부터 이듬해 9월까지 1년 사이에 129개의 영화관이 문을 닫고 상점, 차고, 심지어 성당으로 개조됐다. 국제 영화제 출품작들에 주어지던 국가 보조도 전반적 경제 상황의 악화로 91년 가을부터 중단돼 이탈리아 영화의 앞날에 그림자를 드리우고 있었다.

마우리초 니케티를 밀라노 그의 집에서 만난 것은 1993년 2월 어느 추운 저녁이었다. 47세의 그는 1979년 「라타타플란」으로 데뷔한 이래 영화감독으로서만이 아니라 배우로서, 만화가로서, 텔레비전 진행자로서 이탈리아 시각 매체를 현대화하는데 앞장서고 있었다.

"첫 작품 「라타타플란」에서부터 최근작 「스테파노의 이야기들」에 이르기까지 당신의 작품을 일관하는 것은 루키노 비스콘티의 「강박」에서 발원하는 이탈리아 네오리얼리즘으로부터의 일탈이라고 할 수 있다. 접두사가 있든 없든, 리얼리즘이라는 말이 불편하게 느껴지는가?"

"그렇다. 리얼리즘이라는 말이 그것의 좁은 의미에 갇혀 있을 때 더욱 그렇다. 오랫동안 리얼리즘이란 말은 이탈리아 영화만이 아니라 유럽 영화의 모토였다. 그러나 오늘날, 리얼리티를 독점하고 있는 것은 텔레비전이다. 시사뉴스와 다큐멘터리가 브라운관에 넘쳐난다. 시사성, 현실감 등을 가지고 영화가 텔레비전과 경쟁할 수는 없다. 사람들이 텔레비전에서 보는 것은 진짜 사람, 진짜 사건들이기 때문이다. 영화가 살아남기 위해서는, 질식하지 않기 위해서는, 출구를 찾아야 한다. 내가 보기에 그 출구는 판타지다."

"한 시대와 삶의 증언자로서의 영화의 임무는 끝났다는 뜻인가?"

"꼭 그렇다는 것은 아니다. 내가 말하는 것은 다만, 이제 텔레비전이 리얼리티의 제왕이 된 이상, 영화는 뤼미에르 형제가 제안한 자연주의적 기획을 포기해야 한다는 뜻이다. 마치 사진술이 발명된 후 화가들이 자연주의적 노력을 포기했듯이. 내가 판타지라고 했을 때 그것이 현실과의 완전한 절연을 뜻하는 것은 아니다. 오히려 내 판타지는 기록물보다도 더 효과적으로 리얼리티를 포착할 수 있는 판타지다. 말하자면 사운드 트랙, 빠른 움직임, 커다란 스크린, 만화 등의 도움을 받아 현실의 섬세한 결을 드러낼 수 있는 판타지다."

"「사랑이 윤곽을 그릴 때」에서 당신이 했던 대로 말인가?" (니케티의 이 91년 작품은 복잡한 촬영 기술과 만화가 동원돼 스크린을 온통 환상으로 채우고 있다.)

"내 작품을 예로 드니 멋쩍기는 하지만, 그렇다고 말하겠다. 이탈리아 코미디는 전통적으로 너무 대사에만 의존해 왔다. 그러나 영화는 말 이상의 것이다."

"60년대까지만 해도 세계에서 가장 풍성하다고 평가되던 이탈리아 영화가 오늘날에는 고질적 침체에 빠져 있다. 그 이유가 무엇이라고 생각하는가?"

"우선 이탈리아 영화계 내부의 부진이다. 옛 세대는 새로운 아이디어를 찾지 않는다. 그들은 계속 정치물, 사회물에 매달린다. 그러나 오늘날 정치를 위해서는 텔레비전이 있다. 정치적 메시지를 위해서도, 예컨대 난니 모레티가 하고 있듯이, 새로운 기법의 영화가 시도돼야 한다. 반면에 젊은 세대에는 뛰어난 재능이 흔치 않다. 그러나 이탈리아 영화계 내부의 부진보다 훨씬 더 중요한 이유는 미국 영화의 힘이다."

"왜 이탈리아 관객들이 이탈리아 영화보다 미국 영화를 선호한다고 생각하는가?"

"미국인들의 자본과 재능이 그들의 영화를 더 웅장하고 볼만하게 만들기 때문이다. 스티븐 스필버그나 조지 루카스에게서 보이듯, 미국인들은 영화에서 판타지가 중요하다는 것을 가장 먼저 깨달은 사람들이었다. 그들은 어깨에 힘을 주지 않는다. 요즘 이탈리아에는 젊은 로셀리니도, 젊은 데 시카도 없다고 사람들은 불평이지만, 그들이 요즘 시대를 살았더라면 네오리얼리즘 대신 판타지를 택했을 것이다. 그러나 나는 미국의 영화작가들이 자기 사회의 진짜 문제에 정색을 하고 맞서지 않는다는 느낌을 갖는다."

"이탈리아 영화계는 1989년에 세워진 펜타필름에 의해 지배되고 있다. 당신도 알다시피 펜타필름의 주식 지분은 체키 고리 부자와 실비오 베를루스코니가 반씩 나누고 있고, 베를루스코니는 핀인베스트를 통해 세 개의 텔레비전 채널을 장악하고 있다. 요컨대 이탈리아의 영상 매체들은 베를루스코니의 장화 안에 있다. 사람들은 이탈리아를 베를루스코니 공화국이라고까지 부르기도 한다. 그것은 이탈리아 영화에 좋은 일인가?"

"좋든 싫든, 그것은 우리가 받아들여야 할 현실이다. 베를루스코니가 아니었으면 이탈리아 미디어는 국가가 독점했을 것이다. 어쨌든 복점이 독점보다는 낫지 않은가? 게다가 불행히도, 어쩌면 다행스럽게도, 이탈리아 영화는 텔레비전에 기대고 있다. 텔레비전 시장이 없다면, 이탈리아 영화는 도저히 미국 영화와 경쟁할 수가 없을 것이다."

"어떤 사람들은 영화가 문학을 폐위했듯 비디오 게임이 영화 관객을 빼앗아 영화를 폐위할 것이라고 예견하기도 하는데."

"문학을 폐위한 것은 영화라기보다는 오히려 이미지다. 이미지가 자연 언어보다 더 직접적이고 강렬하며 함축적인 이상, 그것은 불가피한 일이었다. 그러나 영화와 비디오 게임의 관계는 다르다. 그것들은 서로 대체재라기보다는 보완재고, 성격이 서로 아주 다른 보완재다. 영화가 근본적으로 작가의 기획 아래 제작되는 데 비해, 비디오 게임을 이끄는 것은 화면 앞에 앉은 플레이어들이다."

"그렇다면 비디오 게임이 영화보다 더 많은 자발성, 능동성을 허용하는, 더 민주적인 장르라는 말인가?"

"모험물의 영역에서라면 영화가 비디오 게임과 경쟁할 수 없겠지만, 코미디나 연애물을 비디오 게임으로 프로그램화하기는 어려울 것이다."

"결국 영화의 미래에 낙관적인데."

"극장 영화가 쇠퇴하는 것은 불가피하다. 그러나 장르로서의 영화는 비디오카세트 형태로, 그리고 텔레비전의 도움을 받아 살아남을 것이다."

"영화가 세계를 변화시킬 수 있는가?"

"세계를 변화시키는 것은 쉬운 일이 아니다. 영화를 통한 세계 개조는 우리가 예전에 시도했던, 그러나 큰 성과는 없었던 기획이다. 그러나 그것이 아주 불가능한 기획은 아니다. 조금씩 조금씩, 감정과 윤리의 교육을 통해서 말이다."

영화산업이 취재대상이었던 이탈리아 여행이 내게 감미로운 기억으로 남아 있는 건 딱 한 가지 이유 때문이다. 그 이유는 로마의 유적도 아니었고, 유럽 최대의 영화 촬영장이라는 치네치타도 아니었고, 이탈리아 영화 산업을 장악하고 있는 펜타필름도 아니었다. 밀라노나 토리로의 영화도서관도 아니었다. 그것은 뜻밖에도—사실대로 말하자면 은근히 기대하지 않은 것도 아니었다— 로마의 호텔에서 내가 받은 주잔나의 전화였다. 나는 로마로 떠나기 전에 내가 묵을 호텔을 파리에서 전화로 예약했고, 그 호텔의 전화번호를 주잔나에게 알려주었는데, 내가 로마에 도착한 다음날 저녁 별일도 없이 그녀가 내게 전화를 한 것이다. 그녀의 취재지인 마드리드에서.

"주잔나야."

"응, 어디니?"

"마드리드."

"응, 그렇겠구나. 웬일이야?"

"내 전화가 반갑지 않니?"

"한없이 반가워. 무인도에서 애인의 방문을 받은 느낌이야."

"……."

"단지 내게 이런 황홀감을 맛보이기 위해 전활 한 거니?"

"아니, 내가 황홀해지기 위해서."

"……."

"마드리드로 떠나오기 전날 토마슈의 편지를 받았어."

"그런데?"

"날 보고 싶다고 썼더군."

"그럴 테지. 너무나 당연한 얘기 아냐."

"그리고, 널 보고 싶다고도 썼고."

"나도 그래. 나도 그 아이가 보고 싶어. 걔한테 답장할 땐 나도 그 아일 보고 싶어 한다고 써주렴."

"그럴게. 그 아이는 네가 아주 보고 싶다고 썼어. 네가 걔한테 아주 강렬한 인상을 준 모양이야."

"걔도 내게 그랬는걸."

"로마는 어때?"

"무인도에 있는 것 같다니까. 아니, 무덤 속에 들어와 있는 느낌이야. 아주 거대한 무덤 속에. 마드리드는 어때?"

"파리보다는 좀 따뜻하지만 그래도 추워."

"여기도 마찬가지야."

"너와 함께 있으면 춥지 않을 텐데."

"아, 여왕님, 소신을 유혹하시는 겁니까, 희롱하시는 겁니까, 아니면 격려하시는 겁니까?"

"그대를 사랑한다고 말하고 있는 거예요, 인철 백작."

13

시테 위니베르시테르는 주르당 거리에 있다. 그것은 파리에서 가장 큰, 그리고 어쩌면 유럽에서 가장 큰 대학생 기숙사 콤파운드다. 주로 외국과 지방 출신 학생들, 때로는 교수들, 그리고 나 같은 연수생들이 그곳에 산다. 나라 이름들, 또는 파리 대학과 관련된 사람들의 이름들이 그 건물들 이름을 이루고 있다. 보통은 건물 하나가 퐁다시옹fondation이나 메종maison을 이룬다. 예컨대 퐁다시옹 프랑코-브리타니크는, 굳이 우리말로 하자면 프랑스-영국관으로, 주로 영국 출신 학생들이 살고, 메종 데스파뉴, 즉 스페인관에는 주로 스페인 출신 학생들이 산다. 건물 이름과 입주자의 국적이 꼭 일치하는 것은 아니다. 퐁다시옹 드 엔Heine, 즉 하이네관은, 원칙적으로 독일 학생들을 위한 건물이지만, 외국 학생들도 드문드문 살고 있고, 메종 드 퀴바, 즉 쿠바관도 마찬가지다. 퐁다시옹 도이치 들라 뫼르트, 즉 도이치

들라 뫼르트관은 시테 위니베르시테르에서 유일하게 여러 개의 건물로 이루어진 관이다. 이 관의 건물들 배열은 시테 위니베르시테르 전체의 축소판 같다. 실상 시테 위니베르시테르 자체가 도이치 들라 뫼르트관에서 시작되기도 했다. 가장 먼저 생긴 관인 만큼 이 관의 건물들은 아주 낡았다. 나는 이 관의 한 건물인 파비용 피에르 에 마리 퀴리, 즉 퀴리 부부 빌라에서 살았다. 낡은 목조 계단을 올라갈 때면 자꾸 삐거덕 소리가 나 이웃들을 몹시 의식하게 되곤 했지만, 방은 깨끗했고 아침이면 방 안에 햇살이 그득 찼다. 이 3층 건물에는 부엌이 하나, 샤워장이 하나, 화장실이 둘 있었는데, 넉넉하지는 않지만, 크게 불편하다고는 할 수 없는 숫자였다. 이 관의 중앙건물에는 극장, 도서관, 세탁실, 탁구장 따위가 있었다. 마치 시테 위니베르시테르의 중앙관인 메종 앵테르나쇼날이 그랬듯이. 주말이면 이따금씩 같은 관의 파비용 아펠에 살고 있는 중국인 친구 저우처민(나는 그의 이름을 한자로 어떻게 쓰는지 모른다. 이상하게도 물어볼 생각이 나지 않았다. 그는 파리 8대학에서 정치학 박사과정을 끝내고 논문을 쓰고 있는 중이었다. 나보다는 나이가 세 살 아래로, 우연히 탁구장에서 알게 되어 친구가 되었다)과 탁구를 치거나, 시테 위니베르시테르의 다른 관에 살고 있는 〈유럽의 기자들〉 동료들과 산책을 하곤 했다. 우리 가운데 다섯이 시테 위니베르시테르에 살았다. 귄터가 벨기에관에, 이자벨이 포르투갈관에, 미하일이 쿠바관에, 앙겔리카가 하이네관(그러고 보니 그녀의 성도 하이네다)에, 그리고 내가 도이치들라 뫼르트관에 살았던 것이다.

시테 위니베르시테르는 그 자체가 하나의 공원처럼 꾸며져 있다. 곳곳에 잔디밭이 있고, 정성스레 다듬어진 나무도 꽤 울창하다. 건물들 사이로 난 오솔길들도 산책하기에 알맞았다. 봄이 깊어지면서 이따금씩 드러난 화창한 날씨엔 잔디밭 위에서 반라 상태로 일광욕을 즐기는 '주민'도 보였다. 메종 앵테르나쇼날 1층에 있는 학생 식당은 음식이 아주 먹을 만하지는 않았으나, 그 대신 값이 싸서 내 빈약한 재정을 견딜 만하게 해주었다.

주르당 거리를 건너면 몽수리 공원이 있었다. 뤽상부르 공원이나 튈르리 공원만은 못하지만 어쨌든 아름답다고 할 수 있는 몽수리 공원을 걸을 때마다, 나는 이 공원의 괴상한 이름에 대해 생각하곤 했다. 프랑스어로 몽mont은 산을 뜻하고 수리souris는 생쥐를 뜻한다. 생쥐산이라. 당연히 내 연상은 '태산 명동에 서일필'이라는 중국 속담으로 이어지고, 서울에서 상상하던 것보다는 분명히 못한 유럽인들의 문명과 삶에까지 다다랐다. 그러나 몽수리 공원의 추억은 정겹다. 그 추억이래야, 유럽에서의 다른 추억들처럼 고작 술과 관련되는 추억이지만. 간이주점에서 술을 마실 만큼의 돈도 없는 일요일이면, 13구의(시테 위니베르시테르는 바로 그 옆인 14구다) 슈퍼마켓 외로마르셰(이 슈퍼마켓은 내가 파리에 머물고 있는 동안 랄리로 상호를 바꾸었다)로 가 싼 맥주를 잔뜩 사다가 귄터나 세르게이를 몽수리 공원으로 꾀어내 낮술을 하곤 했던 것이다. 오리와 백조와 사람들을 구경하며.

파리 사람들이 흔히 하는 농담으로 파리 13구의 공식 언어는 프랑스어가 아니라 중국어라는 말이 있다. 그만큼 이 지역에 중국인들이 밀집해 있다. 외로마르셰든, 바로 그 옆의 중국 슈퍼마켓인 진씨상가든 그곳에 우글거리는 구매자의 반수는, 이것이 과장이라면 적어도 3분의 1은 중국인들이다. 상점 점원들도 상당수가 그렇고. 나이 든 고객이나 점원들은 때때로 내게 중국어로 말을 걸어오기도 했는데, 그럴 때 "난 중국인이 아니에요"라고 말하는 것이 괜히 겸연쩍기도 했다.

파리는 작다. 글쎄, 그 교외를 뺀다면 그 크기가 서울의 10분의 1이나 될까. 나는 때때로 순전히 낭만적 충동에 이끌려, 루브르 거리 33번지에서 주르당 거리까지 걸어오기도 했다. 여느 속도의 걸음으로 걸으면 한 시간 남짓 걸리고, 천천히 걸어도 두 시간이 채 안 걸린다. 파리의 반을 걸어오는데 말이다. 센 강을 건너서 생 미셸 거리를 지나 남진을 계속하며 이것저것 해찰을 하다 보면 어느새 주르당 거리다.

한번은 센 강 바로 북쪽 리볼리 거리의 사마리텐 백화점 앞에서 묘한 경험을 했다. 쇼윈도를 구경하다가 나는 웬일인지 내가 명동의 미도파 백화점 앞에 있다고 생각했다. 나는 포근함을 느꼈고(명동은 내 젊은 시절 방탕의 무대였으므로), 거리 쪽으로 돌아서서는 합정동으로 가는 버스가 왜 이리 안 올까를 생각했다. 한참 뒤 그곳이 미도파 앞길이 아니라 파리라는 것을 깨달았을 때의 그 허전함이란……. 하긴 그 몽상에서 깨어나 주위를 둘러보니 사마리텐 부근이 미도파 앞길과 비슷하기도 했다.

하얀 도시, 베오그라드에서 내가 본 것은 무엇이었을까? 기차역 앞을 서성거리다가 슬며시 다가와 "두 유 해브 저먼 마크스?"라고 속삭이는 암환전상들, 거리마다 넘쳐나는 거지들, 키오스크(신문가판대)를 장식하고 있는 도색잡지들, 비만 오면 국제 통화가 되질 않는 엉성한 전화선들, 잿빛 하늘과 만원 전차, 오로지 그런 것들뿐이었을까? 참으로 묘하다. 한 도시에, 그것도 베오그라드처럼 자그마한 도시에 일주일을 머물렀다면 짧게 머물렀다고도 할 수 없는데, 지금 그 도시를 되돌아보려 하니, 눈앞에 떠오르는 것은 뿌연 안개뿐이다. 그 안개 속에서 희미하게, 뒤죽박죽인 채로 모습을 드러내는 것들이 고작 암환전상들이며, 거지들이며, 도색잡지들이며, 미덥지 않은 체신 체계며, 잿빛 하늘과 만원 전차인 것이다. 베오그라드에 있었을 때와 비슷한 시기에 훨씬 짧게 머물렀던 부다페스트니, 자그레브니, 프라하니, 브라티슬라바니, 류블랴나니, 바르샤바니, 빈이니 하는 도시들은, 아니 심지어 베오그라드보다 훨씬 이전에 잠깐 들렀을 뿐인 로테르담이나 제네바나 브뤼셀이나 밀라노나 라이프치히 같은 도시들도, 지금 되돌아보면 우선 그 거리들과 사람들이 선명하게 떠오른다. 암환전상들은 바르샤바에도 부다페스트에도 있었다. 거지들은 밀라노에도 류블랴나에도 있었다. 도색잡지들은 로테르담과 라이프치히에 더 많았다. 엉성한 전화선과 만원 전차는 자그레브에도 있었고, 잿빛 하늘도 내가 베오그라드에서만 본 것은 아니었다. 그런데도 다른 도시들을 향한 내 회상의 눈길은 그런 주변적 사실들로 버무려진 는개의 장애를 받지 않는다. 만난 사람들의 이름과 표정, 술집이나 창녀촌이 늘어선 거리의 이름들을 너무 쉽게 떠올릴 수 있다. 베오그라드만이 예외다. 나는 그 이유를 모르겠다. 마치 그 일주일 동안 내가 아무 일도 하지 않은 느낌이다. 내가 그 도시에서 사람들을 만나지 않았던가? 아니다. 머리를 쥐어짜내 보니 나는 그 도시에서 아주 바쁘게 돌아다녔던 것 같다. 그건 분명하다. 학교에서, 사무실에서, 술집에서 나는 많은 사람들을 만났다. 그런데도 그 사람들의 얼굴이며 이름이며가 얼른 떠오르지 않는다. 너무나 많은 사람들을 만나서 그랬던 것일까? 나는 다시 한 번 그 사람들의 얼굴과 이름을 떠올리기 위해 머리를 쥐어짠다.

팔을 휘두르며 는개를 걷어내려 안간힘을 쓴다. 그 는개 속에서 겨우 두 사람의 얼굴이 힘겹게 솟아오른다. 아주 힘겹게. 그러나 곧 아주 힘차게. 하나는 여자고 하나는 남자다. 그 얼굴들과 함께 아주 낯익은 얼굴도 솟아오른다. 아주 낯익은. 나 자신의 얼굴이다. 아파하는, 아주 아파하는.

그랬다. 나는 베오그라드에서 아주 아팠다. 일주일 내내. 마음이 아팠던 것이 아니라 정말로 몸이 아팠다. 그래봐야 몸살이었을 것이다. 그러나 그것은 지독한 몸살이었다. 서울은커녕 파리에도 못 돌아가고 이곳에서 죽는가 보다 싶을 정도였으니 말이다. 아마도 자그레브에서 베오그라드까지 오는 여정이, 내 잘못 때문이긴 하지만, 너무 복잡하고 고단해서 그랬을 것이다. (자그레브와 베오그라드는 기차로 세 시간 정도면 갈 만한 거리다. 실제로 내전이 시작되기 전, 그러니까 크로아티아와 세르비아가 한 나라였을 때라면 나는 자그레브의 마리아를 떠난 지—독자들은 기억하시는가, 내가 1장에서 언급한 그녀와의 두 밤을— 세 시간 만에 베오그라드에 도착했을 것이다. 그러나 그때는 전쟁 중이었고, 자그레브에서 베오그라드로 가는 가장 간편한 방법은 헝가리의 부다페스트를 경유하는 것이었다. 그러나 나는 좀 더 일찍 베오그라드에 도착하고 싶은 욕심에서, 부다페스트까지 가는 대신 헝가리-크로아티아 국경의 헝가리 쪽 도시들을 경유하기로 마음먹었다. 버스를 몇 번 갈아타는 불편함은 있었지만, 그쪽이 시간을 절약하는 길이라고 생각했기 때문이다. 그것이 오산이었다. 버스를 타고 헝가리 국경을 넘어 나기카니자라는 소읍에 도착했을 때 나는 벌써 내가 진짜 이방인들에게 둘러싸여 고립돼 있다는 것을 알았다. 그곳에서라도 반나절을 기다려 부다페스트행 버스를 탔으면 좋았을 텐데, 난 그러질 않았다. 나는 계속 국경선을 따라 세르비아 국경 쪽으로 가길 원했던 것이다. 그러자면 동쪽으로 가는 버스를 타야 했는데 나는 그만 서쪽으로 가는 버스를 타고 말았다. 나기카니자에는 버스터미널 직원이든 일반 주민이든 프랑스어나 영어를 할 수 있는 사람이 아무도 없었던 탓이다. 그들이 할 수 있는 말은 헝가리어와 독일어뿐이었는데, 그 가운데 하나는 내게 고대 희랍어보다도 낯선 언어였고, 나머지 하나는 고대 희랍어만큼이나 낯선 언어였다. 나는 결국 몸짓언어로 그들과 의사소통을 할 수밖에 없었다. 그 결과, 그들 가운데 하나가 내게 세르비아 국경 쪽으로 가는 버스를 태우는 대신—나중에 알고 보니 그쪽으로 가는 노선은 처음부터 있지도 않았다— 슬로베니아 국경 쪽으로 가는 버스를 태웠다. 몇 번이나 버스를 갈아탄 뒤 해질 무렵에야 내가 도착한 곳은 슬로베니아 국경의 렌티라는 읍이었다. 그때까지 내가 통과해 왔던 헝가리의 모든 시골들처럼 그곳에도 영어나 프랑스어를 할 수 있는 사람이 없었다. 나는 그 이튿날에야 아주 어렵사리 부다페스트에 도착할 수 있었다. 그리고 주잔나의 어머니 댁에서 늘어지게 잘 수 있었다. 나중에 파리로 돌아와 주잔나에게 나의 불운을 설명하자, 그녀는 "뭐, 렌티라고? 그곳은 헝가리 사람들도 세상의 끝이라고 부르는 곳이야!"라고 말하며 나를 위로하는 것이었다.)

그리고 싸구려 여관을 찾기 위해 무거운 여행 가방을 들고 밤의 베오그라드 시내를 너무 힘들게 돌아다녀서 그랬을 것이다. (관광객이 많지 않은 탓도 분명히 있겠지만, 유럽의 수도 가운데서 베오그라드만큼 2류 호텔이 드문 곳도 없다.) 자정이 넘어서야 발견한 맞춤한 호텔—이제야 서서히 기억이 나기 시작한다. 스플렌디드 호텔이었다. 나무 침대가 딱딱하기는 했으나, 아침 식사가 포함된 숙박료는 '진짜' 호텔의 반값도 안 되었고, 더운 물이 나오는 욕실이 따로 있었다—에서 갑자기 며칠 동안의 긴장이 확 풀어져버린 모양이다. 그 다음날 아침 식사를 하고 취재 계획을 세우고 있는데, 갑자기 온몸에 열이 나고 근육통이 시작되는 것이었다.

나는 꼬박 이틀을 호텔의 내 방에서 누워 있었다. 딱딱한 침대 위에 말이다. 부다페스트 역전에서 산 식빵을 뜯어먹으며. 사흘째 되던 날 오후, 나는 일어날 수밖에 없었다. 몸이 많이 나아졌기 때문이 아니었다. 크로아티아에서의 취재가 부실했기 때문에 세르비아에서 그것을 벌충해야 했는데, 그대로 누워 있다가는 빈 취재노트를 들고 파리로 돌아갈 수밖에 없었을 것이기 때문이었다. 나는 탄유그 통신 기자로 일하는 알렉산드라 페트로비치에게 전화를 했다. 세르비아의 문학동네에 대해서 거의 아는 것이 없었으므로, 그녀한테서 뭔가를 듣고 싶었다. 산야(알렉산드라의 애칭이다)는 91년-92년 유럽의 기자였다. 프랑스 바깥으로 취재 여행을 떠날 때, 그 대상 지역에서 일하고 있는 옛 '유럽의 기자들' 연락처를 갖고 가는 것이 우리들의 관례였다. 현지에서 도움을 청할 일이 생길지도 모르므로. 내겐 프랑스 바깥에서 옛 유럽의 기자에게 연락을 취한 것은 그때가 처음이자 마지막이었다. 그만큼 내 마음이 다급했던 것이다. 산야는 내가 몸이 불편하다고 하자, 당장 내 호텔로 찾아오겠다며 내 숙소를 물었다. 자그레브에서 마리아를 피해 먼저 베오그라드로 내뺀 온 내가 베오그라드의 호텔방에서 또 다른 여자를 맞게 되는 것이 얄궂기는 했으나, 외출을 하기에는 사실 몸이 너무 무거웠으므로, 나는 그냥 그러라고 해버렸다. 다만 나 때문에 퇴근을 앞당기지는 말고, 일은 꼭 마치고 오라는 말만 덧붙인 채.

산야는 퇴근을 앞당겼다. 자기 말로는 그날 더 이상 할 일이 없었다는 것이지만, 어쨌든 전화가 끝난 지 30분도 되기 전에 내 방 문을 두드렸던 것이다. 해열제와 진통제와 크림(물파스 비슷한 것이었다. 팔, 다리의 근육통을 이완시키는)을 한 무더기 사 들고 말이다. '유럽의 기자들'끼리 가져야 할 우애에 대해서는 기유메트에게서 신물 나게 거듭 들었고, 실제로 파리에서 만난 옛 '유럽의 기자들'과도 대체로 단박 허물없이 지내게 되기는 했으나, 산야는 정도 이상이었다. 방엘 들어서자마자 대뜸 내게 비주(볼뽀뽀)를 하더니, 계속 자신이 마치 내 누이라도 되는 듯이 구는 것이었다. 물을 떠와 약을 먹이고, 팔에 크림을 발라주고. 사람이 아플 때처럼 남의 손길이 아쉬울 때가 없고, 아플 때 곁에 있어주는 사람처럼 고마운 사람이 없다. 산야가 그랬다. 주근깨로 둘러싸인 가는 눈 위에 도수 높은 안경을 덧댄, 비쩍 마른 얼굴의 이 세르비아 여자와 마주친 것이 베오그라드의 거리나 카페에서였다면 나는 그녀에게 눈도 주지 않았을 것이다. 그러나 나는 몹시 아팠으므로, 그래서 그녀가 몹시 고마웠으므로, 마침내 그녀가 천사처럼 보였으므로, 나는 예쁘다고는 할 수 없는 그녀 얼굴에서 눈을 뗄 수가 없었다. 아니, 산야의 얼굴은 이내 세상에서 가장 예뻐 보였다. 그녀는 잠깐 몸을 일으킨 내게 누우라고 강권했고, 자신은 의자에 앉아서 내 말벗이 돼주었다.

"베오그라드엔 언제 도착했니?"

"사흘 전에."

"부다페스트 거쳐서 온 거니?"

"응."

나는 내가 그녀의 고향을 찾기 위해 얼마나 고생을 했는지에 대해 수다를 떨까 하다가, 힘이 없어서 그만두었다.

"도착하자마자 연락을 하지."

"괜히 귀찮게 하기가 싫었어. 몸이 아프지 않았다면, 너를 이렇게 번거롭게 하지는 않았을 텐데."

"바보 같은 소리. 올리비에가 나에 대해 얘기 안 하든? 착한 세르비아 여자라고. 참 올리비에, 기유메트, 헬라, 안나 다 잘 있지?"

"응."

나는 아픈 중에도 베오그라드에서의 내 용건에 계속 강박당하고 있었으므로, 그녀에게 세르비아 문단 사정을 대강 물어보았다. 세르비아의 문학전통, 작가 상황, 세르비아 작가들이 유고슬라비아내전에 대해 대강 어떤 생각을 가지고 있는지에 대해 말이다.

"글쎄, 내 얘기는 별로 들을 필요가 없을 것 같아. 직접 작가들을 만나봐야지. 우선 세르비아 작가동맹을 찾아가 봐. 요 뒤 프랑스 거리에 있어. 거기 가면 문인들 연락처를 알 수 있을 거야. 그리고 내 생각에 밀로라드 파비치는 꼭 만나봐야 할걸. 문학적 성취로나, 문단 정치로나, 부인할 수 없는 세르비아 제일의 작가니까."

그는 나도 이름을 알고 있는 인물이었다. 파리에서, 프랑스어로 번역된 그의 소설 『하자르 사전』을 사서 대충 읽어보았고, 문학 저널에서 그에 관한 기사를 여러 차례 보았던 것이다.

"나는 파비치를 개인적으론 그다지 좋아하지 않지만, 그 사람은 어쨌든 많은 세르비아인들의 희망이야. 특히 내전이 터진 뒤로는. 세르비아 사람들은 그를 노벨문학상감으로까지 보고 있거든. 그런데 빨리 네 몸이 나아야 할 텐데. 이 몸을 해가지고 나돌아 다닐 수는 없을 것 아냐?"

"곧 나아지겠지, 뭐."

나는 별로 자신 없이 말했다. 설령 몸이 낫지 않는다고 해서 나돌아 다니지 않을 수는 없는 상황이었다. (불운하게도 실제로 그렇게 돼버렸다. 그 이튿날부터, 산야가 가져다 준 약 덕분에 조금 나아진 듯도 했지만 여전히 불편한 몸을 이끌고, 나는 베오그라드 시의 이곳저곳을 아주 바쁘게 돌아다녀야 했던 것이다. 밤에는 맥줏집에서 산야를 만났고. 물론 그 자리에서 나는 거의 마시지 않았다. 맥주를 들이켜는 산야를 지켜보기만 했다. 정말 한심하게 보이는 술자리였지만, 나는 그것이 즐거웠다. 술자리에서 술을 못 마시면서도 즐거워하는 내가 놀라웠다.)

"유고슬라비아 연방의 분열이 가속화하면서 사라예보에서 총성이 울리기 시작했을 때 난 파리에 있었어. 조국이 그 모양으로 있는데 파리에서 친구들과 희희낙락하던 나를 상상해 보렴. 난 올리비에에게 세르비아로 돌아가겠다고 했지. 파리는 내가 있어야 할 곳이 아니라면서. 사라예보에서 전투 행위가 시작된 지난해 4월이었지. 91년-92년 프로그램이 끝나려면 한 달 정도가 남아 있을 때였어."

"올리비에는 뭐라고 그러든?"

"물론 아주 엄숙하게 만류했지. 그리고 따뜻하게 위로했고. 그 만류와 위로 때문에 결국 5월 말까지 난 파리에 남아 있었어. 마지막 취재를 베오그라드로 오고 싶었는데 올리비에는 그것도 말리더군. 일단 내가 베오그라드로 오면 다시 파리로 돌아가지 않을 거라고 생각했던 것 같아. 어차피 프로그램이 끝나면 줄곧 베오그라드에 있게 될 테니, 마지막 취재는 다른 곳으로 가라는 거야. 그래서 나는 지난해 5월 사람들이 마구 죽어나가는 발칸이 아니라 유럽공동체 관료들이 노닥이는 브뤼셀로 내 마지막 취재 여행을 떠났지. 지금 생각하면, 그건 결국 내 의지의 문제였어. 내가 정말로 〈유럽의 기자들〉 프로그램을 마치는 것보다 내 조국에 있는 것이 몇 배 중요하다고 생각했다면, 난 올리비에의 만류에도 아랑곳없이 베오그라드로 돌아왔겠지. 나는 그 마지막 한 달을 줄곧 우울하게, 때때로 눈물을 짜며 보냈지만, 결국은 베오그라드로 돌아오는 것이 내게 정말로 시급하지는 않았던 셈이지. 난 애국자는 아니었어."

"바보 같은 소리! 외국에 한 달을 더 있고 덜 있는 게 애국심과 어떻게 관련이 있는지 난 이해할 수가 없구나. 그리고 세상의 모든 기자들이 그런 식의 애국자라면, 인류는 아마 영원히 전쟁의 재앙에서 벗어날 수 없을 거야. 그런데 세르비아 사람들은 죄다 애국심에 대한 강박관념이 있니?"

"그건 강박관념이 아냐. 감정의 자연스러운 흐름일 뿐이지. 너는 지금 서방 언론들이 그렇게 열정적으로 떠들어대고 있는 세르비아 사람들의 쇼비니즘에 대해서 얘기하고 있는 거니?"

"아냐, 아냐, 내가 말을 잘못한 것 같구나. 난, 그저……."

"무슨 말인 줄 알아. 말을 뺄 건 없어. 전쟁은 많은 사람들을 애국자로 만들게 마련이야. 그런 애국자는 세르비아에만 있는 게 아니라, 크로아티아에도 있고, 보스니아에도 있어. 하긴 이 전쟁을 추동하고 있는 건 애국심이라는 이름의 민족주의만은 아니지. 거기에는 또 종교적 열정과 국제정치의 역학이라는 것이 있으니까." (내가 좋아하게 돼버린 이 여자가 지닌, 유고슬라비아 내전에 대한 관점은, 그 뒤 내가 만나본 세르비아 사람들 대부분이 공유하고 있었다.)

"어쨌든 이 전쟁에서 세르비아가 강자 처지에 서 있는 건 사실 아니니?"

"난 그걸 편견이라고 생각해. 이렇게 말하는 것 자체가 내가 세르비아 사람으로서 가지고 있는 편견 때문인지도 모르지만. 지금 세르비아는 전 세계와 맞서 싸우고 있어. 전 세계의 편견에 맞서 말이야. 모두들 세르비아 사람들을 악마로 생각하고, 크로아티아 사람들이나 보스니아의 이슬람교도들을 천사라고 생각해. 20세기 내내 세르비아와 친선을 유지해 왔던 프랑스 사람들도 이젠 마찬가지지. 그들도 독일의 눈치를 봐야 하니까. 정교회 국가인 러시아도 그렇고. 그들에게 필요한 건 서방의 돈이니까. 너도 베오그라드에 오기 위해 부다페스트에서 열차를 타야 했듯이, 베오그라드 공항에 취항하는 외국 항공사는 없어. 세르비아 사람들이 외국으로 나가는 것도 거의 불가능하고. 모두들 우리를 전쟁범죄자 취급하니까. 객관적으로 말해서 지금 세르비아는 완전히 고립돼 있어. 너는 그 고립감을 상상할 수 있겠니?"

"응."

이라고밖에 내가 무슨 대답을 할 수 있었겠는가.

1918년 10월 29일 크로아티아 의회는 오스트리아-헝가리 제국과의 분리를 선언했다. 민족자결주의의 이름으로. 그해 12월 1일, 세르비아인들, 크로아티아인들을 포함해 발칸 반도에 살고 있는 남슬라브인들—슬라브어로는 유고슬라브들—은 베오그라드에서 세르비아-크로아티아-슬로베니아 왕국을 선포했다. 그로부터 11년 뒤인 1929년 1월에 국호를 유고슬라비아 왕국으로 바꾸게 되는 이 세르비아-크로아티아-슬로베니아 왕국이 이른바 첫 번째 유고슬라비아다. 제2차 세계대전의 발발로, 말하자면 독일과 이탈리아의 침공으로 지도 위에서 사라졌던 이 첫 번째 유고슬라비아는 전쟁이 끝난 뒤 티토가 이끄는 두 번째 유고슬라비아로 부활했다. 이번에는 왕국이 아니라 사회주의 연방공화국이었지만. 그런데 이제 그 두 번째 유고슬라비아도 지도 위에서 사라졌다. 이번에도 역시 민족자결주의의 이름으로. 유고슬라비아의 탄생도, 그것의 죽음도, 민족자결주의라는 동일한 이념의 기치 아래 이뤄진 것이다. 역사의 이 아이러니!

세르보-크로아티아어라 불리는 거의 동질적인 언어를 사용하는 이 남슬라브인들이 왜 지금 제2차 세계대전 이후 유럽에 첫 번째 전화를 끼치고 있는가. 첫 번째 이유는 그들이 서로 같은 만큼 다르기 때문이다. 오래도록 오스트리아-헝가리 제국의 영역 안에서 살았던 크로아티아인들은 대개가 로마 가톨릭 교도인 데 견주어, 그렇지 않았던 세르비아인들은 대개가 정교회 신자다. 거기에다가 보스니아-헤르체고비나에 살고 있는 남슬라브인들의 많은 수는, 오스만 투르크 지배의 유산으로 이슬람교를 믿고 있다. 크로아티아 사람들에게 내면화된 정치문화는 과거의 오스트리아-헝가리 제국의 그것처럼 지방분권주의인 데 견주어, 세르비아인들의 정치문화는 중앙집권주의다. 여기에다가 제2차 세계대전 당시의 비극을 덧붙여야 한다. 독일군과 이탈리아군에 의해 첫 번째 유고슬라비아가 역사박물관 속으로 사라지자, 크로아티아의 파시스트 지도자 안테 파비치는 두 나라가 분할점령한 유고슬라비아 지역을 뺀 나머지 영토(대부분이 크로아티아 지역이었다)에 크로아티아 독립 국가를 선포했고, 히틀러와 무솔리니는 이 나라를 즉각 승인했다. 안테 파비치는 우스타샤(봉기)라는 파시스트 조직을 통해 추축국에 저항적인 수십만의 세르비아인들을 학살했다. 세르비아인들에게는 크로아티아인에 대해 역사의 원한이 있는 것이다. 이 원한은 티토라는 카리스마적 지도자가 관리하던 두 번째 유고슬라비아 안에서 잠복해 있다가, 세르비아와 몬테네그로를 제외한 유고슬라비아 각 지역에서 분리주의가 싹트고 그것이 내전으로 치닫게 되자 결국 불거져 나오고 말았다.

두 번째 유고슬라비아는 세르비아, 크로아티아, 슬로베니아, 보스니아-헤르체고비나, 몬테네그로, 마케도니아의 여섯 개 공화국과 세르비아 안의 두 개의 자치주, 곧 코소보와 보이보디나 해서 여덟 개의 정치행정 단위로 이뤄져 있었다. 91년 6월 크로아티아와 슬로베니아가 독립을 선언한 이래 유고슬라비아의 해체는 가속화돼, 이젠 자치주를 포함한 세르비아와 몬테네그로만이 이름뿐인 유고슬라비아 연방을 이루고 있을 뿐 그 외 모든 나라들은 독립국이 되었다. 그리고 그것은 내전의 발발로 이어졌다. 세르비아인, 크로아티아인, 이슬람교도들이 처참하게 싸우고 있는 보스니아-헤르체고비나를 비롯해, 옛 유고슬라비아의 거의 전 지역이 분쟁 상태이거나 긴장 상태다. 이 과정에서 세르비아인들의 공격적 민족주의는 세계에 널리 선전되었다. 그리고 그것이 완전히 날조된 것은 아니었다. 세르비아 이외 지역에서, 자발적이든 외국의 부추김에 의해서든 일기 시작한 민족주의가 비록 선제 도발이었다고 할지라도, 그에 '정당하게' 대응하는 세르비아 민족주의의 강도는 정당방위의 한도를 한참 넘어선 감이 있었다. 특히 이 세르비아 민족주의는 공산주의자에서 재빠르게 민족주의자로 변신한 슬로보단 밀로셰비치의 정략 속에서 한껏 부추겨졌다. 티토가 이끌었던 유고슬라비아 연방 인민공화국, 즉 두 번째 유고슬라비아를 실제로 주도한 것은, 첫 번째 유고슬라비아에서와 마찬가지로 세르비아인들이었다. 따라서 당과 군의 요직에도 세르비아인 비율이 가장 높았다. 그런데 밀로셰비치는 이제 티토까지 비난해가며 과거의 유고슬라비아 연방 안에서 세르비아가 부당한 대우를 받았다고 말하고 있었다. 제2차 세계대전이 끝나고 연방공화국이 들어서면서 공화국 사이의 경계가 획정될 때, 과거에 세르비아에 속했던 지역의 일부가 크로아티아로 넘어갔다는 사실을 지적하면서, 그것은 티토가 크로아티아 출신이었기 때문이었다고 슬며시 암시하고 나선 것이다. 이 점은 티토가 죽은 지 6년이 지난 1986년에 이미 세르비아 한림원이 공격적으로 지적한 바 있다. 분리와 내전의 엔진은 티토가 죽자마자 아주 서서히 가동하기 시작했던 것이다. 내가 유고슬라비아로 갔던 3월에도 그 이전이나 그 이후와 다름없이 상황은 긴박했다. 바로 얼마 전 국제연합 안전보장이사회가 내전 과정에서 발생한 대량 학살과 강간 등의 범죄에 책임이 있는 자들(결국 세르비아인들이 표적이었다)을 심리할 전범 재판소를 설치하기로 결정한 상태였고, 보스니아 안의 세르비아 민병대는 이슬람교도와 크로아티아인들에 대해 공세를 더욱 강화하고 있었다. 보스니아 동부 회교도 고립지역에 식량과 의약품을 공수하려던 미군의 작전은 실패로 돌아갔고, 안보리는 기존의 평화유지군 외에 추가 병력을 보스니아에 파견하기로 결의한 상태였다. 나토도 국제연합에 호응해 파병을 추진할 움직임을 보이고 있었다. 밀로셰비치는 빌 클린턴과 유엔 특사 밴스의 압력을 받고 파리로 날아가 엘리제궁에서 미테랑을 만나 종전 조건들을 협상했지만, 두 차례 세계대전 때의 혈맹국 정상들은 함께 밥을 먹는 동안 아무런 돌파구도 찾을 수 없었다. 보스니아 대통령 이제트베고비치와 절친하다는 베르나르 앙리-레비는 제2차 세계대전의 도화선이 되었던 1930년대의 뮌헨정신이 유럽에서 다시 부활하고 있다며 보스니아에 대한 지원을 호소하고 있었지만, 서방 정치가들은 한 편의 완승보다는 전쟁의 지속을 바라는 듯 말보다는 움직임이 훨씬 굼떴고, 이른바 인종 청소와 사라예보 폭격은 더욱 심해지고 있었다. 다섯 세기 이상 서로 다른 종교와 서로 다른 민족이 공존했던 사라예보는 이제 포용과 공존의 상징이 아니라, 증오와 분열의 상징이 돼가고 있었다.

밀로라드 파비치의 아파트는 브라체 바루 거리 22번지에 있었다. 손님에 대한 예의 때문인지 아니면 카메라를 의식해서인지는 알 수 없었으나, 그는 넥타이까지 맨 정장 차림으로 나를 맞았다. 이 전직 소르본 교수의 프랑스어가 별로 훌륭했다고 말할 수는 없다. 그런데 인터뷰를 하다 보니 바로 그의 어눌한 프랑스어야말로 이 세르비아 민족주의자에게 더없이 어울려 보였다. 그가 만일 움베르트토 에코 같은 유럽주의자만큼 미끈한 프랑스어를 썼더라면, 그것이 오히려 더 어색했을 것이다. 파비치는 1929년 베오그라드에서 태어난 슬라브학자다. 파리의 소르본, 빈의 야지치 슬라브문헌학연구소, 베오그라드 대학 등지에서 주로 세르비아 문학사를 가르쳤다. 그러나 세르비아인들은 그를 학자로서보다는 민족시인으로, 민족작가로 더 추앙한다. 나는 베오그라드에 머무는 동안 세르비아 사람들이 그에게 보내는 경의의 정도에 다소 충격을 받았다. 그는 세르비아 문단의 제왕이라 할 만했다. 그러나 실제로 만나본 그가 내게 그리 매력적인 사람으로 비치지는 않았다. 그는 저널리즘에 자기가 어떻게 비칠까 너무 신경을 쓰는 타입의, 그러면서도 자신이 정말 대단한 거물인 양 어깨에 힘을 주는 타입의 명망가였다. 혹시 이 사람은 저널리즘의 선정주의가 만들어낸 스타가 아닐까 하는 생각이 들 정도였다.

"서유럽의 문학 저널들은 보스니아-헤르체고비나에서의 내전 발발 뒤 당신의 민족주의가 더 확고해졌다고 전하고 있는데."

"그건 사실이 아니다. 나는 단지 내가 어느 문화에 속하고 있는가를 뚜렷이 의식하고 있는 작가일 따름이다."

“그렇다는 것은 자신을 유고슬라비아 사람이 아니라 세르비아 사람으로 생각하고 있다는 뜻인가?”

“나는 언제나 나 자신을 세르비아 사람으로, 그리고 비잔틴 사람으로 여겨왔다. 내가 유고슬라비아 사람이라고 생각한 적은 한 번도 없다. 유고슬라비아라는 것은 민족을 부르는 이름이 아니다. 그것은 정치가들이 편의상 만들어낸 기술적 용어에 지나지 않는다. 중요한 것은 문화이지 국가가 아니다.”

“대부분의 서방 언론과 정치인들은 유고슬라비아 내전의 책임을 세르비아 사람들에게 돌리고 있는데.”

“제2차 세계대전 때 독일인들이, 특히 괴벨스가 유대인과 세르비아인들을 비난했던 것과 똑같은 방식이다. 언론과 정치인들에게는 속죄양이 필요하다. 세르비아 사람들을 악마로 묘사하는, 진부하지만 효과적인 선전을 그들이 되풀이하는 이유가 거기 있다. 그러나 대부분의 크로아티아 사람들이나 보스니아 사람들과 마찬가지로 대부분의 세르비아 사람들 역시, 이 끔찍한 전쟁에 대해 전혀 마음의 준비가 없었다.”

“당신이 보기에는 누구에게 전쟁의 책임이 있는가?”

“민족 지상주의를 고취한 일부 세르비아인과 크로아티아인에게도 그 책임이 있지만, 더 큰 책임은 서방의 정치 종교 권력에 있다. 유고슬라비아 내전은 국제사회가 그 전쟁을 바랐기 때문에, 유고슬라비아의 해체를 바랐기 때문에 일어난 것이다."

"국제 사회가 유고슬라비아의 해체와 내전을 왜 원했다고 생각하는가?"

"냉전 종식 이후 새로운 분쟁이 필요했기 때문이다. 서로 다른 종족에 상응하는 서로 다른 종교가 공존하고 있는 유고슬라비아는 그 새로운 분쟁을 가동할 맞춤한 장소로 보였을 것이다."

"당신은 지금 외국의 가톨릭교회와 이슬람교를 비판하고 있는 것인가?"

"바로 그렇다."

"그러나 똑같은 비판을 정교회에도 할 수 있지 않을까?"

"가톨릭교회나 이슬람교와는 달리 정교회에는 국제적 연계가 없다. 모든 국가의 정교회는 그 자체로 독립적이다. 정교회 신자들에게는 바티칸이나 메카가 없다. 다민족적이고 다종교적인 공동체에서는, 어떤 민족, 어떤 국가는 국제 사회로부터 강한 종교적 지원을 받는 반면에, 예컨대 세르비아 같은 나라는 전혀 그러지 못한 경우가 종종 있다. 세르비아는 지금 두 개의 강력한 종교 인터내셔널에 포위돼 있는 셈이다."

"어쨌든 국제 사회는 세르비아 사람들을 전쟁 도발자로 낙인찍고 있고, 당신은 세르비아적 가치들을 옹호하고 있다. 당신의 그 입장이 작가로서 당신의 국제적 명성에 장애가 되리라고 생각하지 않는가?"

"그러리라고 생각한다. 그러나 나는 내 동포의 운명을 내 것으로 받아들인다. 외국인들이 세르비아 사람들을 비난하면 할수록, 나는 더욱더 세르비아 작가다. 나는 결코 내 조국을 떠나지 않을 것이다. 가톨릭교회와 이슬람교에는 엄청난 돈이 있다. 세르비아는 한낱 가난하고 조그마한 나라일 뿐이다. 그런데도 사람들은 세르비아 사람들이 전쟁의 책임을 져야 한다고 말한다. 1천2백만 명의 세르비아인들이 유럽에서 일어나고 있는 모든 악의 근원이라는 식이다. 그들의 말을 듣고 있으면, 세르비아 사람들만 없으면 유럽이 천국이 될 것 같다. 이런 선전을 무기로 서방의 정치 종교 권력은 전쟁을 계속하고 있다. 그들의 군수 산업과 경제 일반에 도움을 줄 이 전쟁을 말이다."

"당신은 창작자이자 이론가이다. 사르트르나 브레히트, 엘리어트 같은 예외가 없는 것은 아니지만, 창작과 이론이 한 정신 속에 공존하는 것은 흔치 않은 일이다. 당신의 창작적 글쓰기와 이론적 글쓰기 사이에는 갈등이 없는가?"

"그 둘 사이에서 원심력을 느껴본 적은 없다. 나는 작가의 가계에서 태어났다. 18세기 이래 우리 집안사람들은 대대로 작가, 시인이었다. 어린 시절부터 나는 자연스럽게 작가가 될 준비를 했고, 마침내 작가가 되었다. 한편으로 나는 대학 선생이 되고 싶었고, 마침내 대학 선생이 되었다. 내게 그 둘은 상호 보완적이다. 창작적 글쓰기와 이론적 글쓰기 사이의 끝없는 왕복운동, 그것이 내 글쓰기의 운명이다. 나는 그 둘 사이에서 안정감을 느낀다."

"그 둘 가운데 어느 쪽에 자신의 아이덴티티를 더 부여하는가?"

"몸이 좋지 않아 몇 년 전에 대학을 떠나기도 했지만, 퇴직 이전부터 나는 스스로를 이론가라기보다는 창작자로 생각해 왔다."

"사전의 형태를 띤 당신의 독특한 장편 소설 『하자르 사전』은 스물세 개 언어로 번역된 바 있다. 이 작품은 중세 하자르 족에 대한 기독교적·이슬람교적·유대교적 측면의 소설적 탐구로 읽힌다. 당신이 하자르족으로 상징하려고 한 것은 무엇이었나?"

"10세기 이전에 지구상에서 사라진 아시아와 유럽의 하자르족은 세계의 모든 소수 종족을 상징할 수 있다. 예컨대 그들은 슬로베니아인이기도 하고, 유대인이기도 하고, 홀란드인이기도 하고, 물론 세르비아인이기도 하다. 소수 종족들은, 하자르족이 그랬듯, 항상 미래가 불안하다. 또 그들은 정체성의 위기라는 공통의 짐을 지고 있다. 그러나 하자르족은 또한 프랑스인이나 미국인을, 요컨대 현대의 인류 모두를 상징할 수 있다. 우리들 모두는 하자르족처럼 내일이 불안하다. 핵의 위협, 환경 파괴, 정체성 상실, 식량 문제 따위가 그 불안의 내용이 아닌가."

"세르비아 문학을 다른 문학으로부터 구별시키는 특징이 있다면?"

"내 생각으로는 동과 서의 융합이다. 수세기에 걸쳐 세르비아 문학은 유럽 문화와 비잔틴 문화에 반반씩 속해 있었다. 세르비아 정교회의 창건자이고 세르비아 문학 최초의 작가인 성 사바가 '서쪽 사람들에게 세르비아는 항상 동방이고, 동쪽 사람들에게 세르비아는 항상 서방'이라고 말한 것은 바로 그 점을 지적한 것이다. 그러나 내 생각으로는 정신주의와 관용을 특징으로 하는 비잔틴 문화의 영향이 유럽 문화의 영향보다 더 큰 것 같다."

"당신은 자신이 세르비아의 문학적 전통 속에 있다고 생각하는가?"

"그렇다. 나는 두 학교의 학생이다. 하나는 세르비아의 민중문학이고, 또 하나는 비잔틴교회의 설교학이다. 첫 번째 학교에서 나는 속담, 민요 같은 구비문학의 중요성을 배웠고, 두 번째 학교에서는 어떻게 말의 울림을 크게 할 수 있는지를 배웠다."

"자신이 동유럽 사람이라는 것을 약점으로 생각한 적이 있는가? 말을 바꾸어, 당신이 프랑스인이거나 미국인이라면 지금보다 더 평가받았으리라고 생각한 적이 있는가?"

"있다. 그러나 서유럽 독자들에게 내 작품을 읽히는 것이 내게는 놀랄 만큼 쉬운 일이었다는 사실을 덧붙이겠다."

"그 이유가 무엇이라고 생각하는가?"

"아마도 자신에게 무엇이 필요한가를 잘 아는 현명한 사람들이 많았기 때문일 것이다. 또는 가장 세르비아적인 것이 가장 보편적이기 때문일 것이다."

"예순네 해를 산 사람이 보기에 삶은 살 만한 것인가?"

"삶은 사랑할 만한 그 무엇이고, 기록할 만한 그 무엇이다."

"내 생각으로는, 작가가 자기 나라에 대해 어떤 사심도 가져서는 안 된다. 자신의 종교 공동체, 자신의 정치적 벗들에 대해서도 마찬가지다"라고 말한 것은 하인리히 뵐이었다. 1976년 10월《리르》지와의 인터뷰에서였다. "작가는 자기 동포나 자기 동시대인들에 대한 사심 없는 판관이 아니다. 그는 자기 나라에서 일어난, 또는 자기 동포들이 행한 모든 악의 공범이다"라고 말한 것은 알렉산드르 솔제니친이었다. 1976년 스톡홀름에서 한 노벨문학상 수상 연설에서였다. 언뜻 듣기에 서로 상반돼 보이는 이 독일인과 러시아인의 발언은 그러나 결국 같은 소리다.

이 두 노벨 문학상 수상자들이 말하고자 했던 것은 요컨대 이랬다: 작가는 자신이 속한 사회에 공적 책임이 있다.

왜냐하면, 칼 폰 클라우제비츠가 전쟁에 대해 내린 정의를 패러디해 필립 솔레르스가 말했듯, "모든 글쓰기는, 우리들이 원하든 원하지 않든, 정치적이다. 글쓰기는 딴 수단들을 통한 정치의 계속"이기 때문이다.

세르비아의 작가들에게 '딴 수단들을 통한 정치의 계속'은 공산주의나 정치적 억압보다는 민족주의나 전쟁과 더 관련이 있었다. 그들에게 공산주의 체제의 붕괴는 동유럽 다른 나라들의 작가들에게만큼 중요한 것이 아니었다. 포스트 공산주의 세르비아에서와 마찬가지로 공산주의 유고슬라비아에서도 출판물에 대한 정부 검열은, 비록 없었다고는 할 수 없을지라도, 다른 공산주의 나라에서만큼 엄했던 것이 아니었기 때문에, 공산주의의 몰락이 그들의 상황을 급격히 바꿨다고 말할 수는 없었다.

문학예술 아카데미에서 만난 세르비아 작가동맹 위원장 요반 흐리스티치(그는 널리 알려진 드라마 비평가로 문학예술 아카데미의 교수다)의 말: "내 기억이 정확하다면 1948년 베오그라드가 모스크바에 작별을 고한 직후에 공산당 중앙위원회에서 선동선전을 담당하던 부서가 폐지됐다. 그 뒤로 출판물에 대한 검열은 크게 약화했다. 티토 시절에도 유고슬라비아 작가들은 자기들이 쓰고 싶은 것을 거의 뭐든지 쓸 수 있었다. 물론 티토를 대놓고 공격한다거나, 스탈린주의자들을 옹호한다거나 할 수는 없었지만."

세르비아 문학은, 예전과 마찬가지로 지금도, 역사에 들려 있다. 오스만투르크에 대항해 싸웠던 체트니크들, 제2차 세계대전 당시의 파르티잔들, 스탈린주의와 집산화 문제 같은 것들이 이 나라 작가들이 즐겨 다루는 소재와 주제들이다.

"작가들이 어떤 인물의 사적 삶을 그릴 때에도, 그 사적 삶은 항상 역사적 맥락 안에서 묘사된다. 스스로를 리얼리스트로 생각하건, 모더니스트로 생각하건 우리들은 항상 역사라는 것을 생각한다. 모순되는 얘기 같기도 하지만 심지어 포스트모더니스트를 자처하는 작가까지도 마찬가지다. 감정만을 위한 감정 묘사는 거의 없다. 그리고 이런 경향은 사회주의 리얼리즘에 빚지고 있는 것이 아니라 세르비아의 문학 전통에 빚지고 있다. 이것은 시에서도 마찬가지다"라고 흐리스티치는 말했다. 세르비아 문학의 역사 지향성이 사회주의 리얼리즘보다는 세르비아 자체의 문학 전통에 더 빚을 지고 있다는 흐리스티치의 말은 세르비아 작가들이 왜 공산주의 몰락보다 유고슬라비아 해체를 더 심각하게 받아들이고 있는가에 대한 해명처럼 보였다.

약한 공산주의가 물러나면서 비워진 자리를 이제 강한 민족주의가 메우고 있는 것일까? 국제 언론매체들이 암시하고 있는 대로 세르비아인들은 죄다 민족주의자인 것일까? 이런 질문들에 대한 시인 브라티슬라브 밀라노비치의 대답은 산야의 말을 연상케 했다. "전쟁이 일어나면 누구나 다 좀 더 애국적이 된다는 점을 이해해야 한다. 그런 의미에서라면, 세르비아 작가들이 모두 애국적이라고 말할 수도 있다."

민족주의가 됐든 애국주의가 됐든, 세르비아 작가들의 자기애는 세르비아 작가동맹이 1989년에 펴낸 『코소보 1389-1989』라는 책에서 선명히 드러난 바 있다. 이 책이 출간된 것은 주민의 82.2%가 알바니아계인 코소보 자치주의 자치권을 현격히 약화하게끔 세르비아 헌법이 개정된 직후 일이었다. 코소보 전투 600주년을 기념해 나온 이 책은, 세르비아 작가들이 그 역사적 사건의 영광과 비극에 바치는 시와 산문들을 모아놓고 있었다. 1389년 6월 15일 코소보에서는 세르비아군과 오스만투르크군 사이에 최후 결전이 있었다. 그 전투에서 세르비아의 왕 라자르와 오스만투르크 술탄 무라드가 함께 죽었다. 이 전투에서 세르비아는 졌고, 그것을 계기로 터키인의 지배를 받게 되었지만, 많은 세르비아인들의 기억 속에 이 사건은 승리로 기억되고 있었다. 왜냐하면 그들은 자신들보다 엄청나게 강한 터키군과 최후까지 싸웠고, 터키의 지도자를 죽였기 때문이다. 이 전투의 영광과 슬픔을 담은 민요와 민담들이 세르비아에는 많이 있다.

코소보 전투가 승리와 패배라는 모순의 이중주로 세르비아의 문학에 수용된 것과 비슷하게 지금의 유고슬라비아 내전도 또 다른 모순의 이중주로 이 나라 문학에 수용될 수 있겠다는 생각을 내가 하게 된 것은 시인 요벤 다미치를 만나고 나서였다. "나는 크로아티아나 보스니아-헤르체고비나의 독립에 반대하지 않는다. 누군가가 당신과 함께 살고 싶어 하지 않으면, 그 사람이 떠나게 놔두는 수밖에 없다. 그러나 세르비아 사람들은 유고슬라비아 어디에고 있다. 그리고 세르비아 사람들은 세르비아 사람들이 살고 있는 곳을 세르비아라고 생각한다." 이것은 힘의 논리일까? 그래, 전쟁의 논리다. 새로운 서사시의 소재가 될 만하지 않은가? 그러나 요벤 다미치 역시 세르비아인과 크로아티아인은 종교만 다를 뿐 동일한 민족이라는 점을 인정했다. 바로 여기서 아까 언급한 흐리스티치의 코르네유적 상황이 나온다. "나는 첫 번째 유고슬라비아에서 태어나 두 번째 유고슬라비아에서 살아왔다. 그리고 이제는 세르비아인이 되었다. 밀로셰비치는 지금도 우리가 유고슬라비아인이라고 말하고 있지만, 그것은 멍텅구리 같은 소리다. 이제 지구 위에 유고슬라비아라는 나라는 없다. 자그레브에는 내 친척과 친구들이 많다.

내전 이전엔 어떤 주제에 관해서든 서로의 종교나 민족 귀속을 의식하지 않은 채 그들과 토론할 수 있었다. 이제는 모든 것이 달라져버렸다. 내전은 세르비아와 크로아티아 사이의 모든 인간적 관계들을 끊어버렸다. 내가 보기에 그 관계들은 적어도 1세기 안에는 회복이 불가능하다."

어쨌거나 세르비아 작가들이 그들의 민족주의와, 문학의 보편적 가치라고 할 휴머니즘 사이에서 방황하고 있었던 것은 확실하다. 세르비아 작가동맹의 사무국장인 소설가 보이슬라브 요바노비치는 세르비아의 작가 상황을 이렇게 요약했다.

"세르비아 작가들은 이 전쟁에, 21세기 문턱에서의 이 치욕스러운 골육상쟁에 반대한다. 그리고 많은 작가들이 밀로셰비치 정권에 반대한다. 결코 공산주의자였던 적이 없는 작가들의 경우, 민족주의자로 얼굴을 바꾼 과거의 공산주의자를 존경할 수는 없다. 그러나 공식적인 반전 선언이 작가 개인 차원에서도, 작가동맹 차원에서도 아직 나오지 않고 있다. 전쟁은 인간에게서 용기와 이성을 앗아가버린다."

우리들 가운데 열여덟은 여자였고, 나머지 열넷은 남자였다. 여자들 가운데 적어도 셋은 생물학적 처녀였다(고 나는 생각한다). 우리들 가운데 딱 절반인 열여섯은 유럽에서 왔고, (만약에 이스라엘이 아시아라면) 다섯은 아시아에서 왔고, 셋은 북아메리카에서 왔고, 또 다른 셋은 남아메리카에서 왔고, 넷은 아프리카에서 왔고, 하나는 오세아니아에서 왔다. 딱 절반인 열여섯은 기혼이었고, 나머지 절반은 미혼이었다. 기혼자 가운데 둘은 이혼해서 다시 독신이었고, 미혼자 가운데 셋은 약혼자나 이성의 친구와 파리에서 동거했다. 우리들 가운데 여섯은 프랑스어가 영어보다 편했고, 나머지 스물여섯은 영어가 프랑스어보다 편했다. 우리들 가운데 스물넷은 삼십대였고, 나머지 여섯은 이십대였다. 아홉이 금발이었고, 스물넷이 흡연자였으며, 적어도 하나가 유대인이었고, 순수한 아랍인은 없었다. 아랍인을 아버지로 하고, 프랑스인을 어머니로 해서 파리에서 태어난 프랑스인 여자 동료가 하나 있었다. 적어도 셋은 정교회 신자였고, 적어도 둘은 무슬림이었다. 우리들 가운데 다섯이 검은 피부였다. 그들 가운데 셋은 여자였고, 나머지 둘은 남자였다. 넷은 아프리카에서 왔고, 나머지 하나는 미국에서 왔다. 우리들 가운데 '진짜 기자'는 둘이었다.

데보라 베를링크와 마르틴 크론베르크 사이에 닮은 점이 많은 것은 아니었다. 사실 그 둘은 너무 여러모로 달랐다. 우선 데보라는 여자였고, 마르틴은 남자였다. 데보라는 브라질 여자였고, 마르틴은 덴마크 남자였다. 데보라는 신문에서 일했고 마르틴은 방송에서 일했다. 데보라가 알고 있는 독일어는 열 단어 안쪽이었으나, 마르틴은 독일어를, 덴마크어만큼은 아니었으나, 어쨌든 잘 했다. 마르틴이 알고 있는 이탈리아어는 열 단어 안쪽이었으나, 데보라는 이탈리아어를, 포르투갈어만큼은 아니었으나, 어쨌든 잘 했다. 데보라는 기혼이었으나, 마르틴은 미혼이었다. 데보라의 남편은 국제연합 직원이었다. 정확히 말하자면, 세계보건기구 직원이었다. 그들 부부는 제네바에 살고 있었다. 마르틴의 아버지는 비즈니스맨이었다. 정확히 말하자면, 오퍼상이었다. 그들 부자는 코펜하겐에 살고 있었다. 마르틴의 어머니는 그가 어려서 죽었으나, 데보라의 부모는 리우 데 자네이루에서 정정하게 살고 있었다. 그러나 데보라와 마르틴이 1992년 9월 말 어느 날 파리 루브르 거리 33번지에서 만났을 때, 그 둘은 그들 사이의 그 모든 차이점에도 불구하고 한 가지 서로 닮은 점이 있다는 사실을 단박에 알아차렸다. 그들이 둘 다 프랑스어가 다소 서툴고 영어가 아주 능하다는 점을 말하는 것이 아니다. 서툰 프랑스어와 능숙한 영어는 우리들 가운데 많은 수가 공유하고 있는 약점, 또는 강점이었다. 그 둘은 서로 상대방 안에서 '진짜 기자'를 발견했다. 그래서 단박에 친해져버렸다. 그러고는 붙어 다니기 시작했다.

진짜 기자라. 그렇다면 〈유럽의 기자들〉의 다른 동료들은 다 가짜 기자였단 말인가. 그랬다는 뜻은 아니다. 우리들 모두의 직업은 어쨌든 기자였다. 단지 그 둘은 서로에게서 기자의 운명을, 기자의 팔자를 감지했다는 뜻이다. 그러면 기자의 운명이란 뭘까? 그것은 우선 기록하는 것일 테다. 그러나 그런 면에서만 본다면, 그 둘만이 진짜 기자였던 것은 아니다. 아니, 기자라는 직업이 아름답고 명확한 글을 쓸 수 있는 능력의 보증수표 노릇을 하는 프랑스 저널리즘 기준으로 본다면 사실 그 둘을 특별히 진짜 기자로 볼 수는 없었다. 그들의 영어는 대단히 수다스러웠으나, 그 영어로 쓰인 그들의 기사는 때때로 볼품이 없었다. 그들의 프랑스어는 자주 비틀거렸고, 그 프랑스어로 쓰인 그들의 기사는 더욱 볼품이 없었다. 그럼에도 불구하고 그들을 진짜 기자라고 부를 수 있는 이유는 다른 사람들의 삶에 대한, 그 삶의 세목에 대한, 마침내는 죽음에 대한, 그들의 집요한 관심에 있었다. 기자는 기록하는 자이지만 그 기록은 자신에 대한 기록이 아니라 남에 대한 기록이다. 남의 삶을 엿보고 싶어 하는 호기심, 자기가 엿본 것을 되도록 많은 사람들에게 알리고 싶어 하는 광고 충동, 그런 것들이 기자의 운명 아닐까. 그랬을 때 데보라와 마르틴은 우리들 가운데 그 누구보다도 순도 높은 진짜 기자였던 셈이다. 그들은 세속적이었다. 누구와도 쉽게 어울릴 수 있었다는 뜻이다. 차라리 통속적이었다고나 할까? 통속! 세상과 통함! 그들은 민첩했다. 일단 행동해 놓고 생각하는 타입이었다는 뜻이다. 그들은 단순했다. 삶과 사물의, 자기 행동의, 그리고 원인들과 결과들이 만들어내는 사슬의 요모조모에 대한 신경질적 분석과 저울질, 과민한 배려 같은 것에 무심했다는 뜻이다. 그들은 열정적이었다. 사건이 있는 곳에 자신이 있어야 한다고 생각했고, 그 생각대로 행동했다는 뜻이다. 그들은 집요했다. 자포자기와 단념에 익숙하지 않았다는 뜻이다. 그들의 세속성 또는 통속성, 그들의 민첩함, 그들의 단순성, 그들의 열정, 그들의 집요함이 그들을 진짜 기자로 만들었다.

마르틴은 〈유럽의 기자들〉 프로그램에 속했던 네 차례 정기 취재를 모두 옛 유고슬라비아로 갔다. 브뤼셀의 유럽공동체 집행위원회나 제네바의 국제연합 산하기구들을 취재할 때도 그의 관심은 언제나 옛 유고슬라비아연방 문제에 머물러 있었다. 그는 옛 유고슬라비아의, 더 정확히는 보스니아-헤르체고비나의 내전이야말로 유럽의 미래를 결정하는 역사의 중심 현장이라고 생각했고, 그 내전의 결과가 곧 세계 질서의 재편에도 결정적 영향을 끼친다는 유럽적 자만심을 가지고 있었다. 그의 첫 번째 취재대상은 크로아티아의 난민 문제였다. 특히 난민 수용소에 머물고 있는 전쟁고아들의 문제가 그의 공식 취재 과제였다. 그러나 그는 은밀히 보스니아에, 더 정확히는 사라예보에까지 들어가 보고 싶었다. 그래서 국제연합 평화유지군과 교섭도 해보고, 사적 루트를 알아보기도 했다. 그러나 평화유지군은 너무 빳빳했고, 사적 루트는 돈이 너무 많이 들어 사라예보 잠입에 실패했다. 그의 두 번째 취재대상은 세르비아의 종교, 그러니까, 정교회였다. 내전에 대한 정교회의 입장과 세르비아에서의 정치와 종교 관계가 그의 과제였다. 그는 이번에도 은밀히 사라예보에까지 들어가 보고 싶었고, 그래서 그것을 시도했으나 이번에도 실패했다. 그의 세 번째 취재대상은 유고슬라비아 내전의 전범 재판 문제였다. 국제연합이 뉘른베르크 전범 재판 이후 처음으로 유고슬라비아 내전의 처리를 전범재판 방식으로 할 방침을 세우자 이 문제가 국제 언론의 관심사가 되었고, 《유럽》에서도 재판정 구성의 전망, 보스니아에서 주로 세르비아인들이 저지른 잔혹행위 조사 경과 따위를 취재해 보기로 결정한 것이다. 마르틴은 제네바를 거쳐 베오그라드로 갔고, 이번에도 은밀히 사라예보에까지 들어가 보고 싶었다. 그리고 이번에는 성공했다. 그는 몇몇 프랑스 기자들에 묻혀서 그 전쟁의 도시로 잠입했고, 파리로 돌아와서는 전범 재판에 관한 기사를 쓰는 대신 전투 상황에 대한 그리고 전쟁 속 사람들에 대한 장문의 르포 기사를 썼다. 그의 네 번째 취재대상은 마케도니아의 세르비아인들이었다. 옛 유고연방 곳곳에 포진한 채 '유고 문제'의 불씨를 만들고 있다고 서방 정치가들과 저널리즘에 의해 비판받고 있는 세르비아 밖의 세르비아인들에 대한 기획 취재가 《유럽》 71호에 포함되었었는데, 마르틴은 그 가운데 마케도니아의 세르비아인들을 맡았던 것이다. 그는 이번에도 은밀히 보스니아로 잠입하고 싶었다. 그는 세계적 특종을 노리고 있었는데, 그 세계적 특종이란, 보스니아 안의 세르비아 민병대를 이끌고 있는 라도반 카라지치를 단독 인터뷰하는 것이었다. 그는 코소보와 몬테네그로를 거쳐 이번에도 보스니아로 들어가는 데 성공했다. 그러나 카라지치를 인터뷰하는 데는 성공하지 못했다.

카라지치를 만나기도 전에, 이 덴마크 기자에게 별 존경심을 지니고 있지 않던 한 세르비아계 민병대원이 그에게 총탄을 발사했기 때문이다. 그는 모스타르와 사라예보를 잇는 대로변에서 죽었다. 그때까지 열여덟이었던 유고 내전의 순직 기자 숫자를 열아홉으로 늘리면서.

김현은 말했다: "사람은 두 번 죽는다. 한 번은 육체적으로. 또 한 번은 타인의 기억 속에서 사라짐으로써." 나는 마르틴의 최종적 죽음을 얼마라도 지연시키기 위해 그의 이름을 여기 다시 적는다. 마르틴 크론베르크(1957-1993).

마르틴의 영결식 때 누구보다도 많이 울었던 데보라 역시 마르틴만큼이나 진짜 기자였다. 그녀 역시, 사라예보까지는 가지 못했지만(그녀가 사라예보까지 들어가 보기로 마음먹은 날, 이 도시에 대한 공습이 너무 끔찍했기 때문에), 보스니아 영내로 들어가 전쟁의 참화를 취재했다. 그녀가 크로아티아-보스니아 국경을 넘어 그 내전의 나라로 들어간 것은 그녀의 두 번째 출장 때였는데, 그녀가 보스니아에 갔다 온 것을 뒤늦게 알게 된 제네바의 남편이 그녀가 다시 보스니아엘 들어가는 무모한 짓을 한다면 그땐 이혼이라고 협박을 했으므로, 그녀는 다시는 유고 쪽에 얼씬거리지 않았다. 그녀는 진짜 기자이기도 했지만, 순종의 미덕을 지닌 착한 아내이기도 했기 때문이다. 그 대신 그녀는 그 다음 취재 때 나고르노-카라바흐의 산악 지대로 날아갔다. 그리고 아제르바이잔과 아르메니아 사이의 '내전'을 취재했다. 나고르노-카라바흐가 보스니아 도시들보다 꼭 더 안전한 것은 아니었지만, 최소한 그녀의 남편이 그녀더러 아제르바이잔에 가서는 안 된다고 말하지는 않았기 때문이다. 그녀가 파리로 돌아오자, 남을 기다리는 참을성이 부족했던 그녀의 남편은 당장 테제베를 타고 파리로 달려왔다. 그러고는 그녀의 취재 금지 리스트에 아제르바이잔까지를 포함시켰다. 그녀는 이번에도 남편에게 순종했다. 그리고 그녀의 마지막 취재를, 캄보디아까지는 아니더라도, 최소한 소말리아쯤으로는 가기를 꿈꾸었다. 그러나 우리의 디렉터 올리비에가 우리의 잡지《유럽》에 아시아나 아프리카에 관한 기사가 실린 적은 없다는 사실을(터키나 모로코 같은 '범유럽권' 나라는 빼고 말이다) 그녀에게 상기시켜 주었으므로, 그녀는 할 수 없이 마지막 취재를 폴란드로 갔다. 폴란드의 경제 형편이 그녀에게 맡겨진 과제였다. 그녀는 대통령 비서실에 두 번을 편지하고, 비서실 직원과 열두 번을 통화한 끝에 바웬사와 인터뷰하는 데 성공했다. 그리고 파리로 돌아와 우리들에게 진지하게 선언했다.

"그 머저리 같은 자식이 언젠가 나를 보려면 열 번의 편지질과 서른 번의 전화질이 필요할 거야."

토르피누르 옴마르손은 아이슬란드 친구였지만, 아내와 두 딸과 함께 파리에 살고 있었다. 92년-93년 〈유럽의 기자들〉 프로그램이 시작되기 전부터 말이다. 그는 아이슬란드 텔레비전의 파리 특파원이었다. 아니, 사실은 그와 아주 가깝게 지내지 않아서 잘 모르겠는데, 우리 개념으로 통신원이었는지도 모르겠다. 왜냐하면 그는 그 방송국 말고도 아이슬란드의 몇몇 잡지에 기고를 하고 있었기 때문이다. 말하자면 프리랜서 활동을 활발히 하고 있었던 것이다. 그가 유능한 기자였다고 말할 수는 있겠지만, 그를 성실한 연수생이라고 말할 수는 없었다. 그는 〈유럽의 기자들〉 프로그램보다는 프리랜서 일에 더 바빴고 더 열심이었기 때문이다. 그는 프로그램 초기의 세미나에 자주 빠졌고, 딱히 일은 아니라고 할지라도 어쨌든 프로그램의 공식 스케줄이라고 할 수 있는 모임에 나타나지 않는 일이 많았다. 우리들과 사적으로 어울려 진탕 놀기도 별로 좋아하지 않았다. 그에게 중요한 것은 자신의 일이었던 것이다. 돈을 벌고 커리어를 쌓는 일 말이다. 그의 세 번째 공식 취재는 체코의 작가 상황에 관한 것이었는데, 그 이전의 세미나 결석으로 그는 이미 올리비에로부터 두 번의 서면 경고를 받은 상태였다. 프로그램이 시작되기 전에 우리들 각자가 올리비에와 주고받은 계약서 안에는 세 번의 서면 경고를 받으면 프로그램에서 자동으로 탈락한다는 조항이 있었으므로 토르피누르는 그때 이미 아슬아슬한 상태였다.

우리의 세 번째 취재 여행은 프랑스 총선과 겹쳐 있었다. 사회당이 패배해 86년에 이어 두 번째 좌우동거 내각이 들어설 것이 확실했으므로, 그리고 그 총선 결과가 프랑스의 정치 지형만이 아니라 프랑스-독일 관계를 추축으로 삼는 유럽공동체의 앞날에도 큰 영향을 끼칠 것이 확실했으므로, 우리들 대부분은 내심 파리에 남아 총선을 취재하고 싶어 했다. 자기 신문이나 방송을 위해서든, 또는 단기 계약을 맺고 있는 매체를 위해서든 말이다. 프리랜서로 뛰고 있던 친구들이 파리에 남기를 더 바랐다. 프랑스 총선의 취재가 당장 얼마쯤의 돈이 될 것이기 때문이었다. 실제로 주잔나와 로베르트 같은 경우, 그들의 상황은 거의 프리랜서나 다름이 없었으므로, 올리비에에게 파리에 남고 싶다며 동의를 구했으나 거절당했다. 토르피누르는 올리비에에게 파리에 남겠다고 말하지는 않았다. 올리비에가 거기 절대 동의하지 않으리라는 것이 그에겐 명확했기 때문이다. 그러나 그는 파리에 남았다. 그러고는 프랑스 총선을 취재했다. 제2차 투표까지 끝났을 때, 열이틀로 예정됐던 그의 체코 취재 기간은 사흘밖에 남지 않았다. 그는 프라하로 날아가 이틀 동안 속전속결로 취재를 마치고 파리로 돌아왔다. 그러고는 기사를 써냈다. 오는 날짜는 맞췄지만, 가는 날짜를 지키지 못했으므로 그는 안나 오를로프스카한테서 받은 비행기표 두 장 가운데 하나를 버릴 수밖에 없었다. 그러나 그는 아흐레 동안의 숙박료를 절약했으므로 피장파장인 셈이었다. 그는 분명히 프라하로 날아갔다 왔고, 기사를 써서 출고했으므로 제 의무를 크게 방기했다고는 할 수 없었다. 그리고 무엇보다도 그가 아흐레 동안 파리에 남아 있었다는 사실을 올리비에가 영영 몰랐다면 아무 일도 일어나지 않았을 것이다. 그러나 토르피누르는 파리에 남아 있는 동안 생 미셸 거리에 나갔다가 운 나쁘게도 안나의 눈에 띄었다. 착한 안나는 그때 그 사실을 올리비에에게 알리지 않았다. 그러나 피에르 베레고부아가 자살한 다음날 시작된 우리의 마지막 취재 여행 때도 토르피누르가 닷새 동안은 자기의 임지인 모스크바가 아니라 파리에 있었다는 사실을 확인하고는, 고민 끝에 예전 일까지를 올리비에에게 말해버렸다. 올리비에는 매우 노여워했고, 결국 토르피누르를 프로그램에서 탈락시키기로 결정했다. 프로그램이 막바지에 이르고 있었으므로, 올리비에의 결정으로 토르피누르가 입게 될 불이익은 수료증을 못 받는다는 것뿐이었다. 그렇다고는 해도, 그러니까 수료증을 받기 위해 우리가 여덟 달 동안 이 프로그램에 참가한 것은 아니라고 하더라도, 토르피누르는 많이 낙심했다. 그 사실을 알게 된 우리는 집단적으로 또는 사적으로 올리비에를 여러 차례 만나 결정을 재고해 보라고 말했다. 때는 우리가 코펜하겐에서 마르틴의 장례식을 막 치른 참이었으므로, 그 을씨년스러운 분위기가 올리비에의 마음을 움직일 수도 있다고 생각하기도 했다. 그러나 그는 요지부동이었다. "한 사람의 불행이 다른 사람의 요행의 원인이 되는 것은, 그것이 피할 수 없는 경우가 아니라면, 피해야 한다"며 오히려 그는 우리들을 설득했다. 그렇게 해서, 우리들의 네 번째 취재 여행이 끝났을 때, 우리는 동료들을 잃었다. 한 친구는 명예롭게, 그러나 비극적으로 우리들을 떠났고, 또 한 친구는 다소 불명예스럽게, 그래서 몹시 우울한 표정으로 우리들을 떠났다. 한 친구는 정말 뛰어난 기자였고, 또 한 친구도 괜찮은 기자였다.

그때쯤이었을 것이다. 내가 기자라는 직업에 대해서 이런저런 생각을 새삼스럽게 다시 해보게 된 것이. 기자가 되고 싶은 마음이 어려서부터 있었던 것은 아니었다. 그러나 82년 봄에 신문사에 들어간 뒤로, 나는 이 직업을 내 운명처럼 받아들이고 있었다. '80년 봄'의 충격을 자양 삼아 새로운 사회에 대한 열망이 교정과 거리와 노동현장에서 서서히 분출되던 시대를 나는 기자로 살았다. 그 기간에 나는 결혼을 했고, 아버지를 잃었다. 6월 항쟁과 노태우정권의 등장을, 베를린 장벽의 붕괴와 사회주의 체제의 몰락을 나는 기자로서 맞았다. 그 기간에 나는 이혼을 했고, 어머니를 잃었다. 10년 동안 신문사 밥을 먹으면서 전혀 배운 게 없는 것은 아니었다. 우선 신문 기자는 얼마나 뻔뻔하고, 거만하고, 위선적이고, 부패해야 하는지를 배웠다. 미다시니, 하리꼬미니, 나와바리니 하는 일본말들도 배웠다. 파리에 와서는 그런 신문 용어들을 프랑스어로 뭐라고 하는지도 배웠다. 예컨대 못 팔고 쓰레기통에 처박는 신문지들을 '부용bouillion' 이라고 한다는 것을, 정례적으로 쓰는 세시歲時 기사를 '마로니에maronnier'라고 한다는 것을, 취재를 하지 않고 상상력을 통해 실감나는 기사를 창조해 내는 것을 '비도네bidonner'라고 한다는 것을.

《르 몽드》를 방문했을 때는 편집국장으로부터 이런 우스갯소리도 들었다. "나는 기자들에게 되도록 복잡하게, 되도록 따분하게, 되도록 어려운 말로 기사를 쓰라고 합니다. 그래야 독자들이 《르 몽드》를 진지하게 생각하거든요." 인텔리 신문의 전술답기도 하다. (그러나 한국 신문의 어느 편집국장이 이런 방침을 세웠다가는 그 신문 독자들은 다 나가떨어지고 신문사는 곧 문을 닫게 될지도 모른다. 그래서 우리 편집국장들은 말한다. "쉽게 써라. 누구라도 알 만한 말로. 그래야 독자가 생긴다." 그 결과 이런 악순환이 생긴다. 신문기사는 아주 기초적인 한국어 단어로만 쓰인다. 왜냐하면 독자들의 어휘력이 제한돼 있으므로. 독자들의 어휘력은 항상 그 수준이다. 왜냐하면 그들이 신문에서 만나는 낱말들은 항상 기초 어휘이므로.)

그러나 내가 정말로 배운 것은 이런 것이었다. 예컨대 신문에 인쇄되는 글들이 단지 관점의 측면에서만이 아니라 사실의 측면에서도 허위투성이라는 것, 신문기사라는 것이 얼마나 무책임하고 편의적으로 작성되는가 하는 것, 그것이 꼭 정치적 압력 때문만은 아니라는 것, 그래서 마침내, 글로 쓰인 것 가운데 사회에 가장 큰 영향을 끼치는 것이 신문기사지만 가장 쓰레기 같은 것이 신문기사이기도 하다는 것.

그렇다면 도대체 기자란 무엇인가? 마르틴의 영결식장에서 읽은 조사를 통해 데보라는 그를 '진실의 전달자이고 역사의 기록자'라고 추모했다. 마르틴만을 놓고 보면 그럴지도 모른다. 그러나 대부분의 기자가 그럴까? 아니, 마르틴마저도 그 헌사를 감당해 낼 수 있을까? 그즈음 나온 《누벨 옵세르바퇴르》의 커버스토리의 제목은 "기자들은 거짓말쟁이들인가"였다. 기사 조작·침소봉대·뇌물 수수 등 기자들의 무책임과 부패, 그에 따라 만연되기 시작한 저널리즘에 대한 대중의 불신이 그 기사의 배경이었다. 언론의 자기반성? 사실, 피에르 베레고부아를 죽인 것도 저널리즘 아닌가.

인간은 자기 삶에 얼마나 책임을 질 수 있고 져야 하는 것인가? 역시 그때쯤이었을 것이다. 같은 맥락에서 내게 그런 생각이 다시 든 것은. 마르틴의 죽음과 토르피누르의 '퇴학' 같은 것이 계기가 됐을지도 모른다. 어쨌든 언젠가 페치야가 한국의 문단 판도를 제 나름으로 명쾌히 이해하며 꺼냈던 자유론이니, 결정론이니 하는 말들을, 베를린의 드라케 에케에서 일로나와 얘기하며 생각하던 행위론이니, 미필적 고의니, 인식 있는 과실이니 하는 말들을 나는 그즈음 다시 되씹고 있었다. 왜 우리들은 사회적 불평등에 대해서만 말하는가, 왜 자연적 불평등에 대해서는 침묵하는가라는 것은 나와 가까운 미술평론가 이재헌이 술자리에서 곧잘 하던 말이었다. 머리의 좋고 나쁨, 성격의 강인하고 유약함, 선하고 악함, 잘생기고 못생김, 튼튼하고 허약함 따위의 생래적 불평등, 그러니까 유전자의 불평등에 대해서는 왜 우리 모두 침묵하는가? (왜 '생래적'이라거나 '유전자'라는 말에 거부반응만을 보이는가?) 그런 불평등은 정당한 것인가? 그런 자연적 불평등에 기인하는 사회적 불평등은 당연한 것인가? 왜 우리는 자연적 불평등이 사회적 불평등으로 고스란히 이전되지 않았을 때만 그것을 불평등이라고 느끼는 것일까? 한 사람이 태어날 때부터 특별히 미욱할 때, 특별히 나약할 때, 특별히 사악할 때, 그것은 누구의 잘못인가? 자신의 잘못인가, 부모의 잘못인가, 아니면 신, 그러니까 운명의 잘못인가? 왜 우리는 신이 부여한, 운명이 만들어낸 불평등은 불평등으로 받아들이지 않는가? 나도 안다. 페치야의 말마따나 그것을 불평등이라고 생각하고 그 사람들에게 핸디캡을 준다면 우리는 세상의 어떤 사람도 도덕적으로, 그래서 마침내 법적으로 단죄할 수 없을 것이다. 그렇다고 해도 그것이 유전자의 불평등에 대해서 눈감고 있을 충분한 이유가 되는가?

에드워드 윌슨은 말한다: "유전자의 차이는 심지어 가장 자유롭고 가장 평등한 미래 사회에서도 실질적 노동 분화를 일으키기에 충분할 만큼 크다. 똑같은 교육을 받고, 모든 직업에 평등한 접근 기회가 주어진다 하더라도, 사람들이 정치적 삶이나 사업, 지적 활동 따위에서 불균등한 역할을 계속해서 수행할 가능성이 있다."

다윈의 진화론이 프로이트의 체질론과 결혼해 낳은 버릇없는 아이라고도 함 직한 이런 사회생물학의 견해에 내가 행복해하는 것은 아니다. "네 팔자를 받아들여라. 그것은 이미 네 유전자 안에 예비돼 있었다"라는 사회생물학자들의 정언명령이 내게 아주 달가운 것은 아니다.

그러나, 그러나, 우리 삶의 일부가, 아니 상당 부분이 우리 유전자 안에 예비돼 있는 것은 사실 아닐까? 사회생물학과 싸우기 위해서라도 그 사실을 인정해야 하지 않을까? 어떤 사회라도, 아무리 이상적인 사회라도, 그것이 하나의 체계인 한, 가치의 사다리에 따라 배분되는 역할의 차이가 있는 것이라면, 우리는 유전자의 그 힘에 대해 좀 더 심사숙고해야 하지 않을까? 그것이 절망으로 가는 지름길이라고 할지라도 말이다. 아니, 유전자만이 자연적 불평등의 연원인 것은 아니다. 그것은 우리가 운명이라고 부르는 무지막지한 힘의 극히 부분적인 외양에 불과하다. 시간과 공간의 좌표들에서 우리가 '우연적으로' 맞닥뜨리게 되는 사건들의 그 불평등, 그 자연적 불평등에 왜 우리는 눈감고 있는가? 우리의 개인적 삶은, 교차돼 있는 인과적 경로들의 특별한 다중성의 산물이다라는, 너무나 지당한 말로 우리는 때로 운명을 수납하고, 때로 운명의 미세항을 바꾸기 위해 발버둥쳐야 하는 것일까? 그것으로 만족해야 하는 것일까? 나는 모르겠다. 결국 인간이란 얼마나 하잘것없는 존재인가? 우리의 삶이, 우리의 삶 순간순간의 선택들이 일회적인 것이고, 그것들을 다른 선택들과 물질적으로 비교해 볼 수가 없다면, 자유의지란 도대체 뭘까? 그런 게 있기나 한 것일까? 나는 혼란스러웠다.

16

o Dia extra

우리들의 오스트레일리아 친구 웬디의 집은 북역과 1942년 11월 8일 광장 중간쯤인 라파예트 거리 132번지에 있었다. 내가 주잔나와 함께 그 집에 도착한 것은 오후 아홉 시 이십 분께. 벌써 많은 친구들이 몇몇은 서서, 몇몇은 앉아서 술과 담소를 즐기고 있었다. 뿌연 담배연기 속에서. 우리들의 생일 파티는 대개 밤 아홉 시쯤 시작돼 그 이튿날 새벽 또는 아침에야 끝났다. 그렇다는 사실은 생일 파티가 생일 당일이 아니라 생일이 끼여 있는 주의 금요일이나 토요일에 열릴 수밖에 없었던 이유를 설명해 준다. 파티는 생일 당사자의 집에서 열리는 것이 보통이었지만, 그녀의 또는 그의 집이 너무 비좁아 동료들을 수용할 수 없겠다 싶으면, 좀 넓은 집에 사는 우리들 가운데 하나가 제 집을 제공하기도 했다. 어떤 경우든 생일 당사자에게 파티가 부담이 되어서는 안 되었으므로, 우리들은 제가끔 마실 것과 먹을 것을 준비해 갔다.

세시 풍속이나 기념일들 일반이 그렇듯이 특정한 날짜라는 게 사실 뭐가 그리 중요하겠는가? 1789년 7월 14일이나 1945년 8월 15일은 두 번 다시 돌아오지 않는다. 지구의 공전주기를 기준으로 삼아 특정한 날에 특정한 의미를 부여하는 것은 인간이 발명해 낸 부질없는 짓거리에 지나지 않는다. 문자가 발명되기 전에, 그러니까 선사시대에도 생일이라는 것이 있었을까? 아마 없었을 것이다. 생일은커녕 사람의 나이를 정확히 셈하기도 힘들었을 것이다. 그러나 모든 발명이 그렇듯, 생일의 발명도 그것이 사람들의 동의를 얻어 문화적 의미를 얻게 되면 사람의 삶을 구속한다. 우리들이 한 달에 몇 차례씩 동료 집을 방문해 밤새 먹고 마시고 떠들어야 했던 것도 그런 구속의 하나다. 대개는 아주 유쾌한 구속이었지만. 그런 유쾌한 구속 가운데 하나가 지금 웬디의 집에서 펼쳐지려 하고 있는 것이다.

뭐, 아주 특별한 파티는 아니었다. 우리들의 생일파티가 늘상 그랬듯 케이크를 자르고, 여기 저기 삼삼오오로 모여 술을 마시며 떠들고—마감이 다가온 기사 얘기, 고향 소식, 서로가 알고 있는 사람들에 대한 악담 또는 찬사— 음악에 맞춰 춤을 추고 그런 것들. 사부로는 여전히 자기 가족을 몽땅 데리고 와서 큰 딸 사오리와 함께 블루스를 췄고, 로베르트는 여전히 술이 취하자 자신의 가난한 조국을 한탄했고. 아, 켄이 가져온 생일 케이크가 웬디를 당황하게 한 것이 기억난다. 사정은 이랬다. 그 케이크 위에서 웬디의 나이가 서른이 되었음을 알려주는 촛불은 웬디가 아무리 숨을 내뿜어도 꺼지지 않았다. 다른 친구들이 있는 힘을 다해 숨을 내뿜어도 마찬가지였다. 꺼질 듯하다가 다시 살아나고, 꺼질 듯하다가 다시 살아나고. 우리들이 모두 신기해하고 웬디가 몹시 당황해 울상이 되었을 때야 켄은 그것이 나트륨불꽃이라는 것을 밝혔다. 그 생명력 넘치는 불꽃은 개수대에서 수해를 맞은 다음에야 잦아들었다.

그 파티를 특별하게 만든 것을 굳이 꼽는다면 그것은 초대받지 않은 손님이었다. 그 손님의 이름은 샐먼 루시디였다. 실제로 그가 웬디네 집에 있었던 것은 아니다. 그는 사오리가 우연히 튼 프랑스 제2텔레비전의 화면을 통해 우리에게 모습을 드러냈다. 자기 은신처에서 핼쑥한 표정으로 제2텔레비전 기자에게 제 심경을 얘기하는 루시디는 우리에게 연민을 불러일으켰다. 그래서 우리 화제는 자연스레 이 망명 작가에게 쏠렸고, 바로 그즈음 루시디에 관해 글을 쓴 쿤데라에게까지 이어졌다. 쿤데라는 그즈음 《랭피니》에 기고한 에세이 「파뉘르주가 더 이상 웃기지 않게 될 날」을 통해 루시디의 예를 거론하며 문학적 상상력을 제약하는 외부의 힘을 비판한 바 있다.

“벌써 5년째지, 루시디가 몸을 숨긴 지가?”

“그래, 정말 지겹겠다.”

“지겹다니, 불안과 공포의 연속일 텐데.”

“그래, 그럴 거야. 오죽하면 처자식들이 다 도망가버렸겠어?”

“미친 자가 권위를 갖게 되면 그런 비극이 생기지.”

“호메이니를 말하는 거니, 루시디를 말하는 거니?”

“물론, 호메이니지.”

“꼭, 그렇게만 볼 수는 없어.”

“문학작품에 나타난 불분명한 ‘명예 훼손’을 트집 잡아 사형 선고를 내리는 자가 광인이 아니란 말이야?”

“내 말은, 그 사건엔 서양 제국주의와 이란 민족주의 사이의 갈등이라는 배경이 있단 뜻이야.”

“갑자기 제3세계의 변호사가 나타나셨군. 그러나 정말로 진지한 변호사라면 개인의 인권을 가장 중요한 문제로 삼을 텐데.”

“이슬람혁명 전, 그러니까 팔레비 치하의 인권은 어떡하고? 결국 그 당시 이란 사람들의 인권을 쟁취하기 위해 일으킨 게 이슬람혁명 아냐? 그 혁명의 지도자가 호메이니고.”

“호메이니가 집권한 뒤 이란 사람들의 인권이나마 나아졌을까?”

"그럼 넌 팔레비 때보다도 혁명 이후의 인권 상황이 더 못할 거라고 생각하니? 팔레비의 이란은 미국의 식민지나 다름없었어."

"넌 네가 꼭 그 시절의 이란을 살아본 듯이 얘기하는구나. 사오리 엄마 친구 가운데 이란 청년이 하나 있어. 소르본의 무료 프랑스어 강습반의 동창생이지. 언젠가 우리 부부와 그 친구가 함께 저녁을 할 기회가 있었어. 알고 보니 불법체류자더구먼. 미안한 생각이 들었지만, 꼭 조국을 떠나야 했느냐고 내가 물었지. 그 친구는 차라리 팔레비 때가 지금보다는 나았다는 거야."

"그 친구는 팔레비 치하의 기득권층이었겠지."

"그렇지 않아. 그 친구는 도시 프롤레타리아였을 뿐이야. 내가 그런 뉘앙스로 질문을 하니까 그 친구는 대뜸 외국 기자들, 특히 서방의 진보적인 체하는 기자들의 책임을 추궁하더라구. 그 사회를 살아보지 않고서 바깥에서 그런 말을 함부로 하지 말라는 거지."

"그건 사부로 말이 옳은 것 같아. 중국 문화혁명 때도 그랬잖아. 서유럽 좌파 지식인들이, 그것도 일급 지식인들이, 얼마나 중국 사회와 마오를 찬미했니? 자기들도 사실 그런 사회에서라면 살지 못할 거면서. 인간의 가장 큰 욕망은 결국 생명 보존의 욕망인데, 그 기본적 욕망이 직접적으로 위협받는 사회가, 내 말은 혹시라도 이슬람혁명 이후의 이란이 그런 사회일 수도 있다는 건데, 바람직한 사회일까?"

"그럼 미국 자본가들과 그 앞잡이들이 지배했던 사회는 바람직한 사회였나?"

"그건 내 질문에 대한 대답이 아냐. 하나의 악을 또 하나의 악으로 대체하는 게 혁명이라면, 나는 그런 혁명을 지지할 수 없어."

"넌 왜 호메이니 등장 이후의 이란을 꼭 악이라고 생각하니?"

"우선 10년 가까운 전쟁으로 사람들이 수없이 죽어갔다는 사실만으로도 그 체제를 선이라고 할 수는 없을 것 같아."

"그 전쟁은 알려져 있다시피 이라크가 도발한 거야. 미국이 그걸 부추겼고."

"난 어느 쪽에 개전 책임이 있느냐에는 별 관심이 없어. 문제는 그 전쟁에서 엄청난 사람들이 뜻 없이 죽어갔다는 거지."

"왜 그걸 뜻이 없다고 생각하니? 자신의 공동체를 방어하기 위해 총을 드는 게 뜻이 없단 말이야?"

"나는 수십만의 사람들을 죽일 수 있는 대의라는 것이 세상에 존재할 수 있다고 생각하지는 않아."

"너 같은 평화근본주의자들이, 예컨대 체임벌린이나 달라디에 같은 사람들이, 히틀러의 야심을 북돋운 거지. 작은 희생을 아끼려다 큰 희생을 치르게 했단 말이야. 막을 수 있는 전쟁이었을 수도 있었어."

"잘못은 히틀러한테 있었지, 달라디에나 체임벌린한테 있었던 건 아니야."

"너희들은 지금 서로 입장이 바뀌었어. 넌 아까와는 달리 개전 책임에 관심이 있는 것 같고, 넌 갑자기 반전주의자로 변한 것 같은데."

"논점은 그게 아냐. 얀과 나 사이의 차이는 쟤가 집단주의자인 데 비해 내가 개인주의자라는 것뿐이야."

"그 개인주의가 조금만 절제를 못하면 이기주의가 되지."

"그런 혼동, 또는 고의적 모함이 모든 집단주의적 기획을 언뜻 매력적으로 보이게 하지. 그러나 그 결과를 보라구. 스탈린 치하의 소련 사회가 히틀러 치하의 독일 사회 같지야 않았겠지만, 그보다 크게 낫지는 않았을 것 같은데."

"끼어들어서 미안한데, 그 둘은 전혀 다른 사회였어. 한쪽이 민족이기주의에 이끌린 사회였다면, 다른 한쪽은 이데올로기적 열정에 이끌린 사회였지."

"나 역시 끼어들어서 미안한데, 이데올로기적 열정이라고 말하는 건 당시의 러시아를 너무 미화하는 것 같은데. 그 사회는 무모한 계급이기주의, 라기보다는 차라리 계급이기주의로 위장한 스탈린의 이기주의에 이끌린 사회 아닐까? 게다가 옛 소련에 러시아를 비롯한 몇몇 공화국의 민족이기주의가 없었던 것도 아니고."

"둘 다 악이었다고 할지라도, 히틀러와 스탈린을 동렬에 놓을 수는 없어. 악에도 등급이 있는 거고, 우리가 그 둘 가운데 반드시 하나를 선택해야 한다면 더 작은 악 쪽을 택해야 한다고 생각해."

"히틀러와 불가침 조약이라는 걸 맺고, 히틀러와 함께 폴란드를 분할해서 삼킨 게 스탈린이라구."

"그것도 그렇지만, 히틀러와 스탈린은 서로 다른 점보다는 닮은 점이 많은 사람들이었던 것 같아. 무엇보다도 광기를 다스리지 못했다는 점에서 그 둘은 아주 닮았어. 애국적 열정이든 이데올로기적 열정이든 나는 그 열정이란 말이 싫어. 열정과 광기 사이는 그렇게 먼 게 아니거든."

"욕망과 열정 사이의 거리도 그렇게 멀지는 않지. 그렇다면 개인주의와 집단주의의 심리적 기초도 서로 그렇게 먼 것 같지는 않은데."

"그건 말장난일 뿐이야. 얘기를 본줄기로 돌려놓자구. 어떤 이유로든 호메이니가 루시디에게 사형 선고를 내린 건 잘못이라고 생각해. 더구나 이건 최악의 경우라구. 호메이니가 죽은 이상, 이제 그 선고는 취소될 수도 없잖아. 루시디는 죽을 때까지 죽음의 공포에 시달려야 할 거야. 호메이니의 명령은 단순한 수배가 아니었다구. 발견하는 즉시 죽이라는 명령이었단 말이야. 호메이니가 한 짓은 자신이 직접 루시디를 죽인 것보다도 더 큰 범죄야."

"나도 데보라의 말에 동의해. 호메이니가 바랐던 건 쿤데라의 말대로 정말 파뉘르주가 더 이상 웃기지 않게 되는 날이었을지도 몰라."

"그런데 파뉘르주가 뭐니?"

"프랑수아 라블레의 소설 『팡타그뤼엘』에 나오는 인물이야. 거인왕 팡타그뤼엘의 신하이고 친구지. 라블레는 그 소설에서 당대 사회에 대한 풍자를 파뉘르주의 엉뚱하고 기발한, 그러니까 웃기는 언행들을 통해 시도했어. 라블레는 웃음이야말로 인간의 특성이라고 말했을 정도로 웃음의 유익함이나 웃음을 통한 계몽의 가능성을 신뢰한 작가야. 그래서 사회 개혁 의지를 파뉘르주의 엉뚱함을 통해 표명했던 거지. 그러니까 파뉘르주가 더 이상 웃기지 않게 될 날이란, 근엄함이 희극적 상상력을, 나아가 문학적 상상력을 고갈시키는 날, 다시 말해서 흔히 라블레로부터 시작됐다고 인정되는 소설 장르가 종말을 고하는 날을 뜻하는 거지."

"와, 너 굉장히 유식하다."

"그럼 넌 하늘 아래 페치야가 읽지 않은 책이 있는 줄 알았니, 잉그리드?"

"입 닥쳐, 사랑스러운 인철."

"그러고 보니, 호메이니는 『장미의 이름』에 나오는 호르헤 신부 같은 사람이군."

"그래, 정말 그렇구나."

"그래도 난 호메이니를 존경해. 그는 미국과 팔레비에 맞서 평생 동안 싸웠구, 결국 이겼어."

"그래, 난 널 이해해. 그런데 쿤데라는 널 이해 못할 거야. 그가 보기엔 우화나 해학은 소설의 기본적 문법이거든. 호메이니의 행위는 소설가와 독자 사이의 암묵적 계약도 모르는 무지막지한 짓이라는 거지."

"그 암묵적 계약이 뭔데?"

"말하자면, 소설은 도덕적 판단이 정지된 영역이라는 거지."

"그런 생각은 아주 위험스러운 가치 상대주의로 이어질 수 있겠는데."

"쿤데라는 '도덕적 판단이 정지된 영역'이라는 말로 소설 장르의 몰도덕성을 얘기하고 있는 건 아냐. 오히려 그것 자체가 소설의 도덕이라는 거지. 단숨에 모든 걸 심판하고자 하는 인간의 고질적 습성에 반대하는 도덕, 이해하기도 전에, 그리고 이해하려고 애써보지도 않은 채 끊임없이 만사와 만인을 성급히 심판하는 그 나쁜 습성에 반대하는 도덕이라는 거야."

"글쎄, 그럴듯하기도 하고, 알 수 없기도 하고 그렇군."

"쿤데라는 루시디의 상황을 근대 사회에 대한 테오크라시(신권정치)의 공격으로 보고 있어. 소설이야말로 근대 사회의 가장 대표적 문화 생산물인데, 그걸 신의 이름으로 단죄하려 한다는 거지."

"멋진 문학 강연이야, 페치야."

"넌 알아들었니, 케빈?"

"대강은. 요컨대 쿤데라 생각으론 『악마의 시』에 대한 공격이 웃음과 해학에 대한 공격이고, 그러니까 소설에 대한 공격이고, 다시 그러니까 근대 사회에 대한 공격이라는 거 아냐?"

"그렇지."

"쿤데라는 서방 세계의 지배적 문학관을 대변하고 있을 뿐이야. 민족주의와 제국주의 사이의 대립을 낡은 테오크라시와 근대적 데모크라시라는, 그럴듯하게 조립된 얼개 속에다가 박아놓고 있는 거지. 그가 말하는 근대 사회란 결국 유럽 사회 아냐. 그리고 루시디 개인의 인권이 소말리아나 크메르나 보스니아에서 죽어가는 수많은 사람들의 인권보다 사람들의 관심을 더 끌고 있다면 그것도 대단히 비정상이지."

"그래, 네 마지막 말은 옳아."

"얀의 말은 지금까지 계속 옳았어."

"너희들은 계속 진지한 대화를 나누렴. 나는 댄싱 그룹에 합류할래."

"그래, 나도 그게 낫겠어."

춤을 추지 않는—못하는— 나는 바람을 쐴 겸, 그리고 취기를 눅일 겸 베란다로 나왔다. 멀리 북역의 불빛이 보였고, 이따금씩 탈것들의 엔진 소리가 들렸다. 시간과 공간의 끝에 대한, 내 존재의 기원에 대한, 사춘기적 상념이 밀려왔다.

"누군지 맞혀봐."

두 개의 따스한 손이 등 뒤 쪽에서 튀어나와 내 눈을 가렸다.

"내 존재의 기원mon origine d'être이지."

그 따스한 두 손에 차가운 두 손을 포개며 내가 말했다.

"네 존재의 근거ta raison d'être라고 말하려고 했던 거니?"

"아니, 내 존재의 기원이라고 말하려고 했던 거야. 지금 그 유치한 주제에 대해 생각하고 있었거든. 이런 생각 끝엔 어쩔 수 없이 종교적이 돼."

주잔나와 나는 베란다의 난간 앞에 나란히 서서 밤의 파리를 응시했다.

"그럼 내가 네 하느님이란 말이군."

"그랬으면 좋겠어."

"난 싫은데. 하느님은 육신이 없잖아."

"우리 육신도 언젠가 사라질 텐데 뭘."

"그래, 슬프게도."

"슬픈 건 육신의 사라짐이 아니라 육신의 출현이야."

"그래, 내 사랑하는 현자 인철."

그녀가 한숨을 내쉬었다.

"슬픔은 육신을 가진 것들의 운명이야."

내 입술에 닿은 그녀 입술의 촉감이 서늘했다.

3월 초, 안트베르펜 시 초청으로 우리들 가운데 열 명이 벨기에의 그 중세풍 도시를 방문했을 때, 로베르트와 나도 그 열 명에 끼여 있었다. 바닷바람이 비를 몰고 세차게 불던 밤의 홍등가에서 한 블록 떨어진 곳에 루벤스라는 이름의 술집이 밤샘 영업을 하고 있었다. 로베르트와 나는 그곳에서 각자의 유치한 사랑 이야기를 했다.

"결혼 7년 뒤에도 너와 네 아내는 여전히 열애 중이니?"

"아마 그럴지도 모르지. 그보다 난 너와 주잔나 사이의 진척이 더 궁금한데."

"헛소리! 걔와 나 사이의 감정은 연애가 아니라 우애야."

"한 이혼남과 한 이혼녀 사이의 우애란 말이지? (이 녀석은 항상 이런 식이다. 그러나 그게 사실인걸 뭐.) 아니, 그게 진정한 우애라면 두 이혼남 사이의 우애겠지. (로베르트는 〈우애〉라는 뜻의 〈fraternité〉를 짐짓 어원적으로 해석해 〈형제 사이의 정〉으로 번역한 것이다.) 그러니까 너희들은 동성애를 하고 있는 셈이구나. 하긴 주잔나가 좀 사내 같은 구석이 있긴 해." (얘가 날 도발하기 위해서 이런 말을 하는 것이 아니라는 걸 알기 때문에 난 그저 웃는다. 그러고는 철없이 맞장구친다.)

"그러면 연대라고 말을 바꾸자. 버림받은 사람들끼리의 연대."

"마르크스주의자 구호 같아서 으스스하군. 하긴 많은 얼빠진 마르크스주의자가 너 같은 낭만주의자였지. 그건 그렇고, 이 비바람을 핑계로 우리들의 숨겨진 사랑 얘기를 하나씩 털어놓는 게 어때?"

숨겨진 사랑 얘기라. 내게 그런 얘기가 있을까. 그러나 나는 로베르트의 말투에서 그가 뭔가를 털어놓고 싶어 한다는 느낌을 받았으므로 흔쾌히 그의 제안에 동의했다.

"해봐."

"너부터."

무슨 얘기를 해야 하나…….

"수사나란 여자가 있었어."

"역시 주잔나 얘기군."

"주잔나가 아니라 수사나야. 헝가리의 주잔나 셀레슈가 아니라 스페인의 수사나 페레스 렌돈 게레로지."

수사나란 여자가 있었다. 1977년부터 1984년까지 그 여자와 나는 적어도 1백 통이 넘는 편지를 주고받았다. 대학 시절, 내 어설픈 스페인어를 단련시킬 요량으로 소위 펜팔이라는 걸 한 셈인데, 편지가 오감에 따라 서로의 감정이 열정 비슷하게 고양돼 결국에는 연애편지 비슷한 걸 주고받게 되었다. 그 연애편지란 게 예컨대 이랬다.

"항상 잊지 마. 네가 밟고 있는 유라시아 대륙의 지표를 나도 밟고 있다는 걸. 지구 반대편에 널 생각하는 여자가 있다는 걸……."

"너를 통해서 스페인은 내게 또 하나의 조국이 되었어……."

이 유치찬란한 연애편지질이 시작되었을 때 고등학생이었던 그 여자는 그것이 끝날 즈음엔 그라나다 의과대학의 시니어가 되었고, 나는 취직을 한 뒤 뒷날 파탄으로 이어질 결혼의 의식을 막 치르고 난 상태였다. 그 연애편지질이 끝난 사연은 아주 간단했다. 오가는 편지의 내용이 심상찮다는 걸 눈치챌 정도로는 스페인어를 읽을 줄 알았던 아내는 내가 결혼 사실을 수사나에게 알리지 않았다는 걸 짐작해 냈고, 아내의 다그침 덕에 내가 도덕을 재무장해 그라나다 의과대학생에게 내 결혼 사실을 통보하자, 그녀 쪽에서 편지질을 멈추었던 것이다. 나는 수사나를 통해 페데리코 가르시아 로르카란 이름을 알았고, 우나무

노가 병상에서 쓴 마지막 시를 배웠으며, 프랑코가 죽은 뒤 스페인에서 일기 시작한 민주화의 편린들을 만져볼 수 있었다. 또 나는 그 여자에게 김지하와 박정희와 광주와 한국의 푸르디푸른 하늘에 대해 얘기했다. 그렇다고는 해도 나는 오래도록 그 여자를 잊고 있었다. 결혼 얼마 뒤 아내에 대한 일종의 충성 표시로 그 여자의 편지를 모두 불태워버렸고, 아내의 불편한 묵인 아래 내가 보관하고 있었던, 그녀가 보내온 손수건, 장갑, 넥타이 따위들이 결혼 이태 뒤 우리 집을 전소시킨 화재 때 재로 변해버렸기 때문에, 내 주위에는 그녀의 체취를 담은 아무것도 남아 있지 않았던 것이다. 딱 한 번, 85년 여름엔가 뉴질랜드 오클랜드 항에서 반핵 단체 그린피스의 배 레인보우 워리어 호가 프랑스 정보기관의 폭탄 테러를 당했을 때, 나는 잠깐 그 여자 생각을 했다. 그녀의 성인 게레로Guerrero가 워리어Warrior, 곧 전사였던 탓이다. 그러나 그것뿐이었다. 이혼을 하고, 그 앞뒤로 양친을 차례로 잃고, 직장을 옮기고, 어쨌든 외롭게 살아가면서 문득문득 그 여자 생각이 날 법도 했건만, 로베르트의 '숨겨진 사랑' 운운의 발언이 있기까지 그 여자는 오래도록 내 의식의 맨 밑 칸에 파묻혀 있었다.

"그 여잘 한번 찾아보지 그러니?"

"이제 뭘 어쩌자구. 벌써 결혼도 했을 텐데."

"뭘 어쩌라는 게 아냐. 그저 만나서 한번, 우애를, 아니 연대를 즐겨보라는 거지."

"실없는 짓이지."

나는 로베르트를 보며 말했다.

"이제 네 얘길 해봐."

그의 표정이 짐짓 심각해졌다.

"나, 잉그리드가 좋아."

"아, 로베르토 로셀리니가 잉그리드 버그만을 발탁했다는 거지? 새 영화의 제목은 뭐야?"

"농담이 아냐. 따로 여러 차례 만났어."

"잤다는 얘기니?"

"아니, 아직은."

"아직은이라니? 잘 생각이 있다는 거군. 그런데 넌 지금 왜 잉그리드랑 있질 않고 나랑 있는 거니?"

잉그리드도 안트베르펜 시가 초대한 열 명 가운데 하나였다. 그녀는 그 밤에 케빈, 얀(그는 체코 동료다)과 함께 춤을 추러 갔다.

"난 춤을 못 추잖아. 돈도 없고. 또 얀도 잉그리드를 좋아해."

"나도 잉그리드를 좋아하는데."

"……우애로서, 연대로서겠지."

"……그래. 그런데 잉그리드도 널 좋아하니?"

"싫어하는 것 같진 않아."

"우애로서, 연대로서 말이지?"

"나 지금 심각해."

"나 역시 심각해. 네 가족과 잉그리드의 약혼자는 어떡하구?"

당초 혼자 파리에 왔던 로베르트는 외로움에 못 이겨 그 얼마 전에 바르샤바의 아내와 딸을 파리로 불러왔다. 잡지사에서 일하는 아내를 실직시키면서까지 말이다. 또 잉그리드에게도 건축사 약혼자가 있었다. 독일계 스웨덴인인 그는 당시 베를린에서 일하고 있었다.

"글쎄 그게 문제야."

"너희들 관계가 어느 정돈데."

"말했듯이 잠은 안 잤어. 내가 걔한테 '널 사랑해!' 하면 걔도 똑같은 대답을 해오는 사이야."

"그건 혹시 걔 말버릇 아니니?"

나도 잉그리드만이 아니라 여러 유럽의 기자 여자동료들과 흔히 그런 언어 플러팅을 해온 터라, 로베르트가 너무 깊게 생각하고 있지나 않은가 하는 걱정이 들었다.

"그렇지 않기를 바랄 뿐이지. 나도 머리가 복잡해."

“좋을 대로 해라. 연애하기도 이제 우리 나이는 막판이지 뭐.”

술기운도 있었고 귀찮기도 해 나는 대충 무책임하게 말해버렸다.

그러고 나서 일명 로셀리니와 일명 버그만과의 ‘사랑놀음’에 대해서는 까맣게 잊고 있었다. 로베르트와 내가 취재 여행 때를 빼곤 거의 매일 얼굴을 마주했는데도 말이다. 우리 사이에서 잉그리드 얘기가 다시 거론된 것은 5월 초 리스본의 이자벨네 아파트에서였다. 그리고 그 아파트에서 우리는 절교했다.

사정은 이랬다. 나는 내 마지막 취재 여행을 스페인으로 갔다. 실상 《유럽》에 기고한 내 기사의 주제들이 대체로 가벼운 것들이긴 했으나, 나는 마지막 번에 특히 더 가벼운 주제를 원했다. 귀국을 앞두고, 나는 아주 편한 마음으로 유럽을 좀 더 보고 싶었다. 안달루시아의 관광 산업만큼 내 그 욕심과 어울리는 주제는 없었다. 마침내 나는 저널리스트의 마음가짐이 아니라 투어리스트의 마음가짐을 가지고 세비야로 날아갔다. 비행기 안에서 나는 나의 ‘숨겨진 사랑’, 그러니까 수사나 페레스 렌돈 게레로라는 여자를 떠올리기도 했다. 그러나 나는 이내 그 이름과 얼굴을 머릿속에서 지워냈다. 수사나의 스물두 살 얼굴이 사라진 자리에, 더블린에서 아일랜드의 실업 문제를 취재하고 있을 주잔나의 서른일곱 살 얼굴이 사뿐히 앉았다.

바가지요금과 우중충한 날씨로 내 기분을 잡쳐놓은 세비야를 뒤로하고 그라나다에 도착했을 때, 나는 이 도시 전체가 미쳐 있는 게 아닌가 잠깐 생각했다. 버스 터미널을 나와 시내로 통하는 엠페라트리스 에우헤니아 거리로 접어들면서 나는 귀를 찢는 듯한 라틴 음악과 만났고, 간이주점 앞에서 그 음악에 맞춰 춤추고 노래하고 껴안고 뽀뽀하는 젊은이들을 만났다. 세계의 종말이 임박하기라도 한 것처럼 발악적으로 놀아나고 있는 그들에게 나는 완전히 감동했다. 나는 내가 보아온 것과는 전혀 다른 유럽을 발견한 것이다. 마시고 춤추는 것이 삶의 전부인 것 같은 사람들을 발견했다는 뜻이다. 내 이런 과장된 생각이 착각이었다는 것을 깨달은 것은 내가 짐을 푼 호텔 근처의 카르멘 광장에서였다. 그 광장에서의 열기는 더했다. 네댓 살 정도나 돼 보이는 여자아이들부터 예순은 넘어 보이는 할머니들에 이르기까지 정식 댄스의상을 걸치고 춤을 추는 무희들로 광장은 가득 차 있었다. 엠페라트리스 에우헤니아 거리에서보다 더 시끄러운 음악이 광장 옆 시청 건물에 설치된 대형 스피커에서 울려 퍼지고 있었고. 나는 그라나다가 아무리 별천지라고 하더라도 이 사람들이 일 년 열두 달 이렇게 함부로 산다고는 도저히 상상할 수 없었으므로, 시청 직원인 듯한 사내에게 물어보았다.

"무슨 축제가 있는 모양이죠?"

"십자가 축제의 전야제예요."

그러고 보니 광장 한가운데 꽃으로 장식된 커다란 십자가가 세워져 있었다. 해마다 5월 2일부터 사흘간 계속되는 십자가 축제는 스페인에서도 특히 안달루시아에서, 안달루시아에서도 특히 그라나다에서 미친 듯이 치러진다는 것이었다. 그라나다에 머문 사흘 동안, 나는 시내 곳곳에 세워진 꽃십자가 앞에서 마시고 춤추는 군중들과 조우했다. 그리고 나는 그들 사이에서 외로웠다.

그라나다는 매혹적인 도시였다. 축제의 광기도 광기였지만, 특히 알람브라 궁전의 화려함과 웅장함이 그랬다. 십자가 주위에서 발광하는 젊은이들을 뒤로 하고 알람브라로 들어섰을 때, 나는 내가 가톨릭 세계에서 이슬람 세계로 건너온 것을 알았다. 아니, 사실은 그라나다 전체가 이슬람왕국이었다. 알카사바 성벽에서 그라나다 시내를 굽어보며, 나는 내가 천일야화의 한 주인공이길 꿈꾸었다. 알람브라 궁전을 뜯어보며, 헤네랄리페의 정원을 거닐며, 나는 그라나다 왕국의 영광과 치욕을 생각했다. 눈물을 뿌리며 쫓겨난 보압딜과 그의 어머니를 생각했다. 그리고 리스본에 있을 로베르트를 생각했다.

스페인에 가는 김에 포르투갈까지 가보겠다고 마음먹고 있던 차에, 마침 로베르트의 마지막 취재대상 지역이 포르투갈이어서, 우리는 리스본에서 '접선'을 하기로 했다. 로베르트는 운좋게도 마지막 취재 여행에서 숙박료를 아낄 기회를 잡았다. 이자벨이 리스본의 자기 아파트 열쇠를 흔쾌히 로베르트에게 건네준 것이다. 리스본에서 로베르트와 나는 2박 3일을 함께 보냈다. 사실을 말하자면, 낮에는 각자 따로 돌아다니고, 밤에 함께 술을 마신 것이지만. 그리고 우리는 둘째 날 밤에 얼굴을 붉힐 정도로 싸웠다. 조짐이 첫날밤부터 있기는 했다. 그가 대뜸 이자벨의 아파트가 좁고, 춥고, 지저분하고, 개미가 득실거린다고 투덜댔을 때, 우리가 사온, 사실은 내가 사온 맥주 스무 병과 포도주 두 병을 비운 뒤에도 양이 안 차자 이자벨이 책장 위에 보관해 놓은 값비싼 포르토에까지 그가 손을 대려고 했을 때, 자기가 이 집에 처음 도착한 날 이 아파트의 음침한 분위기 때문에 자살하고 싶었다고 그가 엄살을 떨었을 때, 나는 왠지 그때까지 내가 보아온 로베르트와는 전혀 다른, 낯설고 배은망덕한 인간 앞에 있다는 느낌을 받았다. 둘째 날 밤의 술자리에서 나는 그의 불평과 짜증과, 그래, 절망의 진짜 이유를 알게 되었고, 그를 얼마간 동정하기도 했지만, 술자리의 막판에 그가 여과 없이 드러낸 비정상적 친불주의와 자기 동포들에 대한 경멸 때문에 그에게 정나미가 떨어지고 말았다. 그 둘째 날 밤 우리들의 대화는 시시껄렁한 음담패설로 시작돼 급기야는 이렇게 진행됐다.

"인철, 네가 만약에 지금 이 아파트에 나와 단둘이 있는 것이 아니라, 잉그리드와 단둘이 있다면 어떤 느낌이 들겠니?"

"조금 더 로맨틱하겠지, 뭐."

"내 말은 걔와 자고 싶은 생각이 안 들겠느냐는 말이야."

"사실대로 말해도 되니?"

"사실대로 말해야 돼."

"응, 그래, 그런 생각이 들 거야."

"만약에 그렇다면 강제로라도 걔에게 덮치겠니?"

"사실대로 말해도 되니?"

"사실대로 말해야 돼."

"아마 안 그럴 거야. 난 우선 소심하고, 내 생각엔, 우애가, 연애만은 못해도, 증오나 경멸보다는 더 견딜 만하니까. 난 아마 자제했을 거야."

별안간 로베르트의 낯빛이 변했다. 그리고 울부짖듯이 내뱉었다.

"난, 자제하지 못했어."

"……."

"난, 자제하지 못했다구."

그의 외침은 이제 울음에 가까웠다.

"난, 네가 무슨 말을 하고 있는지 모르겠는데."

"사실은, 네가 여기 오던 날 아침에, 잉그리드가 이 아파트를 떠났어. 베를린의 자기 약혼자한테 가겠다며."

취재 여행 때마다, 서른 명이 넘는 동료들의 행선지를 일일이 체크할 수는 없는 일이다. 자기와 같은 나라로 떠나는 동료가 누구인지 알아보는 정도라면 몰라도 말이다. 로베르트의 '숨겨진 사랑' 이야기를 내가 대수롭지 않게 받아들여서 그랬는지도 모른다. 잉그리드의 마지막 취재대상은 포르투갈의 텔레비전 방송 산업이었다. 그래서 그녀는, 포르투갈의 경제 사정이 취재 대상이었던 로베르트와 같은 비행기를 타고 리스본으로 왔다. 사실은 당초 스페인으로 가게 돼 있던 로베르트가 잉그리드와 함께 있고 싶은 욕심에서 올리비에에게 사정사정해 제 행선지를 포르투갈로 바꾸었다(고 로베르트가 내게 말했다). 그러나 로베르트의 '거사'는 뜻대로 되지 않았다. 로베르트가 잉그리드에게 느꼈던 감정을 잉그리드는 로베르트에게 가지고 있지 않았던 모양이다. 로베르트의 연애감정을 잉그리드는 그저 우애로 받아들였던 게지. 이자벨의 아파트에서 보낸 첫날부터 잉그리드는 로베르트에게서 계속 거리를 두려고 했다고 한다. 우리들이 파리의 〈유럽의 기자들〉 사무실에서도 아침저녁 일상적으로 하는 비주마저 거절한 채. 엿새째 되는 날 밤 로베르트는 잉그리드를 덮쳤고, 잉그리드는 온갖 욕설과 함께 완강히 저항했으며, 그 저항은 성공했다는 것이다. 그 이튿날, 잉그리드는 통상적으로라면 닷새 정도 더 남았을 취재 일정을 포기하고 파리가 아니라 베를린으로 날아갔다.

"난 이 지저분하고 을씨년스러운 도시를 사랑해서 이곳으로 날아온 것은 아니야. 난 단지 서유럽에서의 내 마지막 나날들을 잉그리드와 함께 보내고 싶었을 뿐이야."

왜 그랬을까? 나는 그때 로베르트의 되지 않은 넋두리 앞에서 역겨움보다는 어떤 안쓰러움을 느꼈다. 영어도 프랑스어도 거의 할 줄 모르면서도 심야의 방문을 따스한 웃음으로 맞아주곤 하던 그의 아내 우르술라와, 충치 사이로 내뱉는 외마디 프랑스어가 귀를 간질이던 그의 일곱 살 난 딸 엘리자의 얼굴이 언뜻 떠올랐는데도 말이다. 단 하룻밤밖에 못 자본, 그러나 내 눈에는 분명히 리스본보다 더 지저분하고 을씨년스럽게 보인 바르샤바의 풍경이 그 순간 다시 눈앞에 펼쳐지는 것 같았는데도 말이다. 그러나 그것에 뒤이어 로베르트가 자포자기 상태로 아무렇게나 뱉어내는 자기 동포들에 대한 욕설, 프랑스 문화에 대한 한없는 숭앙, 반독일, 반러시아, 반유대, 반아랍적 발언들, 앵글로색슨 문화에 대한 터무니없는 경멸 따위는 정말 참아내기 어려웠다. 특히 자기 동포들에 대한 욕설이 그랬다.

"마침내, 나는 네가 싫어하는 것이 폴란드 공산주의자들이 아니라, 폴란드 사람들이라는 걸 알았어."

"그걸 이제야 눈치챘다면 너도 꽤 둔한 놈이군. 나는 더럽고 비굴하고 가난한 내 동포들이 싫어. 특히 파리에 사는 폴란드인들이."

"너야말로 파리에 사는 비굴한 폴란드인 같은데."

"그래, 나는 내가 싫어. 너도 이제 알게 됐잖아. 프랑스어를 하는 스웨덴 여자와의 연애를 꿈꾸던 이 추악한 폴란드인의 모습을."

"나는 너희 백인들이 멸시하는 아시아인이지만, 내 동포가 싫지 않은데."

"만약에 파리에 사는 한국인들이 죄다 청소부거나 알코올중독자, 비렁뱅이들이라면 너도 네 동포에 대한 감정이 달라질 거야."

"그래도 너는 죽을 때까지 폴란드인이야. 네 프랑스어의 폴란드어 액센트는 네 관까지 좇아갈 거야."

"아마 그러기 쉽겠지. 그러나 내 딸은 달라. 걔는 프랑스 여자가 될 거야."

나는 로베르트의 얼굴에 주먹을 날렸다. 그리고 흐느끼는 그를 뒤로하고 내 방으로 돌아와 침대에 몸을 던졌다. 책장 위에서 이자벨의 얼굴 사진이 나를 비웃고 있었다. 내가 로베르트에게 왜 그렇게 화가 났는지 모르겠다. 나는 애초부터 별다른 민족주의자가 아니었다. 아니, 모든 형태의 집단주의를, 심지어는 모든 종류의 윤리적 열정을 나는 1992년 9월 15일 오후 파리 교외 루아시의 샤를드골 공항에 내리자마자 벗어버렸었다. 한 번의 마음가짐으로 세상이 확 달라 보이는 것은 아니겠지만, 어쨌든 나는 그 뒤로 모국어를 못 하는 이민 2세대를 이해하게 되었다. 사실은 이해하는 정도가 아니라, 외국인 사회에 적응을 하기 위해서는 모국어를 잊어야 한다고까지 생각했다. 그런데도 나는 로베르트를 이해할 수가 없었다. 아마도 나는 그 순간 로베르트한테서 내가 정말 역겨워하던 한국인들을 발견했던 것 같다. 한국 대학들의 불문학과, 프랑스 문화원, 프랑스 회사 같은 곳에서 이따금 할 수 없이 스치게 되는 그 역겨운 한국인들을. 천박한 친미주의를 고상한 친불주의로 바꾸고 싶어 하는 골 빈 한국인들을. 자랑스러운 레지옹도뇌르족들을. 그것이 관성의 힘일까? 그 빌어먹을 관성의 힘 탓에 나는 친구 하나를 잃었다.

포르투갈 사람들이 리주보어라고 부르는 리스본을 아름다운 도시라고 말할 수는 없었다. 산을 깎아 도시를 만든 듯 경사가 심한 대로들, 테주 강가의 빈민촌, 여기저기 벌여놓은 공사판 따위가 유럽의 전형적 수도 풍경과는 거리가 있었다. 그런데 묘하게도, 유럽 사람들이 자기 대륙의 끝이라고 생각하는 이 나라에서 나는 어떻게 표현해야 할지 모를 편안함을 느꼈다. 이 가난한 도시를 지배하고 있는 것은, 내 선입견 때문인지는 모르겠으나, 어떤 슬픔의 정조였다. 로베르트와 싸운 이튿날 밤, 마드리드행 열차를 기다리며 산타아폴로니아 역 부근의 한 카페에서 적잖은 돈을 치르고 들은 파두의 절절한 선율은 그 사무치는 한으로 오히려 나를 위로하는 것이었다. 그래, 그건 한이었다. 판소리 가락의 그것 못지않게 절절한 어떤 강렬한 맺힘이 그 구성진 멜로디에서 풀려나오고 있었다. 국경 건너의 스페인 음악과는 너무나도 다른 이 슬픈 가락에 나는 어느 정도 반했다고 말할 수 있다. 그라나다에서 느꼈던 것과는 또 다른 이국정조가 내 가슴을 울렁거리게 하고 있었다.

리스본 시내에서 남쪽의 테주 강을 향해 뻗은 아우구스타 거리는 차량 통행이 금지된 보행자만의 거리다. 매일 오후 두 시에서 여섯 시 사이면 그 길 중간쯤에 안토니오 고메스 도스 산

토스라는 사나이가 부동자세로 서 있다. 서 있는 것이 그의 노동이다. 행인들이 안토니오의 발 아래 놓인 그릇에 동전이거나 지폐를 던진다. 그는 1988년 7월 30일 리스본의 아모레라스 쇼핑센터에서 15시간 55분 2초 동안 부동자세로 서 있음으로써 이 분야의 세계 기록을 세우고 기네스북에 제 이름을 올렸다. 그가 하루 일을 끝내고 귀가할 채비를 차리는 것을 보다가, 나는 문득 그에게 말을 걸고 싶어졌다. 저널리스트로서가 아니라 투어리스트로서. 그의 프랑스어는 아주 서툴렀지만, 나는 포르투갈어를 네 마디 이상 할 줄 몰랐으므로, 그리고 그는 한국어를 단 한 마디도 할 줄 몰랐으므로, 우리는 현대 갈리아인의 언어로 의사소통을 하기로 했다.

"보통 하루에 네 시간씩 일을 하는가?"

"그렇다."

"왜 더 이상 일을 하지 않는가?"

"그게 한계다. 네 시간 이상 서 있으면, 그 다음날 일하기가 불편하다. 당신이 짐작할지 모르겠지만, 네 시간을 부동자세로 서 있는 건 네 시간 쟁기질을 하는 것보다 적어도 네 배 이상 힘들다."

"당신의 직업에 만족하는가?"

"만족스럽지 않다. 때로 부끄럽다는 생각이 든다. 특히 집에 있는 아내와 세 살짜리 딸 생각을 할 때면. 그러나 내게는 이 일 말고 별다르게 할 수 있는 일이 없다."

"전직할 계획이 있는가?"

"아직 구체적 계획은 없다. 돈을 모아 제과점 같은 걸 낼 수 있으면 아주 다행이겠다."

이 아우구스타 거리엔 리스본 사람들도 많이 있지만, 외국이나 지방에서 온 관광객들, 그리고 그들을 '고객'으로 삼는 걸인들이 우글거린다. 그러나 그 걸인들은 조금도 혐오스럽지 않다. 현악 4중주나 남성 4중창이 있는가 하면, 공과 곤봉을 이용한 각종 묘기 대행진이 여기저기서 펼쳐진다. 여름방학 때 취리히에서 열리는 전 유럽 스카우트 대회에 갈 여비를 마련하기 위해 기타를 치며 비틀즈를 부르는 걸스카우트 단원들도 있다. 이 도시의 슬픈 활기가 나를 감동시킨다. 뒤이어 들른 마드리드가 너무 한심스러운 도시여서 리스본의 인상이 이익을 얻었는지도 모르겠지만.

파리로 돌아와서 쓴 내 기사, 라기보다는 여행 감상문. 어쨌든 이 문서는 내가 파리에서 쓴 마지막 기사였고, 어쩌면 내가 일생을 통해 프랑스어로 쓴 마지막 기사가 될지도 모른다.

안달루시아, 또 다른 유럽.
스페인-이슬람 스타일의 예외적으로 풍요로운 예술이 관광객을 끌어 모은다. 그러나 이 관광객의 물결이 문화 유적의 보전에 해롭지는 않을까?

만약에 당신이 중세 아랍 문명의 영광스러운 발자취를 더듬고자 한다면, 그리고 혹시라도 오리엔트까지 가는 길이 너무 멀게 생각된다면, 남유럽의 끝으로 가보는 것도 한 가지 방법이다. 스페인이 되기 전의 안달루시아로, 특히 그라나다로 말이다. 알람브라 궁전의 돌들은, 한때 이베리아 반도 전체에 화려하게 꽃피었던 어떤 문명의 위대함을 내뿜고 있다. 그것들이 보여주는 것은 욕망이다. 권력에 대한 욕망, 불멸에 대한 욕망, 초월에 대한 욕망, 그리하여 마침내는 미에 대한 욕망 말이다. 그라나다의 아름다움이 알람브라 궁전과 그 부속 건물들에만 숨어 있는 것은 아니다. 그것은 차라리 시인들이 창조해 온 분위기 속에 살아 있다.
알람브라 궁전의 시인 이븐 잠락이 이 도시를 다로 강에 허리가 감싸인 부인에 비유했다면, 이 도시가 낳은 가장 유명한 시인일 페데리코 가르시아-로르카는 이렇게 이 도시를 불멸화했다.

그 빛깔은 은색, 진한 초록빛

라 시에라, 달빛이 스치면
커다란 터키 구슬이 되지
실편백나무들이 잠깨어
힘없는 떨림으로 향을 뿜으면
바람은 그라나다를 오르간으로 만들지
좁다란 길들은 음관이 되고
그라나다는 소리와 빛깔의 꿈이었다네

그라나다에서 눈이 머는 것처럼 고통스러운 일은 없다는 격언은 바로 그라나다 사람들의 이런 자부심을 내비치고 있다. 볼 수 있는 자는 어쨌거나 그라나다로 가서 알람브라 궁전을 볼 수 있다. 1992년에 알람브라를 찾은 관광객의 수는 2백10만 명에 이르렀다. 알람브라가 그라나다 왕국의 슬프고도 영광스러운 상징이라는 것을 생각하면 놀라운 숫자만도 아니다. 알람브라 궁을 둘러싸고 있는 알카사바 성에서 시내를 내려다보면, 그라나다는 현대 유럽의 전형적 도시라기보다는 천일야화 속에서 막 튀어나온 바자 도시처럼 보인다. 바그다드나 테헤란의 황금 시기를 상상하며, 관광객들은 스스로가 알라딘이나 신드바드가 되기를 꿈꾼다.
그러나 그라나다 관광청은 이 알라딘이나 신드바드들이 문화유적에 혹시라도 해를 끼칠지도 모른다는 걱정을 최근 들어 하기 시작했다.

"그라나다의 방문객 대부분은 알람브라 궁전과 헤네랄리페 정원, 알카사바 성, 무함마드 5세 궁 같은 부속 건물들을 찾습니다. 그라나다의 지방정부는 이 관광객 러시의 위험을 알아채기 시작했어요. 92년 12월부터, 알람브라 궁 안에 들어갈 수 있는 관광객 수가 한 시간당 4백 명으로 제한됐지요. 또 궁 안과 그 근처의 관리와 경비가 강화됐고요." 관광청의 파우시아 알루이 차트 청장이 한 말이다. 이런 조처는, 비록 모든 방과 복도마다 한두 명씩의 경비원이 지키고 서 있는 마드리드 왕궁박물관보다는 덜 심한 것이지만, 어쨌든 지방정부 당국이 유적 보전 문제를 심각하게 생각하기 시작했다는 사실을 확인시키고 있다.

스페인은 무엇보다도 관광의 나라이다. 관광업은 92년에만도 스페인 국내총생산의 8.1%를 차지했다. 또 관광업은 스페인 경제 인구의 11.2%를 고용하고 있다. 스페인 관광청의 통계에 따르면, 92년 관광업이 직접적으로 창출한 고용은 83만 6천 자리다. 여기에다 그것이 간접적으로 창출한 58만 5천2백 자리의 고용을 합하면, 관광업이 직간접적으로 창출한 고용은 1백42만 1천2백 자리에 이르는 것이다. 지난 10년 동안 스페인의 관광객 숫자는 계속 늘어나는 추세를 보여 왔다. 1982년에 4천2백만 명이었던 관광객 수는 92년엔 5천5백만 명으로 늘어났다. 관광 수입도 비슷한 상승 곡선을 그리고 있다. 82년에 71억 2천6백만 달러였던 관광 수입은 92년엔 무려 2백10억 3천4백만 달러에 이르렀다. 호텔업 하나만 해도 국내총생산의 1.5%를 차지하고 16만 3천 명을 고용하고 있을 정도다.

지중해와 대서양에 면한 스페인 남부의 안달루시아는 모로족의 문화 유적을 보존하고 있다는 점 때문에 관광업의 측면에서 볼 때 유럽에서도 독특한 이점을 누리고 있다. 아랍의 문인들이 사용하기 시작한 알 안달루스라는 지명은 지리적 영역과 무관하게 이슬람 치하의 스페인을 가리키는 말이었다. 그 가운데서도 안달루시아는 가장 오랫동안 이슬람의 지배를 받았고, 따라서 이슬람 문화의 자취를 가장 많이 보존하고 있다. 수많은 아랍어 지명과 어휘가 8세기 동안이나 칼리프의 지배를 받았던 안달루시아 여덟 개 지역에 이국 풍취를 심어놓고 있는 것이다. 건축물만 보아도 그라나다, 코르도바, 세비야 세 도시는 이 시기의 세련되고 화려한 양식을 그대로 간직하고 있다. 그라나다의 알람브라 궁전, 코르도바의 모스크, 세비야의 알카사르 등은 유네스코가 이미 '인류 유적'으로 지정했다.

스페인 국립 통계청에 따르면, 92년에 그라나다를 방문한 여행객의 수는 6백80만이다. 그러나 이 숫자는 등록된 숙박업소의 숙박계에 기초해 계산된 것이므로, 실제의 여행객 수보다는 훨씬 적은 것이다. 국립통계청 그라나다 지부의 연구원 알프레도 페레스 렌돈 게레로는 스페인 관광객의 4분의 1 정도가 안달루시아를 방문하고 있을 것이라고 말했다. "1992년에 호텔 숙박계에 기초해 계산한 스페인 관광객 숫자는 거의 3천2백만이었습니다. 이것은 안달루시아 방문객의 네 배가 조금 더 되는 숫자지요."

그러나 안달루시아의 지방정부 당국자들이 모두 관광 붐을 위험스럽게 보고 있는 것은 아니다. 예컨대 안달루시아 정부의 관광진흥국장 루이스 하비에르 게레로 미사는 그라나다 관광청장만큼 조바심을 내고 있지는 않다.

"유적 보전에 대해서는 고고학자와 기술자 등 전문가들로 이뤄진 문화위원회에서 세심한 신경을 쓰고 있습니다. 그렇지 않다고 하더라도 우리들은 관광객들의 양식을 믿는 편이지요. 우리는 관광객들의 자유를 제한할 어떤 조처도 생각하고 있지 않습니다. 알람브라는 아주 예외적 경우지요."

코르도바 관광청 직원인 후안 힘베르트도 같은 의견이다. "아직까지 특별한 조처를 취하지 않고 있어요. 관광객들이 특별히 위험스러워 보이지는 않는데요. 우리에게 중요한 것은 그들의 편안함이에요"라고 말하며 그는 모스크 입구에 늘어선 관광객들에게 눈길을 줬다.

이슬람 유적만이 안달루시아가 지닌 매력의 전부인 것은 아니다. 스페인은 가톨릭 국가로서 수많은 기독교 축제의 리듬 위에서 산다. 이 축제들은 스페인 사람들의 영혼 깊이 뿌리내린 신앙심의 표현이기도 하고, 자기 감정을 거리낌 없이 드러내는 이 나라 사람들의 외향적 기질의 전시장이기도 하다. 계절과 지방에 따라 다양하게 펼쳐지는 축제들은 특히 안달루시아 지방에서 거의 광적으로 치러진다. 또 사람들이 흔히 스페인과 연결시키는 문화유산들, 예컨대 플라멩코나 투우 따위도 안달루시아 지방에서 퍼져나간 것이다.

미국인 관광객인 사라 워커는 5월 2일 밤 그라나다의 카르멘 광장에 모인 3백 명가량의 무희들 사이에 끼여 있었다. 그날은 십자가의 날이었고, 시내 곳곳에 꽃으로 장식돼 세워진 십자가 앞에서 수많은 사람이 음악에 맞춰 춤추고 마시고 있었다. "이 축제가 안달루시아 사람들을 위한 것이라는 것은 알고 있어요. 그렇지만 나도 그들과 하나가 되고 싶었고, 그래서 이렇게 무용복을 입고 나왔답니다."

95년 세계 알파인스키 대회의 개최지인 시에라 네바다나 코스타 델 솔의 골프장들도 현대화한 안달루시아의 새로운 유혹이다. 그러나 안달루시아 정부가 관광 진흥을 위해 특별한 계획을 마련하고 있는 것 같지는 않다. "지방자치제에도 불구하고, 관광 진흥책의 대강은 중앙의 관광부에서 수립된다"고 루이스 하비에르 게레로 미사는 말했다. 관광부가 93년 관광 진흥에 책정한 예산은 5천5백만 달러다.

18

파리 몽토르괴유 거리 36번지 카페 알렉스에서 나는 그를 처음 만났다. 1992년 9월 어느 날이었다. 그리고 파리 교외 르 플레시 로뱅송 시의 퐁트네 거리 75번지 한 유학생의 집에서 나는 그를 마지막으로 만났다. 1993년 5월 27일이었다. 그 사이에 우리들은 띄엄띄엄 만났다. 내가 머무르던 대학 기숙사(시테 위니베르시테르)에서, 파리의 허름한 카페나 간이음식점에서. 때로는 노르망디의 해안선을 따라 함께 느릿느릿 걷기도 했다. 대체로 나는 술을 마시고 그는 내 명정을 관찰하곤 했던 그 만남들을 통해서, 우리는 별로 하잘것없는 얘기들을 나누었다. 서울의 내 누이와 파리 교외에 사는 그의 가족에 대해서, 서울의 정치와 파리의 정치에 대해서, 서울의 풍치와 파리의 풍치에 대해서, 우리가 함께 알고 있던 서울과 파리의 친구들에 대해서. 그는 자신이 살아온 삶에 대해 별로 기다란 얘기를 하지 않았다.

1993년 5월 27일 우리가 마지막으로 만났을 때를 빼고는 말이다. 나도 그가 살아온 삶에 대해 별로 집요한 질문을 하지 않았다. 1993년 5월 27일 우리가 마지막으로 만났을 때를 빼고는 말이다. 그가 남조선 민족해방전선 준비위원회 사건에 연루돼 파리에서 14년째 망명생활을 하고 있다는 사실, 여느 망명자들과 달리 그가 어쨌든 프랑스인으로 귀화하지 않았다는 사실, 그가 여권 대신 지니고 있는 티트르 드 브와야주titre de voyage(사실은 이 말이 파스포르passeport란 말보다도 더 '여권'이란 말에 가깝겠지만)의 행선지 난에 박혀 있는, '남한을 제외한 모든 나라'라는 구절의 그 아이러니 같은 것들이 평범한 기자의 호기심을 충분히 충동질했을 텐데도. 요컨대 나는 애초부터 그를 통해 (기자들 말투대로) '한 건 해보겠다'는 생각을 전혀 하지 않고 있었다. 또 그의 파리 삶이 이 경우 내 '건수'의 필요조건일 화려한 센세이션, '불요불굴의 운동정신' 따위와는 거리가 먼 듯이 보이기도 했다(그리고 사실이 그랬다). 이 과거의 남민전 전사(여기서 '전사'란 무슨 상징적 칭호가 아니다. 그가 남민전에서 실제로 지녔던 직책이 '전사'였다)는 전혀 전투적이지 않았다. 전투적이지 않은 전사라. 그것은 '쓰지 않는 기자' 이상으로 형용모순이 아닌가.

내가 기자답지 않게 수줍음이 많았듯, 그도 전사답지 않게 수줍음이 있었다. 내가 기자답지 않게 사물 판단이 느리고 성격이 우유부단하듯, 그도 전사답지 않게 사물 판단이 신중하고 성격이 온유했다. 이렇게까지 말하고 보니, 혹시라도 나를 아는 사람들이 내 성격과 세계관의 모든, 그리고 명백한 결함들을 그의 이미지에 포개지나 않을까 겁나기 시작한다. 단언컨대 그는 나와 전혀 다른 사람이다. 무엇보다도, 말 그대로의 직업적 혁명가 시절이 매우 짧았음에도 불구하고, 그의 세계관은 나의 부르주아적 몽상·숙명주의·패배주의·염세주의·끝없는 자기분석과 내면으로의 망명 따위를 도저히 용납할 수 없을 만큼 좌익적이다. 내가 유전자를 신뢰하는 데 비해, 그는 교육과 환경을 신뢰한다. 내가 자신과 남을 싸잡아 불신하는 데 비해, 그는 남과 자신을 동시에 신뢰한다. 우애, 연대 같은 말이 내게는 관념인 데 비해 그에게는 구체다. 내가 김영삼 정부의 어떤 제스처에 갈채를 보내면, 그는 진지한 표정으로 들뜨지 말라고 충고한다. 그런데도 나는 그가 편했다. 편하지 않았다면 파리에 머무는 동안 그 정도라도 그를 자주 만날 수 없었을 것이다. 만남은 대개 내 쪽의 제의였고, 헤어짐은 대개 그쪽의 제의였다. 사실은 일상생활에서 내가 그보다 훨씬 더 바빴는데도 말이다.

5월 27일, 파리 사회과학고등연구원에서 사회학을 공부하는 김은지라는 학생이 제 집으로 그와 나를 초대했다. 김은지 씨의 말인즉슨, 곧 서울로 돌아가게 돼 있는 나의 송별회라는 것이었다. 그나 김은지 씨나, 내가 파리에 가서야 알게 된 사람들이었지만, 긴 세월 만나온 것처럼 정이 든 사람들이다. 그날 나는 우리들끼리 기념사진을 찍기 위해 카메라를 들고 갔다. 몇 차례 플래시가 터졌을 때, 내게 갑자기 직업의식이 발동했다. 내가 단순히 그가 편했던 것이 아니라, 사실은 그에게 반했다는 걸 깨달은 순간이었다. 나는 그의 지나간 삶이, 서울과 파리에서의 삶이 알고 싶어졌다. 그래서 그 앞에서 처음으로 기자 행세를 하며 그를 심문하기 시작했다. 그는 자기 앞에서 수첩을 펼치고 펜을 든 나를 어이없다는 듯 쳐다보다가, 술이나 마시라고 했다. 나는 인터뷰가 끝나기 전에는 술을 마시지 않겠다고 버텼고, 그는 얼마쯤 망설이다가 멋쩍은 표정으로 자신의 과거를 길어 올리기 시작했다. 웬일로 술을 다 마시며. 그때까지 그는 내 앞에서 술을 거의 마시지 않았었다.

그가 태어난 것은 1947년 12월 10일, 서울 이화동에서였다. 본적은 아버지 홍승관 씨의 고향인 충남 아산군 염치면 대동리, 속칭 황골이다. 그의 아버지 홍승관 씨는 젊은 시절 양원석의 영향 아래 무정부주의에 휩쓸린 적이 있었다고 한다. 전쟁의 소용돌이 속에서 그의 부모가 갈라서서, 그는 외조부 밑에서 성장기를 보냈다. 불우한 어린 시절을 보냈음에도 공부는 게을

리하지 않아, 그는 서울 창경국민학교와 경기중고등학교를 거쳐 1966년 서울대학교 공과대학 금속공학과에 입학했다. 그의 창경국민학교 동기로는 서울대 경제학과 정운찬 교수가 있고, 경기중고등학교 동기로는 노동운동가 장명국 씨와, 뒷날 남민전 사건에 함께 연루된 박석률 씨가 있다. 고요했던 그의 내면에 불을 지른 사건이 그의 대학 1학년 때 일어났다. 우연히 들른 고향에서, 1950년 전쟁 때 일어난 끔찍한 골육상쟁을 듣게 되고, 그는 자신의 전 존재가 뒤흔들리는 것을 느끼게 된다.

"오촌당숙이 인민위원장이었던 그 마을에서 1백여 명이 죽었다. 상당수가 우리 일가붙이였다. 자신만 빼고 온 가족이 몰살당한 마을 어른 홍재유란 분의 얘길 들었을 땐 정말 충격을 받았다. 내 유년기 이래 크고 작은 기억들이 주마등처럼 스쳐 지나가면서, 내 실존에 파인 전쟁의 상처가 되살아났다. 나는 자포자기 상태에 빠져 무작정 학교를 그만두었다."

그해 가을 그렇게 무작정 학교를 그만둔 그는 낭인 생활을 시작했다. 시내의 음악감상실에서 하루해를 보내고, 입주 아르바이트로 생계를 해결했다. 군산 앞바다의 개야도에서 막노동을 하기도 했다. 그러다 69년에 문리대 외교학과에 다시 입학했다. 서강대 정외과의 박호성 교수와 판소리꾼 임진택 씨가 그의 외교학과 동기다.

"외교학과를 지망한 데 특별한 동기는 없었다. 다만 국제관계라는 것이 민족의 생존과도 관련된다는 생각이 들어서 그쪽 공부를 해보는 것이 어떨까 하는 생각이었는데, 과 자체가 외무고시 공부하는 분위기여서 과우들과 친하게 어울리지는 않았다."

그는 문리대 연극반을 기웃거리며 시인 김지하 씨(한 세대 위인 김지하 씨는 문리대에서 자신의 작품 〈구리 이순신〉과 〈나폴레옹 꼬냑〉을 공연하기로 해 그 연출자로 와 있었다)와 정한룡, 채희완 씨 등을 알게 됐고, 문리대 문우회를 기웃거리면서는 유초하, 유인태, 정윤광 씨 등과 사귀게 됐다. 그리고 삼선 개헌반대 시위, 교련 반대 시위에 열심히 참가했다. 3학년 때는 외교학과 대의원 대표를 맡으면서 문리대 지하신문 《의단》의 편집장을 맡기도 했다. 그리고 4학년 때인 72년 6월 〈민주 수호 투쟁 선언문〉을 작성하고 반정부 시위를 이끌었다. 치안본부에서 한 달가량 엄한 조사를 받은 그는 방학 중인 그해 8월 학교에서 제적됐고, 그해 가을 고향인 아산으로 내려가 신체검사를 받았다. 박정희는 바로 그 직후 '10월 유신'이라는 이름의 친위 쿠데타를 일으킨 뒤 제적생 일부에게 복학을 허용했는데, 그도 그 '은총'을 받았다. 그러나 그는 이미 신체검사를 받은 뒤였던 터라, 징집날짜인 이듬해 10월 15일까지 서울제일교회, 인천의 도시산업선교회 등을 돌아다니며 연극 공연 같은 문화 행사 뒷일을 돌봐주었다. 그리고 징집되기 1주일 전인 73년 10월 7일 결혼했다.

74년 민청학련 사건이 터진 뒤 그는 보안대에 끌려가 한 달가량 고생을 했지만, 오히려 그 일이 전화위복이 되어 그 이후 군대 생활을 '열외'로 보냈다. 교련 혜택을 전혀 받을 수 없었던 그는 35개월 복무 기간을 꽉 채우고 76년 8월에 제대해 복학했고, 77년 2월 졸업 예정이었으나 졸업논문을 미처 쓰지 못해 그해 8월에야 졸업장을 받았다. 졸업 직전 대한항공에 입사했으나 질식할 것 같은 회사 분위기가 긴급조치하의 한국사회 전체 분위기를 빼다 박은 것 같아서 두 달 만에 사표를 냈고, 아이템플 학원 강사로 생계를 해결하는 한편 부천 공단을 오가며 연극 활동을 했다. 바로 그즈음에 고교 동창 박석률이 그와 '접선'했고, 그는 자발적으로 '포섭'되었다.

"그 당시에는 뭔가 하지 않으면 안 될 상황이라고 생각했다. 단지 생계를 꾸려 나가는 삶을 견딜 수가 없었다. 만약에 내가 지금 똑같은 상황에 처해 있더라도 나는 망설임 없이 조직에 가담할 것이다."

그리고 그는 잠시 동안의 '투사' 생활을 거쳐 '전사'가 되었다.

"결국은 무기를 들 수밖에 없지 않느냐는 생각이 나를 포함해 많은 조직원들 사이에 공유돼 있었다. 예비군 교육을 받을 때 카빈 소총 정도는 빼낼 수 있지 않느냐는 아이디어도 나왔다. 자금을 조달하기 위해 기업가의 신상명세서를 빼낼 궁리도 한 적이 있다. 지금으로서는 참 무모하게 생각될지도 모르겠지만, 그때 우리가 택할 수 있는 길이 무엇이었겠는가."

79년 초 그는 무역회사 대봉산업으로 자리를 옮겼다. 그해 3월에 뒤셀도르프 지사로 발령을 받았고, 5월에는 파리 지사로 전보됐다. 8월에는 서울의 아내와 두 아이도 파리로 와 그에게 합류했다. 그리고 남민전 사건이 터졌다. 그는 귀국을 포기했다. 대학동기인 박호성이 공부하고 있는 베를린으로 식솔을 이끌고 가다가, 그는 스스로가 너무 비참하게 생각돼 파리로 다시 돌아왔다.

"그 뒤 대봉산업이 무너진 것이 결국 나 때문이었다는 생각을 하면 지금도 가슴이 저리다. 그 회사를 세운 김병만 사장이 당했을 고초를 생각하면, 그리고 그분이 내게 베푼 갖가지 배려를 생각하면 더욱더 그렇다. 그러나 그 당시엔 돌아갈 수가 없었다. 용기가 없어서였을 것이다. 그러나 내가 오랜 투옥 생활 뒤에도 과연 정신이 온전했을까를 생각하면, 그때의 선택이 후회되는 것만은 아니다."

82년 3월 그의 여권이 만기가 되던 날, 그는 프랑스 외무부의 오프라(프랑스 망명자 사무국)에 찾아가 정치적 망명을 신청했다. 그가 그곳의 담당관에게 말했다. "남한의 신문을 보니 나는 아마도 사회주의자인 것 같다. 그런데 공개된 사회주의자가 남한에서 살기는 어렵다. 내 망명을 받아줄 수 있겠는가?" 파리 코뮌 이래, 그게 아니라면 적어도 1936년의 인민전선 이래 가장 사회주의적인 정부가 들어선 직후여서였는지는 모르겠으나, 담당관은 긴 말 없이 "위!Oui!"라고 답했다. 그렇게 해서 그의 망명 생활이 시작되었다. 그때까지 결혼 생활의 대부분을 사병의 아내로, 또는 실업자의 아내로 보냈던 그의 아내 박일선 씨는 그때까지도 프랑스어가 서툴렀으나, 일본인이 경영하는 면세점에 취직했다. 그도 관광 가이드로, 택시 기사로 가장의 역할을 떠맡기 시작했다.

"84년에 김지하 선배가 누군가를 통해 난 열 점을 보내왔다. 부끄러웠으나, 고마운 마음으로 그걸 팔아 생계에 보탰다."

지금도 그렇지만 그때도 유럽 교포 운동의 중심지는 프랑스가 아니라 독일이었으므로, 그는 이따금씩 독일에 가 그곳의 교민이나 학생들과 어울렸다. 84년 서독 전역을 돌며 치른 갑오농민제 때는 신동엽의 장시 「금강」을 각색해 무대에 올려 대학 시절 이래의 '장기'를 발휘하기도 했다. 그 작품은 배우가 70명이나 출연한 대작이었다고 한다. 요즘 몸이 좋지 않아 일을 쉬고 있는 그는 독일 출입도 뜸하다. 최근엔 식당을 내볼 생각도 했으나 일이 여의치 않아 포기하고 말았다. 몸이 좀 나아지면 택시 기사 일을 다시 해볼 생각이라고 한다. 그는 더 이상 운동가가 아니라 망명자일 뿐이다. 92년 9월 그 망명자 아들을 찾아 그의 아버지가 잠시 파리를 방문했다. 79년 이후 부자의 첫 만남이었다. 그의 딸 수현은 파리 3대학에서 현대 언어—정확히 말하면 영어와 독어—를 전공하고 있고, 아들 용빈은 한국의 고등학교에 해당하는 리세에 다닌다. 수현은 아주 현실주의적이고, 용빈은 아주 이상주의적이라고 그는 말했다. 그러면 자신은? '중용'이라고 그는 답했다. 빙긋 웃으며.

오프라의 담당관을 만났을 때처럼 그는 지금도 자신을 사회주의자라고 생각하고 있을까?

"자유와 평등이라는 고전적 가치는 상호 침투하면서 서로를 완전하게 하는 것이므로 그 둘을 기계적으로 분리할 수는 없겠지만, 일상의 삶이나 세상을 위한 기획에서 때때로, 아니 자주, 그 둘은 모순적이고 배제적이다. 나로서는, 그 둘 가운데 하나를 선택해야 한다면, 평등 쪽에 서겠다. 한 사람의 자유를 보장하기 위해 다른 사람의 자유를 희생시키는 것을 옳다고 볼 수 없기 때문이다. 그런 의미에서라면 나를 사회주의자라고 할 수도 있고, 좌익이라고 할 수도 있겠다."

그리고 뒤이어 나온 프랑스 좌익 얘기들. 공화정이라는 가치, 민중의 삶이라는 가치, 그리고 이제 변화된 환경에 어쩔 수 없이 자신을 적응시키며 또 다른 가치를 추구하는 프랑스 좌익들의 얘기 말이다.

"내가 자본주의 체제를 전폭적으로 지지할 수 없는 이유는 그것이 사랑보다는 미움을, 연대보다는 경쟁을, 화합보다는 분열을 북돋우는 체제이기 때문이다. 그것은 사람의 사람다움을 파괴한다."

두레식 삶을 얘기하는 이 문맥에서, 약간 뜻밖에도, 그가 말하는 사람의 사람다움은 사실 어느 정도 귀족주의적이다. 그가 이상으로 삼고 있는 삶의 상은 '허름한 옷을 입고 살며 세상의 불의를 나무라는 선비의 상'이기 때문이다. 자신은 천한 것, 상스러운 것을 경멸한다고 그는 말했다. 평등주의, 인간의 연대에 대한 그의 믿음은 그의 이런 일종의 탈속적 엘리티즘에 의해 밑동이 위태로워지는 것이지만, 바로 그 탈속적 엘리티즘이, 다른 한편, 그로 하여금 '초超엘리트주의적' 평양정권을 불신하게 만든다.

"좀 심한 말인지는 모르겠지만, 북의 정권은 천한 정권이다. 한 사람을 높이기 위해 모든 사람을 낮추는 것, 한 사람의 지혜로움을 위해 그 사회 구성원 전체를 백치로 만드는 것, 그것이 지금 북의 정권이 하고 있는 일 아닌가. 북의 체제를 생각할 때 나는 때때로 역겨워진다." 그의 이런 발언은 고르바초프 등장

이래 세계를 뒤흔들며 유럽의 지도를 바꿔버린 그 반동의 열풍에 편승하는 것인가? 아니라는 것이 그의 대답이다. 그가 누차 되풀이했듯, 그는 자본주의에 신심이 없다.

"모두들 역사의 끝이 왔다느니, 근대적 기획이 끝났다느니 하며 자본주의를 인류가 도달한 종착역으로 생각하고 싶어 한다. 이데올로기의 종언을 외치고, 민족주의를 떠받든다. 그러나 내 생각으로는 지금이 결코 안정기가 아니다. 얼마 안 가 이 자본주의 사회의 지축을 뒤흔들, 68년보다도 더 큰 소요가 일어날지도 모른다는 것이 내 느낌이다. 우선 이 포스트 공산주의 체제는 실업 문제를 전혀 해결하지 못하고 있지 않은가. 분쟁에 대한 민족주의적 해결도 문제다. 그것은 미봉책이지 문제의 근본적 해결이 아니다."

그는 13년 동안 프랑스에 살았다. 자신이 청년기 이후를 보내며, 밥벌이를 하고 자식을 키운 이 나라에 대해 그는 무슨 생각을 하고 있을까?

"나쁜 말은 얼마든지 할 수 있겠지만, 좋은 말만 하자. 우선 이 나라 정부가 내 망명을 허락한 것, 그리고 생활이 몹시 궁핍했을 때 실업 수당이니, 주거 수당이니 하는 것으로 내 삶의 한 귀퉁이를 받쳐준 것에 대해 내가 고마워한다고 말해야겠다. 그리고 또 한 가지, 프랑스인이 가진 수많은 단점들을 중화시킬 그들의 장점으로 타인에 대한 관용을 꼽고 싶다. 정치적 반대자나 이방인들엔 대한, 사실은 이미 말했듯이 타인에 대한 관용이 지배적 덕목으로 돼 있지 않은 사회에 살았다면 내 삶은 이제까지보다 훨씬 더 고달팠을 것이다."

그는 서울을 생각하고 있을까? 서울은, 그의 조국은 그에게 어떤 이미지로 남아 있을까?

"가고 싶다. 그리고 언젠가는 갈 날이 올 것이다. 지금의 정치 분위기로 봐서 들어간다고 무슨 탈이 나지도 않을 것이다. 그러나 지금은 갈 때가 아닌 것 같다. 내가 돌아가서 마땅히 할 일도 없을 것 같고, 특별히 보고 싶은 사람은 없다. 그러나 고국 땅이 그리운 것은 사실이다. 귀국하게 된다면 그 땅 위를 한없이 걸어보고 싶다."

마지막으로 나는 그에게 아주 정치적인 질문을 했다. 김영삼 정권을 어떻게 생각하느냐는.

"서울에서 오는 신문을 교활하게 읽으려 해도 그에 대한 지지가 폭넓다는 것을 깨닫겠다. 그 지지는 한편으로 모든 것이 마구 넘어가고 있는 국제 정세와도 관련이 있을 것이다. 그러나 나는 그것이 왠지 불안하고 불편하다. 우리는 그의 뛰어난 정치적 제스처 때문에 현상과 본질을 혼동하고 있는 것은 아닐까? 김 정권의 한계는 곧 드러나리라고 생각한다. 중요한 것은 그의 개인적 정치 스타일이 아니라, 그가 딛고 있는 권력 기초의 성격인데, 그 권력의 기초가 대단히 보수적이라는 것은 공지의 사실 아닌가."

여기서 내가 부주의로, 또는 고의로 빠뜨린 많은 말들, 사소한 말들과 중요한 말들을 한 뒤 그는 좀 쉬겠다고 방으로 들어갔다. 급하게 들이켠 술이 그의 위에 부담을 준 듯했다. 응접실에 남은 김은지 씨와 나는 쓸쓸하게 잔을 부딪쳤다.

앞에서 말했듯, 우리들의 이별 의식은 노르망디 해변의 르 투케에서 치러졌다. 1박 2일의 엠티가 그곳에서 있었다. 프로그램 초기에 있었던 네덜란드로의 그룹 투어를 빼고는, 기자와 스태프 모두가 함께 움직이기는 그때가 처음이었다. 르 투케는 아주 작은 휴양 도시다. 바다에서 수영을 하기에는 날씨가 차가웠으므로, 우리들은 그냥 해변을 거닐거나 근처 싸구려 카페(그 카페들의 분위기까지 싸구려였던 것은 아니다. 예쁘게 차려놓은 술집들이 많았는데, 술값은 파리의 3분의 2 정도밖에 안 되었다)에서 맥주를 마셨다. 헤엄을 치고 싶어 미칠 것 같은 치들은 호텔 안의 실내 풀에서 그들의 광증을 치료하기도 했다.

나는 그날 오후를 사부로와 함께 보냈고, 그날 밤을 주잔나와 함께 보냈다. 밤을 함께 보냈다고 하니 어감이 야하다. 그저 아무 일 없이 새벽까지 함께 있었다는 뜻이다.

내가 사부로와 함께 오후를 보낸 곳은 베르뒤르라는 술집이었다. 파리에 막 도착했을 때, 사부로는 술을 별로 즐기지 않고 오로지 가정만 챙기는 얌전한 가장이었다. (새벽마다 되풀이되는 파리-지바의 국제전화!) 그러나 귄터나 주잔나, 그리고 나와 8개월여를 보낸 뒤에는, 알코홀릭이라고까지는 할 수 없을지라도, 거의 매일 입에 술을 대는 애주가가 되어 있었다. 그래봐야 생맥주 드미demi(250cc) 대여섯 잔일 뿐이었지만. 그날도 사부로 쪽에서 먼저 나를 유혹했다. 수영복도 가져오지 않았고 카드놀이도 할 줄 몰랐던 그가 오후를 유쾌하게 보내기 위한 방법으로 찾아낸 것이 고작 맥주 마시기였던 것이다. 대낮부터 술을 마시기 시작하는 것이 좀 뭐하긴 했으나, 내게는 사부로를 술꾼으로 만들어놓은 책임이 있었으므로, 그리고 우리의 이별이 임박했으므로, 나는 그의 제안을 받아들였다. 햇살이 기분 좋게 쏟아지고 있었고, 나는 바다를 내다보며 〈태양은 가득히〉나 〈피서지에서 생긴 일〉, 또는 〈졸업〉 같은 낡은 영화가 내 뇌리에 박아놓았던 푸른빛 이미지를 끄집어내 유쾌하게 되씹었다. 물론 내게는 그날 별다른 염사도, 살인 충동도 일어나지 않았지만. 우리는 필립 모리스를 안주로 드미를 들이켜며, 유럽에서의 지나온 날들과, 도쿄와 서울에서 맞을 앞날들에 대해 이야기했다. 사부로는 귀향이 한편으로는 기쁘고, 한편으로는 슬프다고 말했다.

"일본어로 마음껏 말할 수 있는 날이 마침내 코앞으로 다가 왔다는 건 참 기쁜 일이야. 그렇지만, 친구들과 헤어져야 한다는 건 서운한 일이군."

"그래, 나도 마찬가지야. 나는 내가 외국인들에게 이 정도로 동화될 줄은 상상도 못했어."

"넌 동화되지 않았어. 네가 외국인들을 동화시켰지. 생일파티장이나 술집에서, 심지어 센 강의 다리 위에서 노래를 하는 버릇들은 다 네가 감염시켜 놓은 것 아냐?"

"그 점만 그렇지. 어쨌든 우리들이 다시 모일 수 있을까?"

"모두 모이는 것은 절대 불가능한 일이지. 아마 끼리끼리는 볼 수 있겠지. 내 경우, 너나 켄, 태미 정도는 가끔 볼 수 있을 것 같아. 한국이나 미국엔 그래도 이따금 가게 될 테니까."

사실이 그랬다. 우리들 모두가 다시 만나는 일은 앞으로 결코 일어나지 않을 것이다. 오늘 밤이 마지막 밤이 될 것이다. 사부로는 로베르트가 날 만나면 늘 그랬듯 그날따라—그날따라? 사실은 자연스럽기도 하다. 그날은 여느 날이 아니지 않은가—귄터와 이자벨의 진도를 궁금해했다.

"넌 걔 둘 다와 가까이 지내잖아. 파국이니, 성공이니? 성공이 아니라면 걔들도 오늘이 마지막 밤일 텐데."

"나도 몰라. 그런 얘긴 안 물어보거든."

다시 한 번, 사실이 그랬다. 내가 이자벨이나 귄터와 비교적 가까이 지내기는 했으나, 헤이그의 한 호텔에서 무슨 낌새를 챈 뒤로 그들에게 그것에 관해 물은 적은 없었다. 그들도 내게 아무런 얘기가 없었고.

"내 생각에는,"

사부로가 엄숙하게 진단을 내렸다.

"걔들이 뭔가 이뤄낸 것 같지는 않아. 잠이야 몇 번 잤겠지만. 이자벨이 귄터에게 심각한 것만큼, 귄터가 이자벨에게 심각해 보이지는 않거든. 귄터로서는, 말하자면, 객지의 외로움을 달래기 위해 이자벨을 이용한 정도가 아닐까?"

"넌, 별걸 다 안다. 걔들이 함께 잤다는 건 근거가 있는 소리니?"

"아니, 그저 느낌이야. 잠을 자지 않고서야 한 여자가 한 남자를 그토록 살갑게 대하기는 어렵거든."

그 순간 문득 이 친구가 나와 주잔나에 대해서도 그렇게 생각하고 있을지 모른다는 생각이 들었다.

"글쎄, 난 잘 모르겠어. 귄터는 내달이면 영국이나 미국에 있을 텐데. 걘 어떻게 해서든지 영어를 마스터해 포스트 공산주의 시대의 브라만이 되겠다고 작정하고 있거든."

사실 권터는 영국과 미국 여러 대학의 박사 과정에 지원서를 냈고, 두 군데에선가는 이미 입학허가서를 받아놓은 상태였다.

"그게 걔들한테 가장 큰 문젤 거야. 둘 다에게, 라기보다는 이자벨에게 가장 좋은 해결책은 권터가 리스본 대학에서 영어를 배우는 거겠지만, 리스본 대학에 권터가 신뢰할 만한 영어 선생이 있을 것 같진 않거든. 또 걔가 신뢰할 만한 영어 선생이 리스본에 있다고 해도, 아마 권터는 이자벨 때문에라도 리스본엘 안 가려고 할 걸."

앞당겨 말하자면 우리의 명의名醫 사부로 하시모토 선생의 진단은 오진이었다. 우리는 그것을 그날 밤 만찬에서 알았다.

만찬장엘 들어갔을 때 나나 사부로나 꽤 거나하게 취해 있었다. 나는 이제 그 밤이 지나면 헤어져야 할 친구들 모두를 돌아가며 포옹했던 것 같다. 그리고 그들 하나하나에게 슬프고 로맨틱한 덕담을 던졌던 것 같다. 내가 술이 확 깬 것은 만찬 중간쯤 이자벨과 권터가 일어나 자신들의 약혼을 발표할 때였다. "우리 둘의 밀회를 도와주거나 방해한 모든 동료들한테, 특히 인철한테 깊은 감사를 표한다"고 권터는 분명히 말했다. 순식간에 내가 무슨 중매쟁이나 된 듯한 불편한, 그러나 기쁜 감정이 내 가슴에 파도쳤다.

모두 다 함께 또는 두서넛 끼리끼리 사진을 찍고 덕담을 쓴

카드를 주고받고 또 잡담을 하느라고 그날 만찬은 자정이 되어서야 끝났다. 우리는, 마르틴에 대한 묵념을 한 뒤, 좀 촌스럽긴 했으나, 올드랭사인을 합창했다. 그러고는 디스코테크로, 각자의 방으로, 해변으로 흩어졌다.

그날 밤 나는 주잔나와 함께 있었다. 영불 해협의 프랑스 쪽 해변에서. 그녀 역시 이자벨과 귄터의 약혼 발표에 약간 흥분한 것 같았다. 마음만 먹었다면, 나도 그녀에게 청혼할 수 있었을 것이다. 그리고 마음만 먹었다면, 그녀 역시 내 청혼을 받아들일 수도 있었을 것이다. 그러나 우리는 그런 마음을 먹기엔 짐이 너무 많았다. 내게는, 참을 수 없이 무거운 허무가 있었다. 그녀에게는, 자신이 데리고 있는 것은 아니었으나, 아들이 있었다. 그리고 우리는 너무 어른이었다. 나는 이미 서른다섯이었고, 그녀는 이미 서른일곱이었다. 정확히 말하자면 나는 고작 서른다섯이었고, 그녀는 고작 서른일곱이었으나, 우리들은 너무나 겉늙어버렸다. 늙은 사랑은 추하다, 고 우리는 둘 다 생각했다. 그러면 우리 둘 사이의 감정은 무엇이었을까? 너무 낡고 멋없는 말이기는 하나, 결국은, 우애라고, 연대라고 되풀이할 수밖에 없다. 우리들은 풍매화였고, 바람은 우리들을 접근시켰으나, 맺어주지는 않았다. 우리들은 너무 늦게 접근했던 것이다. 너무 어른이 되어 접근했던 것이다.

날씨가 흐려, 별 하나 없이 사위가 어두웠다. 모래와 물을 구별하기조차 어려웠다. 나는 그 밤 한 여자 곁에 있었다. 주잔나 셀레슈라는 여자 곁에.